Zu diesem Buch

Erstmals erscheinen alle frühen, bis 1933 geschriebenen Erzählungen Klaus Manns in einem Band. Es sind Geschichten von meist jungen Menschen, die auf der Suche sind nach der Liebe, nach dem Abenteuer, nach einem Sinn in ihrem Dasein. Die Erzählungen sind ein ungeschminkter Spiegel des Lebens und der Sehnsüchte der «verlorenen Generation» der zwanziger Jahre. «Da um uns herum alles barst, woran hätten wir uns halten, nach welchem Gesetz uns orientieren sollen?... Wir konnten nicht von einer sittlichen Norm abweichen: Es gab keine solche Norm», schrieb der Schriftsteller rückblickend über diese Zeit.

Klaus Mann wurde am 18. November 1906 in München als ältester Sohn von Thomas und Katia Mann geboren. Schon als Schüler schrieb er Gedichte und Novellen. 1924 ging er als Theaterkritiker nach Berlin. Mit seiner Schwester Erika, Pamela Wedekind und Gustaf Gründgens gründete er ein Theaterensemble. Mit den eigenen Stücken «Anja und Esther» und «Revue zu Vieren» erregte er in Berlin und auf Gastspielreisen frühes Aufsehen. 1927/28 unternahm er zusammen mit Erika eine Weltreise, die von improvisierten Vorträgen und Auftritten der Geschwister finanziert wurde. Darüber schrieben sie das Reisebuch «Rundherum» (rororo 4951). 1932 veröffentlichte Klaus Mann die Autobiographie seiner bewegten Jugend «Kind dieser Zeit» (rororo Nr. 4996). Im Frühjahr 1933 emigrierte er, zunächst nach Amsterdam. 1936 veröffentlichte er den Roman «Mephisto», der sich mit den Zuständen im Dritten Reich auseinandersetzte. (Seit seinem Erscheinen heftig umstritten und 1968 in der Bundesrepublik verboten, erschien der Roman 1981 als rororo Nr. 4821. Der von István Szabó gedrehte Film erhielt 1982 den «Oscar».) 1936 verließ Klaus Mann Europa und ließ sich in New York nieder. Er nahm als US-Soldat am Feldzug in Nordafrika und Italien teil und besuchte 1945 im Auftrag der Armee-Zeitung «Stars and Stripes» Österreich und Deutschland. Am 21. Mai 1949 starb Klaus Mann in Cannes an den Folgen einer Überdosis Schaftabletten.

Als rororo-Taschenbücher erschienen von Klaus Mann außerdem: «Der Vulkan» (Nr. 4842), «Symphonie Pathétique» (Nr. 4844), «Flucht in den Norden» (Nr. 4858), «Treffpunkt im Unendlichen» (Nr. 4878), «Alexander» (Nr. 5141), «Der Wendepunkt. Ein Lebensbericht» (Nr. 5325), «André Gide und die Krise des modernen Denkens» (Nr. 5378), «Der fromme Tanz» (Nr. 5674) und «Der siebente Engel. Die Theaterstücke» (Nr. 12594). In der Reihe «rowohlts monographien» erschien als Band 332 eine Darstellung Klaus Manns mit Selbstzeugnissen und Bilddokumenten von Uwe Naumann, die eine ausführliche Bibliographie enthält.

Klaus Mann

Maskenscherz

Die frühen Erzählungen

Herausgegeben
von Uwe Naumann

Rowohlt

Umschlaggestaltung Barbara Hanke
(Detail aus dem Aquarell «Dämmerung» von George Grosz, 1922
© VG Bild-Kunst, Bonn, 1989)

Veröffentlicht im
Rowohlt Taschenbuch Verlag GmbH,
Reinbek bei Hamburg, Januar 1990
Copyright © 1990 by edition Spangenberg,
München 40
Satz Garamond (Linotron 202)
Gesamtherstellung Clausen & Bosse, Leck
Printed in Germany
1280-ISBN 3 499 12745 8

Inhalt

Die Gotteslästerin 7

Vor dem Leben 9

Die Jungen 13

Nachmittag im Schloß 36

Gimietto 40

Traum des verlorenen Sohnes
von der Heimkehr 44

Der Vater lacht 48

Sonja 73

Ludwig Zoffcke 87

Der Alte 97

Maskenscherz 100

Märchen 103

Kaspar-Hauser-Legenden 110

Kaspar Hauser singt 111
Kaspar Hauser und die blinde Frau 112
Kaspar Hauser und die reisende Hure 114
Kaspar Hauser und das irre kleine Mädchen 117
Kaspar Hausers Freund 121
Kaspar Hausers Traum vom Morgen 124
Der tote Kaspar Hauser 126

Kindernovelle 128

Abenteuer des Brautpaars 177

Gegenüber von China 211

Das Leben der Suzanne Cobière 234

Rut und Ken 253

Katastrophe um Baby   262
Schauspieler in der Villa   281
Schmerz eines Sommers   296

Nachwort   317
Editorische Bemerkungen   328

Die Gotteslästerin

Eine Skizze

Szene: Irgendein Salon irgendwo in Schwabing. Sagen wir in der Elisabethstraße. Teebesuch. Um einen runden Tisch sitzen Leute. Die Hausfrau trägt ein eng anliegendes Seidenkleid. Sie gießt Tee ein; und lächelt gelangweilt und höflich. Eine Stockung im Gespräch tritt ein. Die Hausfrau betrachtet ihre Hände. Sie sind rötlich, die Nägel zugespitzt und poliert. Sie sind schmal und lang. Sie denkt plötzlich an irgend welche Hand, die sie irgendwo gesehen hat. Sie vergißt, daß sie gerade irgend etwas Geistreiches sagen wollte. Sie lächelt gelangweilt. Sie vermutet, daß irgendwer einen Witz gemacht habe. Sie mußte also lächeln.

Da sagte irgendeine Dame (groß) hager, rötliche Haare (wie Roßhaare), spitze Nase, dürre, graue Finger: «Und was halten Sie von den jetzigen Zeiten?» Sie sieht sich triumphierend um! «Nun habe ich aber den Nagel auf den Kopf getroffen», denkt sie – die Kuh!

Die Gäste sind ärgerlich. Mein Gott – nun wird wieder über Politik gesprochen.

Die Frau Geheimrätin horcht auf. Sie hat gerade noch ihre Hände betrachtet. «Ach so – die Zeit. Die Bolschewisten und so.» Sie blickt zur Decke. Was soll sie nur sagen? Jawohl. Also: Sie findet alles ganz schrecklich. Natürlich! Wer nicht? Wer hat darunter nicht zu leiden? Unter dieser Schreckensherrschaft der Bolschewisten. Mein Gott, ja – man müßte eben abwarten, nicht wahr, sagte die Geheimrätin, «und auf Gott» (sie gießt Tee ein), «was ich nur sagen wollte? vertrauen! Ja natürlich – auf Gott vertrauen.» «Ja, natürlich, da haben Sie recht», sagt die Dame mit den Pferdehaaren. Ihre hageren, langen, grauen Hände liegen unerfreulich wie Spinnenarme auf der Tischdecke. Nein, wie ärgererregend diese Hände sind! Die Kuh!! Warum hatte sie auch von Politik zu reden! – Die Kuh!! Nein, da kann man sich auch ärgern! Schließlich die Leute, die kennen doch alle ihre Ansichten zur Genüge! Schauder vor den Bolschewisten,

Furcht und Gottvertrauen. Warum muß man sich denn alle diese Sachen so oftmals sagen? So amüsant sind sie doch nicht! – Nein, wie dieses Weib mit den Pferdehaaren hassenswert ist! Sie trägt auch eine gelbe Seidenbluse. Wenn man sie nur ohrfeigen dürfte. Mitten auf die Wellen träumerischer Locken – dann würden ihre hellblauen, wimperlosen Augen in Tränen stehen. Sie würde dann sogar wahrscheinlich aufstehen und hinausgehen, man sprach also über die Politik, man entsetzte sich also pflichtschuldigst über den Geiselmord.[1] Man sagte: «Ach Gott, ja, der arme Geheimrat Döderlein!»[2] Und da wirft die verhaßte Dame mit den Pferdehaaren dazwischen: «Es soll ja gar nicht wahr sein!» – Ein Herr mit riesengroßer, bläulicher, feuchter Nase sieht sie grimmig an. Er wendete dann kalt den Blick von ihr ab und sagte zu seiner Gattin: «Es gibt doch immer Leute, die alles besser wissen müssen.» Und er hüstelte streng. Die Dame starrte aus ihren wimperlosen Augen streng auf des Herren bläuliche Nase. «Ja – es wird doch auch viel geschwatzt», sagt sie und fügte hinzu: «Ich glaube, daß die Spartakisten sich nicht so entsetzlich benommen haben, wie getan wird. Der Geiselmord natürlich, das war eine widerliche Abscheulichkeit, doch vermute ich, und will diese Meinung niemandem aufdrängen, daß dieses nur die Schuld einzelner barbarischer Soldaten war!» Der Herr mit der feuchten Nase erhob sich. «Auf Wiedersehen, gnädige Frau. Ich trinke nicht mit Spartakisten Tee.» Er zog seine braunen Lederhandschuhe an und ging mit starken wuchtigen Schritten, seine Frau am Arm, ab. – Stille! – Alle haben bleiche, entsetzte Gesichter, die Hausfrau erhebt sich. «Aber Frau Geheimrat!» – Die Hausfrau weist mit dürren Fingern nach der Türe. Sie geht geknickt. Mit schlaffen Armen und trübseligen Augen. Die Gotteslästerin, die Spartakistin!! Pfui!!

Vor dem Leben

Auf der Wiese drüben übten sich die kleineren Jungen im Wettlauf. Wie aufgezogene kleine Automaten rasten ihre weißen Gestalten über das Grün der Fläche. Bisweilen trug der Wind, halb zerpflückt und spielerisch entstellt, die hellen Schreie, mit denen sie sich gegenseitig zu höchster Leistung anfeuerten, bis hinüber zum Hauptgebäude.

Am Portal dort standen ein paar der größeren Schüler diskutierend beisammen. Es waren solche, die in den nächsten Wochen schon die Reifeprüfung bestehen und dann fort, in die großen Städte und, aus dem pädagogischen Frieden des Erziehungsheimes hinaus, in den Betrieb des Lebens sollten. Sie dachten viel nach, und sie sprachen auch viel unter sich über das, was nun würde. Mancher von ihnen hatte ein Ziel, das erreicht, ein Ideal, das verwirklicht sein wollte, und sie liebten es, das, was ihnen zeitig und notwendig schien, den Andersgesinnten mit schwungvollschönem Wort zu preisen. Manche freilich schwiegen auch still.

«Wunderbar ist es», rief jetzt der eine, der Wandervogel war und mit Enthusiasmus schwur auf die Regeneration, auf die «neue Epoche» und am begeistertsten auf die «Überwindung der décadence», «schön ist es ja wohl, wenn man's weiß, welche Rolle man spielt in der Geschichte der Welt – wenn man's gefühlt hat, zutiefst begriffen, daß man gestellt ist an die Wende der Zeit – daß man erwählt, berufen ist, zusammenschaffend mit Kameraden und Genossen, das Alte umzugestalten zum kraftvollen Neuen.» Er hatte die Eigenart, bei jedem Wort fast sich das dunkle Haar, das strähnig in die braune Stirn hing, mit einer kurzen, leidenschaftlichen Geste zurückzuwerfen. Seine Bewegungen waren heftig, er reckte kindlich-rhetorisch den ganzen Arm, es war ein großes Leuchten in seinem Blick. Aber ein anderer unterbrach ihn, er hob ernst, wie zu einer Beschwörung, die Hand. «Sprich nicht von derlei!» sagte er langsam und sah strenge an ihm vorbei. «Wende der Zeit. – Was weißt *du* wohl davon? Du sprichst von der Regeneration und trägst leinene

Kittel. Sei es darum, *suum cuique*. Sprich aber, ich bitte, von dem nicht, was mit dem Gesetze des Kosmos zusammenhängt. Daß die Zeit sich erfüllt hat und warum, wissen nur wir.» Er sah schräg aus dunklen, feuchten Augen zur Erde. Er schwieg still, wie solche schweigen, die möglichst aufdringlich bedeuten möchten, daß sie gar mancherlei noch zu äußern imstande wären. Er war Mitglied der anthroposophischen Gesellschaft. Über diesen Überfall an traurigster Verachtung war der Wandervogel ein wenig verdutzt zunächst und etwas eingeschüchtert. Aber er schüttelte bald den Kopf, er drohte sogar. «Ach», sagte er drohend, «das ist ja Unsinn – davon verstehe ich nichts. Und ob wir es wissen, daß heute das Neue erwacht. *Wir* bringen es ja am Ende. Wir *sind's* ja, zum Teufel.» Und er stand froh, lachend, gläubigen Herzens in seinem buntleinenen Kittel.

Junge Mädchen kamen aus dem Haus gelaufen. Es waren Wirtschaftsschülerinnen, sie trugen weiße und hellblaue Kleider. «Ihr philosophiert», lachten sie, «ach, ihr weisen, weisen Philosophen –», und sie liefen barfuß davon, in langer Kette, und sie schüttelten ihr weißblondes Haar. «Ach, ihr Klugen», höhnten die Entlaufenden, «ihr Neunmal-Gescheiten!» Und ihre hellen Gestalten verschwanden rasch um die Ecke.

Ein junger Mensch, der ungemein zierlich gekleidet war, hatte dem Gespräch des Wandervogels und des Theosophen über das Neue und über die Wende der Zeit unter mancherlei Äußerungen der Nervosität und der Ungeduld gelauscht. «Ach», sagte er endlich und schüttelte mehrmals heftig den Kopf, als ärgerten ihn unangenehme Fliegen, «wie ihr so sprechen möcht' –», daß ihr euch gar nicht ein bißchen geniert. Was macht ihr so gewaltigen Wesens mit eurem ‹Neuen›? Was wollt ihr denn nur? Das Neue», sagte der zierlich Gekleidete, und er machte viele spitze kleine Handbewegungen, im Drange den Zuhörern ein wenig doch verständlich zu werden, «das Neue ist nichts, als daß wir immer feinnerviger werden, auf jeden Farbton, jedes Geräusch, das uns trifft, immer schmerzlicher und immer lustvoller zugleich reagieren – der ganz logischen Entwicklung der Dinge zufolge wird das, was uns von der vorigen Generation unterscheidet, eine nicht neue eigentlich, eine ungeahnte differenzierte Art sein, das Weltbild in uns aufzunehmen – eine Art, mit der verglichen alles Frühere plump und wie geschmacklos erscheinen wird.» Er verstummte. Er hatte ein merkwürdig kleines Gesicht, und er lächelte traurig und spitzfindig über das sommerheiße Land. «Wir werden es nicht gerade leichter haben auf solche Art», begann er von neuem, «dafür kennen wir aber auch Wonnen, kleine, kleine süße Sensationen, mit denen verglichen Baudelaire plump, Wilde ordinär erscheint. Ich sehe zum Beispiel da Jungen spielen – das sah man früher nun auch, und man fand es gut und ganz recht so. Aber diese Farben da, diese Bewegung – dies Weiß, das wie ein Funke über das Grün springt – das macht mich wahrhaftig zittern am ganzen Leibe – ich leide so unter dieser Sensation, ich ergötze mich so intensiv an ihr, daß mir ganz einfach die Tränen in die Augen steigen – das ist aber das Neue –.» Der Wandervogel, dem vermutlich der Sinn des Gesagten wie auch der vielen kleinen Handbewegungen nicht so ganz klar geworden war, rief aus freudigem Herzen und während er erregt die Haare schüttelte: «Ich sehe Jungen spielen – daß sie aber spielen, daß sie ihres Leibes endlich wieder froh geworden, gerettet aus krankhafter Überzivilisation, wiedergegeben der großen Natur, heitere Träger einer neuen, strahlenden Ethik sein müssen – das, *das* ist das Neue!!» Und da er, hochatmend von seinem Bekenntnis, glückstrahlend still schwieg, klang schon, bedeutungsvoll umdunkelt, wie aus geheimnisvollen Tempelhintergründen die Stimme des jungen Theosophen: «Daß diese Knaben», verkündete er langsam, «ohne es freilich ahnen zu können, hingestellt sind in den dritten, großen Wendepunkt der Weltgeschichte, daß jeder von ihnen, un- und unterbewußt, für seinen kleinen, kleinen Teil dazu beitragen muß, das unabänderlich-kosmische Gesetz zu erfüllen – nur *das* ist das Wesentliche, nur *hierauf* kommt es wohl an –.»

Und dazwischen klangen, von der Wiese herüber, die Schreie der spielenden Jungen, die der Wind willkürlich verwehte.

Einer unter denen, die beisammen standen, schwieg still. Er dachte nach über das, was die anderen sagten. Er nahm alles entgegen, und er wußte es selbst nicht, was ihn so traurig machte daran. «Der eine», dachte der Schweigsame, «meint nun, die décadence sei prächtig abgetan und nackt, in strahlender Reinheit, nahe das Neue, getragen vom Fittich der Wandervogelbewegung. Der andere ist auch nicht eben bescheiden, fühlt sich eingeweiht in die dunkelsten Kulte, glaubt über unser aller Schicksal genau orientiert zu sein, ein

Mitwisser um das Geheimnis des Kosmos – der Dritte muß weinen vor Angst und vor Freude, und eine pathologische Überverfeinerung des Nervensystems scheint ihm das Hauptziel der Zeit. – Wie uns doch seltsam ist – –.»

Der Wandervogel reckte und dehnte sich stark in der Sonne. Der Theosoph sah schräg und dunkel zur Erde, aus Augen, die ganz feucht waren vom großen Ernste. Der Zierliche fächelte und hatte viel damit zu tun, seine kleine hellblaue Krawatte zu ordnen. – So standen sie beieinander.

«Das ist doch seltsam», dachte der Schweigsame, «so gehen wir denn hinaus. – War es so sonderbar und kurios wohl immer bei denen, die vor dem Leben standen, wie's heute ist? – Wie vielgestaltet ihre Sehnsucht ist. – Und was soll nun daraus werden? – Es *müßte* einer ja da sein, in den sie alle mündeten, die Sehnsüchte und die Ziele. – Wie es um den dann freilich bestellt wäre – –?»

Der kleine Zierliche mit den gar zu sensiblen Fingerspitzen lächelte ihm plötzlich zu. «Du schweigst?» sagte er. «Ei, ja, ja – du denkst dir dein Teil – –.»

Die Wettläufer kamen im lautem Zuge von der Wiese her. Sie hatten kurze Sporthosen an, ihre Gesichter waren ganz braun gebrannt, wie weiß erschien das hellblonde Haar gegen die dunkle Haut. Schwatzend zogen sie weiter.

«Ob es wohl immer so seltsam war, unter den Jungen?» dachte der Schweigsame. «Wende der Zeit – Wende der Zeit – –. Wer schwach genug sein könnte, allen diesen Strömungen ganz sich hinzugeben, stark genug dann wieder, aus dieser Hingabe sich selbst zu gewinnen. – Wie wird das wohl enden? Wie denkt sich's der liebe Gott?»

Und plötzlich – die anderen waren zunächst ganz verdutzt – sagte er laut und sah sie der Reihe nach an: «Nun, irgendwie wird es schon werden –.» Und sie lachten alle mitsammen. Die einen, weil sie nicht wußten, was sein Spruch denn gemeint; er vielleicht nur, um der Trauer Herr zu werden, die in ihm groß geworden war.

So lachten sie laut an der Schwelle des Lebens.

Die Jungen

> Denn es ist eine sonderbare Zeit,
> und sonderbare Kinder hat sie: uns.
> *Hugo von Hofmannsthal*

1.

Nach und nach hatten sich alle gesetzt.

Die Schüler saßen in einem weiten Halbkreis, der abgeschlossen wurde durch den langen Tisch, an dem das Kolleg der Lehrer und Lehrerinnen seinen Platz hatte. Den Mittelpunkt dieses Tisches bildete der Stuhl des Professors, der, ein wenig stattlicher als alle andern Stühle im Raum, gewichtig und thronartig erschien, schwer geschnitzt und aus dunklem Holz. Der Professor selbst war noch nicht anwesend, aber Frau Elsbeth, seine hagere Gemahlin, nahm bereits ihren Sessel ein, der rechts von dem des Professors stand. Sie streckte auf diese Weise, die ungehörig und allzu mondän für die Gelegenheit wirkte, ihre schmalen Rennpferdbeine in grauen Seidenstrümpfen von sich und tauschte zischelnde kleine Bemerkungen mit Dr. Fehr, der ihr anderer Nachbar war.

Die größeren Schüler saßen beieinander und spotteten.

Johann saß mit übereinandergeschlagenen Beinen, trug an seinen braunroten Negerlippen wie an einer kleinen Last und sprach, in seinem weichen, etwas gebrochenen Deutsch, gedämpft und eifrig auf Sibylle ein. «Daß du es nicht merkst, wie unwichtig das alles ist. – Was geht es uns an? Was hat es denn mit der Entwicklung der menschlichen Seele nur irgend zu tun?» Aber Sibylle saß ein wenig gebückt in ihrem schweren gestrickten Kleid neben ihm und antwortete mit einer entfernten kühlen Herzlichkeit, die zugleich beglückte und weh tat, während ihre braungoldenen Augen stille von ihm ab und dunkelnd durch den Raum glitten. –

Neben ihr saß Martha, die sehr schlicht gekleidet war und den unbedingten Eindruck erweckte, als ob sie nach Schweiß röche – was aber nur an der biederen Uneleganz ihres Auftretens und der plumpen Form ihrer Beine in den schwarzen Wollstrümpfen lag. Blaue tiefe Augen und braunes Haar, das schwer herabhängend ihr

Gesicht umrahmte, machten sie fast schön. Zwar war ihr Gesicht reich an Pickeln und kleinen Unreinlichkeiten, aber dadurch schien sie sich nicht weiter behelligen zu lassen. – Adele brütete mit feuchten schwarzen Augen vor sich hin, war untersetzt und schwer, immer in trüben Nöten, immer in schwierigen Verwicklungen und tiefen Ängsten. – Der nächste war Harald. Er trug einen Leinenanzug von einem merkwürdigen Graugrün, gegen das die Haut seiner Wangen und seines Halses mattweiß schimmerte. Liebevoll und wie man zu einem Kinde spricht, redete er auf Maria ein, die in einem hellgrünen, kleingefalteten Kleide steif aufgerichtet und leicht zitternd neben ihm saß. Der letzte war Adolf. Er saß mit verschränkten Armen, ganz in sich zusammengekauert, das Kinn in den Hemdkragen vergraben, den er bis zum Halse eng zugeknöpft trug. Sein Haar war völlig kurzgeschoren. Marthas Augen ruhten auf seinen nackten, sehnigen Knien. Es geschah, daß sie dabei dem Blicke Sibyllens begegneten, der, im stillen Gleiten durch den Raum, eine Sekunde länger auf Adolf haftenblieb.

Ihnen gegenüber saßen die kleinen Buben, ließen ihre nackten braunen Beine baumeln und lachten.

«Siehst du, Sibylle», sagte Johann gedämpft, «unter allen Umständen war es falsch von Doktor Fehr, diese Schulgemeinde einzuberufen. In der Situation, in der wir uns befinden, kann es nur schaden, wenn an einer einzelnen ein Exempel statuiert wird. – Es bringt uns nicht weiter. An andern Stellen müßte angepackt werden. Liebe Sibylle», sagte er eindringlich, «die menschliche Entwicklung –»

Aber Sibylles braungoldne Augen glitten von ihm ab, dunkelnd durch den Raum. «Ja», sagte sie und hob leicht die eine Schulter. «Derlei bleibt peinlich –»

Harald sagte lächelnd zu der kleinen Maria: «Habe nur keine Angst. Den Kopf, weißt du, beißen sie dir nicht ab – –» Marias seltsam inhaltsleere, bläuliche, kleine Händchen, die so hilflos in ihrem Schoße lagen, rührten ihn so sehr, daß er sich herbeiließ, sie mit solchen Redensarten zu trösten. Sie schaute mit grauen, viel zu großen Augen gerade vor sich hin. «Nein, nein», sagte sie und lächelte mit ihrem kleinen entzündeten Munde.

Der Professor trat ein. Als allerletzter, wie der Dirigent an sein Pult tritt, wenn die Aufführung beginnen soll.

Adolf richtete sich langsam auf und sah ihn aus stahlblauen Augen durchdringend an, als wollte er ihn wägen, mit diesem Blick einen heißen, grimmigen Gerichtstag halten.

Sibylle ließ ihre stillen Augen auf ihm ruhen und lächelte ein wenig.

Johann betrachtete ihn von unten her, mit prüfendem Hundeblick.

Der Professor ging mit unklaren Augen an seinen Platz, behindert und gebückt unter den vielen Blicken. Seine Hände hingen schwer, rot und wohlmeinend aus den Manschetten.

Spott und Kritik lagen wie etwas Körperliches in der Luft.

Maria neigte sich einen Augenblick ganz nahe zu Harald hin. «Hör doch, wie mein Herz klopft», sagte sie, die Hand auf der Brust, und schloß für eine Sekunde tief die Augen. Aber Harald sah an ihr vorbei, zu den kleinen Jungen hinüber, die mit weit und ehrfurchtsvoll aufgerissenen Augen auf den Professor schauten. Da richtete sich Maria wieder auf, kerzengerade, und während sie mit ihren mageren Kinderschultern leicht erschauerte, lachte sie, leise und klingelnd, in die eingetretene Stille hinein, wie eine kleine, irre Silberschelle.

Der Professor hatte sich erhoben. Er stand in seinem uneleganten, schwarzen Anzug am Tisch und sah mit unklar gekränktem Blick in der Runde umher. Sein Gesicht war etwas dick, mit schweren Backen und einem kleinen blonden Schnurrbart.

«Trotzdem Doktor Fehr die Schulversammlung einberufen hat», sagte er langsam, während seine magere Frau lauernd die Augen über die Schüler wandern ließ, um die Wirkung seiner Worte zu erproben, «möchte ich vorher noch ein paar Worte an die Gemeinde richten.» Er sprach mit schwerer Zunge und etwas stockend, immer vor sich hin auf seine Hände blickend. «Noch nie ist es mir so schwergefallen, euren Kreis zu betreten, als heute. Der Fall, von dem wir nachher sprechen müssen, ist kein Einzelfall. Allerorten höre ich Klagen. Gerade die ‹Großen›», sagte er und hob jetzt den Blick, «wollen sich dem Sinne unserer Gemeinschaft nicht fügen, stehen in einer unfruchtbaren, verdammenswerten Opposition. Wißt ihr es denn nicht», rief er und hob ungeschickt rhetorisch die schwere Hand, «begreift ihr es denn nicht, *worauf* es hier ankommt? Daß ich euch in Freiheit erziehen will zur Selbstzucht, daß die Hauptmitgift, die ich der neuen Jugend, wie ich sie ersehne, mitgeben will, die *Selbstverantwortung* sein soll, das Wissen um das, was jedem einzelnen für sich gut ist und nützlich. Aber ihr seid ja keine Jugend. Oft kommt es mir vor, als hätte ich es gar nicht mit jungen, sondern mit ganz alten, seltsamen Leuten zu tun.» Die Großen lauschten ihm in tiefem Schweigen. Sie hörten zu, wie er ihnen, langsam und stockend, zuweilen überraschend und kindlich rhetorisch gesteigert, die Lehre von der neuen Jugend vorsprach, von der Regeneration, von der Überzivilisation des Westens, die erlöst sein will zur neuen, großen Kultur. Auf ihren Gesichtern regte sich kein Muskel.

Endlich brach der Professor ab. Es war, als habe er einen sehr wirksamen Schluß auswendig gelernt, aber nun versage ihm das Gedächtnis, und vorzeitig müsse er seine Rede enden. Noch einmal hob er die bäuerische Rechte, als wolle er, unter gewaltigen Anstrengungen, eine wuchtige Schlußpointe in den Saal schleudern. Aber es kam nichts mehr, er setzte sich nur, und sein Gesicht war ganz rot und verschwollen. Mit unklaren Augen sah er um sich.

Eine Pause entstand. Niemand regte sich. Nur Maria schauerte ab und zu leicht zusammen und lächelte irr mit dem entzündeten Munde. Adolf ließ seine Augen nicht vom Professor.

Plötzlich stand Dr. Fehr auf. Sein Altweibermund bebte vor Erregung. Er trug seinen hellen englischen Anzug wie eine Offiziersuniform, und herausfordernd sah er im Kreise umher.

Harald dachte daran, wie er hinterher, wenn solches Theater zu Ende war, zusammenklappen konnte. Weinend lief er dann von einem zum andern, und kläglich, mit zitterndem Munde, klagte er aller Welt sein unwürdiges Leid. Aber die haben es wohl auch nicht am leichtesten, dachte Harald, die sich retten müssen zu solchen Albernheiten. Adolf saß, seit der Professor seine traurige Rede beendet hatte, sehr steif aufgerichtet, eng eingeknöpft in sein Hemd – seine Hemden waren so häßlich, aus dickem rauhen Flanellstoff –, und beobachtete unter dicht zusammengezogenen Brauen den Doktor. – «Der kleine Napoleon», sagte er durch die Zähne hindurch.

Kleine Gekicher wurden laut. Maria erbebte plötzlich in einem hysterischen Lachkrampf. Das Kollegium überhörte es.

Dr. Fehr begann zu sprechen. «Lange schon wollte ich Einspruch erheben», sagte er scharf, «gegen das Unwesen, das eine der Schülerinnen unserer Gemeinschaft unter uns treibt. Ich spreche von Maria. Nicht nur, daß dieses Mädchen den Ideen gegenüber, die der Professor unter euch großziehen will und über die ich hier nicht debattieren möchte, als absolut aufnahmeunfähig sich erwiesen hat – sie verfehlte sich auch immer und immer wieder gegen die äußerlichsten Satzungen unserer Gemeinschaft. Nicht nur geht dieses Mädchen selbst niemals rechtzeitig zu Bett, nein, durch abendliches Geschrei stört sie die anderen. Fast regelmäßig erscheint sie zu spät zum Unterricht; ungemein liederlich sind ihre Schularbeiten angefertigt; träge und weichlich benimmt sie sich beim Sport. Kurzum – ihr Benehmen ist nicht derart», rief zornbebend der Doktor und schleuderte jedes Wort wie einen Hieb durch den Raum, «ihr Benehmen ist nicht so, wie wir es von einem Mitglied unserer Gemeinschaft fordern und erwarten dürfen. Ich stelle also einen Strafantrag», sagte er bebend und stand hochaufgerichtet mitten im Saal. «Ich stelle einen Strafantrag für drei Tage Stubenarrest.» Und während er sich schon setzte, fügte er noch mit einer Sachlichkeit, die sich mühsam beherrschte, zwischen den Zähnen hindurch hinzu: «Man kann zur Abstimmung übergehen.»

Maria blickte fröstelnd gerade vor sich hin. Harald sann still den Worten des Professors nach. Mit grüblerischem Hundegesicht überdachte Johann von allen Seiten den Sachverhalt.

Aber Adolf stand langsam auf und sagte mit einer seltsam belegten Stimme, während er mit runden brennenden Augen im Kreise umhersah, bis sein Blick auf dem Professor haftenblieb: «Ich bitte um das Wort.» Da niemand antwortete, begann er zu sprechen, langsam, ingrimmig und ohne die Augen von dem tiefererrötenden Antlitz des Professors zu wenden. «Was Herr Doktor Fehr von der Disziplinlosigkeit sagte, bezieht sich, wie ich als selbstverständlich annehme, wohl nicht nur auf den Fall Marias, sondern letzten Endes auf uns alle.» Der Professor nickte ermunternd und wie bestätigend mit dem Kopf und wurde immer röter. «Ich weiß nicht», sagte Adolf und trug seinen kahlgeschorenen Kopf kerzengerade, «ob Doktor Fehr oder ob Sie, mein verehrter Herr Professor, imstande sind zu erfassen, worauf an sich geringfügige Symptome, wie eben diese sogenannte Disziplinlosigkeit, im Grunde zurückzuführen sind.» – Aber hier fuhr Dr. Fehr in die Höhe. Er zischte und speichelte vor Erregung. «Geringfügige Symptome?» fauchte er. «Mä-

ßige deine Unverschämtheit! Wie willst du grüner Bursche – –?»
Aber da eine Erregung, wie ein zitternder elektrischer Funke, durch die Reihe der Schüler ging, hob der Professor abschließend die Hand, lächelte bestürzt und sagte stockend, daß das wohl über das unbedingt Notwendige hinausginge. Adolf setzte sich starr und mit dicht zusammengezogenen Brauen. Man nahm die Abstimmung vor.

Drüben erhob sich ein kleiner blonder Junge. Er wurde dunkelrot bis zum Haar hinauf und sagte ganz leise: «Können wir sie nicht noch einmal laufenlassen?»

Alle lachten. Nur Dr. Fehr blieb sehr ernst und sah streng ins Leere. Maria lächelte auf ihre bläulichen kleinen Hände hinunter.

Harald hatte sich weit vorgebeugt. Plötzlich war eine tiefe und weiche Dunkelheit in seine Augen gekommen.

Als die Heiterkeit sich gelegt hatte, wurde der Professor, der aus Höflichkeit auch ein wenig mitgelacht hatte, wieder sehr ernst und ließ abstimmen.

Die Großen waren selbstverständlich alle für eine Freisprache Marias, bis auf Adele, die aus einem unergründlich dunklen Pflichtbewußtsein heraus gegen die eigene Freundin stimmte, die sie sehr liebte. Auch die kleinen Jungen wollten, daß Maria ihre Strafe bekäme. Sie selbst mußten ja auch rechtzeitig zu Bett gehen, und außerdem fanden sie Maria «affektiert». Der blonde Junge allein, der vorhin die erheiternde Bemerkung gemacht hatte, gab seine Stimme für sie ab. Er hieß Uto und war dreizehn Jahre alt.

Dr. Fehrs Antrag wurde mit einer kleinen Stimmenmehrheit angenommen.

Der Professor sah die Stimmzettelchen durch und sagte mit einem kleinen Triumph: «Ja, Maria, nun bist du verurteilt.» – Er lachte ein wenig, aber dann schickte er sich zu einer Moralpredigt an. «Ich hoffe», sagte er und stand wieder in seiner ungelenken Rednerpose am Tisch, «ich hoffe –» Aber da stand Maria auf und verließ mit kleinen trippelnden Schritten den Saal. Sie hielt ein zierliches weißseidenes Taschentuch vor den Mund gepreßt. – Eine große Unruhe ging durch die Schüler. Adolf schüttelte erregt den kahlen Kopf und machte kleine Bewegungen, die wie Schläge waren. Sibylle sah still und aufmerksam Dr. Fehr an, der schon anfing, in sich selbst zusammenzufallen. Adele schluchzte laut in ein großes rotes Taschentuch. Nur Harald regte sich nicht. Er saß ganz still – so still, wie man nur ist, wenn einem eine große Lust geschieht oder ein großes Weh oder beides in einem – und sah Uto an. Uto erwiderte fest seinen Blick. Mitten in der nervösen Erregung des Aufbruchs trafen sich tief ihre Augen.

Der Professor sagte nur: «Na –» und wurde wieder ganz rot. Dann löste er die Schulgemeinde auf.

Die Schüler drängten ins Freie. Als Sibylle an Dr. Fehr vorbeiging, sagte sie mit ihrer dunklen, klingenden Stimme: «Nun, Herr Doktor, das war ja sehr sympathisch, wie Sie sich vorhin benahmen.» Dr. Fehr starrte ihr entsetzt ins Gesicht. «Wieso», sagte er, und sein Gesicht verfiel ganz vor Angst. Aber sie ging kühl und fremd davon. Sie hatte merkwürdig magere, knabenhafte Arme. Dr. Fehr sah ihr fast weinend nach. «Wieso», sagte er noch einmal, ohne daß Sibylle es noch hören konnte. «Wieso meinen Sie das?» Dr. Fehr liebte Sibylle.

Draußen sprach Harald leise mit Uto. «Ja», sagte Harald, und seine Stimme war ein wenig verschleiert, «da möchte ich wohl gern einmal hinkommen, wo du wohnst.» – Uto sah lachend zu ihm hinauf. Er hatte überraschend große blaue Augen mit ganz schwarzen Brauen und Wimpern zu seinem hellblonden Haar. Er trug einen hellgrünen Leinenanzug mit roter Borte am Halsausschnitt. «Ich denke mir euer weißes Haus so hübsch», sagte Harald. «Und die Mutter reitet am Morgen also spazieren?» – «Mit Großmutter zusammen reitet sie», sagte Uto und schüttelte sich das Haar aus der Stirne, das ihm in hellen Strähnen ins Gesicht fiel. «Oh, Großmutter ist eine kluge Frau, Großmutter ist schrecklich klug.» Harald wandte sich zum Gehen. Er pfiff eine kleine süße Melodie und ging langsam davon. Er hatte etwas von einem Jüngling aus der Zeit der Renaissance, wie er, in nicht ganz gerader Haltung, die Augen seltsam verschleiert und grau gekleidet, seines Weges ging.

Er wollte noch zu Maria.

2.

Draußen auf der Landstraße vorm Haus standen die Großen beisammen. Maria fehlte, auch Adele und Harald, die bei ihr sein mochten.

Es begann zu dämmern. Weiße Nebel stiegen über den Wiesen auf, die sich weit und stille vor den Schulgebäuden ausdehnten. Ein leichtes Frösteln ging durch die Bäume, die sich zu entlauben anfingen. Vom Dorfe her läuteten Glocken durch den einbrechenden Abend.

«Wie kühl es schon ist», sagte Sibylle leise. Sie hob leicht die Schulter. Adolf stand gerade aufgerichtet mit hochgeschlagenem Hemdkragen und verschränkten Armen. Sein Blick forschte heiß und ruhelos über die weiten, dunkler werdenden Wiesen.

Johann, der einen häßlichen Gummimantel angezogen hatte, weil ihn fror, grübelte mit feuchtem Hundeblick der Entwicklung der menschlichen Seele nach, dem, was nebensächlich war, und dem, was wesentlich. Johann neigte der Anthroposophie zu, und die Bildung seines Seelenlebens beschäftigte sehr seine Gedanken. Braun und mager wuchs sein Hals mit dem stark hervortretenden Adamsapfel aus dem Klappkragen des grauen Gummimantels. An einem breiten Riemen trug er in einem ledernen Etui ein Fernglas um den Hals hängen.

Martha lehnte still und schlicht an der Mauer in ihrem blaukarierten Leinenkittel und sah Adolf an.

So standen sie beieinander.

Adolf zog die Brauen zusammen und sagte wütend: «Die ganze Schulgemeinde über wünschte ich heute eine Handgranate bei mir zu haben, um sie auf diesen Herrn, diesen Professor schleudern zu können. – Was will er?» rief Adolf, «was will dieser Herr von uns, was sollen uns seine Redensarten?» und zuckend hob er die Hand wie zu einem Schlage.

Sibylle lachte leise und dunkel vor sich hin.

Im Hause begann jemand Klavier zu spielen. Es war Griegs Walzer in a-Moll. Sibylle wiegte leicht den Kopf nach dem Takte der Melodie. Schmal und schön stand sie mit ihren Knabenarmen in der Dämmerung.

Aus den dunklen Fenstern tönte Lärm. Da balgten sich die kleinen Jungen, und in unentwirrbaren Knäueln wälzten sie sich auf der Erde. Eine magere Lehrerin trat aus dem Haus, den Zwicker auf der spitzigen Nase, und lief mit trippelnden Schritten die Landstraße hinunter dem Dorfe zu.

Adolf sah wie scharf nachdenkend von einem zum anderen. Er hielt den Kopf ein wenig schief und sagte ganz langsam, jedes Wort betonend, während sein blutigroter Mund sich schief verzerrte: «Ja, ja – wir Jungen – –»

Die anderen standen regungslos in der Dunkelheit.

Johann wollte augenscheinlich etwas sagen. Mühsam regte er den schwerhängenden Mund. Aber Adolf kam ihm zuvor. Er verneigte sich halb vor Sibylle, und mit einer Stimme, als wolle er sie verspotten, sagte er: «Gehen wir noch ein wenig spazieren, meine Holde?»

Sibylle war burschikos, aufgeräumt und laut. «Warum denn nicht, mein Sohn», rief sie und lachte. Sie wandte sich noch leichthin an Johann: «Wolltest du nicht gerade etwas sagen?» fragte sie ihn. Aber Johann blickte bekümmert und schief zur Erde. «Ich wollte dich um dasselbe bitten», sagte er leise.

Sibylle ging mit Adolf in das Dunkel hinein.

Martha neigte still das Gesicht.

Johann grübelte in seinem unschönen Gummimantel vor sich hin.

Sibylle plauderte entfernt und lachend an Adolfs Seite. Sie erzählte Anekdoten, sie ahmte Bekannte nach, und zuweilen verstellte sie ihre Stimme, so daß sie ordinär und quiekend wurde. Sie sang auch unanständige kleine Couplets, wobei sie zum Takte mit den Fingern schnalzte, so daß es wie Kastagnetten klang. Aber dazwischen schwieg sie auch und ging still neben ihm her mit ihren rührenden Armen. Es war, als müsse sie sich zu all den Kunststückchen, zu den Couplets sowohl als zu der Fremdheit ihres Schweigens, retten, aus Angst, der andere könne gar zu nahe an sie herankommen. Was in ihr Sehnsucht war, verbarg sich unter solchem Spiel und solchem Schweigen. So gingen sie nebeneinander, und jeder war allein. Adolf sprach wenig. Er hatte die Hände tief in die Taschen vergraben. Er trug den Kopf aufrecht. Mit zusammengezogenen Brauen schien er über allerlei nachzusinnen.

Sie standen auf dem Gipfel einer kleinen Anhöhe und blickten sprachlos über das dunkle Land. Mit vielen kleinen Lichtern glänzten die Gebäude der Schule.

Plötzlich sagte Adolf, und sein Mund verzerrte sich: «Ja – ich gehe jetzt noch zu Martha.» – Und er lief rasch und grußlos den Hügel hinunter.

Sibylle sah ihm mit dunkler werdenden Augen nach. Als seine enteilende Gestalt verschwunden war, senkte sie nur den Kopf. Ihr schweres braunes Haar lastete auf ihr wie eine köstliche Krone. –

Adolf trat, noch keuchend vom Lauf, in Marthas Zimmer. Hier war es sehr sauber aufgeräumt und roch nach Feldblumen. Martha saß still am Fenster und sah dem Eintretenden durch das Halbdunkel entgegen. «Guten Abend», sagte sie. Adolf stand hochaufgerichtet mitten im Zimmer. Ein Zittern lief seinen ganzen Körper hinunter.

Sie aber stand auf und kam ihm entgegen. Beim Gehen schwankten die schweren Brüste unter dem Leinen des Kleides. Schlicht und schön war ihr Gesicht, gerahmt von den hängenden Zöpfen. Wie im Traume griffen seine Hände nach ihr. Es war, als suchten sie tastend einen Ruhepunkt. Sie hatten beide, mitten im dunklen Zimmer sich gegenüberstehend, die Augen tief geschlossen.

3.

Harald trat ins Zimmer, wo Maria und Adele zusammen hausten. Es bot einen seltsamen Anblick. Tische, Stühle, Betten und der ganze Fußboden waren bedeckt mit Kleidungsstücken aller Art, mit Bildern, Büchern, spitzenbesetzten Seidenhemdchen, und in der Mitte des Zimmers stand groß und gähnend ein offener schwarzer Koffer. Adele lief mit großen, feuchten Augen hin und wider und warf planlos, wie in einer Angst, alles, was ihr in den Weg kam, in den Koffer hinein. Sie stapfte auf dicken Sohlen durch das Zimmer, und ihre Stirne war umwölkt von allerlei tiefen und unergründlichen Sorgen.

Zwischen all dem Wust saß Maria am Schreibtisch über ein Telegrammformular gebeugt, den Kopf in die Hände gestützt. Sie trug ein zierliches rosa Ballettkleidchen, sie hatte sich die Beine weiß gepudert, und das etwas spärliche Haar hing ihr in wirren Löckchen um das geschminkte Gesicht. Harald blieb an der Schwelle stehen und lachte. «Hier sieht es ja amüsant aus!» sagte er und trat zu Maria hin.

Maria wandte sich und reichte ihm das Telegrammformular. Harald las: «Komme *sofort* nach Hause. Bin in beleidigender Weise in Schulgemeinde wegen Kleinigkeit bestraft. Eure tiefunglückliche Maria.» Und darunter hatte Adele noch geschrieben, damit es mehr Eindruck mache: «Die arme kleine Maria muß *unbedingt* fort von hier.»

Harald lächelte nicht. Er stand ganz still, während Maria ihn mit ihrem bebenden Munde fragte: «Ich habe doch recht so gehandelt, nicht?» Harald antwortete nur leise. «Ja, ja», sagte er und schien nachzudenken.

Da fing Maria an zu weinen. Sie warf sich über den Tisch und wurde ganz geschüttelt vom Schluchzen. Harald sah auf ihre mageren zuckenden Schultern herab, die sich, weiß gepudert unter der rosa verschlissenen Seide, zusammenzogen. «Ach», schluchzte sie, «es ist so furchtbar. – Ich weiß ja selbst nicht, warum. – Nun muß ich also auch von hier weg. – Und niemand mag mich auf dieser Welt.» – Sie richtete sich auf. Ihr geschminktes kleines Gesicht war tränenüberströmt. Wirr umhingen es die spärlichen Locken. «Andere haben doch ihre Eltern», sagte sie und lachte ohne Anlaß silberig und irr. «Aber meine Eltern sind auch so widerlich. Dein Vater, den denke ich mir angenehm», wandte sie sich plötzlich an Harald, «deinen Vater möchte ich gerne kennenlernen. Ist er – ist er auch so wie du?» sagte sie und lächelte ihm heiß und kokett entgegen. Harald senkte den Kopf. «Mein Vater», sagte er ganz leise, «ist ein sehr geachteter Mann.» – Haralds Vater war hoher Offizier. «Mein Vater», sagte Harald noch leiser, «liebt mich nicht sehr. Er hat es so leicht, abzulehnen.» Aber er brach ab und senkte nur tiefer noch das Gesicht. Adele stand nahe bei ihm. Sie trug eine Porzellanschale in der Hand, und Harald bemerkte plötzlich mit einem Seitenblick, wie dick und unangenehm muskulös ihre Arme waren. Sie war gepreßt und unglückselig, erfüllt von dunklen und traurigen Konflikten, erfüllt vor allem von einer großen Liebe zu allem, was lebte, die sie unterdrückte und die sich Luft machte in feuchter Schwermut.

Harald sah sich im Zimmer um. «Es ist gut, daß du dich rasch zur Abreise entschlossen hast. Wann willst du fahren?» – «Heute abend noch», sagte Maria, als sie aufgestanden war. «Aber jetzt tanze ich dir noch vor.» Ihr Tränen waren getrocknet. Sie stand geziert und lächelnd nahe bei Harald. Mit vielen kleinen und nervösen Gesten ordnete sie ihr Haar. «Was – du willst noch tanzen?» sagte Harald, «und mußt dich doch gleich zur Abreise fertigmachen.» – «Oh», meinte Maria und schüttelte lachend ihr Haar, «einmal mußt du mich noch tanzen sehen.» – Sie war geschäftig. Sie lief eilig umher; das Licht mußte verdunkelt, Parfüm gesprengt werden. Ein kleines Reisegrammophon wurde herbeigeschafft. Fiebernd wählte sie unter den Platten. – «Ich tanze einen Boston», sagte sie, während Adele das Grammophon aufzog. – Dann stand sie ganz still und leicht zitternd mitten im Raum, während das Grammophon, süß und gezogen, die ersten Rhythmen laut werden ließ. Es roch sehr stark nach Parfüm. Harald hielt die Augen halb geschlossen. Dann begann Maria zu tanzen. Sie zierte sich lächelnd, sie warf kleine Handküsse und wußte nicht, was sie mit ihren armen bläulichen Händen anfangen sollte. Kokett warf sie die weiß gepuderten Beine. Neckisch und mit spitzen Fingern hob sie das rosa Gazeröckchen. – Adele atmete schwer im Hintergrund. – Maria aber sah beim Tanzen nur Haralds Gesicht, das still und weiß im Dunkel stand. Die Nase sprang etwas stark hervor. Das Haar war von unbestimmter Farbe, merkwürdig aschblond, mit einem Stich ins Graue, fast Grünliche. Es neigte dazu, in weichen Strähnen in die Stirne zu fallen. Maria glaubte, daß sein Mund ihr zulächle.

Sie brach den Tanz plötzlich ab. Mit fröstelnden Schultern stand sie mitten im Zimmer. «War es schön?» sagte sie und schüttelte lachend ihr Haar. Adele zündete Licht an. Blinzelnd stand sie an der Türe. «Aber jetzt müssen wir packen», sagte sie mit gepreßter Stimme. Maria meinte, daß sie sich erst umziehen wolle. Harald fragte, ob er gehen müsse, aber sie entschied, er könne ja ans Fenster treten. Er stand am Fenster und blickte in die Nebel des Herbstabends. Er pfiff leise die Melodie, auf die Maria getanzt hatte. Draußen spielten die kleinen Jungen noch Schlagball bis zum Abendessen. Man hörte ihre sich überschlagenden Schreie, ihren enthusiastischen Lärm durch das feuchte Halbdunkel des nebligen Abends. Harald sah, wie Uto spielte, und stand regungslos am Fenster, um ihm zuzusehen. In seinen Augen war jenes Dunkel, süß und unergründlich. – Als Maria ihn anrief, hörte er nicht, wandte sich ihr erst, als sie ihn von hinten neckisch in die Schulter puffte, zu und war auch dann noch nervös und verwirrt.

Maria hatte jetzt ein graues, hochgeschlossenes Reisekleid angelegt mit einer schmalen hellroten Borte am Halse. «Ach», rief sie und schlug silbrig auflachend die Hände über dem Kopf zusammen, «ich bin unendlich aufgeregt. – Was wird Mama sagen? Mama *schreit* vor Schrecken. – Wenn ich ankomme, wird sie *zunächst* wahnsinnig. Die Frau wird wahnsinnig», rief sie lachend in das chaotisch unordentliche Zimmer hinein, während Adele ihr in den Mantel half. «Du mußt ja weg», bat sie die Freundin gepreßt. «Maria, du versäumst uns noch den Zug.» Und sie strich ihr liebevoll den Kragen glatt. Maria stand in ihrem Reisemäntelchen, einen schwarzen Kapotthut tief in die Stirne gedrückt, mitten im Zimmer und redete fortwährend sinnlos und mit zitterndem Munde. «Ihr bringt mich natürlich an die Bahn», sagte sie und knöpfte ihren Mantel zu, «daß ihr zu spät zum Abendessen kommt, schadet wohl nichts weiter. Grüßt den Professor von mir. – Ich verabschiede mich von niemand. Sie waren ja alle zu abscheulich zu mir.» – Tränen stiegen in ihre Stimme. Plötzlich beugte sie sich über Haralds Hand, und während er ihren heißen kleinen Mund für eine Sekunde auf seiner Haut brennen fühlte, flüsterte sie: «Ach, Harald, daß ich weg von dir muß.» – Harald spürte, wie ihre Tränen heiß über seine Hand flossen. Es war ein warmes salziges Bad. Er blickte über ihren zerzausten zuckenden Kopf hinaus, wie in eine weite Ferne.

Dann gingen sie zu dritt die Landstraße hinunter. Adele zog keuchend in einem lärmenden Leiterwagen den Koffer hinter sich her. Maria sah Harald von der Seite an, wie er im weißen Herbstnebel neben ihr ging. Mit einem kleinen Schrecken konstatierte sie bei sich, daß Harald sich schminke. Der Mund war von einem tiefen künstlichen Rot. Er muß Schreckliches erlebt haben, dachte sie, während sie in ihrem Kapotthut neben ihm hertrippelte. Auf halbem Wege begegnete ihnen Adolf. Er kam die Landstraße hinauf und strebte der Schule zu. Martha war bei ihm. Adolf erweckte einen merkwürdig betrunkenen Eindruck. Seine Augen flackerten wie in einem trockenen harten Feuer. «Ach», sagte er, als er Marias ansichtig wurde, «das süße Viehchen, unser Mariechen.» Seine Zunge lallte. Aber da er den Koffer bemerkte, wurde er plötzlich von einem clownhaft-starren Ernst, er zog die Brauen dicht zusammen und sagte, jedes Wort nachdrücklich betonend: «Du reist? Ich wünsche dir alles Glück. Ich hoffe, daß wir uns wiedersehen werden.» Er gab ihr die Hand, während er sich halb seitlich vor ihr verneigte und ihr, zerstreut zugleich und übermäßig konzentriert, tief ins Auge blickte. «Ich hoffe es», wiederholte er langsam. «Es war doch schön, daß wir alle hier so beieinander waren.» Maria dachte, daß sein Kopf etwas von einem Totenschädel an sich habe, wie er so nahe und starr mit den tiefliegenden Augen und den weißen eingefallenen Wangen im Nebel vor ihr stand. Der Mund schien wie etwas nachträglich und künstlich Aufgesetztes, viel zu rot und viel zu blutig in diesem Gesicht. – Maria schloß die Augen und lächelte fremd und süßlich. Dann trennten sie sich. Martha hatte während des ganzen Vorgangs still und ohne sich zu regen im Dunkeln gestanden. – Keuchend zog Adele nun wieder an ihrem Leiterwagen.

Am Bahnhof gab es die schlimmsten Komplikationen, bis das Billett gelöst war und der Koffer aufgegeben. Adele bewährte sich trefflich und hantierte mit muskulösen Armen am Gepäckschalter.

Währenddem saß Harald bei Maria, die herzzerbrechend in ihr Spitzentüchlein schluchzte. «Ach, ach», flüsterte sie immer nur unter heißen Tränen, «ach, ach, ach.» –

Aber Harald saß neben ihr und tröstete sie. «Weine doch nicht», sagte er, «wir sehen uns ja bald wieder. Ich besuche dich, weißt du, und dann reisen wir zusammen. Wir fahren nach Paris, und dann tanzt du. – Du tanzt öffentlich auf den Boulevards und hast ein Kleidchen an aus meergrüner Seide. Der Präsident der Republik kommt selber in einem goldenen Frack und schenkt dir unwahrscheinlich schöne Schmuckgegenstände. – Liebe Maria, weine doch nicht. – Wir reisen nach Rom und besuchen den Papst. Der Papst sitzt alt und prächtig in seinem Vatikan, er segnet uns beide, erst dich und nachher auch mich.» –

Der Zug brauste um die Ecke. Männer trugen Marias Gepäck über den Perron. Adele trat gepreßt und mit feuchten Augen zu der Weinenden und zu dem, der sie tröstete. Sie sagte düster, daß Maria einsteigen müsse, nur zwei Minuten habe der Zug Aufenthalt.

Maria schluchzte krampfhaft in ihr Tüchlein. Liebevoll half ihr Adele beim Einsteigen ins Kupee.

«Der Papst hat eine goldene Krone», erzählte Harald ins Dunkle hinein. «Immer sind viele junge Mönche bei ihm.» –

Maria stand hochaufgerichtet am Kupeefenster. «Adieu», rief sie, «liebe Adele, ich danke dir auch für alles.» –

Langsam setzte der Zug sich in Bewegung. Und wie zu einem letzten Aufschrei neigte Maria sich weit aus dem Fenster. Aber sie brachte kein Wort mehr hervor und sah nur, während eine seltsame Verzerrung auf ihrem Gesicht vor sich ging, aus dem davonfahrenden Zuge zum letztenmal Harald an.

Dann verschwand der Zug um die Ecke.

Harald und Adele standen still am Perron nebeneinander. Harald sagte leise und als entführe ihm etwas, was er nicht hatte aussprechen wollen: «Ja, jetzt stirbt sie wohl bald.» – Aber, als fühle er die Pflicht, seiner Nachbarin etwas Liebenswürdiges zu sagen, wandte er sich höflich und lächelnd an Adele, die klein und gedrungen neben ihm stand. «Wir sehen uns doch noch ab und zu, auch jetzt, wo Maria nicht da ist?» sagte er und neigte sich mit einer leichten Verneigung zu ihr hinunter. Aber sie empfand nichts als den dunklen Drang, diesen Knaben da neben ihr innig in die Arme zu schließen und seinen Leib, seinen ganzen Leib, mit tastenden und greifenden Händen zu streicheln.

Sie hob den feuchten Blick zu ihm. «Ach, wozu?» sagte sie leise.

4.

«Wir sind nicht auf der Welt, um uns zu freuen, sondern um das Gute zu tun», sagte der Professor. Dann setzten sich alle, wobei sie laut mit den Stühlen scharrten. Vor dem Essen pflegte hier ein ernster Spruch gesagt zu werden, eine Art weltliches Tischgebet.

Es gab ein ziemlich unerfreuliches Nudelgericht. Überhaupt schien die Stimmung eher gedrückt. Das Wachstuch, das den Tisch bedeckte, war klebrig und schmutzig. Statt des Porzellans benützte man etwas beuliges Blechgeschirr.

Sibylle saß oben beim Professor, sie aß wenig und sah mit dunklen Augen durchs offene Fenster in die Nacht hinaus. Ihr gegenüber saß Dr. Fehr, der krank und verfallen aussah, und sah sie die ganze Mahlzeit über mit sehr traurigen Augen an. Er hatte wohl schlimme Stunden hinter sich. Das Buch, an dem er schrieb, wollte nicht vonstatten gehen. Lange quälte er sich so in unfruchtbaren Kämpfen. Mit zitterndem Munde und wehleidigen Augenaufschlägen erbat er sich dann Hilfe bei Sibylle. Aber sie verhielt sich dunkel und unnahbar.

Unten am Tische erklärte Johann der mageren Lehrerin die Grundregeln der Anthroposophie. «Glauben Sie an ein Fortleben im Jenseits?» fragte er und sah sie ernst aus seinen Hundeaugen an. «Nun, dann hätten wir also das Wesentlichste. Es handelt sich beim Ganzen um die Fortentwicklung der menschlichen Seele nach dem Tode.» –

Haralds und Adelens Plätze waren leer. Auch Adolf und Martha waren nicht zum Essen gekommen. – Der Professor zeigte einen fast beunruhigenden Appetit. Stumm löffelte er in sich hinein, und sein Blick war getrübter denn je. Er mochte über die Regeneration und die neue Jugend nachdenken.

Als die Mahlzeit schon fast zu Ende war, kamen Harald und Adele. Sie gingen, wie es Sitte war, zum Professor, um sich zu entschuldigen, und Adele sagte, tief zu ihm hinabgebeugt, so daß ihr Atem unfrisch seine Wange berührte: «Wir haben die kleine Maria zur Bahn gebracht.» Der Professor fuhr auf. «Was?» rief er. Er kaute gerade an einem großen Bissen. «Ja», sagte Adele, «sie ist fort.» Der Professor wandte sich um. Hinter ihm stand Harald. Er sah an ihm vorbei und unterhielt sich leise mit Sibylle über des Professors Kopf hinweg. Der Professor wurde rot vor Ärger. Sein Gesicht schwoll an, und seine Augen verkleinerten sich. «Setzt euch», stieß er hervor, «wir sprechen uns später noch.»

Sie saßen still und schweigsam beieinander und aßen. Sie waren wie junge Mönche, wie Mitglieder eines frommen Konvents. Der Speiseraum war dunkel und schlicht getäfelt. Kleinere Jungen bedienten und liefen schmal und eifrig mit den großen Schüsseln umher. Hinter den offenen Fenstern stand die Nacht. Stumm und mit rotem Kopfe kaute der Professor. Johann sprach leise von Christus und den Theosophen.

Man stand bald auf. Als die Schüler schon anfingen, den Speisesaal zu verlassen, kamen Adolf und Martha von draußen herein. Marthas Haar war verwirrt. In schweren Flechten hing es um ihr Gesicht. Ihr Blick war verschleiert.

Sibylle stand noch mit gesenkten Augen am Tisch und spielte mit ihrer Silberkette. Dr. Fehr schien erregt auf sie einzureden. Johann stand mit schräg geneigtem Kopf im Hintergrunde und wartete auf sie. – Adolf aber grüßte sie nicht, als er an ihr vorbei zum Professor ging. Der Professor war furchtbar zornig. «Was fällt euch ein», rief er und stampfte sogar mit dem Fuß. «Warum seid ihr nicht zum Abendessen erschienen?» Aber Adolf entgegnete ihm ruhig und während er ihn durchdringend ansah: «Wir waren spazieren.» – «Was heißt das», brauste der Professor auf, «gibt euch das ein Recht – – –?» Aber Martha sagte, und ihre verschleierten Augen machten, daß der Professor schamrot den Blick senkte: «Wir hatten es ja so nett.» – Und ehe der Professor zu Worte kommen konnte, fügte Adolf noch, weit vorgebeugt, so daß sein spöttisch verzogenes Pierrotgesicht dem Professor ganz nahe war, hinzu: «Auch erschien uns unsere Beschäftigung ersprießlicher, als in Ihrer Nähe Nudelgerichte zu verzehren.» Er trat, halb tänzelnd, einen Schritt zurück und wartete grinsend der Antwort. Der Professor war zusammengefahren. Angst kam über ihn angesichts dieser seiner Schüler. Er ist wahnsinnig, dachte er. So wie er sind nur Wahnsinnige. Er sagte rasch und mit unklaren Augen Adolfs Blick meidend: «Haltet euch vorläufig auf euren Zimmern. Ihr hört weiter von mir. Ab.» Die beiden zogen sich lächelnd zurück.

Dann winkte er Harald zu sich heran. Harald kam langsam, in seiner trägen, etwas schleppenden Gangart. Unwillkürlich fiel es dem Professor auf, wie kindlich sein Gesicht noch sei. Er stand ernst, in einer Art von hochmütiger Demut, vor ihm.

Der Professor fing an zu reden. Er sprach stockend, ohne hinreißen zu können, wie vorhin in der Schulgemeinde. Unverantwortlich sei Marias Benehmen, rücksichtslos gegen die Mutter, abscheulich in jeder Hinsicht. Noch schlimmer, ja geradezu verdammungswürdig müsse es genannt werden, einem so exaltierten, unzurechnungsfähigen Geschöpf noch beizustehen, ihm bei seinen unsinnigen Plänen hilfreich zur Hand zu sein. «Statt mir alles zu melden», sagte er, zornig werdend, «statt mir die fürchterlichen Gedanken dieses Kindes eilig anzugeben, auf daß ich imstande gewesen wäre, sorgsam wieder alles einzurenken – anstatt so zu handeln, sah es dir so recht ähnlich, aus deinem trägen Hochmut heraus, der nie an andere, sondern nur an das dir im Augenblick Genehmste denkt, selbständig jene Tat zu befürworten, womöglich die Törichte noch dazu anzustacheln, ohne zu bedenken, daß Maria selber am meisten wird darunter leiden müssen.» – Harald hörte ihm kaum zu. Er sah dieses rote erregte Gesicht vor sich, mit den trüben, verschwommenen Augen, und dachte nur das eine: Anders müßte der sein, der wirklich Führer sein könnte einer neuen Jugend. Der müßte wohl ganz anders sein. –

«Was würde dein Vater dazu sagen?» rief der Professor. «Du weißt, daß ich mit ihm befreundet bin, wie soll ich ihm dein Betragen rechtfertigen?»

Da hob Harald den Blick und lächelte.

Und zum zweitenmal an diesem Abend erschrak der Professor. Angst ergriff ihn, und er atmete schwer. Was ist das für ein Gesicht? dachte er unter Keuchen. Künstlich und tiefrot lächelt der Mund – in weichen Strähnen fällt ihm das Haar in die Stirn. – Das ist eine Art von kindlicher Verderbtheit. – Zum Teufel, dachte er, als wolle er sich zornig auf den Boden der Tatsachen zurückversetzen, das ist ja ein Lustknabengesicht. Was, du lieber Gott, habe ich für Schüler – der eine ist wahnsinnig, der andere schminkt sich, und trotzdem er der Sohn eines Generals ist, könnte man ihn für etwas ganz anderes halten. –

Er sah in den Saal hinunter. Er hörte ein kleines französisches Mädchen girrend auflachen. Er sah, wie Uto schmal und mit dunklen Wimpern an der Mauer lehnte. Er sah auch Dr. Fehr mit bebendem Munde auf Sibylle einreden. Und wie verschleiert Marthas Augen gewesen waren. – Sie aßen schweigsam zu Abend wie die Mitglieder eines frommen Konvents. Aber sie waren also auch anders. – Ihm wurde heiß und schwindelig. Was habe ich angerichtet, dachte er, was ist aus der Schule geworden, die ich erträumte? Eine seltsame und gefährliche Mischung, eine Mischung aus Kloster und Bordell. Und dann ging er eilig davon. Mit schweren plumpen Schritten lief er aus dem Saal, wie ein ungeschickt Fliehender.

Drüben sagte Dr. Fehr zu Sibylle: «Wenn auch Sie mir noch verlorengingen – was bliebe mir dann noch zu tun? Ihre harmonische Ruhe allein kann mir helfen. Sie wissen es ja, wie schwer ein Künstler es hat. Wie konnten Sie mich heute morgen so kränken?» – «Ach», sagte sie und spielte immerzu mit ihrer Kette, «so arg war das ja nicht gemeint, Herr Doktor. Ich fand nur Ihre Rede ein bißchen unangenehm.» – Sie wollte niemanden kränken. Aber gar zu sehr zu erfreuen, das, glaubte sie, war anderseits auch nicht zu wagen für sie. «Wenn Sie heute abend noch zu mir kommen könnten», sagte der Doktor. «Das wäre so schön. – Ich koche Ihnen schwarzen Kaffee.» – «Ja», sagte Sibylle und lachte, «schwarzer Kaffee ist gut, aber ich werde wohl kaum Zeit dazu finden.» – «Sie wissen doch, wie gemütlich es bei mir ist», klagte der Doktor. «Mein Sofa ist da, und Lumpi ist da.» – Lumpi war sein seidiger Dackel, den er über alle Dinge auf Erden liebte.

Harald trat hinzu und sagte: «Wollen wir nicht noch ein bißchen zu Adolf hinaufgehen, Sibylle?» Sibylle bedachte sich und sah ernst vor sich hin. Dann lachte sie und sagte: «Dagegen spräche wohl wenig.» Und immer noch lachend, verabschiedete sie sich von Dr. Fehr. «Gute Nacht, Sibylle», sagte er und schüttelte mit Inbrunst ihre Hand. Er suchte ihren Blick, sie aber sah fort. «Es ist also alles wieder gut zwischen uns», fügte er gedämpfter hinzu und lächelte mit seinem Munde, der aussah, als wäre er zahnlos. Er hatte spärliches Haar, das sonderbar und wie Federn sich sträubte. – Johann nickte den Hinausgehenden trübsinnig zu.

Harald und Sibylle gingen nebeneinander die dunkle Treppe hinauf. Harald sagte wie nebenbei: «Adolf hatte eine so seltsame Art, mit dem Professor zu sprechen; der gute Herr war ganz erschrocken.» – «Ach ja», sagte Sibylle, langsam Stufe für Stufe hinaufschreitend und den Blick ihres Begleiters meidend. «Er war ja so lange mit Martha spazieren.» – Sie sprach weiter, als könnte sie sich durch Worte vor etwas schützen. «Früher stand er doch so gut mit dem Professor», sagte sie. «Aber so ist er wohl immer. Wütend wirft er sich auf die Menschen, als seien sie seine letzte Rettung, und dann – läßt er sie fallen.» – Harald dachte nur: Wie sie ihn lieben muß.

Sie kamen an der Tür zu Utos Zimmer vorüber. Drinnen sang Uto, und sie lauschten seiner Stimme, die sich bisweilen herb und schmerzvoll im Diskant überschlug. Es war ein altes Volkslied.

«Mein Ringlein ist zerbrochen,
Mein Freund ist lange tot»,

klagte die Stimme, knabenhaft hell sich brechend.
Sibylle und Harald gingen langsam weiter.

5.

Sibylle und Harald traten in Adolfs Zimmer. Adolf saß in sich zusammengekauert auf der Fensterbank. Es war dunkel. Sibylle blieb an der Tür stehen.

Nach einer kleinen Stille sagte sie und lächelte: «Du hast Krach mit dem Professor gehabt?» – «Krach?» sagte Adolf, «wieso? Dieser Herr fängt an, mir gleichgültig zu werden.»

Sibylle sagte: «Übrigens wird er nach den Ferien hier oben doch wohl Schluß machen müssen. Von uns kommt ja keiner wieder.» Es war, als spräche sie nur, damit nicht wieder jene Stille auf sie käme. Harald sagte leise und mit einer vagen Geste, in der Verfall und Absterben war: «Ja – merkwürdig – alles bröckelt ab.» – Sibylle stand an der Tür und sprach, ohne daß jemand ihr antwortete, ins Dunkle hinein: «Was er dann wohl tun wird, wenn hier oben Schluß wird? Zum Selbstmord findet so einer den Mut nicht. – Man ist gläubig ans Leben aus Stumpfheit – weil man ein Tier ist, weil es bequemer ist, ‹seinem Ideal treu zu bleiben›, stumpfsinnig weiterzuwursteln.» Ihre Worte füllten klingend und tönend den Raum. Sie kamen prunkvoll daher, aber ihr Schall hielt nicht aus, bog sich, entweichend, im letzten Augenblick zurück.

Adolf saß schweigend in sich zusammengekauert. Wie ein Totenschädel schimmerte sein runder, weißer und kahler Kopf. Plötzlich hob er die Hand, wie zu einem Schlage. «Ich glaube», sagte er langsam, und sein Mund verzerrte sich, «ich glaube, es wäre vorteilhafter, wenn diese edle Jungfrau sich zurückzöge.» Sie schwiegen alle eine Sekunde ganz still. Sibylle regte sich nicht. Sie sah an Adolf vorbei und ins Dunkel. Dann wandte sie sich still und ging hinaus.

Adolf kauerte stumm und das Kinn in den Hemdkragen vergraben, als litte er Frost. Dumpf und belegt klang seine Stimme aus dem Dunkel. «Ja», sagte er, «so ist das nun – so gehen sie von uns. – Mit dir sollte ich es auch nicht anders machen», schrie er plötzlich Harald an, der weit von ihm entfernt stand. «Was bist du denn?! Was soll mir deine Wollust und deine Melancholie. – Du bist nichts, du bist nichts. – Du bist ein mißglückter Freudenjunge. – Du bist nichts, und wir alle sind nichts.» – Harald antwortete ihm nicht. Adolf sprach weiter, wie in einem Fieber. Sein unwahrscheinlich roter Mund stieß aus diesem weißen Gesicht wie ein blutiger

Schalltrichter die Worte. «Deinen Vater», sagte er und zog die Brauen zusammen, «den möchte ich kennenlernen. Den denke ich mir gut und respektabel. Der dient dem Leben und dem menschlichen Staate, und so soll es sein.» – «Ja», sagte Harald leise, «der spart mit sich, der hat es wohl gut.» Aber Adolf richtete sich kerzengerade auf. «Ach was», sagte er und hob zuckend die Hand, «ich halte zu ihm.» Harald wandte leicht das Gesicht von ihm ab. «Dann wünsche ich dir Glück», sagte er. «Es ist schön für die, die zu ihm halten können; auch der Professor wird sich darüber freuen.» Adolf schüttelte zornig den Kopf. «Denn wir», rief er aus, «wie sind denn wir? Ich möchte es wahrhaftig wissen, wo unsere Berechtigung zu leben liegt. Wir sind zu zerrissen und zu traurig, um Gegenpol und Ruhehafen irgendwo zu finden. – Und wer die Ruhe nicht hat, der kann dem Leben nicht dienen. Und wer dem Leben nicht dient, der ist ruchlos und sollte sterben.» Er schleuderte wütend die Worte, seine Augen brannten sich heiß wie eine trockene harte Flamme in das Dunkel. «Der eine von uns wird wahnsinnig», schrie er, «der andere begeht Selbstmord, der dritte wird Lustjunge, der vierte ergibt sich der Anthroposophie.» Und wie in einer großen Erschöpfung sagte er nochmals: «Ich – möchte es – wirklich wissen, – wo unsere – Lebensberechtigung – liegt.» – Und Harald erwiderte ihm, nahe bei der Nacht am offenen Fenster stehend: «Aber einmal sterben wir doch – und daß man stirbt, das ist vielleicht schon genug ‹Recht zum Leben›.» – «Ja», sagte Adolf. «Und worauf es ankommt», fuhr der andere fort, «das Dunkelste, weißt du, das können wir ja vielleicht auch ahnen, denn wir haben ja die Liebe. – Und in der Liebe ist auch der Tod. – Ich glaube aber, wer die Erkenntnis des Todes hat, der hat auch die Erkenntnis des Lebens – hat sie besser vielleicht und tiefer als die Ruhigen und Würdigen, die dem menschlichen Staat dienen und dem Leben.» Adolf sagte noch einmal, fast tonlos diesmal: «Ja.» Es war, als wollte Harald noch weitersprechen. Aber er schwieg still. Er schüttelte den Kopf, und dann sah er wieder ins Dunkle hinaus. «Was willst du eigentlich einmal tun?» fragte Adolf plötzlich und sah ihn mißtrauisch an. «Ach», sagte Harald und lächelte, «die Welt ist weit. – Ich gehe ans Kabarett, ich spiele Theater, ich schreibe Gedichte. – Das Leben ist nicht langweilig, da ja immer der Tod an seinem Ende steht.» – Adolf ließ den Blick nicht von ihm. «Dein Vater würde das liederlich nennen», sagte er, und es war, als wenn er angestrengt nachdächte. Aber Harald sagte langsam und feierlich, wie ein Mönch das Bekenntnis seines Glaubens spricht: «Es wird entschieden werden dort drüben. – Gott wird entscheiden, wer von uns beiden recht hatte – er oder ich. Die Welt auf jeden Fall», fügte er hinzu und lächelte traurig, «die Welt entschied sich für ihn.»

Adolf gab ihm die Hand. Er reichte sie ihm, während er aufstand und sich halb seitlich steif und clownhaft-ernst vor ihm verneigte. «Gute Nacht also, schlaf schön. – Hübsch war es auf jeden Fall, daß wir uns alle hier oben getroffen haben, diese ganz seltsam-bunt zusammengewürfelte Gesellschaft. Jetzt reisen wir ja bald. Was dann freilich werden soll, weiß ich nicht.» – Er sprach langsam und feierlich, als kopiere er höhnisch einen Festredner. «Erinnere dich meiner», sagte er, «vergiß mich nicht. – Es sind derer sowieso nicht viel, die an uns denken. – Und was deinen Herrn Vater betrifft», und er ließ plötzlich mit einem Auflachen seine Hand fallen, «dein Herr Vater möge weiterhin seine Uniform in Würde tragen – mag er uns liederlich nennen – *uns* geht er nichts an.» – Und abrupt abreißend, wie das seine Art, sah er ihn noch einmal den Bruchteil einer Sekunde lang durchdringend an und wandte sich dann. «Gute Nacht», sagte er.

Harald ging hinaus.

Allein saß Adolf auf dem Rande seines Bettes. Seine Hände tasteten über das weiße Laken. Er hatte schmale bräunliche Hände mit einem spitz geschliffenen blauen Stein am Ringfinger der Linken. Sie suchten und tasteten.

Martha kam herein. Sie hatte ihr Haar gelöst. Mit gelöstem Haar und barfuß trat sie hin zu ihm. – Als er sie kommen sah, senkte er das Gesicht und weinte. Seine Augen füllten sich langsam mit Tränen, verschwammen ganz und wurden wie Kinderaugen, sie wurden wie die Augen eines blinden traurigen Kindes.

Martha streckte ihm beide Hände entgegen. Da griff er nach ihr und zog sie zu sich aufs Bett hinab.

Harald ging einen langen Gang hinunter. Im Hause war es ganz still. Gleichmäßig erklang Atmen hinter den geschlossenen Türen. An einer Türe blieb Harald stehen. Vor tiefgeschlossenen Augen erstand ihm für einen Augenblick die Vision all der Menschen, die in diesem Hause und um ihn lebten. Er sah sie wie weitgeöffnet, er sah ihnen bis auf den Herzensgrund.

Da war Maria und saß im dahinrasenden Eilzug, und ihr entzündeter kleiner Mund empfand nichts als die Sehnsucht nach dem seinen. Wirr und spärlich hingen Locken um ihr armes Gesicht.

Da war Sibylle und war herb und dunkel, erzählte lachend Anekdoten, damit der andere ihr nicht zu nahe käme, und neigte dann einsam das fremde Gesicht. Jetzt war wohl Johann bei ihr, um ihr von der Entwicklung der menschlichen Seele zu sprechen. Wie schwer er an seinen Lippen trug, wie feucht und bedächtig er von unten schaute. Viel lieber wäre es Sibylle gewesen, sie hätte allein sein können und schlafen.

Der Professor grübelte mit unklarem Idealismus an seinem Schreibtisch über die Regeneration und die neue Jugend.

Dr. Fehr rang mit seinem Buche und weinte bitterlich auf das Fell seines Seidendackels.

Adele lag in ihrem viel zu warmen Bett, konnte nicht einschlafen und dachte über die Fortpflanzung nach.

Da war auch sein Vater und diente in heiterer Würde dem Leben, ein hoher, geachteter Herr.

Allein aber war jeder von ihnen. Er sah sie alle, in einer Sekunde tiefen, begreifenden Rausches. Wollte man nicht von ihnen, sie sollten ein Neues sein und ein Anfang? – Und doch lag ihnen Ende im Blut, und so standen sie tragisch an der Wende der Zeit.

Und worauf kam es nun an?

Er öffnete leise die Tür. Kindlich schlief Uto in seinen weißen Kissen. Als der Lichtstrahl sein Gesicht traf, richtete er sich erwachend auf. Er erkannte Harald und lächelte ihm entgegen. Und Harald setzte sich stille zu ihm ans Bett.

Nachmittag im Schloß

Mit silbergrauen Flügeln flatternd, gurrten die Tauben vor ihrem Schlage. Der Wind verwehte den spielerischen Strahl des Springbrunnens und säte wie tausend kleine Kristallperlen Wassertropfen über den Rasen. Langgestreckt und weiß lag das Herrenhaus. Von dem weißen Hof, wo der Bernhardinerhund sich gewaltig gähnend reckte, führten drei weiße breite Stufen zum braunen Portale hinauf.

Hinter dem Schloß lagen wellig Hügel und Wiesen. Von der weiten Terrasse aus, wo überreich der Flieder blühte, ließen breite Glastüren in den angrenzenden Salon sehen. Auf der Terrasse nahm die Familie, angenehm in ihren Korbsesseln plaudernd, den Nachmittagstee. Hier saßen sie beisammen, bedienten sich mit kleinen Kuchen und gelblichem Gelee und neigten sich höflich bei der Konversation zueinander hin.

Onkel Gaston war vor einigen Stunden in seinem kleinen Automobil eingetroffen. Onkel Gaston sprach gedämpft und vornehm, er sah melancholisch aus nahe beieinanderliegenden Augen, und rundlich hob sich ihm unter der hellen Weste der Bauch. Er war der Bruder des Hausherrn, und sprach der eine zum andern, waren sie beide von einer fast übermäßig betonten Haltung und Zuvorkommenheit. So ehrten sie sich und erwiesen dem eigenen Blute Achtung.

Die junge Fürstin aber war krank und scherzte leidend und schwach von ihrem Liegestuhl her. Wie knochenlos und überzart spielten ihre weißen Hände auf den Kissen. Ihre vornehme Mutter saß ihr zur Seite und versorgte sie liebevoll, aber streng, mit Tee und süßem Gebäck. «Iß nicht zu viel, liebes Kind», sagte die Mutter der jungen Fürstin, «es geht mich nichts an – aber ich *empfehle* dir, deinem Magen nicht zu viel zuzumuten.» Sie war Herzogin und trug aufrechten Hauptes ihre weiße künstliche Frisur. Das gepuderte Gesicht war gerahmt von rokokohaft gedrehten Löckchen. Streng und vornehm, wie ein Marquis um die Zeit der Französischen Revolution, führte sie die Teetasse zum Munde. «Anita – warum setzt du dich nicht?» bemerkte sie kühl und bediente sich mit kleinen Törtchen. – Anita war die Tochter des Fürsten aus einer früheren Ehe. Sie kauerte halb auf der Brüstung der Terrasse und wandte ihr dunkles Gesicht dem Parke und den kühler werdenden Wiesen zu. Wie der Wind den spielerischen Strahl des Springbrunnens verwehte, so daß wie tausend und aber tausend Kristallperlen die Tropfen gesät wurden auf dem weichen Gras – –

Der Fürst erzählte eine scherzhafte Anekdote. Darüber lachte Onkel Gaston so sehr, daß seine Augen sich verkleinerten und sein kränkliches fettes Gesicht mit dem kurzen ergrauenden Spitzbart gut und herzlich wurde.

Der Sohn des Fürsten ging mit seinem Begleiter über den weißen Hof, wo der Stallknecht singend ein schwarzes Pferd striegelte. «Siehst du es denn nicht», sagte der Begleiter und hatte ein sorgenvolles kleines Gesicht, «deine Frau Großmama behandelt Anita in der Tat nicht so, wie es recht ist. Ach, sollte man ihr nicht auf schwarzsamtenem Kissen die Sterne des Himmels zum Geschenk bieten, anstatt solcherart an ihr herumzunörgeln?» Der Begleiter des jungen Fürsten trug weiße Beinkleider zu einem hellblauen Jakkett und hatte ein rosiges kluges und melancholisches Gesicht, das einerseits gar zu kindlich erschien, babyhaft geradezu mit seinem Grübchen im Kinn, andererseits aber greisenhaft wirkte, runzlig und verhutzelt, wie das Gesicht eines gut konservierten, zärtlich gepflegten Hundertjährigen. «Ach», sagte er, «zum Weinen rührend sind Anitas magere Knabenarme. Ach – zum Singen schön ist ihr schwer lastendes Haar –» Der kleine Begleiter stach mit spitzem Zeigefinger sinnlose kleine Figuren in die Luft, er bekam kleine verschleierte Augen und spitzte die Lippen wie zum Pfeifen.

Auf der Terrasse erzählte Onkel Gaston gedämpften Tones von Italien und den Nächten in Venendig. Der Fürst lauschte mit achtungsvoll hochgezogenen Brauen. Er rauchte eine dicke Zigarre und warf wohlgesetzte und interessierte Zwischenfragen in die Erzählung ein. Die alte Herzogin hingegen wollte vieles besser wissen. Sie liebte es, kühl und entschieden den Angaben Onkel Gastons Widerspruch entgegenzusetzen. «Mein lieber Gaston», sagte sie und schüttelte voll Energie den gepuderten Kopf, «gerade darüber bin ich zufällig *ganz* genau orientiert.» Matt scherzend lenkte die junge

Fürstin zum Guten. Anita ließ, halb von der Gesellschaft abgewandt, entfernt lächelnd eine Bemerkung fallen. Der Fürst, ihr Vater, sah voll Zärtlichkeit, wie ihre schmalen Beine in schwarzen Seidenstrümpfen über die Brüstung baumelten. Ihre Hände und ihr Nacken waren ganz sonnenverbrannt. Sie hielt den Nacken merkwürdig gebückt. Es war, als sei der Kopf gar zu sehr beschwert von dem dunkeln Reichtum des Haars, als daß er aufrecht hätte getragen werden können.

Im Hofe stand der Stallknecht. Er hatte ein offenes blaues Hemd an und sang schallend und schmerzlich in den sinkenden Tag hinein, so daß seine nackte braune Brust sich gewaltig hob und senkte:

«Mein Schatz ist nicht im Städtchen –
Mein Schatz ist fortgereist –»

Der kleine Begleiter des jungen Fürsten klagte leise und unter vielen sinnlosen Handbewegungen: «Anita hat die aller-allerschönsten Beine auf dieser Welt. Anita hat Beine wie ein silberner trauriger Erzengel. – – Ja, warum sprichst du denn nicht?» fuhr er plötzlich, in einer erschreckenden Aufwallung von Gereiztheit, den jungen Fürsten an, der schweigend neben ihm herging.

Der junge Fürst aber schüttelte nur den Kopf. Es wurde kühler und fing auch schon dunkler zu werden an. In einem gläsernen Grün wölbte sich durchsichtig der Himmel. Klar und glitzernd standen in seiner Stille vereinzelte Sterne. Der junge Fürst war erst siebzehn Jahre alt.

Auf der Terrasse las der Hausherr einen Abschnitt aus der Zeitung vor. Er las gut und deutlich, die Brille auf der Nase, da er weitsichtig war. Er saß würdig in seinem Korbstuhl und genoß, nach getanem Tagwerk, des Abends stille Schönheit.

Im Eßsaal deckte ein alter Diener mit schiefgehaltenem Kopf den Tisch fürs Abendessen. Er ging lautlos und wie auf Filz.

Onkel Gaston sprach jetzt von Paris und den schönen Frauen. Er trug schwere goldene Ringe an seinen blassen, etwas aufgeschwemmten Händen. «Sie haben Hüte», sagte er, «mit schweren schwarzen Straußenfedern – mit ganz hängenden schwarzen Straußenfedern – es ist unglaublich.»

Die junge Fürstin fröstelte. Sie trug nur einen weißseidenen

Schlafrock, man mußte ihr viele schwere Decken bringen. «Ja, ja, sei nur sorgsam, liebes Herz», sagte der Fürst und kaute dabei an einem Brötchen. Anita verabschiedete sich, da sie sich im Park noch ein wenig ergehen wollte.

Der kleine Begleiter sagte draußen zu seinem Freunde: «Was aber haben Worte für Sinn? Worte sind plump – das Wort, glaube ich, ist das einzig Gemeine auf Erden – auf das aber kommt es an, was Worte nicht sagen können. Auf das, weißt du, was über den Worten steht. –»

«Ja», wiederholte der Prinz mechanisch und wie unbewußt, «auf das kommt es an – was jenseits der Worte ist. –»

Anita erschien oben, an der schweren braunen Türe, zu Häupten der breiten marmornen Stufen. Sie lächelte ihrem Bruder zu und dem kleinen Grafen, der mit sehnsüchtigen klugen Augen zu ihr hinaufsah. Sie war eine stille schmale Erscheinung in der Stille des endenden Tages.

Im Speisesaal hatte der alte Diener den Tisch sauber gedeckt und prüfte mit schiefgehaltenem Kopfe sein Werk. Das viele Kristall glänzte matt in der Dunkelheit des Raumes.

Nebenan erging sich Onkel Gaston auf dem Flügel. Er spielte etwas sehr Süßes, sehr Italienisches, die Decke, die zum Schutze gegen Staub auf der blanken Tastatur gelegen hatte, hing ihm über den Knien. Er sah aus nahe beieinanderliegenden Augen melancholisch ins Dunkle. Sein Gesicht war vornehm, kränklich und etwas fett.

In seinem Zimmer rasierte sich der Fürst und wechselte auch den Anzug, um würdig und festlich zum Souper erscheinen zu können. Die alte Herzogin aber saß noch bei ihrer Tochter auf der dunklen Terrasse. Die junge Fürstin hatte sich eng und fröstelnd in ihre Dekken gehüllt.

Anita ging die breiten weißen Stufen hinunter. Der kleine Begleiter dachte: Da mögen sie nun sprechen, was sie wollen – Worte sind matt, Worte sind ohne Kraft und Bedeutung. – Worauf kommt es nun an? Hierauf. – – Und er beugte sich über die Hand Anitas.

Der junge Fürst stand hinten im Dunkel und sah ihm zu, wie er, zierlich und wie ein Rokokokavalier, in seinen weißen Beinkleidern vor dem Schlosse stand und die Hand Anitas wortlos zu den Lippen hob.

Gimietto

Am sonnigen Herbstnachmittag, wenn der Himmel hellblau und gläsern durchsichtig ist, stehen die alten Frauen im Hofe des großen Miethauses, der zugleich auch ein kleiner Garten ist, plaudernd beisammen. Er ist nicht lieblos gepflastert wie Höfe leider so oft – hart und grau, so daß man sich ungern nur in ihnen aufhält. Zwar ist er von allen vier Seiten durch Hauswände eingeschlossen, aber die Häuser sind nicht häßlich eigentlich, sondern gelblich gestrichen. Im Hofe aber liegt ein runder, grüner Rasenplatz, säuberlich eingefaßt von weißen Steinen. In der Mitte des Rasenplatzes steht eine Art Tannenbäumchen – kindlich klein zwischen den hohen Mauern.

Alte Frauen stehen immer so lange in Gruppen und plaudern. Kein Außenstehender mag sich in ihren gebückten Kreis drängen, niemand kann also jemals erfahren, was alles sie sich erzählen. Sind es traute Jugenderinnerungen, die sie tauschen, oder besprechen sie miteinander den Klatsch des Tages? – Mir scheint es ja fast, als seien ihnen Worte schon lange ganz bedeutungslos geworden – sie rinnen ihnen nur so nebenbei und ganz zufällig vom eingefallenen Munde, ebensogut könnten sie in tiefem Schweigen beieinander stehen oder ganz Sinnloses in ihre Umschlagtücher murmeln. – Sie tragen verwitterte Einkaufskörbe am Arm, deren sie sich wahrscheinlich bedienten, als sie noch rüstige Köchinnen waren. Aber jetzt sind die Körbe leer – haben keinen praktischen Dienst mehr zu tun – sind ehrwürdiges Spielzeug – –

Am Fenster eines ersten Stockes steht eine dicke junge Dame, noch nicht lange verheiratet, und wiegt lachend ihr rosa gewickeltes Baby. Hinter ihr, im dämmerigen Zimmer, sitzt der Gemahl, Nervenarzt von Beruf, am Mahagonischreibtisch und hantiert verärgert mit Petschaft und Siegellack. Es ist eine solide eingerichtete Wohnstube, in der er sich aufhält – die Luft ist ganz schwer von Zigarrenrauch. Die junge Angetraute zieht es da vor, am offenen Fenster den stillen Nachmittag zu genießen. Dann plaudert sie auch ein wenig mit einem ungemein adretten Stubenmädchen, das, einen Staubwedel in der Hand, gegenüber erscheint. Devot, aber doch lustig, konversiert sie mit der fremden Gnädigen. Das zerstreut die Dame ein wenig, und immer lachend, fragt sie nach dem Befinden des lieben Bräutigams. Wenn sie freilich Dr. Punktmann, ihren Gemahl, sich im Hintergrund räuspern hört, schließt sie für eine Sekunde die Augen, wie von einem kleinen physischen Ungemach angewandelt. Aber in fast übertrieben perlender Heiterkeit wendet sie sich dann wieder der ihr sozial doch weit unterlegenen Freundin zu.

Ohne zu sprechen, sitzen im dritten Stock etwa zwei sehr dunkle junge Männer am offenen Fenster nebeneinander. Es sind zwei von weither Zugereiste, die als Studenten sich hier aufhalten. Man sagt sich, daß sie aus dem Land Ägypten stammen. Sie liegen den ganzen Tag im Bett, und wenn sie aufstehen, ziehen sie sich über die Nachthemden rauhe, schwere Lodenmäntel an. Fremdländisch sitzen sie beieinander und lassen die dunklen Augen wandern.

Eine der uralten Frauen ruft den Ägyptern ein Scherzwort zu. Ihre Stimme ist keifend, als wollte sie schimpfen, aber dafür kann sie wohl nichts. Sie meint es recht gut und lacht auch auf ihre zahnlose Art. Natürlich können die beiden nicht eine Silbe verstehen, aber sie lächeln trotzdem, verlegen und mit tief gesenktem Blick. Jetzt sehen die alten Frauen alle zu ihnen hinauf – lachend verdrehen sie die Köpfe. Dadurch erst auf die Existenz der beiden aufmerksam gemacht, wendet auch die junge Frau ihnen ihre kokette Aufmerksamkeit zu, lachend schaukelt sie das Kind ihnen entgegen, gleichsam als wolle sie ihnen das rosa gewickelte, nicht ganz appetitlich riechende Ding zum Geschenk kredenzen. Auch das Stubenmädchen zeigt sich gefallsüchtig, zieht die Schultern hoch, als friere sie, und macht den Mund klein und kirschenhaft.

Von soviel Heiterkeit angegriffen, sitzen die Freunde fremd und hilflos, eng aneinandergeschmiegt.

Dann spielt jemand laut Klavier, was die Aufmerksamkeit etwas ablenkt. Großes Tönen und Pedalgeräusche schallt aus einem Fenster, das durch gelbe Vorhänge verhüllt ist. Die spielende Dame benötigt Dunkelheit – – Nicht exakt, aber sehr ansprechend vorgetragene Melodien erfüllen jubilierend den Hof. – Dadurch angelockt, erscheinen mehrere Gesichter im Fensterrahmen. – Ein älterer Herr mit grauem Schnauzbärtchen, gichtisch, aber gut gelaunt, schmunzelt und nickt dem Schwingen und Rauschen zu. – Ein junger

Schauspieler in einem hellgrünen Hausjäckchen zeigt sich schmalschultrig, die Zigarette in der Hand, und spricht, den Kopf anmutig ins Profil gedreht, mit einer scharfen und trainierten Stimme ins Zimmer zurück. – Ein jüdisches junges Mädchen ist in der Arbeit gestört, hat den Federhalter noch in der Hand, zieht gereizt die Augenbrauen zusammen und hat eine große verärgerte Nase. Aber da sie den Schauspieler bemerkt, für den sie, bei aller intellektuellen Überlegenheit, eine kleine Schwäche hat, gibt sie solch unwirsches Gebaren auf, und mit von Liebenswürdigkeit flötender Stimme fragt sie ihn über den Hof nach seinem Wohlergehn. Er aber nennt sie Fräulein Konstanze und lacht, so daß goldene Zähne sichtbar werden. – Inzwischen spinnen sich Fäden zwischen dem schmunzelnden Major und dem gefallsüchtigen Stubenmädchen. Der alte Herr kann sich nicht genugtun an Blinzeln, Nicken und zärtlichen Gebärden – während sie, die Überraffinierte, von nichts scheinbar wissen möchte, in großer Verschämtheit alles von sich weist. – Wie ein gläserner Faden spinnt sich das sinnige Liebesspiel der beiden von einem Fenster zum andern.

In diesem Augenblick aber geschieht es, daß Gimietto über den Hof läuft. Er ist ein kleiner Italiener und dreizehn Jahre etwa alt. Er hat einen blauen Matrosenanzug an, und er treibt einen roten Reifen vor sich her und ruft mit einer hellen, gebrochenen Stimme etwas in die Luft hinaus. Es ist halb Italienisch, halb Deutsch – niemand versteht es ganz. Sie spüren nur, wie seine Stimme, eine herbe, anmutsvolle, kleine Fanfare, an ihnen vorbei und in die Höhe steigt. Sie lehnen sich alle weit vor, um den Knaben unten sehen zu können. Die fremden Ägypter haben sich plötzlich an der Hand gefaßt. Für alle ist eine Sekunde das Glück da, die Bewegung zu schauen, mit der er über den Rasen läuft – seine schmale Gestalt im blauen Anzug über das Grün der Fläche – und wie er lachend sein Gesicht verzieht, weil die Sonne ihn blendet – und wie seine Knie nackt und bräunlich sind –

Wenn er fort ist, ist eine kleine Zeit lang jedes Gespräch vorbei. – Von etwas berührt, das nur selten bis zu ihnen kommt, blicken die Menschen alle dorthin, wo seine Stimme war.

Die alten Frauen begannen zuerst wieder zu sprechen. Wie ganz sinnlos rannen die Worte ihnen vom eingefallenen Mund. Doch konnte man aus dem, was sie sich zumurmelten, den zärtlichen Klang seines Namens zuweilen heraushören: «Gimietto –»

Fräulein Konstanze bat flötend um Entschuldigung, doch müsse sie sich zurückziehen; es riefen sie – was sollte man tun? – die mathematischen Studien. – Der junge Schauspieler lachte und war über die Maßen schmalschultrig.

Ohne daß es jemand bemerkt hätte, waren auch die beiden Ägypter ins dunkle Zimmer verschwunden.

Traum des verlorenen Sohnes
von der Heimkehr

Der verlorene Sohn träumte, das müde Gesicht in die Hände gestützt:

Wenn ich aber dann stunden- und stundenlang mit einigen älteren Herrschaften im Eisenbahnkupee gesessen habe, fährt unser Schnellzug pünktlich in den Bahnhof der Stadt ein, die mich geboren hat – und draußen wird es schon sachte Abend. Ich stehe, ein wenig überanstrengt vom langen Sitzen, im leis rüttelnden Korridor, mein bescheidenes Gepäck säuberlich um mich gruppiert. Kann ich doch den Augenblick der Ankunft zitternden Herzens kaum erwarten, ja, ist es mir doch immer noch fast zumute, als könnte ich ihn irgendwie versäumen, und der unwissend grausame Eisenbahnzug würde mich dann weiter, über die Heimatstadt hinaus, und wiederum zu all den andern, unerbittlich verlockenden und verwirrenden Städten tragen. Und ich kann diesen peinigenden Gedanken nun einmal nicht loswerden, trotzdem ich doch weiß, daß unser Ort eine Endstation ist und daß ein Über-ihn-Hinausfahren also eigentlich gar nicht in Frage kommt.

In der noch nicht ganz schwarzen, sondern ganz matten und schattigen Dunkelheit des hereinbrechenden Abends sind die Bogenlampen breit und grell für mich aufgehängt. Gedämpfter Lärm, gutmütiges Rumoren klingt mir aus der verräucherten Bahnhofshalle entgegen. Selbstverständlich werde ich dort schon erwartet. Unsere beiden Dienstmädchen, Henriette Steigenberger und Elsbeth Steigenberger, stehen winkend am Bahnsteig. Säuerlich erheitert über die Sensation meiner Ankunft, schwenken die beiden Altgewordenen mir ihre Taschentücher entgegen. Es sind Schwestern, treugesinnt bei uns ergraut, und wir nannten sie immer nur einfach «die Damen Steigenberger» – was sie, obwohl sie eine gewisse Ironie in solcher Höflichkeit hätten wittern können, nicht ungern zu hören schienen. Ein kleines Mädchen ist bei ihnen, neunjährig etwa und reizend in ein graues Pelerinenmäntelchen gekleidet. Ach, das ist Marie-Therese, meine Schwester. Als ich sie verließ, war sie erst zwei Jahre alt. – Mein Vater allerdings ist nicht mitgekommen, um mich abzuholen. Der erwartet mich wohl zu Hause. – Marie-Therese wendet mir ihr liebliches und witziges Gesicht entgegen, ein kleines, helles Gesichtchen mit etwas zu großem Mund und einer winzigen Nase, schlau und doch unschuldig. Von weitem schon plaudernd, streckt sie die zarten und schmutzigen Händchen nach mir – sie beteuert zwitschernd, daß sie sie kürzlich gewaschen habe. Sie hat seidenfein gesponnenes Haar, sie schmiegt sich voll Zärtlichkeit an mich (weiß nichts von mir) – und ich bin ihr so dankbar, weil sie mich bei der Hand nimmt und plaudernd hinaus, zu unserer Kalesche, geleitet. Unsere treue Kalesche – sie steht bieder, bis zum Ergreifenden, ganz vereinzelt und unzeitgemäß mitten auf dem weiten Bahnhofsplatz, und die alten Pferde – ein braunes und ein weißes – halten so fromm die Köpfe gesenkt. Die Damen Steigenberger sind sorgsam auf mein Gepäck bedacht, nennen mich zwischendurch «junger Herr», und eine macht sich rüstig zum Kutschieren bereit. Es ist selbstverständlich Fräulein Henriette, die da munter die Röcke rafft. Obwohl sie die ältere ist, würde es mich auch sehr verwundert haben, wenn Fräulein Elsbeth, die bleich und spitzig ist, sich zu solcher Arbeit bequemen möchte.

Wir fahren durch breite und immer noch lichte Straßen. Der Himmel färbt sich schon schwärzer, aber die Straßen hier leuchten ja wie von innen heraus. – Welche Jahreszeit haben wir wohl? Brunnen rauschen, besonders auf einem Platz, über den wir zu fahren haben, wird es ein reiches Getön. Die Bäume sind grün, es mag Juni sein, ein Juniabend mit hellen Straßen. Marie-Therese, schlau, klein und lieblich, an meiner Seite, will mir gerne genauere Auskunft geben, aber der Lärm des Gefährtes übertönt so leicht ihre schwache Stimme.

Vor der Stadt liegt unser Haus. Ein Hund schlägt an. Fräulein Henriette, starkknochig wie ein alter Hengst, hebt meine Koffer vom Wagen. Im Dunklen hüpft Marie-Therese leichtfüßig die Stufen zum Portal hinauf. Mein Vater ist da. Ich frage mich kaum, ob er sich sehr verändert hat. Seine Stimme ist, wie sie immer war: vertraut und fremd. Eine Stimme, die helfen will, die aber dann doch zu sehr knarrt, um unser Ohr zu erreichen.

Meine Mutter, ich weiß, ist inzwischen gestorben. Aber die Luft, die um sie war, wurde voll Andacht bewahrt und konserviert in diesen Räumen. Mit gesenktem Blick wage ich sie einzuatmen.

Wie innig mein gebückter Vater die kleine Marie-Therese doch liebt. Er kost lächelnd ihr Haar, während er mich nach dem Verlauf meiner Reise fragt. Marie-Therese hat jetzt ein blutrotes Kleidchen an, ein kurzes Kleidchen aus blutroter Leinwand. Sie spricht zu mir, sie fragt, lacht, wendet das Gesichtchen mit dem zu großen Mund und den lebendigen Augen. Sie weiß nichts von mir – –

Jemand hat eine Grammophonplatte aufgesetzt und spielen lassen. Das war wohl Fräulein Elsbeth, gutmütig bei aller Säuerlichkeit. Wollte sie mir doch einen kleinen Empfangstusch zukommen lassen. Es ist Beethoven, «Frühlingssonate», eine kleine, hergewehte Melodie. Hergeweht aus dem heiligsten Himmel. Friede ist in ihrer Lieblichkeit – oder ist Lieblichkeit Friede? Ich und mein Vater und unsere Marie-Therese und auch die Damen Steigenberger: wir lauschen alle wortlos der Melodie. Ganz nebenbei, aber voll innigster Rührung bedenke ich bei mir, daß mein Vater, doch seit Jahren schon pensioniert, sich nun noch, um doch auch ein wenig auf dem laufenden zu bleiben, ein hübsches, schwarzes Grammophon auf seine alten Tage zugelegt hat. Früher spielte er zuweilen Harmonium, und meine Mutter, im grauen Seidenkleid, hörte ihm zu.

Mein Zimmer ist still und geräumig. Man hat mir die Photographie meiner Mutter hier aufgestellt. Den Kopf halb zur Seite gewandt, lächelt sie groß, sorgenvoll und die Hände im Schoß. Wie liebevoll man mir alles bereitet hat. Eine weiße Hyazinthe steht auf dem Schreibtisch, weiß und zauberisch-wächsern. Meine Lieblingsbücher sind in kleinen Stapeln auf Tisch und Stühlen ausgelegt. Sollte ich beim Schein der Lampe, abends, und bis ich müde bin, in ihnen lesen dürfen?

Mein Vater im Hausrock steht immer noch an der Tür. Sein rasiertes, altes Gesicht, streng und gebrechlich über dem Grau des Anzugs, wird so seltsam undeutlich, so ahnenhaft anheimelnd, und doch so fremd – so unausdenkbar schmerzlich fremd im Halbdunkel des Raumes. Marie-Therese, die zarten und schmutzigen Händchen nach mir ausgestreckt, ist schlau, fromm und lieblich, wie eine kleine, hergewehte Melodie. – Polternd tragen die Damen Steigenberger mein Gepäck die Treppe hinauf. Sorgenvoll lächelt die tote Mutter im Rahmen.

Ich halte die Augen geschlossen, ich habe den Kopf in Demut gesenkt. – Möge Gott mir beistehen: Welche andere Stimme wird da plötzlich im Dunkeln laut?! Sie steigt auf, sie ist hell, sie klingt wie eine Fanfare. – Ein Gesicht ist da, blondes Haar hängt ihm in die Stirn. – Ein Gelächter ist da und Atem und ein lebendiger Leib. *Du* bist da zwischen all diesem, dem ich mich mit geschlossenen Augen hingeben wollte. Triumphierend wirst du zwischen allem diesem groß. – Möge Gott mir beistehen – aber ich renne die Treppe hinunter und durch den Garten und auf die Straße hinaus. Dort ist es inzwischen schwarz und stürmisch geworden. Ich renne – ich renne, bis ich dich, mein Liebling, wiederfinde – jetzt renne ich, *bis* ich dich wiederhabe.

Ist Lieblichkeit Friede, und ist «das Leben» nur Not und nur Wirrsal. Aber *du* bist es, der mich an das Leben bindet. –

Also nahm der verlorene Sohn die Hände vom Gesicht, reckte sich und stand lächelnd auf.

Der Vater lacht

1.

Bis zu dem Tage, da Kunigunde aus der halb klösterlichen Pension, in der sie erzogen worden war, heimkehrte, hauste Herr Ministerialrat Theodor Hoffmann ganz allein in seiner geräumigen Wohnung. Seit dem Tode seiner ernst und innig geliebten Gattin lebte er in fast völliger Zurückgezogenheit. Nicht, als hätte er sich in leidenschaftlicher Askese abgeschlossen, jeden Verkehr radikal von sich weisend. Ab und zu sah er wohl Gäste in seiner Häuslichkeit, Kollegen meist, alleinstehende wie er selbst, oder solche auch, die in Begleitung ihrer alternden Gemahlinnen erschienen. Man wollte sich wohl in solch ehrbarem Kreis, gern bestätigte der eine dem andern die Würde, die dieser an den Tag legte. Man ehrte sich selbst gleichsam, wenn man dem andern mit ausgesuchtester Höflichkeit entgegenkam. – Mit einer Geschicklichkeit, die ihm Befreundete als «Anmut» rühmten, führte der Ministerialrat eine sachliche, aber angenehm bewegte Konversation. Wie ganz besonders wenig das hohe und liebliche Wort, das man wählte, um seine gesellschaftlichen Gaben lobend zu charakterisieren, hier zutraf, brauche ich kaum zu erwähnen. Die Gefälligkeit seines Betragens war Pflichtbewußtsein – nichts anderes. Pflichtbewußtsein auch hier. Es galt möglichst getreue, möglichst exakte Erledigung einer Aufgabe, die sich ihm stellte. – So sprach der im Grunde allen Fremde, der, wenn auch unpathetisch, seitab Lebende, seinen ehrsamen Gästen im wohlgebauten Toaste zu.

Im übrigen ging er seinen Geschäften nach und diente rüstig dem Staat. In guten Tagen durchheiterter Leistung ehrte er das liebe Andenken der toten Frau. Fernab lag das Abenteuer, weit weg der Rausch. Stattlich legte er Tag für Tag hinter sich. Er baute an seinem Leben, wie man Stein für Stein einen nicht eben monumentalen, aber immerhin rechtschaffenen Bau – einen gemeinnützigen – fertigstellt.

Der Ministerialrat war angenehm von Natur, seine Nase leider war etwas dick und etwas gerötet. Sein grauer Bart war um das Kinn rund geschnitten und ein wenig borstig. Er trug eine goldumränderte Brille. Unter ihr war sein blauer Blick gut und nicht ohne Schwermut, wenn auch schalkhaft anderseits und voll ernster Heiterkeit. *Männlich* schaute der Ministerialrat hinter seinen Brillengläsern, männlich und wohlgesinnt.

Er speiste allein, aber immer in guter Haltung im dunkel getäfelten Eßzimmer. Scharf gefaltet und blendend weiß lag die Serviette über seinen Knien. Er sprach kräftig dem Kalbsbraten zu. Der alte Diener mit weißem Backenbart hieß Lorenz und hantierte still, dem stattlich Speisenden nicht sklavisch wedelnd, aber so recht von Herzen ergeben, am großen Büfett. Danko, ein braunes, etwas hinkendes Hundetier mit schlappenden Ohren und gelblichen Triefaugen, kam dann wohl auch dazu, klagte und rieb sich an des Gebieters dunkelgrauen Beinkleidern.

Des Nachts schlief der Ministerialrat, das Bild der Seligen im goldenen Rahmen sich zur Seite, ruhig atmend und in einem weißen, gestärkten Nachthemd mit roten Rändern. Sein Schlafzimmer, sachlich, aber nicht ohne Behaglichkeit möbliert, roch nach frischer Wäsche und ganz sachte nach altem Zigarrenrauch. – Am Morgen stand der Ministerialrat im Trikothemd vorm Waschtisch. Weiß und borstig wucherte das Haar auf seiner halbnackten Brust. An den nicht sehr angenehm aussehenden und ebenfalls behaarten Füßen trug er ausgetretene Pantoffel. Er tauchte das Gesicht, um sich auf kräftige Art zu erfrischen, in ziemlich kaltes Wasser. Er pruschte laut und rieb sich Oberkörper und Nacken tüchtig mit rauhem Frottiertuche. –

Der Ministerialrat konnte eine gewisse *Unruhe* nicht ganz vor sich geheimhalten, als die Ankunft seiner Tochter dann plötzlich so nahe bevorstand. Nicht, als wenn er sich nicht ein wenig gefreut hätte, das Kind nun wiederzusehen nach langen Jahren des Getrenntseins. Aber wer konnte sagen, ob er mit ihr, der beinahe Fremden, harmonieren würde? – Er bangte um die durchheiterte, gleichmäßig gute, ein ganz klein wenig schwermütige Ruhe seiner arbeitsvollen Tage. Vielleicht ahnte es ihm, daß Vater sein, als Vater leben Konflikt, Ärgernis, unschöne Erregung stets mit sich bringt.

Er suchte sich nachsinnend vorzustellen, wie Kunigunde gewesen war, als sie zuletzt, ein kleines Mädchen, vor ihm gestanden hatte. Er sah sie schweigsam, blaß, in roten Höschen – ein kränklicher Junge. Wie fremd sie der lieben Mutter – wie unendlich fremd sie ihm, dem Vater, damals gewesen war. Sie hatte dunkle Augen, wußte er noch. Sie saß gebückt, ganz in sich zusammengezogen – wie ein überkonzentriert Nachdenkender. Einmal war sie sehr krank gewesen. – Aber gleich nach dem Tode der Mutter reiste sie ja davon, der Obhut einer strengen, grau gekleideten Dame anvertraut, davon und ins klösterliche Pensionat.

Im schweren Wintermantel und im runden steifen Hut stand er ältlich am Bahnsteig, die Nase ein wenig gerötet, und erwartete seine Tochter. Er fühlte nur, daß sein Magen sich in Erregung leicht schmerzhaft zusammenzog.

Sie kam, sie stieg klein, dunkel gekleidet, mit auffallend ovalem Gesicht aus einem Kupee, ganz in seiner Nähe. Sie war nervös um ihre Koffer besorgt. Ihr Gesicht war tief umschattet von einem etwas männlichen Filzhut. Sie unterhandelte, ohne des Vaters zunächst achtzuhaben, mit sonorer, glockentiefer Stimme über die Beförderung der grauen Kisten und Kasten, die sie mit sich führte. Der Hofrat sah erschrocken, wie sie in eisiger Sachlichkeit ihre Wünsche dem Dienstmann gegenüber präzisierte. Unter dem ein ganz klein wenig grotesk anmutenden Reisehut und zwischen dem damenhaft aufgeschlagenen Mantelkragen war ihr Gesicht weiß wie der Schnee und von äbtissenhafter Strenge.

Als alles in Ordnung war erst, wandte sie sich an den Vater, der ihr ältlich entgegenlächelte. Mit männlich langen Schritten kam sie auf ihn zu, sie ergriff mit einer scharfen und beängstigenden Heiterkeit seine beiden Hände, und wie ihr schneeweißes Gesicht sich verwandelte, war nicht sehr geheuer anzusehen. Ein erschrecklich liebenswürdiges Lächeln legte sich um ihren Mund, der sehr schmal und sehr rot war und sich greisenhaft verzerrte, ein Lächeln kroch schauerlich schelmisch um ihre Augenwinkel, verkleinerte diese Augen, die unnatürlich groß und tief umschattet unter ägyptisch geschnittenen Lidern gewesen waren – derart, daß sie heiter, zynisch und durchtrieben blickten. Das Lächeln kroch die Wangen hinunter, verzerrte launig ihren mageren Hals, der alabasterweiß zwischen dem Schwarz des aufgeschlagenen Kragens leuchtete. Sie schüttelte ruckweise seine Hände, und sie sprach Burschikoses, Unbesorgtes, Lustig-Konventionelles. «Da wären wir», sagte lachend und aufgeräumt die Tochter, klein und dunkel in der Eiseskälte stehend, «da wären wir, alter Papa!»

Und der Vater, die Mienen erlahmt vor Kälte, sah ihr hilflos fürs erste entgegen.

Als sie sich beim Abendessen gegenübersaßen, bemerkte der Vater, der seine Fassung übrigens ziemlich wiedererlangt hatte, daß seine Tochter *schön* war. Das Oval ihres Gesichts war von einer Reinheit und Weiße, wie der Ministerialrat dies nie und nirgendwo noch hatte sehen dürfen. Die Augen, beinahe erschreckend tief unter gar zu schweren und ägyptisch geschnittenen Lidern, lagen tief eingebettet in dunkle Schatten, die zwischen blau und schwärzlich spielten – auch eines grünlichen Farbtons ward der Ministerialrat, nicht ohne Schrecken, gewahr. – Der Mund allerdings, messerscharf und schmal, erschien dem Vater gar zu unweiblich, gar zu radikal in das Weiß dieses Gesichtes gesetzt.

Kunigunde aß viel und hastig, das Gesicht gesenkt, nonnenhaft schlicht gekleidet in ein blaugraues Kleid mit weißbatistenem Umlegekragen. – Der Vater, die ihm im Augenblick nun einmal gestellte Aufgabe auf das exakteste erledigend, suchte, im Gehrock ihr gegenübersitzend, eine sachliche, wenn auch belebte Konversation im Gange zu halten. Aber sie erwiderte nur einzelne Worte, die Lippen fast nicht bewegend und zwischen den Zähnen hindurch. Seit ihrem beängstigenden Anfall verzerrter Heiterkeit war jene schneekalte Gelassenheit wieder um sie, jene hochmütigste Konzentration auf sich selbst, die keine Wärme mehr ausstrahlen mag. – Sie sagte ganz leise, daß sie müde sei.

Währenddem bedachte der Vater, in wie wenig sie an die tote Mutter erinnere. Runder war jene gewesen – mehr Weichheit, mehr Fleisch. Obwohl sie diese dunkel umschatteten Augen wohl auch schon gehabt hatte. Und was mochte er, der Vater, ihr mitgegeben haben? Dieser *Kunigunde*? – Sie ist neu, dachte er angstvoll und während er gut formulierte Fragen an sie richtete, kleine Fragen, meist betreffs des klösterlichen Pensionats und der merkwürdig verwickelten Lebensverhältnisse dortselbst. Sie ist ganz neu, dachte er, ohne Zusammenhang fast – unvermittelt – eine Fremde – sie ist neu –.

Sie stand auf, da sie genügend gespeist hatte, und ging, in nicht ganz gerader Haltung, um den Tisch herum und auf ihn zu. Er, Kalbsbraten kauend, sah ihr hinter den Brillengläsern entgegen. Sie trug lange, sehr spitze Stiefel, konstatierte er bei sich, sie waren lehmgelb und hatten niedrige Absätze. Sie stand vor ihm, lächelnd wieder, aber ganz müde lächelnd, schwach und voll Sanftmut. «Gute Nacht», sagte sie und streckte ihm die mageren, weißen, edel geformten Hände entgegen, «gute Nacht – Vater.» Es war, als habe sie sich überwinden müssen, das Wort auszusprechen. Aber dann war es da, es kam sanft von ihr her, es war groß und verschleiert. Ihr Blick unter den ägyptischen Lidern war ganz erblindet vor Sanftmut. Unendlich rührend lief ein Zucken ihre Wangen hinunter, als dränge es sie zu weinen. Es legte sich um ihren Mund, machte ihn arm und kindlich. «Gute Nacht», sagte sie nochmals und ging schleppend hinaus.

Der Ministerialrat saß allein, die scharf gefaltete Serviette über den Knien. Sie hatte «Vater» zu ihm gesagt. Vater – Vater –. Und sie waren sich fremd.

In dieser Stunde trennte der Ministerialrat, ohne Haß, ganz ohne Leidenschaft, seine Person streng von der ihren.

Am nächsten Morgen schien Kunigunde beinahe wieder spukhaft verwandelt. In einem blauen Schlafrock war sie durch alle Zimmer unterwegs, ihr überlautes Lachen durchfuhr, wie elektrische Entladungen, die geräumige Wohnung, und die Gerüche ihrer Zigaretten und herben Toilettenwasser zogen beunruhigend hinter ihr drein.

Der Ministerialrat saß, zum Fortgehen gerüstet, am Frühstückstisch und las die Zeitung, während er Buttersemmeln kaute, als sie, anzusehen wie ein nicht mehr ganz junger, aber über die Maßen reizvoller Marquis, ihm lachend entgegentrat. Sie trug zum blauen Schlafrock schwarzseidene Strümpfe, und ihre Hände kamen herrenhaft, klug und soigniert aus den weiten Ärmeln hervor. Sie hatte keine Lust, sich am Frühstück zu beteiligen, angespanntester und äußerster Lebenstrieb hinderte sie am Stillsitzen. Man hörte sie in den Korridoren schallend italienische Arien singen. Sie lief durchs Eßzimmer, wo der Ministerialrat kaute, und warf, grotesk tänzerisch, beide Arme in die Luft.

In ihrem Zimmer schleuderte sie den Inhalt ihrer Gepäckstücke kunterbunt über Fußboden, Tische und Bett. Sie stand lachend vor dem Spiegel und fächelte sich mit roten Straußenfedern. Der Ministerialrat beobachtete sie, amüsiert und halb verärgert, während er in der Garderobe in den Mantel schlüpfte, Hut und Stock ergriff. Daß sie ihm fremd sei, weltenfremd, das war das einzige, was er dachte, als er, sich die Handschuhe zuknöpfend, die Treppe hinunterging.

Kunigunde wirtschaftete springend, hüpfend und singend ganz allein in ihrem Zimmerchen. Bücher wurden umhergeworfen – sachlich gebundene Bücher wissenschaftlichen, philosophischen, radikal-intellektuellen Inhalts. Ein silbernes Kruzifix reckte sie hoch in grotesker Tanzstellung und sang italienisch zu ihm hinauf. Orangen hatte sie sich mitgebracht, viele Orangen, sie rollten durchs Zimmer. An einer sog und lutschte sie tierhaft, während sie, flüchtig, wie nebenbei in einem streng philosophischen Buche las. –

Als am Abend der Ministerialrat nach Hause kam, sich räuspernd in der Garderobe Rock und Hut ablegte und sich am Waschtisch sorgsam die Hände wusch, um proper und in maßvoller Festlichkeit zum Nachtmahl zu erscheinen, hörte er lautes, mehrstimmiges Gelächter aus dem Zimmer der Tochter. Er klopfte kurz und trat ein. Das Bild, das sich ihm bot, verwirrte ihn. Kunigunde war nicht allein, Kavaliere waren bei ihr. Viele Kavaliere waren zugegen, waren da, waren einfach hergezaubert, überschlanke, in hellen, exzentrisch geschnittenen Überziehern, die Gesichter übertrieben jugendlich, fast bunt. Kunigunde dagegen trug – was den Vater schwindelig machte – einen langen schwarzen Seidenmantel, einen kleinen schwarzen Samthut, tief ins Gesicht gezogen, und um den Hals eine fuchsrote, eine peinlich rote Federboa. Das eigentlich Erschütternde allerdings war, daß Kunigunde im Seidenmantel mit ihren kreischenden und kichernden Kavalieren die Zeit durch heiteres Ballspiel sich verkürzte. Sie warfen ihr alle hellrote, leichte, leichte Bällchen zu – viele Bällchen kamen in bunten, krausen Linien zu ihr hingeflogen, und sie fing sie alle und warf sie, mit äußerster, unheimlicher Geschicklichkeit jonglierend, zurück gegen die jungen Leute, die sie, damenhaft aufkreischend, empfingen.

Der Ministerialrat, die Hand an der Stirn, räusperte sich im Türrahmen. Sie wandte ihm ihr Gesicht zu – es stand, abenteuerlich getönt, zwischen dem Fuchsrot der Federkrause und dem Schwarz des kokett-mondänen Topphütchens. Während jenes Lächeln greisenhaft und süßlich um ihre Mundwinkel kroch und die Augen schelmisch verkleinerte, sagte sie leichthin – die jungen Leute kicherten und tänzelten hinter ihr –, daß sie mit ihren Freunden ein wenig ausgehen wollte. Penetrant duftend zog die Gesellschaft am Ministerialrat vorbei, dem es war, als habe er ein widriges Traumgesicht erschauen müssen. Ohne es recht zu wissen, hörte er, wie sie lärmend die Treppe hinuntergingen. Benommen halb stand der Vater im leeren Zimmer. Woher diese Kavaliere aufgetaucht sein mochten in ihren exzentrischen Überziehern, das war der Gedanke, der ihm traurig den Kopf benahm. Mit halbgeschlossenen Augen atmete er die scharfe und dichte Luft des grellweißen Raumes. Scharfkantig stand der Tisch vor einer hellgrauen Wand. Dicke, grau gebundene Bücher lagen auf ihm. Ein paar Orangen. Ein blutroter Straußenfächer. Ein silbernes Kruzifix. – Wie diese Luft auf ihn einstürmte. – Und es galt: Standhalten, standhalten, dachte der Vater. Jetzt, da sie so kurze Zeit erst da war, galt es sich zu wappnen gegen extremes Unwesen, welches sie trieb. Der Vater dachte: Standhalten. Und mit borstigem Bart in diesem grellen, kleinen Zimmer stehend, schwur er dem Leben, das er bisher geführt hatte – schwur er dem Leben, das er weiterhin bis zum friedsamen Tod führen wollte und mußte, innigste Treue: dem durchheiterten Ernst, der guten, der regelmäßigen Pflichterfüllung. Den gleichförmig sich folgenden, sich schlicht und ehrbar vollendenden Tagen, im lieben Gedenken der seligen Frau.

Stattlich speiste er im dunkel getäfelten Eßzimmer. Daß allerdings, während Lorenz nicht kriecherisch, aber ihm von Herzen ergeben, stille am Büfett hantierte, seine Gedanken nicht wie ehemals bei herzlichen Erinnerungen, bei vergangenen, lebendigeren Tagen weilten, sondern bei *ihrer* extremen, irritierenden Person, von der es ihm war, als wenn sie sich wie eine Maske über noch Fremderes, noch Ungeheuerlicheres legte – das konnte er vor sich selbst mitnichten in Abrede stellen. Die Hoffnung war klein, daß er sich an sie werde gewöhnen können. Ihre böse Sprunghaftigkeit schlug dem Begriff des Gewöhnens so frech ins Gesicht. – Wie es hatte zustande kommen können, dieses spukhafte, beängstigende Wesen mit den Tieraugen – wie es hatte zustande kommen können, aus dem ruhigen und so wenig erregten Bündnisse, zwischen ihm und Luisen? War denn alles, was die Eltern diesem Kinde von Rechts wegen hätten mitgeben sollen, durch einen schaurigen Scherz der Natur ins Gegenteil umgeschnellt? – Standhalten, standhalten also diesem von einem Spuk in den andern schillernden Ärgernis. Nicht zerstören lassen die sittliche Ruhe des Lebens. – Mochte sie ihm überlegen sein an Verstand, an Leidenschaft des Geistes, des Erlebnisses. – *Er* war der Vater. *Er* war der vom Leben Bestätigte, der im Leben Tüchtige, der dem Leben Dienende. – *Sie* aber war sinnlos und schrill verspielte Jugend. Er durfte sie drükken, durfte sie, wenn sie störend gegen ihn groß werden sollte, klein machen, unterdrücken, erledigen. – Er war der Vater. – Er war der Ministerialrat. –

Das Herz also gewappnet, atmete er diese Nacht so geruhsam wie je im gestärkten Hemde. Im goldenen Rahmen lächelte an seiner Seite die Selige.

Als, gegen Morgen erst, Kunigunde nach Hause kehrte – die Federboa zerknüllt, aber das Haar glatt wie immer, sie hatte das Topphütchen schwenkend in der Hand hängen –, horchte sie im Vorbeigehen an des Vaters Schlafzimmertüre. Sie lauschte, geduckt an seiner Türe stehend, lange Zeit mit schmerzlich geschlossenen Augen diesem gleichmäßigen Atmen.

Am nächsten Morgen wartete er mit dem Fortgehen absichtlich, bis auch sie, die Tochter, zum Frühstück erschiene. Sie hatte sich, hole es der Teufel, unrichtig benommen, der Vater wollte sie also zur Rede stellen.

Sie kam sehr spät, gegen zwölf Uhr mochte es sein. Sie stand schmal, grau und mit wundersamen Augen im Türrahmen. Unter der breiten slawischen Stirne blickten die Augen, schwer belastet von den bläulichen Lidern, stumm, unendlich schweigsam, wie die Augen eines alten Tieres. Sie trug einen aschgrauen Schlafrock, streng bis oben zugeknöpft.

Stirnrunzelnd von der Zeitung aufsehend, fragte sich der Vater, wie viele Schlafröcke sie denn nun eigentlich besitze. Mit gemäßigter Stimme, aber mit einer unschönen Rauheit im Organ, wendete er sich an sie, die gebückt, unnahbar, in bleichem Hochmut auf sich selbst konzentriert, zu ihrem Stuhle ging.

«Ich möchte dich fragen», sagte beherrscht der Ministerialrat, «wer und was die jungen Herren waren, die ich gestern abend mit dir Ball spielend finden mußte.» Sie saß am Tisch, das Antlitz gesenkt, nervöse Verächtlichkeit in den Mienen. Sie antwortete, fast ohne die Lippen zu bewegen, kurz zwischen den Zähnen: «Ich verstehe deinen Ton nicht. Es waren einige Freunde von mir, die ich im Pensionat zufällig kennenlernte. Wir waren harmlos beisammen», sagte sie, kurz auflachend und während sie flüchtig die schlimmen Augen auf ihn richtete. – Der Ministerialrat stand auf. Ihm ahnte, daß sie ihm kein Unrecht zugeben würde. Eine Debatte über Schicklichkeit mit dieser Gebückten und Schweigenden empfand er zuinnerst als fruchtlos. Er ging, ein ganz klein wenig behindert, da er sie reglos hinter sich wußte, breitbeinig zur Tür. Hier wandte er sich noch einmal. Auf seiner Stirn war die Zornader geschwollen: «Ich bitte mir aus, daß du mir zukünftig keine Individuen in mein Haus bringst, von deren Existenz ich bis heute die meinige säuberlich trennte.» Er begegnete wieder ihrem Blick. – Er kam dunkel – dunkel kam er auf ihn zu. «Guten Morgen», sagte der Vater und war hinaus.

Sie lauschte mit tiefgesenkten Lidern, wie er in der Garderobe sich sorgsam zum Weggehen fertigmachte.

Tage vergingen. Wochen vergingen. Sie lebten nebeneinander. Ihre Leben berührten sich kaum. Neben den verworrenen, leidenschaftlichen Kreisen ihres Lebens lief gemächlich ruhig und treu die gerade Linie seines Lebens hin. Sein Haß gegen Katastrophen suchte fürs erste Zusammenstöße ganz zu vermeiden.

Vieles wunderte ihn. Vieles ärgerte ihn sehr. Oft sagte er sich wütend, daß, wenn jede heutige Jugend so übertrieben, maßlos, verwirrt und anrüchig sein sollte, man mit Fug und Recht nicht sehr auf sie bauen könne.

Er gab sich zu, daß er nicht alles so gänzlich verstand, was sie an seiner Seite da trieb. Manches, das meiste, gestand sich seine Bescheidenheit, war ihm nicht fremd nur, sondern unverständlich. Vielleicht war dieses der Grund, warum er sie im ganzen gewähren ließ, wenn ihre Extravaganzen nicht seine Ruhe und gute Bequemlichkeit geradezu störten.

Tage kamen, da junge, scharfnäsige Studenten zu ihr kamen und da der Vater, ging er an ihrem Zimmer vorbei, kluge und radikal höhnische Reden, mit schwierigen Fremdworten trotzig durchsetzt, bruchstückweise vernehmen mußte. Tage kamen, da jenes greisenhaft-süßliche, jenes spukhaft schelmische Lächeln kaum von ihrem Munde, ihren schelmisch verkleinerten Augen, ihrem alabasterweißen Halse wich. Um solche Zeit empfing sie viel rüstige Damen in ihrem Zimmer, Damen mit hochgeschlossenen, weißen Blusen und mit energischen Hornbrillen. Auch jene tänzelnden Jünglinge in den extravaganten Paletots tauchten um diese Zeit wieder auf, trotz des Ministerialrats Verbot. Aber er, gleichmütig, verwundert zuweilen, und leicht verärgert, Tag für Tag möglichst ungestört vollendend, ließ es schweigend geschehen.

Auch jene Fröhlichkeit kehrte wieder, jene überlaute, die wie elektrische Entladungen durch die Wohnung fuhr und sie, unter grotesk-tänzerischen Gebärden, durch alle Räume trieb. Dann erhielt sie wohl auch Besuch von herzhaft lachenden jungen Leuten in Wandervogeltracht, schwarzen Burschen in grünen Hemdblusen, blonden, schwerbusigen, jungen Mädchen mit Schneckenfrisur. Kindlicher Lärm und bunte Musik war dann um sie. –

Einmal, ohne eigentliche rechte Antwort bei sich zu erwarten, fragte sie der Vater, was sie eigentlich so anzufangen gedenke im Leben. Welchen Beruf sie, fragte der Ministerialrat beim Abendessen, denn eigentlich zu ergreifen gedächte. Er hatte gesehen, daß sie aus rotem Holze kleine tanzende Figuren schnitzte. Ob sie die Kunstgewerbeschule besuchen wolle? – Sie befasse sich wohl auch mit der Abfassung literarisch-wissenschaftlicher Abhandlungen. Vielleicht, meinte er, Kalbsbraten kauend, dächte sie an die Universitätskarriere. – Aber sie, geheimnisvoll, rätselhaft und mit gesenktem Blick, wußte keine rechte Auskunft zu geben oder war, eisig und streng in sich verschlossen, auf jeden Fall nicht gewillt, das zu tun. – Der Ministerialrat, der sich für dieses Mädchen nicht verantwortlich fühlte, ließ es dabei bewenden. –

Er dachte nicht oft daran, aber einmal fiel es ihm ein, daß er jene Sanftmut, die einmal, am ersten Abend, da sie so müde gewesen war, sich unendlich rührend um sie gelegt hatte, nie mehr an ihr gewahr wurde. Er dachte zufällig daran, flüchtig nur. Er glaubte nicht etwa, daß er sich nach ihr sehne. –

Einmal noch, bei ungemein peinlicher Gelegenheit, sollte er sie wiedersehen dürfen. – Er öffnete im Vorbeigehen die Türe zu ihrem

Zimmer, er wollte sie wohl in würdig gesetzter Rede zum Nachtmahl bitten.

Es geschah, daß er Kunigunde auf der Erde kniend fand. Sie hatte das blaugraue Kleid an, und sie hatte das silberne Kruzifix hoch erhoben, das Gesicht, weiß wie Schnee, und die wie erblindeten Augen, erschreckend groß in seiner Blässe, steil nach oben gegen die silberne Lieblichkeit des Kreuzes gereckt.

Der Vater, abgestoßen mehr als erschüttert, ging, sich zornig räuspernd, den Gang hinunter. Er hatte die Türe unwirsch zugeworfen. Vielleicht hatte er es gar nicht bemerkt, daß sich damals zum zweiten Male jener Blick auf ihn gerichtet hatte, jener *bittende*, er hatte jenes Wort vielleicht gar nicht gehört, das ihr so viele Mühe machte auszusprechen, das aber dann, groß und verschleiert, zu ihm herkam, das zweitemal damals: «Vater –»

Aber seitdem er, der Ministerialrat, damals und am ersten Abend strenge bei sich die Trennung vollzogen hatte, die Trennung zwischen sich und der Fremden – war er nicht willens mehr, das abgrundtiefe Flehen dieser Augen in sich aufzunehmen.

Nach und nach kam es zu offenen Mißhelligkeiten. Er hatte nicht geahnt, was an nacktester, unverhohlenster Dreistigkeit dieses Mädchen sich zu leisten leider imstande war. Er hatte Zweideutigstes, Unangenehmstes mit angesehen. Das schien, sagte er sich, in angebrachter Heimlichkeit wenigstens sich abzuspielen, konnte seinen guten Ruf wohl nicht ernstlich gefährden. Die rüstigen Damen alle mit ihren Brillen und Herrenblusen – er wußte nicht ganz, was sie sollten. Die scharfen, intellektuellen Studenten, die trotzig die Fremdworte glitzern ließen wie kaltes Metall: sie waren ein Ärgernis, doch mochten sie hingehen. Er verstand dies alles nicht recht, es wäre ihm nicht geheuer gewesen, sich dahinein zu mischen. – So war es das beste, sich selbst reinlich von derlei entfernt zu halten, im übrigen stille zu sein, *mißbilligend* zu schweigen.

Sie trieb es weiter. Sie wahrte den äußerlichsten Anstand nicht vor seiner würdigen Dienerschaft. – Als sie bei Tisch, während er, die blendend weiße Serviette über den Knien, sich mit dem Brathuhn beschäftigte, scharf und ungesund riechende Zigaretten zu rauchen begann, riß seine Geduld. Sein Gesicht rötete sich, gewaltig schwoll ihm die Zornesader, er schlug mit der Faust auf den Tisch. Wütend und im Bewußtsein väterlicher Machtvollkommenheit blähte sich seine Rede: «Lange genug seh ich dir zu, Kunigunde!» brüllte er, Speisereste im struppigen Bart. «Der Krug geht so lange zum Brunnen, bis daß er bricht. Dein Benehmen ist *unverschämt* – unverschämt, meine Liebe!! Du denkst, man kann mit mir umspringen?! Bin ich ein alter Narr?!» Und da sie, in mühsam eiskalter Frage unbewegten Gesichts nur um eine Nuance fahler noch erbleichend, unter ägyptischen Lidern den Blick auf ihn richtete, wetterte er, mit einer Stimme, die sich peinlich überschlug: «Man raucht nicht, während der Vater ißt!! Die äußerlichen Manieren, denke ich, könntest du wahren!!» – Er mißdeutete in großem Zorne das Lächeln, das krampfhaft ihren Mund verbog. Seine Wut erschütterte, benahm ihn so ganz und so völlig, daß er die tiefe, mühsam unter Hochmut verborgene Angegriffenheit, Verletztheit ihres Wesens nicht bemerken konnte. Er glaubte, sie säße kalt, in höhnischer Auflehnung. Rasend im blinden Mißverständnis eiferte der Beamte: «Du lächelst?! – Du wagst es, mir ins Gesicht zu lächeln? Wer bist du? Was *leistest* du?», schrie der seit langem Verletzte, in all seinen Instinkten Geärgerte. «Woher nimmst du zu deiner Schamlosigkeit das *Recht* – frage ich dich?!» –

Da stand sie langsam auf, ging rückwärts, das totenblasse Oval des Gesichtes ihm verzerrt lächelnd zugewandt, langsam zur Tür. – Der Vater saß in mühsamer Haltung. «Ich beherrsche mich», murmelte er bebend, «fast hätte ich zugeschlagen. Ich beherrsche mich krampfhaft!!»

Kunigunde aber, losschreiend in zitternder Wut plötzlich, heulte ihm entgegen: «So?! So – hättest du das?! Hättest du mich geschlagen? Weil ich noch nichts geleistet habe? Weil du selbstverständlich nicht glaubst, daß ich jemals etwas leisten werde?! Weil du es für ganz undenkbar hältst, daß aus alledem etwas kommt, eines Tages – etwas kommt?! – So?!!» schrie sie immer wieder: «So?! So?!»

Die Türe krachte zu. Sie war hinaus. Der Ministerialrat sah ihr nur nach, die Augen getrübt hinter den Brillengläsern. Die gute Serviette lag ihm, traurig zerknüllt, auf dem Schoße.

Nach und nach beruhigten sich seine Mienen. Er saß, ein älterer Herr, erschöpft und gelähmt im Herzen, rührend gebeugt am Eßtisch. So mußte es also sein – Kampf also. – Die passive, aber strenge Mißbilligung hatte nicht genügt. Verteidigung war nötig, Verteidigung gegen dieses *böse* Mädchen. Daß alle Jugend wohl *böse* sein müsse, beschloß der traurige Ministerialrat, vor seinem erkalteten Hühnerfleisch sitzend. Sie richtet sich *gegen* uns, dachte er. Sie raucht bei Tisch scharf riechende Zigaretten, Kampf – Kampf also. *Wir* haben die Leistung vollbracht. *Wir* dienen dem Leben, dachte er. Und traurig, aber gerüstet, beschloß er, daß er *siegen* wollte.

Lorenz kam mit ehrlich ergrautem Backenbart, blickte trübe von unten, servierte ihm aufs ergebenste gelbe Pfannkuchen. Bekümmert und achtsam räumte der Treugesinnte das gebrauchte Geschirr beiseite. – Danko, alt, braun und mit schlappenden Ohren, rieb sich wedelnd an des Gebieters dunkelgrauen Beinkleidern.

Stattlich und einsam wie ehemals speiste Ministerialrat Theodor Hoffmann im dunkel getäfelten Eßzimmer. Extreme Jugend, die mager sich gegen ihn aufgerichtet hatte, konnte ihn wohl ärgern und bis zum Wutkoller enervieren. Schwächen konnte sie nicht – im Ernste schwächen niemals.

Währenddem saß Kunigunde, leicht gebückt, die mageren Hände im Schoß, seltsam untätig, seltsam regungslos in ihrem Zimmer. Wie in tiefem, leidenschaftlichem Nachdenken hatten sich ihre Augenbrauen finster zusammengezogen. Von ihren sonst so glatten, nach rückwärts gekämmten Haaren fiel eine Strähne, dünn, scharf und überraschend gekringelt, in ihre Stirn.

Kampf, dachte die Tochter, Kampf, auch das noch. Daß er mich an der einzigen Seite packen mußte, dachte sie unter zusammengezogenen Brauen, an der ich schwach bin, daß er mir die *Leistung* gerade vorhalten mußte, die ich noch nicht vollbrachte. Sind wir ihnen doch in allem überlegen, und darin gerade müssen wir hinter ihnen zurückstehen. Damit drücken sie uns, damit quälen sie uns so. Kampf also. Dieses Wort, dieses kurze, wilde, benahm ihr wie eine Betäubung die Sinne. Auch das noch, dachte die in sich Zusammengekauerte, auch das bleibt uns nicht erspart. – Nicht nur, daß ihre Strenge uns keine Hilfe gewährt – auch das noch, Kampf –. Das Wort aber war nicht mutig und hell in ihren Gedanken, sondern dumpf und summend und wie ein mühsam hintangehaltenes Schluchzen.

Sie saß mit finsteren Augen, die von innen heraus jener summende Gedanke verdunkelte, vorm scharfkantigen, weißlackierten Holztische. Um sie herum standen kleine, geschnitzte Holzfiguren, verzückt und verzerrt in religiös grotesker Tänzerstellung. Kleine Häufchen flüchtig beschriebenen Papiers lagen um sie herum, radikal-intellektuelle Essays, die sie grimmig entworfen, philosophische Versuche, genial fast in ihrer vibrierenden Sachlichkeit – lauter Bemühungen, lauter krampfhafte, stolze Ansätze zum Werk, das das eigene, das täglich neu als ungeheuerlich erlebte Sein nach außen hin beweisen, großartig beweisen und dokumentieren sollte. Aber dazwischen schauten die Photographien der rüstigen Damen und der bunten Jünglinge pfiffig zu ihr her. Und rote Straußenfedern lagen durcheinander. Und Orangen dufteten.

Sie aber, zwischen alldem, saß, hingegeben ganz dieser bitteren Betäubung, hingegeben der Qual dieses Gedankens: «Kampf –.»

Sie hob den Blick. Sie sah in den Spiegel, der, ungerahmt, klar und kalt an der Wand und ihr gegenüber hing. Lachend schon wieder, unter dicht zusammengezogenen Brauen, leise lachend im hellblauen Glas, stand ihr das weiße Oval dieses Gesichtes gegenüber. Sie sah ihm tief, bohrend, immer tiefer in die Augen. Um die beiden zitterte, tanzte äthergleich ihre Einsamkeit.

Und als gäbe dieses lachende Mädchen da, dieses schneeweiße im kalten Spiegelglas, ihr einen Plan ein, einen hübschen, kleinen Gedanken, eine nette, eine verteufelt witzige kleine Intuition, lachte sie immer lauter, unter schwarzen Augenbrauen, gebückt, reglos, den Blick im Spiegel.

Im Nebenzimmer zündete sich derweilen Ministerialrat Hoffmann die Nachttischzigarre an. Lorenz deckte treugesinnt den Eßtisch ab.

2.

Am nächsten Morgen ließ Kunigunde sich vorm Vater nicht blicken, sie versteckte sich wie in einem boshaften Hinterhalt auf ihrem Zimmer, dessen Fenster sie grau verhängt hatte. Da lauert sie, dachte der Vater, der, etwas angegriffen, aber demungeachtet in bester Haltung, an ihrer Zimmertüre vorbei und den Gang hinunterging. – Lorenz, der in aller Bescheidenheit bei ihr anklopfte, um ihr die Frage vorzulegen, ob sie eine Kleinigkeit vielleicht zu essen wünsche, erhielt von einer ganz fremden Stimme die traurige Antwort: danke, nein, sie äße nicht.

Der Vater dachte an Hungerstreik, das lächerlich energische Vorgehen gewisser englischer Politikerdamen schwebte ihm vor, und er sann, bekümmert, daß Streit und Qual und harte Prüfung kein Ende nehmen wollte, stirnrunzelnd auf Gegenmaßregeln.

Man brauchte sie zu nichts zwingen, es erübrigte sich, plötzlich war sie wieder da. Sie hatte das schlichte Kleid in Blaugrau an, sie erwartete ihn, das süßlich-greisenhafte Lächeln um den Mund herum ganz matt und voll Entgegenkommen angedeutet, frühzeitig im Eßzimmer. Sie goß ihm, dem halb Erfreuten, halb übermäßig Verdutzten, sorgsam den Tee ein, und sie trug kleine, blütenweiße Manschetten an den engen, dunklen Ärmeln. Das gab ihren Händen, die wie die Hände eines klugen und charmanten Grafen zwischen dem Blau ihres Morgenrocks einstmals gewesen waren, den sanften und streichelnden Ausdruck von immer fraulich hilfsbereiten Pflegerinnen- und Schwesternhänden.

Wohin waren die rüstigen Damen? Wohin die scharfen, höhnischen Studenten? – In welcher Leute Stuben, fragte man sich, zierten sich die buntwangigen Jünglinge? – Verschwunden die Gebärden grotesk-tänzerischer Heiterkeit, geschmolzen das Eis der strengen, erbarmungslosen Konzentration auf sich selbst, die keine Wärme mehr ausstrahlen will und mag. In nichts fast mehr bot man dem Ministerialrat Anlässe zu Ingrimm und Vorwurf, es sei denn, daß er sich, kurz entschlossen, durch jene stille, lächelnd schleichende Frömmigkeit als verletzt bezeichnet hätte, wozu ihm der Mut denn doch fehlte.

Sie war aufmerksam gegen ihn, wenn auch von einer Aufmerksamkeit, die ihm nicht gut scheinen konnte. Sie drängte sich ihm nicht auf, nein, man konnte sie in keiner Weise klettenhafter Taktlosigkeit zeihen. Nur gelegentlich legte sie Hand an, schmückte den Eßtisch zierlich, ungemein zierlich mit weißen und schwärzlichen Blumen, stellte auch, da sein dreiundfünfzigster Geburtstag herangekommen war, mit der Köchin ein kleines und delikates Menü zusammen, eine witzig ersonnene Speisefolge, die dem Vater viel Freude machte. Er war gut gelaunt bei dieser Mahlzeit. Sie saß ihm gegenüber, das Greisenlächeln milde angedeutet, die Schwesternhände schlicht auf dem Tischtuch ruhend. – Hatte er mit ihr geschimpft und geschrien? – Nun, so war seine gräßliche Wut auf jeden Fall nicht sinnlos verpulvert worden. Sein ernster Unwille, seine tiefgehende Entrüstung hatten Eindruck gemacht. Da sie ihm so Delikates zum Wiegenfeste hatte kochen lassen, vergaß der so leicht Versöhnliche, daß ihre Sanftmut ihm nicht von guter Art geschienen hatte. Sie war tückisch im Versteck gesessen. Eine fremde Stimme hatte dem Diener geantwortet.

Kunigunde hatte eine kleine Automobilfahrt arrangiert. Damit ein heiteres Erlebnis den Dreiundfünfzigsten ihm würze: eine Lustpartie. Der Ministerialrat war aufgeräumt, war auch kein Spießer und war allem harmlosen Spaß und buntem Hallo herzhaft offen und zugänglich.

Schmal, grau lackiert, viel zu mondän für Hoffmannsche Verhältnisse, wartete der Wagen vor seiner bescheidenen Türe. Ein junger Chauffeur lachte ihnen aus seiner Ledervermummung zu. Kunigunde trug einen hochgeschlossenen, schwarzen Gummimantel. Weiß und kühl, schön und sanft wie das Antlitz eines jungen, gottesfürchtigen Rittersmannes stand ihr schmales Gesicht zwischen dem schwarzen, hartblitzenden Material des Mantels, das wie Eisen war, das wie ein Visier schimmerte und glänzte. – Das Auto raste so sehr, daß dem Ministerialrat schwindelig wurde und er vor Angst unruhige Vogelaugen bekam. Ihm gegenüber saß Kunigunde regungslos. Durch die Erschütterung des Fahrens wurde ihr Kopf leicht hin und her geschüttelt. Mit wackelndem Kopf saß sie ihm stumm gegenüber. Eine karge, von der Raserei verzerrte Landschaft glitt schemenhaft an ihnen vorüber. Mitten in dieser Landschaft saß der junge Ritter – saß die Hexe – saß diese Kunigunde – nickte, nickte dem Vater zu. Dieser rang vor Angst die Hände in dem Schoß.

Als sie am Abend nach Hause kamen, hatte der Ministerialrat heftige Kopfschmerzen. Er hielt sich kühlende Kompressen an die arme Stirn, er fürchtete ernstlich geschädigt zu sein. Auch den nächsten Tag blieb er in seinem Zimmer. Kunigunde brachte ihm Tee und saure Aspirintabletten. Sie hatte einen weiten, mit schwarzer Seide gesteppten Schlafrock an. Woher, woher diese vielen Schlafröcke kämen, fragte sich der Ministerialrat fiebrig, neue, immer wieder andere jedesmal, neue zu jeder Gelegenheit. Sie neigte sich ihm zu. Ein Fieberthermometer blitzte silbrig in ihrer Hand. Der Ministerialrat mußte daran denken, daß es in ihrer Hand ganz unzweideutig an das Kruzifix erinnere, an das silberne, zu dem sie sang, zu dem sie betete. Kruzifix und Silberthermometer – Fieberthermometer und Kruzifix – ihr Gesicht war nah über ihm, mit ägyptisch geschnittenen Lidern, mit freundlich zugespitztem Mund. – Versehentlich stieß sie mit ihrem weiten, tief herabhängenden Ärmel das Bild der toten Mutter auf dem Nachttisch um, als sie dem Vater den Tee dorthin stellte. Selbstverständlich stellte sie es eilig, mit zugespitztem Munde ihm zulächelnd, wieder auf. – Der Ministerialrat hustete dazu rasselnd in seinen gelblichen Kissen. Er hatte sich wohl bei dieser Autopartie zu allem anderen tüchtig erkältet.

In der Nacht hatte er die erschrecklichsten Traumgesichte – abscheuliche Angstvorstellungen, wie sie ihn nie vorher gepeinigt hatten. Schlafröcke wurden vor ihm groß, schwarze Schlafröcke, graue Schlafröcke, blaue Schlafröcke – Schlafröcke von Rittern, von Nonnen, von eleganten und zynischen alten Grafen – Schlafröcke lachten, schrien um ihn herum, fegten mit ihren langen, hängenden Ärmeln seine besten und schönsten Erinnerungen dahin, trieben unnatürliche, ganz und gar widernatürliche Unzucht miteinander, beteten, lachten, sangen vor silbernen Kultgegenständen, waren hergezaubert, waren bunte Kavaliere, vertrieben sich die Zeit aufgeregt kindlich durch Ballspiel, neigten sich über ihn, hatten alle ein Gesicht, hatten, um Gottes Barmherzigkeit willen, alle ein und dasselbe Gesicht, mit zugespitztem Mund war es dicht über ihm.

Ministerialrat Theodor Hoffmann rang schweißbedeckt in seinen Kissen.

Draußen stand gebückt, mit schmerzlich geschlossenen Augen die Tochter, das Ohr an der Türe. Also lauschte sie dem Lärm in dieser Krankenstube.

Das Unwohlsein des Ministerialrats zog sich länger hin, als zu erwarten gewesen war. Tagelang hütete er das Bett, blieb den Geschäften vollkommen fern. Allerdings konnte er sich über Mangel an Aufmerksamkeit in der Pflege in keiner Weise beklagen. Seine Tochter Kunigunde war zu allen Tagesstunden sanft zur Stelle, um ihm jeden Wunsch genauest von den Augen abzulesen. Am bewundernswertesten vielleicht war es, wie sie, in Rücksicht auf ihn, für Stille zu sorgen wußte. Eine saugende Stille, eine ganz undurchbrechliche Lautlosigkeit lagerte in allen Räumen. Hatte die an alles Denkende den Fußboden mit Filz bespannen lassen? Waren kunstvolle Apparate angeschafft worden, kleine metallene Apparate in Tierform vielleicht, die jeden Laut gierig, als lebe und nähre er sie, verschlangen? Kein Schritt war hörbar, kein Klirren von Tellern und Speisegerätschaften. Ganz selten nur klingelten in dieses Schweigen die rötlichen Perlen des Rosenkranzes, den Kunigunde jetzt meistens trug.

Dumpf empfand der Ministerialrat, daß diese Stille, dieses fromme und perfide Schweigen, sich gegen ihn richtete, ihn angriff, für ihn, gegen ihn bestimmt war. Jenes extreme Lärmen vorher, das schrille Hinübersichwerfen von einer Maske in die nächste und übernächste, das, begriff der kränkliche Vater, war Selbstzweck gewesen, egoistische Unbekümmertheit. Das jetzt aber, dieser lähmende Friede, so ahnte er angstvoll, ging gegen ihn – sollte ihn kraftlos machen – ganz und gar von Kräften bringen sollte ihn das. Sie war aufmerksam, dienend wie eine Samariterin, gewiß doch, leicht gerührt gestand er sich seine Dankbarkeit. Vielleicht hat sie mich gern, dachte verschämt der Bettlägerige, vielleicht hat sie mich, so auf ihre komische und skurrile Art, ein wenig ins Herz geschlossen.

Wie dem auch sei. Gewaltsam raffte er sich zusammen. Hatte er nicht einstmals beschlossen, daß er *siegen* wolle, damals, vor Tagen, vor Wochen – schwindelnd plötzlich mußte er die Frage an sich richten, wann das, vor wie langer Zeit das gewesen war – damals, kurzum, als der Kampf begann, den ihre gotteslästerliche Frömmigkeit dann so schnell, so tief unter der samtnen Decke ihres heuchlerischen Schweigens zu ersticken wußte. Er, der Ministerialrat, aber war gesonnen ihn fortzusetzen, den Kampf gegen die Fremde, den großen Kampf gegen das Fremde, dessen Wesen, dessen wahres und ihm entsetzliches Gesicht sich ihm nach und nach zu zeigen begann – das ihm deutlich wurde, so wie ein Gesicht hinter sieben Schleiern geheimnisvoll nickend – nach und nach, so ganz sachte, so ganz unheimlich, allmählich Form, Gestalt, Wahrheit bekommt.

Nach einigen Tagen war es ihm gestattet aufzustehen. Etwas blaß noch ging er umher, scheu von treugesinntem Lorenz beobachtet, und seine Würde war forciert, seiner Würde fehlte das Überzeugende, das Natürliche. Er trug Gehrock, Goldbrille und struppigen Kinnbart, wie früher. Aber als er, wie in gut vergangenen Tagen, seine Kollegen eines Abends zum Nachtmahl bat, und als sie, einzelnstehend oder in Begleitung der alternden Gemahlinnen, sich im Wohnzimmer gruppiert hatten, bemerkte erblassend der Gastgeber, daß Kälte von ihnen ausging. Sie saßen unruhig und streiften sich mit vielsagenden Seitenblicken. Auch führte der Ministerialrat, in schlimmen Gedanken an bunte Schlafröcke und silberne Kultgegenstände verloren, die Konversation nicht mehr mit jener exakten Aufmerksamkeit, die man als Anmut einstmals gepriesen hatte. Früher als sonst zogen die Herrschaften sich, etwas *beleidigt* geradezu, zurück. Der Ministerialrat saß alleine. Kunigunde hatte sich an diesem Abend ihrerseits mit einem Besuche zurückgezogen.

Der einzige Gast, den Kunigunde seit jener Szene bei sich empfing, war ein kleiner, jesuitisch aussehender Herr. Von ferne hatte der Vater ihn einmal gesehen. Wenn er, dessen Namen Kunigunde übrigens niemals erwähnte, in der Wohnung anwesend war, steigerte jene Stille, die dem Ministerialrat an den Nerven zerrte, sich bis zu einem grauenhaften, totenruhigen Lärm. Er hätte schreien mögen – der Vater –, flehen hätte er um eine Stimme mögen, um einen guten menschlichen Laut. Aber vom Zimmer aus, wo sie und der Jesuit sich geheimnisvoll miteinander beschäftigten, wurde das Schweigen immer größer, benahm den Atem wie ein heißer Wind, war wie Giftgas um den zitternden Vater. Das Grauenhafte war, daß er, seit das dunkle Herrchen so oft im verhängten Zimmer der Tochter weilte, einen Gedanken nicht mehr loswerden konnte, einen wahrscheinlich ganz sinnlosen Gedanken und teuflisch-törichten Einfall. *Sie übt sich mit ihm*, dachte er immerzu, sie übt sich, sie übt sich. – Und hinter den Schleiern ward immer deutlicher das nikkende, lachende Gesicht, dessen zugespitzter Mund süßlich seinen Lebensglauben zunichte machte, dessen schwere Lider jetzt noch, hinhaltend geheimnisvoll, *über* dem Geheimnis ruhten, um es bald, im dunklen Augenaufschlag, zu enthüllen. Denn der Ministerialrat begriff, was das Geheimnis war. Er war bald soweit, zu begreifen, wohin jedes Geheimnis trieb, was das dunkle, gespenstisch schillernd schweigsame Meer stets sein mußte, in das es sich am Ende ergoß. Gegen dieses Zum-Meer-Hingerissenwerden sich zu wehren, war er zu schwach, zu entnervt schon. In unwürdiger Angst nur, in bleicher Not sah er das Große, das Dunkle näher – näher – ganz nahe kommen. –

Leider verstarb die vierundneunzigjährige Mutter des treugesinnten Lorenz um diese Zeit, so daß dieser, um nach dem harten und unerwarteten Schlage dem neunundneunzigjährigen Vater rüstige Stütze sein zu können, endgültig um seinen Abschied bat. Mit der mürrischen Köchin allein mußte man also fürs nächste auskommen.

Kunigunde fand es angebracht unter diesen peinlichen Umständen und äußerte mit gedämpfter Stimme den Wunsch, man möge einen Wintermonat in einem Kurort des Hochgebirges verbringen, was ja der immer noch ramponierten Gesundheit des Ministerialrats von Nutzen nur sein konnte. Man beschloß baldige Abreise.

Mit Eifer stürzte der Vater sich in die Geschäfte des Packens, des Billettbesorgens, Zimmerbestellens. Betäubt halb von Arbeitslust, lief er, Packen von Wäsche im Arme, umher, während Kunigunde, den Rosenkranz um den Hals, gebückt und schweigsam wie ein Großinquisitor, sich schleichend durch alle Gänge erging. Zuweilen begegnete ihr der Vater im halbdunklen Korridor, wo sie leicht summend lustwandelte, wie ein Mönch in friedsamen Kreuzgängen, wenn er selbst, Schweißtröpfchen auf Stirn und Oberlippe, dortselbst unter Schnaufen tätig war.

Auch in diesen letzten Tagen erschien öfters der kleine Jesuit. Damals geschah es das erstemal, daß der Ministerialrat Gelegenheit hatte, ihn persönlich zu begrüßen. Er begegnete ihm gleichfalls im Halbdunkel des Ganges. «Mein Name ist Pellstock», sagte der Fremde. «Nathanael Pellstock», wiederholte er und streckte dem Vater eine kleine und heiße Hand hin. Der Mininsterialrat zitterte am ganzen Leibe. «Sehr angenehm», sagte er und wußte, unruhigen Vogelblicks, durchaus nicht, wohin er sehen sollte. Das Gesicht des Herrn Pellstock war merkwürdig rot und verschrumpft. Es erschien etwa wie die Miene eines unzüchtigen Säuglings.

Wie froh von Herzen war der Ministerialrat, als der Tag der Abreise endgültig kam. Voll ernsten Anstandes verhandelte er mit Kutschern und Gepäckträgern. Froh des sachlichen Geschäftes bewegte er sich in fast jugendlichem Gehpelz. – Kunigunde, im schwarzen Gummimantel, stand, ein schweigsamer, junger Ritter, das Gesicht weiß und oval zwischen dem glitzernden Schwarz, an seiner Seite.

Im Kupee dann sprachen sie wenig. Kunigunde war mit leidenschaftlicher Konzentration in ein kleines schwarzgebundenes Büchlein vertieft. Der Ministerialrat las die Zeitung, während er seine

Zigarre rauchte. Er sah ziemlich angegriffen aus von den Erregungen der letzten Wochen. Immerhin war er ein stattlicher Herr noch, ein würdiger Herr. Ganz hatten ihn jene schaudervollen Abende, da im saugenden Totenlärm des Schweigens das Geheimnis, das Mysterium, das schwarze Meer immer näher auf ihn zugekommen war – ganz hatten sie ihn noch nicht erledigt. Mysterien? dachte er mit trotzigem Ansatz zu plumpem Hohn. Schwarzes Meer – ei, was doch! – Je weiter der Zug ihn von jener Wohnung forttrug, wo böse Sanftmut und schweigsam fromme Unzucht ihn geschwächt hatten, je kräftiger gewann er Fassung und frühere Haltung zurück.

Einmal nur während der ganzen Fahrt hob Kunigunde den Blick vom ledernen Büchlein. Schwarz und flüchtig sah er zum Vater hinauf. –

Der Ort, wo sie die nächsten Wochen verbringen wollten, war klein und unscheinbar, schier erdrückt von den hohen Bergen. Es war schlechtes Wetter. Aus grauem, tiefhängendem Himmel fielen träge und unschön die Schneeflocken. Die Wege sumpften in weißlicher Aufgeweichtheit. Die Berge lagen tief versteckt hinter Wolken. Schwer gangbar führte die Dorfstraße zum Hotel hinauf, wo Vater und Tochter zu logieren gedachten. Langsam fuhr sie die rumpelnde, rutschende Droschke hinan.

Auch im Hotel war es still und wie ausgestorben. Unabsehbar in ihrer eiskalten Weise lagen die Gänge. Es roch leicht nach Essen. Unter etwas gar zu höflichen Verneigungen empfing sie der schwammige Direktor. In der Halle saßen den ganzen Tag einige ältliche Amerikanerinnen und spielten, die Zwicker weit vorne auf verdickter Nasenspitze, dumme Kartenspiele miteinander. Im riesenhaften Speisesaale saß man beinahe allein. Unbenützt, wenn auch sauber gedeckt, standen die vielen runden Tische. Eilig und bleich bedienten die Kellner in speckig glänzenden Fräcken.

Es war ein ungemein erholsamer Aufenthalt. Der Ministerialrat sprach reichlich den delikaten Mahlzeiten zu, die das Hotel bot. Im feschen Gehpelz unternahm er kleine, kräftigende Promenaden, während unaufhörlich der Schnee fiel. Die Kellner nannten ihn Exzellenz und überboten sich gegenseitig in alberner Höflichkeit. Abends war er meistens allein. Kunigunde, schweigsam und tiefer in sich selbst versteckt als eigentlich jemals vorher, unternahm weite Spaziergänge in das weiße, ruhende Land, streng vermummt in den

Harnisch des Gummimantels, die Augen verdunkelt von innen heraus, das schwarze Büchlein meist in der Hand. Oft kehrte sie erst spät in der Nacht und ganz geräuschlos in das Hotel zurück. Ruhig, in einem wie abgestumpften Frieden, kamen die Tage, lahm, belastet vom Schnee. Ihre behagliche Sattheit kräftigte scheinbar die gequälten Nerven des Ministerialrats, gab ihnen wieder Beruhigung. Doch war diese Beruhigung, empfand er trotz allem, die nicht, welche er brauchte. Sie lastete zu fett, und viel zuwenig Erquickung brachte sie mit. Immerhin: die frühere Gravität fing wieder an, um seine Reden und seine Gebärden zu sein, ein *bißchen* ins Lächerliche gezogen vielleicht, ein ganz klein wenig übertrieben. – Mit geröteter Nase, den Spazierstock achtsam vor sich hersetzend, um ja nicht zu stolpern, spazierte der Vater im Schnee. Im plumpen und gewaltsamen Spott gedachte er des Geheimnisses, das, grauenhafter als jedes Lärmen, in aller Stille heimlich gegen ihn gekämpft hatte, einst, vor Tagen, vor Wochen. – Was ging es ihn, im Gehpelze, an? – Der schwammige Direktor winkte ihn, fatal lächelnd vorm Hoteleingang im weißlichen Schneien stehend, höflich zum Mittagessen herein. –

In stumpfem Frieden kamen die Tage, tot, lahm, belastet von Schnee. Dumpfe Ruhe waltete bis zu dem Nachmittag, da alle Wolken sich sachte teilten, sich hoben, den Himmel, grünlich, eiskalt, klirrend wie Glas in eigenem Frost, majestätisch freigaben.

Weiß und überscharf zeichneten sich die zackigen Gipfel der Berge vom gläsernen Hintergrund ab. Der klare Frost war wie eine summende, glitzernde Melodie über dem Land, das wie in strenger Verzauberung, in einer eisig verklärten Überdeutlichkeit lag.

An diesem Abend – der sichelförmige Mond stieß sich wie ein silbernes, spitziges Ding aus dem Himmel heraus –, an diesem Abend besuchte Kunigunde den Vater in seinem Zimmer.

Der Ministerialrat saß am Schreibtisch mit sachlicher Korrespondenz beschäftigt. Die Brille auf der Nase, sah er ihr entgegen. Sie ging, schemenhaft deutlich in dem grünen Licht, männlichen Ganges in ihren spitzen, lehmgelben Stiefeln mit niedrigen Absätzen zum Stuhl, ließ sich still nieder. Angstvoll sah er sie an.

Das Hotelzimmer, in dem sie saßen, war groß und ausnehmend kahl. An der weißen, grünlich schimmernden Wand hing schmal und vereinzelt ein Bild der Madonna, das ganz in Weiß und in Gelb gehalten war. Die Fenster hatten keine Vorhänge. Hinter dem Glas reckten sich zackig, eisig und bös die Berge. Der Ministerialrat begann zu sprechen, in letzter Not und im würgenden Bewußtsein, daß es jetzt war, leitete er eine kleine sinnlose Unterhaltung ein. «Es ist kalt heute abend», kam seine arme Stimme rauh vom Schreibtisch her. «Möchtest du mich, in Hinsicht darauf, nicht lieber allein lassen? Bedenke doch, meine Liebe, daß ich zu tun habe.» – «Ja», antwortete die Stimme der Tochter, singend, klingend, lähmend vom Lehnstuhl her – der Vater dachte: Die Berge sind ihre Bundesgenossen. Die Luft, dachte der Vater, die ist auch ihre Bundesgenossin. – «Ja», meinte die Stimme der Tochter, «das ist ein recht schöner Abend.» – «Und so plötzlich», seufzte es aus der Ministerialrats Brust, «dies wundervolle Wetter so plötzlich – erst überall Wolken.»

Ohne sich im Lehnstuhl zu rühren, fragte ihn Kunigunde, die Tochter: «Wenn ich nun vor dir tanzen würde, hättest du Freude daran?» Abwehrend erhob der Ministerialrat die gichtisch bebenden Hände. Aber sie stand still auf und trat zu ihm hin. In gläserner Dämmerung stand sie an seiner Seite, sanft und schlicht im blaugrauen Äbtissenkleid. Sich gar zu beweglich zu ihm hinunterbückend, brachte sie ihr Gesicht immer näher an seines. Unheimlich vergrößerte es sich vor seinem Blick. Zugespitzt und neckisch kam ihr Mund auf ihn zu. Verkleinert in mystischer Schelmerei winkten die Augen. Ihm aber, benommen, schwindelnd, kamen immer wieder die Worte nur, die sinnlosen, ganz erbärmlichen: «Nicht küssen – nicht küssen, du bist meine Tochter. Nicht küssen –» flehte der Ministerialrat. Sein Antlitz, das sonst gerötete, war gelb, wie der Lehm. In diesem Antlitz stand häßlich und komisch über die Maßen die goldumränderte Brille. Und dazwischen plagte ihn der fürchterlichste aller Gedanken: «Die Luft ist ihre Bundesgenossin. Die hilft ihr, sie ist gläsern und grünlich, sie schweigt so zitternd intensiv, daß es leis klirrt, in ihr flimmert ja das Geheimnis.» Sie aber neckte mit einer kleinen, metallenen Stimme über ihm, kokett, so daß ihm das Blut in den Adern gefror: «Hast du denn Angst, alter Papa?» Seine Worte versickerten, hörten kläglich auf. Alle Gedanken lösten sich auf in ihm. Die Schleier sanken vor seinem Gesicht. In schemenhafter Überdeutlichkeit offenbarte sie ihm das Geheimnis.

Als sich ihr Mund in einem scharfen Bisse gleichsam an dem seinen ganz festgesaugt hatte, riß er ihr die Kleider vom Leib. Knisternd sanken die dunklen Stoffe zur Erde. Lallend, lachend löste sich ihr Mund von seinem, sie sank hintüber, lag über seinen Knien. Während ihr Kopf nach rückwärts glitt, so daß sich die Augen brechend verdrehten, reckte sich ihm ihre gelbliche, magere Nacktheit in starrer Verzückung entgegen.

Zu einem Zwiegesang, dessen Ton sie angab, fanden sich röchelnd, lachend und singend ihre Stimmen.

Sie hatten auf ebener Erde, auf dem harten Teppich und eng nebeneinander geschlafen. Nachdem ihr Gesang verklungen war, mußte es wie eine Betäubung über sie gekommen sein.

Am Morgen erwachte die Tochter vor ihm. Die Sonne war noch nicht aufgegangen, in weißer Strenge lag das Hotelzimmer. Sie fand sich nackt, eine Pelzdecke flüchtig auf sich gebreitet.

Sie sah neben sich ihren Vater, schlafend und leis schnarchend, mit gelbem Gesicht und hängenden Kleidern. Weiß und borstig wucherten Haare auf seiner Brust. Unweit von ihm lag zerbrochen, zerdrückt die goldumrandete Brille.

Kunigunde stand auf. Sie ging langsam ein paar Schritte weg von ihm. Ihr Haar, dünn, zerfetzt und strähnig, hing um ihre mageren Schultern. Ihre Füße waren lang und spitz, auch ihre Hände, edel geformt, waren zu groß im Verhältnis zum Körper. Sie stand, kaum mehr weiblich von Bau, extrem, übertrieben mitten im Raum. Sie hatte die Hände über der Brust gefaltet. In tiefer Schmerzlichkeit war der Blick gesenkt. Sie fröstelte.

Da erwachte der Vater. Er richtete sich halb auf, blickte ratlos umher. Ihre Blicke begegneten sich. Wie zweifelnd sahen sie sich an – er auf der Erde und sie seitab in ihrer Nacktheit stehend.

Genau gleichzeitig setzte das große Gelächter ein. Gleichzeitig brach es auch aus ihnen hervor. Er, zertrümmert ganz auf dem Fußboden, lachte, mit auseinandergespreizten und der Länge nach von sich gestreckten Beinen sitzend, nach hinten auf beide Hände aufgestützt. Er dröhnte und gurgelte. Sein runder, borstiger Bart ragte zuckend gen Himmel. Unter dem Barte hob sich und senkte sich die runzlige Gurgel.

Die Tochter aber hatte, ganz gekrümmt in ihrem Jauchzen und Schreien, die Arme wild in die Luft gestemmt.

Die hohen und schmalen Fensterscheiben klirrten durchdringend. Die kahlen Wände warfen das Gelächter scheppernd und meckernd zurück. Von ihrem Zimmer aus fuhr der Lärm durch das ganze Hotel, das morgendlich dämmerte, verteilte sich geschwind in den Gängen.

Sonja

Jetzt im Frühling war der kleine Wirtsgarten stark besucht. Martha, die Magd, konnte die vielen Gäste allein nicht bedienen, und so mußte Sonja selbst mit Hand anlegen, da ihr Vater, wunderlich und untätig, wie die Zeit ihn machte, starr und müßig im Hinterzimmer saß. Lachend und schmal schlängelte sich Sonja zwischen den vielen hölzernen Tischen, und sie war angetan wie eine Kellnerin. Über dem schlichten dunklen Kleide trug sie eine weiße, beinahe kokette Schürze. Sie rief den stattlichen Fuhrleuten, die, die Arme klobig auf den Tisch gestützt, nach Bier begehrten, mit zurückgewandtem Kopf kleine Scherzworte zu, und sie verschwand im dunklen Haus. Im dämmrigen Korridor aber, wo niemand sie sehen konnte, stand sie eine Sekunde still. Sie schloß die Augen, und sie griff nach ihrem Haar, das, kastanienbraun und zu einem schweren Knoten geflochten, ihr Haupt belastete. Es war ihr, als schmerzte ihr Haar. – Martha, die Magd, trug Bierseidel in beiden Armen, und ihr Gesicht glänzte vor Schweiß. Ohne eine Miene zu regen, stumpf und massig trabte sie hin und wider, vom Wirtsgarten, wo die Kastanien blühten, hinein ins stille Haus und wieder hinaus zu den Fuhrleuten, die sie grölend empfingen. Beim Gehen schwankten ihr die Brüste unter dem Leinen des Kleides. Wenn man Martha sah, schien es im ersten Momente, als habe sie kein Gesicht. An seiner Stelle war nur eine stille, glänzende Fläche, einfach gerahmt vom schlichten Haar.

Am Abend ging Sonja hinter dem Hause spazieren, wo die hohen Buchen waren. Jetzt hatte sie die zierliche Schürze abgetan und ging schmal und dunkel in ihrem fließenden Kleid unter den Buchen umher. Im Wirtsgarten vorn war es schon still geworden. Nur der Vater war noch nicht zu Bett gegangen. Steif aufgerichtet saß er einsam im dunklen Zimmer. So gingen die Stunden an ihm vorbei. – Sonja hingen beim Gehen die Arme so hilflos herab, rührend mager und bräunlich, wie manchmal die Arme von Knaben sind. Den Kopf trug sie immer ein wenig gebückt, als sei er nicht stark genug, um den dunklen Reichtum des Haares aufrecht zu tragen. Um den etwas vorgestreckten Hals trug Sonja einen Schmuck von altem Silber. Den hatte ihr die Mutter geschenkt, die gestorben war, bevor Sonja sprechen konnte.

Sonja dachte an Martha, die Magd, die jetzt wohl schon schlief. Mit halboffenem Mund schnarchte sie unter dem schweren, rotkarierten Plumeau. Wenn Alois, der Knecht, zu ihr durchs Fenster stieg, lächelte sie ihm, halb noch im Schlafe, entgegen und umfing seinen Leib, wenn er zu ihr unter das warme Federpolster kroch. Wie schwer und dumpfig die Luft in ihrem kleinen Zimmer sein mußte – –

Sonja aber ging unter den dunklen Buchen spazieren. Sie ging auf sehr hohen Absätzen, schleppend und dennoch unbeschwert. Sie wußte: Jetzt dachte kein Mensch mehr an sie und kein Gott. – Sie glaubte an keinen Gott – sie glaubte an keine Liebe. – Sie ging allein unter den Bäumen. So sollte es sein, bis sie starb. So wollte sie sich verbergen. War nicht jedes Wort, das sie am Tage gesagt hatte, nur eine scheue Hülle gewesen um ein tiefes Schweigen? War eine jede Geste nicht schamhafte Maske für eine tiefe Reglosigkeit?

Sonja ging durch die vielen hallenden Gänge des weitläufigen alten Hauses bis in ihr Zimmer, das sehr groß war und in dem so viele Möbel wie sinnlos durcheinanderstanden. Hier war nie eine Blume zu sehen und nie ein Vogel, der sang. Gleichgültig lagen viele tote Dinge auf den Tischen herum.

Sonja schälte sich bräunliche, längliche Birnen, die sie in einer tönernen Schüssel aufbewahrte. Sie saß allein mitten im Zimmer und schälte sich eine Frucht. Sie hatte einen schweren, blauen Schlafrock an, und wenn er auseinanderfiel, standen ihre Beine, rührend schmal und pagenhaft in schwarzer, glänzender Seide, ganz eng aneinandergepreßt, als wollten sie sich gegenseitig wärmen.

Sonja stand langsam auf und setzte sich vor den Spiegel. Sie löste ihr Haar, so daß es wie der dunkle Mantel einer Königin um ihre Schultern hing. Sie kämmte und kämmte ihr Haar. Sie sah aus dunklen Augen ihrem Spiegelbilde zu, das sich so lautlos im Glase bewegte. Sie stand auf, und sprachlos standen sie sich gegenüber. Ihnen war, als müßten sie weinen. Aber zu schamhaft auch jetzt noch und viel zu hochmütig, lächelten sie nur. Sonja lächelte dem dunklen Mädchen zu. – So sollte es sein. Gottlos – sündenlos – allein – –

Einmal hatte ein Mann um ihre Gunst geworben, ein Freund, der sie liebte. Sie hatte stillgehalten, als er ihre Hand küßte, den ganzen schmalen Arm hinauf, bis zur Schulter. Aber als sein Mund dann den ihren suchte, war ihr Antlitz ihm lächelnd ausgewichen. – Jetzt blieb sie bei ihrem wunderlichen Vater, der, streng aufgerichtet, in der Haltung eines Generals, einsam und müßig im dunklen Hinterzimmer saß. Sie half Martha, der Magd, in der Wirtschaft. Im Frühjahr jetzt kamen ja der Gäste so viel. Fuhrleute, Soldaten und wandernde Burschen. Sie führten das beste Bier, und unter den blühenden Kastanien saß sich's gemütlich, wenn einem heiß geworden war auf der Landstraße.

Sonja ging in einem langen, weißen Nachthemd zu Bett.

Wenn sie nachts erwachte, lag sie allein in ihrem schwarzen Zimmer. Sie erschrak so sehr, daß sie meinte, das Herz müsse ihr stillestehen. Ein Laut aus der Dunkelheit traf sie. Waren Ratten an ihrem Bette vorbeigehuscht?

Sonja hatte geträumt, in ihrem Haare nisteten viele schwarze Schmetterlinge. Die flatterten um ihren Kopf, sie streiften ihr Gesicht mit den Flügeln. Sie waren, fühlte Sonja, daheim im schwarzen, sumpfigen Bach, wo der Sohn eines Bäckers sich ertränkt hatte. – Sonja griff in der Dunkelheit nach dem silbernen Schmuck, den die tote Mutter ihr geschenkt hatte und den sie des Nachts immer neben sich auf dem Tischchen liegen wußte.

Jetzt lagen Martha und Alois, der Knecht, wohl eng aneinandergeschmiegt und schliefen, gedämpft schnarchend unter dem Federbett. Wie warm – wie drückend warm sie es haben mußten.

Um das Schwarz und die vielen wirren Konturen der Möbel nicht sehen zu müssen, schloß Sonja die Augen. So entschlief sie. –

Am Morgen fütterte Sonja Tauben. Fröhlich begrüßte sie den Vater, dessen strenges Gesicht mit der gerade und steil hervorspringenden Nase und dem ergrauenden Schnurrbärtchen hinter einer Fensterscheibe erschien. Sie winkte ihm zu und lachte. Sie stand mitten auf der Wiese und trug ein weißleinenes Kleid. – Auf den steinernen Stufen, die vom Flur aus in den Garten führten, saß Martha und schälte Kartoffeln. Während Sonja noch lachte und ungeschickt winkend die schmalen Arme hob – beide Arme, als würfe man ihr von oben etwas zu, das sie fangen müßte –, bemerkte sie, daß die Magd Martha schwanger war. Sie soll ein Kind gebären – sie wird ein wackeres Kind gebären – dachte Sonja, und es war wie ein Spott in ihrem Herzen, als sie an ihr vorbeilief, durch das ganze, weitläufige, alte Haus, hinüber in den Wirtsgarten, denn dort hatten zwei Wanderburschen nach Bier verlangt, und sie wollte sie selbst bedienen.

Die Burschen saßen schweigsam nebeneinander an einem der langen, geschnitzten Holztische. Der eine mochte vielleicht neunzehn Jahre alt sein, er hatte heiße, schwarze Augen und eine sehr niedrige Stirn, in die das dunkle, gelockte Haar wuchs. Sein Mund war etwas breit und sehr rot. – Aber der andere war noch ein Knabe.

Sonja stand vor ihnen, das Herz voll Spott und Leichtigkeit. Martha sollte ein Kind gebären – Martha lag mit Alois, dem Knecht, eng und warm unter dem Federbette. – Aber *sie* schälte sich mitten in der Nacht ganz allein bräunliche Birnen – aber *sie* hatte lächelnd dem werbenden Freunde ihr Gesicht entzogen. – Gottlos – sündenlos, allein – –

Trotzdem geschah es, daß sie, als sie vor den Knaben am Tische stand, plötzlich die Augen niederschlug und daß ihr Gang langsam war, seltsam schleppend, als sie zurück ins Haus ging, um das bestellte Getränk zu holen.

In der Küche, wo die Bierflaschen aufbewahrt standen, saßen schwarze Fliegen an den getünchten Wänden. Was hatte sie heute nacht geträumt? – Schwarze Schmetterlinge nisteten in ihrem Haar. – Ratten waren an ihrem Bette vorbeigehuscht – –

Der jüngere der beiden Burschen, der Knabe, trug ein ganz hellgrünes Hemd. Dagegen erschien seine Haut von einer leichten, gelblichen Bräune. Ein Haarbüschel hing ihm bis zu den Augen hinunter, quer über die Stirne. Er lachte ganz scharf und hell und zog dabei die Schultern ein wenig zusammen. An den sehr schmalen Füßen trug er Sandalen.

Sonja stand reglos in der Küche.

Dann ging sie in den Wirtsgarten zurück. Sie stellte ihnen Gläser und Flasche hin, blieb aber dann noch einen Augenblick am Tische stehen und sah zur Erde. Der ältere mit den heißen Augen fragte sie plötzlich, während sie noch so stand, ob sie hier Essen haben könnten und rasten dürften bis abends – sie seien so müde – und Geld hätten sie nicht. Sonja sah auf. Plötzlich lächelte sie. «Ja, ja», sagte sie, «das dürft ihr – –» Der Dunkle hob das Glas. «Danke also», sagte er, «auf Ihr Wohl!» Und er trank ihr zu, während er lachte. Er hatte breite Schenkel, die sich beim Sitzen noch breiter drückten.

Aber seine Hände waren sehr mager und unruhig. – Der Knabe trank, ohne aufzusehen, in kleinen gierigen Schlucken.

Die Burschen wollten bis zum Mittag spazierengehen und sich die Gegend betrachten. Der Dunkle verabschiedete sich mit einem sehr festen Händedruck von Sonja, die mit tief gesenktem Blicke stand. Er trug ein grobleinenes, rostbraunes Hemd. – Der Knabe stand abseits. Er hatte sich eine Gerte gepflückt, mit der schlug er sich spielend über die nackten Beine. Plötzlich aber, während der andere noch Sonjas Hand in der seinen hielt, hob er die Gerte und ließ sie scharf, zischend über Sonjas linken, schmal herabhängenden Arm sausen. – Sonja zuckte nicht zusammen. Sie sah nur auf, und jetzt trafen sich das erstemal ihre Augen. Der Knabe hatte überraschend große Augen von einem scharfen, blitzenden Graublau. – Sonjas Blick dagegen war goldbraun, wie manche Tiere ihn haben. – Der Dunkle lachte vielleicht ein wenig zu laut. Sonja wandte sich wortlos zum Gehen. Auf ihrem Arm war eine dünne, rote Strieme zu sehen. Der Dunkle sah ihr nach, wie sie sich langsam dem Hause zu bewegte. Wie gebückt sie den Rücken trug – und die Arme hingen unendlich traurig und müde. – Der Knabe stand ganz still. Er wandte sich nicht nach ihr um, er blickte zur Erde, spielend mit seiner Gerte und während ein scharfes und doch süßes Lächeln auf seinem Antlitz lag.

Den ganzen Tag saß Sonja in ihrem halbverdunkelten Zimmer. Sie saß vorm Spiegel – stunden- und stundenlang –, als müsse sie eine wichtige und geheime Zwiesprache mit dem lautlosen Mädchen da im Glase halten, die ihr in so vielen Nächten Freundin und Schwester gewesen war. – Auch beim Mittagessen sah sie die Burschen nicht. Aber sie ließ ihnen durch Martha, die Magd, anbieten, ob sie nicht bis abends hierbleiben wollten. Zu diesem Angebot sagten die beiden dankend ja. – Sonja aber saß weiter vorm Spiegel, den ganzen Tag, bis es Abend wurde. Dann erst löste sie die Hände, die wie zum Gebet fest gefaltet gewesen waren. Dann erst erhob sie sich, langsam und mit einem halben Seufzer, und ging in den Garten hinunter.

Im Wirtsgarten zechten die Bauern und Fuhrleute. Für die zwei Wanderburschen deckte Sonja selbst den Tisch hinter dem Hause unter den Buchen. Sie ging mit den schweren Schüsseln und Tellern hin und her.

Während sie aßen, saß Sonja bei ihnen und sprach viel und lachte.

Wie lange es jetzt schon hell bleibe, meinte sie, und es sei doch erst Mai. Aber ein wenig kühl fand sie es doch, und sie legte sich ein dunkles Tuch um die Schultern. So sah sie aus wie eine traurige Zigeunerin. Sie wechselte die Teller, sie brachte in großen Schüsseln neue Speisen aus dem Hause. «Laßt es euch nur schmecken», sagte sie und sah an ihnen vorbei, «ihr seid ja herumgelaufen den ganzen Tag – –» Die beiden hieben tüchtig ein. Sie aßen schweigend in sich hinein, während Sonja, als merke sie es nicht, daß niemand ihr antwortete, plauderte und lachte. Der ältere hob den Blick zuweilen von seinem Teller und sah sie an. Aber auch davon schien Sonja nichts zu bemerken. Der Knabe aß rasch, er hantierte mit scharfen, eiligen Bewegungen Messer und Gabel. Wenn Sonja etwas Scherzhaftes gesagt hatte, lachte er ein wenig, aber ohne aufzusehen, während der ältere ernst und verbissen weiterlöffelte. – Sie sollten im Pavillon drüben schlafen, der ganz am Ende des Gartens lag, sagte Sonja, da seien Matratzen. «Und nachts zu wandern hat wohl doch keinen Zweck», meinte sie, «morgen ganz früh dann könnt ihr ja weiter.»

Dann nahmen sie Abschied. «Ja», sagte Sonja und sah an ihnen vorbei, als müsse sie angestrengt etwas suchen in der einbrechenden Dunkelheit, «wir werden uns ja wohl kaum noch sehen, wenn ihr so früh schon weiter müßt. – Martha wird euch wohl Frühstück besorgen.» Und sie reichte dem älteren die Hand, während sie gleichzeitig mit der Linken das Tuch enger zusammenzog, als friere sie. Er aber suchte ihren Blick. – Eine Strähne ihres Haares, das sonst so ordentlich und glattgebürstet war, fiel schwer in ihre Stirn. Sie wandte sich zum Gehen. Aufrechten Ganges schritt sie die Stufen hinauf. Sie hatte vergessen, auch von dem Knaben Abschied zu nehmen.

In ihrem Zimmer entkleidete sie sich rasch. Sie warf sich ins Bett, als fliehe sie eine Gefahr. Sie lag regungslos auf dem Rücken, in ihrem weißen Hemd, die Hände auf der Bettdecke gefaltet. Sie sah wie eine Tote aus in der Dunkelheit. Aber ihre Brust hob und senkte sich schwer und langsam.

Als es dann an ihre Tür klopfte, stand sie langsam auf, als müsse es so sein, ging durchs Zimmer, barfuß, in ihrem langen, weißen Hemd, und öffnete. Die Gestalt des älteren stand ihr im Dunkeln gegenüber – geduckt, wie ein Tier, das sich auf Beute stürzen will.

Wie ihm unter der niedrigen Stirn die Augen glühten. – Sonja blieb eine Sekunde regungslos stehen. Sie spürte seinen heißen Atem. Sie fühlte schon seine mageren Hände ihren Leib hinunterzucken. – Ihr war, als müsse sie jetzt und auf dieser Stelle sterben, weil er es war, der an ihre Tür gepocht hatte, und weil sie aufgestanden war, um ihm zu öffnen. Aber sie ging ganz einfach an ihm vorbei, stieß ihn, der immer noch geduckt und sprungbereit im Dunkeln stand, ohne ihn auch nur anzusehen, mit einem ganz leichten Stoß beiseite und schritt, ohne sich noch einmal nach ihm umzuwenden, aufrecht den Gang hinunter. Erst im Garten unten fing sie an zu laufen. Sie rannte im weißen Nachtgewand unter den Buchen, daß ihr Haar sich löste und ihr wirr ums Gesicht hing. In ihren Augen war es wie eine Gier, eine tote, dunkle Glut, die erst wieder stille wurde, als sie die Tür zum Pavillon aufgerissen hatte und reglos auf der Schwelle stand. Sie sah den Knaben nackt, mager und bräunlich, gebückt vor einer hellblauen Waschschüssel stehen, in die er den Kopf steckte. Wie deutlich sich sein Rückgrat unter der gespannten Haut abzeichnete. – Als er aber Sonjas Eintreten hörte, wandte er sich um, stand, während ihm das nasse Haar wirr ins Gesicht fiel, wie in einer Angst an den Tisch geklammert. Und als sagte er irgend etwas ganz Eingelerntes, etwas, das ohne Sinn für ihn war, rief er, während Sonja immer noch regungslos mit tief geneigtem Antlitz an der Schwelle stand – und seine Stimme war ganz hell und scharf – gellend überschlug sie sich einmal im Diskant: «Sie verfolgen mich –»

Und sie, die nicht ja sagen wollte und nicht nein, sagte ganz leise und ohne das Gesicht zu heben: «Gott stehe mir bei – –» Aber dann ging sie auf ihn zu, sie ging mit gesenktem Gesicht durchs ganze Zimmer, und ihre Arme hingen rührend schmal herab. Als sie ganz nahe bei ihm stand, begann sie sachte, ohne Leidenschaft fast, ganz sachte seinen Leib zu streicheln, vom Haar hinunter über das ganze Gesicht, die Schultern und den Rücken entlang. Sie glitt an ihm hinunter, und als sie schon zu seinen Füßen lag, löste sie sich den silbernen Schmuck, den ihr die Mutter geschenkt hatte, vom Hals. «Das schenke ich dir», sagte sie und reichte ihm in der offenen Hand das Geschmeide hinauf. Und als er das Silber in beiden Händen hochhob, auflachend, während sie mit ihrem Haar über seine Füße streichelte, flüsterte sie – und sie wußte es wohl selbst nicht, warum –: «Danke – danke – danke – –»

Draußen polterte, Einlaß begehrend, der ältere. Er stieß mit dem Kopf gegen das Holz der Türfüllung, daß es krachte, und man hörte seine Stimme, belegt, verzerrt, tierisch vor Wut: «Laßt mich herein – herein sollt ihr mich lassen – –»

Der Knabe aber, auf dessen Gesicht sich das Lächeln gelegt hatte, süß und scharf doch zugleich, beugte sich über die Kniende und küßte ihren Nacken, den sie ihm darbot. Und während sie immer noch, berauscht, sinnlos, wie ein hingelalltes Gebet, ihr «Danke – danke – danke –» flüsterte, sagte er plötzlich, den Mund noch auf ihrem Nacken, scharf, rasch und hell, und wieder, als verstünde er den Sinn nicht dessen, was er sagte: «Ich liebe dich –», und seine Zähne gruben sich auf eine Sekunde mit einem raschen Bisse in ihr Fleisch, während seine Hände in ihrem Haar wühlten. Da sie fühlte, daß jetzt alle seine Zähne in ihrem Nacken sich eingeprägt hatten, wie das Gesicht des Herrn im Schweißtuche, stand sie auf, wandte sich und ging, wie sie gekommen, quer durchs ganze Zimmer, das Gesicht geneigt, mit herabhängenden Armen. An der Tür wandte sie sich nach ihm um. «Wann sehe ich dich wieder?» sagte sie, und jetzt lächelte sie ihm zu. Und er erwiderte, nackt an den Tisch gelehnt und immer spielend mit der Kette, die sie ihm geschenkt: «In einem Jahre bin ich wieder da.» Da ging sie hinaus, schloß die Tür hinter sich und wußte: In einem Jahre war er wieder da.

Der ältere kauerte verkrampft, die mageren Hände in den Erdboden gewühlt, vor dem Pavillon. Als Sonja, hoch aufgerichtet, sprachlos vor der zugefallenen Pforte stand, hinter der der magere Knabe mit ihrem silbernen Schmuck spielte, warf sich der Kniende über ihre Füße, die nackt und weiß im dunklen, feuchten Grase standen, und bedeckte ihre Füße mit tausend Küssen. Sie aber hatte plötzlich den Gedanken: Ob dieser da um mich ebensosehr leidet wie ich um den andern? Und da sie das dachte, neigte sie sich ein wenig und fuhr ihm sanft, den Blick über ihn hinweg in die Nacht gerichtet, durch das zerwühlte Haar. Als er aber ihrer Hand Berührung fühlte, brach er in Tränen aus. Seine Tränen rannen in heißen Tropfen über ihre Füße. Und da ihre Füße solcherart gebadet wurden, von den Tränen eines kauernden Menschen, weinte auch Sonja, aufrecht stehend, ohne eine Miene zu regen. Die Tränen rannen nur so aus ihren dunklen Augen, und im Grase mischten sie sich mit den Tränen des Knienden. – Während sie so stand und weinte, sah sie, wie Martha, die Magd, unter den Bäumen im Schatten stand, schwer und stumpf mit dem schon stark hervortretenden Leib. Ihr Gesicht war nicht zu unterscheiden, nur eine stille Fläche war zu sehen, schlicht vom Haar gerahmt. Da hob Sonja, ungeschickt winkend, den ganzen Arm und rief, während ihr die Tränen stromweise über das Gesicht rannen, mit ihrer schönen, klingenden Stimme fröhlich durch die Dunkelheit: «Gute Nacht, Martha. Warum schläfst du noch nicht?» – Aber Martha erwiderte nichts. Sie stand wie ein bäurisch Madonnenbild taub und gedrungen unter den Buchen, während Sonja, zu deren Füßen der Bursche sich kauernd krümmte, schmal und aufrecht ihr im weißen Hemd gegenüberstand, tränenüberströmt. –

Ganz früh am nächsten Morgen sah Sonja, wie die beiden Burschen davonzogen. Sie trugen schwere Rucksäcke, unter deren Last sie gebückt marschierten. Am Gartentor trennten sie sich. Der ältere hielt die Zähne fest zusammengebissen, die Augen glühten ihm unter der niederen Stirn. Die Hände waren zusammengekrampft. – Der Knabe hatte, wie fast immer, den Blick gesenkt.

Sonja stand, im Nachtgewand noch, am Fenster. Ein Jahr mußte vergehen. Im nächsten Frühjahr mußte er wiederkommen. Und in tiefster Scham sagte Sonja zu sich, daß dieses Jahr nichts als ein Warten sein würde auf ihren Knaben. Es würde Sommer werden, und dann Spätsommer, und dann Herbst. Und dann würde es schneien, und wenn der Schnee geschmolzen war, blühten die Bäume wieder – und dann kam er – –

War das Jahr nicht ein buntes Märchen? Ein trauriges Märchen vielleicht – aber von einer Trauer erfüllt, die höchste Lust war zugleich. Und so sollte es sein. –

Und dann verrann Sonja ein Tag um den andern. Es wurde Sommer, und es wurde gewaltig heiß. Wenn Sonja müde durch die Straßen der kleinen Ortschaft ging, stand Martha, die Magd, in einem Laden, die Markttasche am Arme, und kaufte Gemüse ein. Ein Duft von Brot traf Sonja aus dem Laden. Gelbe schwere Sonnenblumen standen geneigt in der glühenden Sonne vor dem Geschäft. Martha wandte ihr das Gesicht zu, und ganz schwer, ganz langsam ging ein Lächeln über dies Gesicht, das nur wie eine stille Fläche war – ein Lächeln des Erkennens gleichsam. Und nachdem sie solcherart einen Gruß mit der Freundin getauscht hatte, ging Sonja weiter, die weiße, grelle, sonnendurchglühte Landstraße hinunter. Weiße Wolken lagerten geballt am Horizont. An Sonjas bräunlichem Nacken waren immer die Eingrabungen von des Knaben Zähnen zu sehen, ganz deutlich, ein Mal.

Am Abend, wenn es unter den Kastanien still geworden war, und Martha schweigend die halbgeleerten Gläser zum Abspülen in die Küche schaffte, lagerte schwarz ein Gewitter am Himmel. Jetzt war des Kuckucks Ruf im Walde erstorben. An den Bäumen rührte sich kein Blatt. Sonja sah, wie drinnen im Hause ein einzelnes Licht brannte. Von all den dunklen Scheiben war nur diese erleuchtet. Da saß ihr Vater, steif aufgerichtet, einsam und untätig. – Wie schwer sich draußen die Ähren unter der Wärme und unter der Stille neigen mußten. – Sonja wußte kaum noch, wie es früher gewesen war. War sie nicht sündenlos, gottlos, allein unter den Buchen spazierengegangen? War sie nicht sprachlos und viel zu schamhaft, um aufzuweinen, ihrem dunklen Ebenbilde im Spiegel Stunden und Stunden gegenübergesessen? – Jetzt sah sie die schwere, fruchttragende Gestalt Marthas, der Magd, die Stufen hinaufgehen. Sachte, linde streichelte Sonja das Mal am eigenen Nacken: Sie hatte tränenüberströmt in der Nacht gestanden. – –

Jetzt war es Sommer. – In der Nacht hörte Sonja eine Stimme im Garten singen – es war ein Liebeslied, an das Sonja jetzt so oft denken mußte. Die Stimme sang:

> Aus nasser Nacht
> Ein Glanz entfacht.
> Nun muß ich gar
> Um dein Aug und Haar
> Alle Tage
> In Sehnen leben.

Im Spätsommer saßen unter dem durchsichtigen Himmel Kranke und alte Frauen vor ihren Haustüren in der sanften Sonne. Martha trug gelbe Äpfel in großen Schüsseln umher. Zuweilen erschien der Vater auf den Stufen, die in den Garten hinunterführten, stand still und streng eingeknöpft in seine graue Jacke, die wie eine Uniform war, und genoß blinzelnd die Sonne.

Dann wurden die Bäume kahl, und Sonja wühlte mit dem Fuße in den braunen, feuchten Blättern, die allerorts die Erde bedeckten. Nur wenige Gäste besuchten jetzt noch den Wirtsgarten. Wie kalt es schon war. – –

Martha nahm Abschied, sie reiste in ihre Heimatstadt, um dort ihres Kindes Geburt entgegenzusehen. Sonja war die einzige, die sie zur Bahn geleitete. Alois, der Knecht, hatte Martha schon lange verlassen und war wohl weit fortgezogen. – So gingen die beiden allein, Sonja und Martha, die Magd. Martha ging seltsam schwankend mit dem hervortretenden Bauch. Sonja war schlank wie ein Erzengel an ihrer Seite. Martha hatte die Frucht empfangen. Für Sonja war das Jahr wie ein trauriges Märchen – wie das Märchen der Sehnsucht.

Wenn das Kind geboren war, wollte Sonja die Mutter in ihrer Heimat besuchen. Sie wollte Taufpate sein.

Der Herbst kam windig und mit kaltem Regen. Jetzt war Sonja ja ganz allein. Es schien, als würde sie schmaler von Tag zu Tag. Das Haar lastete so schwer, daß sie den Nacken gebückt trug. In ihrem stillen Gesicht standen groß und traurig, goldbraun, wie manche Tiere sie haben, die redenden Augen.

Im November fuhr Sonja zu Martha, der Magd, um das Kind zu sehen. Martha wohnte in einer grauen, winkligen Stadt, wo der Sturm kalten Regen durch die Gassen fegte. Alte Weiber in zerfransten Umschlagtüchern standen gruppenweise in den Torbögen beisammen. – In einem Hinterhause lag Martha, schwer zugedeckt mit rotkarierten Federbetten, und an ihrer Seite schrie der Säugling. Wie es hier roch, nach Essen und Kinderwäsche. – Als Sonja, die viele steile Treppen hinaufgestiegen war, ins Zimmer trat, saß Marthas alte Mutter an der Wiege des Säuglings und erzählte eine Geschichte, um das Schreiende zu beruhigen. Sie ließ sich durch Sonjas Eintritt nicht weiter unterbrechen. «Um Mitternacht klopft's an die Tür», erzählte die Alte. «Das Weib macht auf, es ist ein Toter mit kahlem Haupt, ohne Augen und mit einer Wunde im Leib. ‹Wo sind deine Haare?› – ‹Die hat mir der Wind abgeweht.› – ‹Wo sind deine Augen?› – ‹Die haben mir die Raben ausgehackt.› – ‹Wo hast du deine Leber?› – ‹Die hast du gefressen!›» – Darauf verstummte das Schreien des Kindes. Mit roten Fäustchen fuchtelte es lachend und jubelnd in seiner Wiege. – Auch Martha nahm nur wenig Notiz von Sonja, die still an der Tür stand. Sie lag mit geschlossenen Augen im

Bett. Da Martha bestimmt hatte, daß das Kind nicht getauft werden sollte, reiste Sonja sehr bald wieder ab.

Als sie nach Hause zurückkehrte, war Schnee gefallen. Wenn Sonja morgens ans Fenster trat, glitzerte die Sonne auf all dem Weiß. Sonja blinzelte geblendet gegen die strahlende Helle. Mittags ging sie spazieren. Sie trug einen Spazierstock, um nicht auszugleiten auf der glatten Straße. – Aber am Abend besuchte sie die alte Bäuerin, deren Häuschen mitten im Schnee vorm Dorfe lag. Da saß Sonja in der halbdunklen Stube, die Hände im Schoß gefaltet, und erzählte der Alten, die im Lehnstuhl murmelte und nickte. «Denke dir nur», sagte Sonja, «was ich früher für Träume hatte. Mir träumte früher nämlich, Nachtfalter nisteten in meinem Haar. Sie flatterten um mein Gesicht und berührten mich mit den Flügeln. Auch huschten immer Ratten an meinem Bett vorbei. Ich hörte es durch die Dunkelheit. – Aber jetzt», sagte Sonja, «hat ja meine Freundin ein Kind geboren, und ich stand ihr weinend im abendlichen Park gegenüber. Jetzt trage ich ja das Mal am Nacken –» Und zu alldem murmelte und nickte die Alte. – Wenn Sonja abends nach Hause ging, lag der Schnee ganz dunkelblau mit tiefen violetten Schatten. In der Nacht wurde es wohl eisig kalt draußen.

Als es dann Januar ward und Februar, war in Sonja, die still in den weitläufigen Gängen einherging und draußen auf den Landstraßen, nur der eine Gedanke noch: Jetzt schmilzt der Schnee bald, und dann ist das Märchenjahr vorüber, das Jahr der Sehnsucht. –

Und dann schmolz der Schnee. Als sie eines Morgens erwachte, lagen die Wiesen braun und hellgrün, und in allen Bächen und allen Rinnsteinen rann Wasser. – Dann blühten die Bäume auch bald, und Sonja pflückte einen Strauß gelber Blumen, den sie dem Vater schenkte, der ihn gravitätisch und unbeholfen in Empfang nahm. An den Nachmittagen saßen die Fuhrleute schon wieder im Wirtsgarten. Wie gerne Sonja ihnen das Bier kredenzte, wie lachend sie sich, angetan als eine Kellnerin, zwischen den hölzernen Tischen schlängelte. –

Jetzt war es April – jetzt Mai. – Und so schloß sich der Ring.

An einem Morgen fütterte Sonja Tauben. Fröhlich begrüßte sie den Vater, dessen Gesicht mit der steil hervorspringenden Nase und dem ergrauenden Schnurrbärtchen hinter einer Fensterscheibe erschien. Sie winkte und lachte. Und er, was nie sonst geschah, erwiderte ihren Gruß, er hob leutselig die Hand, der Wunderliche lächelte hinter der Fensterscheibe.

Da wußte Sonja, daß er gekommen war. Und sie lief durch all die hallenden Gänge des weitläufigen Hauses, lief hinunter bis in den Wirtsgarten. Und im Laufen sang sie leise für sich: «Nun drängt der Mai – nun muß ich gar – um dein Aug und Haar – alle Tage in Sehnen leben.» Sie freute sich so, wie nur Frauen sich freuen können.

Aber im Garten vorn war niemand als ein großes, blondes Mädchen in einem hellblauen Kleid. Sie sprach zurück, rief lachend zur Tür hinaus: «So komm doch. – Was stehst du? Komm doch, mein Lieber!» Und als sie Sonjas, die, wie versteinert plötzlich, stehengeblieben war, ansichtig wurde, sagte sie und lachte ein wenig dazu: «Er ist so komisch oft, wissen Sie, plötzlich kann man ihn kaum mehr von der Stelle bewegen. Aber das werde ich ihm schon noch abgewöhnen», fügte die Blonde hinzu und lachte noch immer.

Dann war der Knabe da. Er stand mit niedergeschlagenen Augen vor Sonja, in seinem hellgrünen Hemd und eine Gerte in der Hand. «Guten Tag», sagte er und hob den Blick nicht. «Ich wollte nur fragen, ob wir vielleicht Bier haben könnten.» – Und plötzlich, ohne Antwort abzuwarten, mit einem kurzen, scharfen Entschluß, setzte er sich an einen der langen hölzernen Tische. Zu der blonden Freundin, die noch ein wenig ratlos stehen blieb, sagte er nur kurz, mit einer etwas ruckweisen, seltsam konventionellen Geste: «Nimm doch Platz.» – Sonja aber sah ihn an. Dann sagte sie mit einer belegten Stimme: «Bier? – Ja, ich will einmal nachsehen.» – Und sie ging durch den Garten, ging die Stufen hinauf, durch den Korridor in die Küche, wo die schwarzen Fliegen an der getünchten Wand saßen. Während des Gehens hatte sie einmal nur den Kopf gewandt und hatte gesehen, wie der Knabe mit seiner Gerte dem lachenden Mädchen spielend über die Hände schlug.

Sie nahm die Gläser aus dem Schrank – zwei Biergläser –, und sie nahm eine Flasche. Sie brachte es ihnen hinaus, sie stellte es schwer auf den Tisch nieder, und dann stand sie mit schlaff herabhängenden Armen, und in ihr Gesicht fiel Haar. Sie war aber zu müde, um die Hand zu heben, viel zu müde, um das Haar zurückzustreichen. Sie sah aus wie eine trauernde Zigeunerin. In ihrem Kopfe war nur ein Gedanke, gleich als könnte sie allen Schmerz in diese Formel kleiden: Und ich habe ihm meine silberne Kette geschenkt. –

Und sie fragte, während sie nichts von den Worten wußte, die ihre Lippen bildeten: «Wo ist der andere, der Dunkle, der das letztemal bei Ihnen war?» – Und der Knabe, der Bier trank in kleinen, gierigen Schlucken, erwiderte, ohne aufzusehen: «Den habe ich nicht mehr gesehen seit damals.» Und plötzlich hob er den Blick. Er sah ihr voll ins Gesicht, und seine Augen waren überraschend groß, graublau und leuchtend. Er lächelte auch und hob das Glas: «Auf dein Wohl», sagte er lächelnd, während er nur eine kleine, ruckweise Bewegung mit dem Kopfe machte, weil die Haarsträhne, die ihm bis zum Auge hing, ihn beim Sehen hinderte. «Auf dein Wohl», sagte er und wandte sich an das blonde, hellblaue Mädchen. «Prost!», und er trank mit geschlossenen Augen.

Und wie Sonja also den Knaben sah, lächelte auch sie. So war das Jahr ein Warten auf ihn gewesen, ein sehnsüchtiges Märchenjahr. – Es war Sommer geworden, und dann Spätsommer, und Herbst, und Schnee war gefallen und war wieder geschmolzen, und dann war der Knabe gekommen. Hatte sie denn gehofft, er würde ihr gehören? Hatte sie denn geglaubt, er würde bei ihr bleiben? – So, wie es war, sollte es sein. So sollte es wahrlich sein.

Sonja dachte in Worten nicht. Aber sie fühlte den tiefen Sinn alles Geschehens. Und wie damals, wie vor einem Jahr, flüsterte sie, während ihre Hand ganz sachte, ganz lind durch sein liebes Haar glitt, und wie damals faßte sie's nicht, warum sie es sagte: «Danke – danke – danke –»

Ludwig Zoffcke

Es geschah unter ziemlich gewöhnlichen Umständen, daß Fräulein Lolo ihn kennenlernte. Als sie nach der Vorstellung das Theater verlassen wollte, erwartete sie am Bühnenausgang ein Bekannter und stellte ihr einen etwas untersetzten Herrn vor, der sich, in einem schweren und dunkelkarierten Wintermantel, ein wenig zu tief verneigte und, während er mit einer großen Geste den bräunlichen Schlapphut zog, ihr aus dunklen und heißen Augen von untenher ins Gesicht sah. – Fräulein Lolo steckte die Hände tief in die Taschen ihrer grauen Pelzjacke, stand, etwas geziert und schlangenartig, an die Mauer gelehnt und sah ihn unter dem himbeerroten Samthut, den sie tief in die Stirn gezogen trug, herausfordernd an. «Das ist Ludwig Zoffcke», sagte der Bekannte, «der das Bild von Josua gemalt hat.» Fräulein Lolo dachte nur: Er ist ausnehmend unsympathisch. Sie verzog also spöttisch den Mund und sagte: «Ah.»

Der Schein einer Gaslaterne, die neben dem Bühnenausgang im Winde klapperte, beleuchtete flackernd Herrn Zoffckes Gesicht. Er zuckte mit den Mundwinkeln, ließ den Blick nicht von ihr und sagte irgend etwas sehr scharf Akzentuiertes, etwas, das vor eisiger und präziser Sachlichkeit nur so bebte und vibrierte. – Er sah sehr jüdisch aus, mit dem vollen und dunkelroten Mund, der etwas fleischigen Nase, dem ungepflegten, schwarzen Haar, das seltsam eckig in die Stirn wuchs, und der wüsten und begehrenden Intensität der Augen.

Der Bekannte verabschiedete sich, und Herr Zoffcke bat Fräulein Lolo zuckenden Mundes, ob er sie in das benachbarte Theatercafé begleiten dürfe. Sie stand immer noch an die Mauer gelehnt, sah, gleichsam grübelnd, aus grünlichen Tieraugen still zu ihm hin, und als er die dunkelbrennende Glut seines Blickes nicht von ihr ließ, nahm sie, ohne etwas zu sagen, seinen Arm und ging mit ihm.

Zwar war es ihr lästig, daß er auf offener Straße begann, mit einer starken und in der Tiefe zitternden Stimme italienische Arien zu singen. Sie mochte es auch nicht, wenn er mit solcher Ausführlichkeit von den Erfolgen seiner Bilder auf der großen Ausstellung in Berlin sprach. «Kolossale Ovationen», sagte er mit einer weiten Geste in seinem Wintermantel. – Was aber war es, das sie am ganzen Leibe zittern machte, wenn er sie ansah?

Sie saßen im lärmenden Theatercafé einander gegenüber. Lolo nickte, den grellrot geschminkten Mund zu einem Lächeln verzogen, Bekannten zu, während sie, unter dem himbeerroten Hute, grelle und herausfordernde Blicke warf und die schmalen Beine in den schwarzen Seidenstrümpfen lachend zur Schau stellte. Sie tranken Tee aus dickwandigen weißen Tassen, und Herr Zoffcke erzählte, mitten in die lärmende Musik hinein, mit einer unheimlich gedämpften Stimme, von sich, von der Welt, von dem, was er in der Welt erlebt hat. Er erzählte von Menschen, von den vielen, vielen Menschen, die er geliebt hatte, um von ihnen verlassen zu werden und einsamer noch dazustehen, frierender. «Aber wie schön sie alle waren», sagte er, und schloß für einige Sekunden ganz tief die Augen. Lolo begann ihm zuzuhören. Sie saß jetzt still da, die Hände im Schoß gefaltet, mit ihrer großen, weißgepuderten Hakennase. Die grünlichen Augen schienen viel dunkler und stiller geworden zu sein. Sie dachte nur: sie verlassen ihn alle, sie halten ihn nicht aus und fliehen. Und er steht einsam da – –. Und plötzlich dachte sie: Aber ich will bei ihm bleiben. Vielleicht kann ich ihm helfen. – Und in einer ganz geheimen Tiefe, klang es leise: Vielleicht – hilft – er – mir.

Als er sich aber plötzlich etwas näher zu ihr neigte und sie fragte: «Und Sie, mein gnädiges Fräulein? Was treiben Sie?» Da hob sie nur die Schulter, lachte kurz mit ihrem Munde, der wie ein greller und böser Riß in ihrem Gesicht klaffte, und sagte: «Ja – no?» während sie mit dem rechten Fuß in dem spitzen schwarzen Lackschuh eine Bewegung machte, als wolle sie etwas Schmutz wegschieben.

Herr Zoffcke erhob sich, um zwei Bekannte zu begrüßen, die an den Tisch getreten waren. Es war ein qualliger, übereleganter Herr mit einem Monokel, der mit seinem Fischmaul wienerisch ins Leere plauderte, in Begleitung eines sehr unsoignierten, sehr brünetten jungen Menschen. Herr Zoffcke verneigte sich, ganz eingepreßt in seinen dunklen, etwas engen und durchaus korrekt geschnittenen Abendanzug und stellte zuckenden Mundes Fräulein Lolo vor. «Das berühmte Fräulein Lolo», sagte er, und ihr schnürte etwas die

Kehle zu, von dem sie nicht wußte, war es nur Ekel oder ein Schluchzen, das plötzlich in ihr aufstieg. Mit zusammengebissenen Zähnen und ohne aufzusehen gab sie dem qualligen Herrn, der aufdringlich nach einem minderen Parfüm roch, die Hand.

«Wie unangenehm sie waren», sagte sie, als die Herren fort waren. Aber Herr Zoffcke erwiderte ihr bedächtig: «Es waren sehr nette Herren, und beide verkehren sie nur in den ersten Kreisen.» – Sie antwortete ihm nicht. Sie sah zur Erde, und nur ab und zu warf sie ihm ganz kurze Blicke zu, aus Augen, die jetzt wieder grünlich waren, voll Erregung und Gift. Er ist unmöglich, dachte sie, und verzog vor Ekel den Mund, er hat keine Rasse, keine Finger für Nuance – wie plump und stillos er ist. – Und sie beschloß, sobald es irgend anginge, einfach aufzustehen und sich von ihm zu verabschieden.

Aber als er sie bat, sie möchte ihn in seine Wohnung begleiten, da er ihr Zeichnungen zeigen wolle, lachte sie nur kurz auf und ging mit ihm.

Eine alte Magd öffnete ihnen. Sie war ganz verhutzelt, ganz grau, gleichsam nur in Lumpen gekleidet, und leuchtete ihnen mit einer Lampe im dunklen Korridor, während Herr Zoffcke mit vibrierender Sachlichkeit zu ihr sprach: Ob Post da sei, fragte er, und seine Augen ließen Lolo nicht los, und ob sie Tee haben könnten. Dann öffnete er, mit einer leichten Verneigung, Lolo die Tür zu seinem Zimmer.

Er wohnte durchaus unpersönlich, nicht geradezu häßlich. Die Möbel waren mit rotem Plüsch bezogen. Das Bett war aus braunem Mahagoniholz. Unter dem Bett stand ein Nachtgeschirr. Auf einem Stuhl lag ein schmutziges Hemd.

Lolo, die ihre Pelzjacke ausgezogen hatte, kauerte in einem engen karierten Sportsrock und einer hochgeschlossenen weißen Bluse auf einer großen Ottomane und rauchte Zigaretten. Sie fand, daß die Luft nicht besonders gut sei in diesem Zimmer. Es roch nach getragener Wäsche und altem Zigarettenrauch. Sie schloß die Augen, um nicht sehen zu müssen, wie Herr Zoffcke eilig das schmutzige Hemd versteckte. – Sie saß ganz still da und sah sich Zeichnungen an, die unordentlich auf Tisch und Stühlen herumgelegen hatten. Es waren schwer hingeworfene Körperstudien, nackte, ringende Leiber, ausladend und pathetisch in der Geste. Sie hatte nur den einen

Gedanken: Wenn er über mich herfällt, schreie ich. – Er ließ die Augen nicht von ihr. Sie schienen sich in sie hineinzufressen wie ein dunkles, schwelendes Feuer. Er sagte mit einer ganz rauhen Stimme in die Stille hinein: «Warum haben Sie so schöne Beine? Sie haben Beine, die ihr Leben lang nichts tun sollten, als über weißen Eisbärfellen baumeln. – Wie schmal Ihre Beine sind – –»

Sie sah ohne zu antworten vor sich hin, und ihr rotgeschminkter Mund zuckte. «Warum sind Sie so schön?» sagte er, und seine Stimme klang wie etwas, das auf unheimliche Art sich noch einmal dämpft, um dann in einem Orkane loszubrechen.

Als er sich auf sie warf, fuhr sie aufschreiend zurück, stürzte, mit ganz zerzaustem Haar, durchs Zimmer und schrie nur: «Nicht – nicht – –» Aber er packte sie und warf sie auf den Teppich nieder, und er küßte sie so sehr, daß sie wie von ganz tief, in einem unausdenkbar süßen Weh, aufschrie. Sie schloß die Augen, und während seines Leibes Rasereien auf ihr tobten, dachte sie nur: Aber ich will bei ihm bleiben. Und, dicht an seinem Munde, flüsterte sie, zitternd am ganzen Körper, mit tiefgeschlossenen Augen: «Ich bin so einsam – willst du mir nicht helfen?» Aber er schrie, ohne sie zu hören und mit einem Blick, der wie erblindet war vor Wüstheit und Gier: «Du bist so schön, ich liebe dich so –» Über seiner Stirne stand dunkel und wirr das Haar, wie eine schwarze, unsaubere Krone.

In diesem schlecht gelüfteten Zimmer gab sie sich ihm hin, und tief, tief lächelte sie ihm entgegen, wenn sie girrend aufschrie unter den rasenden Bissen seines Mundes.

Ein schmutziges Hemd hatte er in aller Eile weggeräumt. – –

Wie sie schrien. – –

Als sie sich am Morgen zum Gehen fertig machte, lag er noch müde im Bett. Er hatte im Taghemd geschlafen, es war von ganz starkem Blau und stand ihm gut. Aus schläfrigen Augen sah er ihr zu, wie sie sich die seidig glänzenden Strümpfe anzog.

Sie erzählte von sich – wie schwer sie es hatte und wie schlimm es oft war. »Ja», sagte sie und kämmte dabei ihr kurzes, strähniges Haar mit seinem nicht ganz sauberen Kamm, «oft war es wohl arg. – Ich lief auf die Straße, weißt du, weil ich es nicht mehr aushalten konnte so allein, und ließ mich ansprechen. – Ich hatte bis dahin nicht geahnt, wie grauenhaft Männer sein können.» Aber er schien ihr nicht zuzuhören. Er sagte ganz unvermittelt und wieder schloß er für eine Sekunde die Augen: «Ich hatte einmal einen siebzehnjährigen Proletarierburschen. – Oh, wie er schön war.» – Sie antwortete nicht. Sie stand von ihm abgewandt am Waschtisch. Er aber reckte sich in seinem Bett, und plötzlich rief er, während er die Arme weit ausbreitete: «Ja, ja – so zieht also alle Materie ewig schmerzend uns an.» – Und er schüttelte sein schwarzes, verwüstetes Haar. – Sie wandte sich zum Gehen. Er ermahnte sie eindringlich, auf der Treppe keinen Lärm zu machen, damit die Mitbewohner ihm nicht aufsässig würden. Sie warf ihm nur einen hellgrünen Blick zu und biß die Zähne zusammen.

Was aber trieb sie, als sie schon an der Tür war, noch einmal zu ihm ans Bett zu laufen und ihm, sprachlos über ihn gebeugt, ohne einen Laut die Hand zu küssen?

Er lag wüst und einsam in seinem Bett, und unordentlich waren die Kleidungsstücke, Hose, Jacke, ungeputzte Stiefel um ihn herum auf dem Fußboden verstreut. Aber sie lief rasch und sprachlos zu ihm hin, und mit ihrem Munde, der nur wie zum Beißen und Schreien gemacht erschien, küßte sie ganz sanft seine Hand. Während sie so über ihn gebeugt stand, fragte er sie plötzlich, und es schien, als wisse er selbst nicht warum: «Hast du eigentlich noch eine Mutter?» – Sie antwortete ihm nicht. Sie wandte den Kopf zur Seite, und er wußte nicht, weinte sie oder war es nur ein Lächeln. Dann ging sie stumm und ohne ihn noch einmal anzusehen hinaus. –

Sie besuchte ihn oft. Sie tranken Tee zusammen und sprachen und sprachen und rauchten unzählige Zigaretten. Und dazwischen warf er seines Leibes Rasereien auf sie, und sie nahm zitternd, mit tiefgeschlossenen Augen, die immer sich steigernden, immer unsäglicher werdenden Anstürme dieser wüsten Leidenschaft entgegen. Denn sie wollte bei ihm ausruhen, sie wollte, daß er ganz ihr gehöre und sie ihm. – Sie war so allein gewesen und hatte mit hellgrünen Augen herausfordernd um sich geblickt. Sie freute sich so, daß er da war.

Bald freilich begannen sie sich weh zu tun. Er erzählte ihr, wieviel Menschen zu ihm kämen, Frauen, Mädchen und junge Burschen, wie er sie an sich risse und wie schön sie seien. Und er wußte nicht, daß sie litt. Sie saß da, den himbeerfarbenen Hut tief in der Stirn, und entgegnete ihm Bosheiten, während sie mit dem Fuß eine Bewegung machte, als wolle sie Schmutz wegstoßen. «Aber lange halten sie es nicht bei dir aus, alle diese schönen Menschen, und ich weiß es auch warum!» rief sie wie in einem bösen Triumph. Dann konnte sie in eine wahre Raserei von Wut geraten. Mit zerzaustem Haar und einem Mund, der rot war wie eine schlimme Wunde, schrie sie auf ihn ein: «Was willst du von mir? Was gehe ich dich an? Jeder Proletarierbengel ist besser für dich – du verstehst mich nicht, keine Ahnung hast du von mir – – pfui, wie plump und instinktlos du bist!!» «Pfui!» rief sie und schleuderte vor Wut die Kissen zur Erde. – Aber er erwiderte ihr, unheimlich gedämpft und mit zuckenden Lippen: «Nun – und? Sie sind auch netter, diese Proletarierjungen, viel netter und frischer als du, mit deiner Hysterie!» – Dazwischen aber warf er sich auf sie und – mächtig ringend – suchten sie eins zu werden, während sie sich im ungelüfteten Zimmer auf dem Teppich wälzten.

Manchmal freilich hatten sie es schön. Sie gingen an klaren, sonnigen Wintertagen im Parke spazieren, und sie freuten sich zusammen, weil die Sonne so auf dem Schnee glitzerte. Er hatte den dunkelkarierten Wintermantel an und den bräunlichen Schlapphut, und er lachte von Herzen, wenn sie, unter dem himbeerfarbenen Hute, mit allen Herren kokettierte. Und dann aßen sie zusammen zu Abend, in den lärmenden Lokalen, und er tanzte mit ihr, die dunkle Glut der Augen auf sie gerichtet, sich stark und wollüstig nach den ziehenden und raffinierten Rhythmen der Musik wiegend, etwas plump in den Bewegungen und mit zuckenden Lippen. Sie trug ein langes, enganliegendes Kleid aus schwarzer Seide und lederne Handschuhe bis über die Ellenbogen, und sie schmiegte sich beim Tanzen ganz in ihn hinein, während sie die Augen tief geschlossen hielt. –

Wie sie um ihn kämpfte. Sie überwand ihren Ekel, wenn er sich, eingepreßt in seinen dunklen Anzug, vor den Herren verneigte, die in ersten Kreisen verkehrten. Sie nahm es hin, wenn er ihr, mit bebender Sachlichkeit, ahnungslose kleine Vorträge über ihre Hysterie hielt, unter dem Vorwande, sie erziehen zu wollen. Und sie wußte es doch, daß es Lüge war, wenn er tat, als bemühe er sich pädagogisch um ihren Charakter. Was konnte ihm an ihrem Charakter liegen? Was an ihrer Erziehung? Er war ja so grenzenlos egoistisch, besessen von sich, von der wüsten, ungebändigten Intensität seines Seins. – Aber sie nahm es hin. Sie hatte ja in einer tiefen Nacht an seinem Munde geflüstert: «Ich bin so einsam – willst du mir nicht helfen?» – Sie liebte ihn ja.

Aber nach und nach begriff sie, wie es um ihn stand. Sie begriff es, daß er ungeheuerlich war, nicht aber groß. Er riß zwar Menschen an sich, aber er hatte die Kraft nicht, sie zu halten, und so entglitten sie ihm, ließen ihn wüst und einsam zurück. Er hatte die Sehnsucht vielleicht und die Tiefe, aber die Kraft fehlte. Sie begriff, daß es umsonst gewesen war, als sie an seinem Munde um Hilfe gefleht hatte. Helfen konnte er nicht. – So sollte es also sein: Man griff nacheinander, und mächtig ringend und leidend suchte man eins zu werden. Aber man fand sich nicht, und allein also mußte der Weg gegangen sein.

Und das sie ihn nicht lieben durfte, lernte sie ihn hassen.

Es schien ihr, als zwänge er sie, ihn zu verachten. Wie kläglich er oft war, wie unmöglich. Mit ängstlicher Stimme hatte er sie gebeten, keinen Lärm auf der Treppe zu machen, damit ihm die Mitbewohner nicht aufsässig würden. So feige war er. Wenn sie in einem Lokal sich die Lippen schminken wollte, flehte er leise: «Lolo! Doch nicht schminken! Ich bitte dich – was sollen die Leute denken!» – Und dann mußte sie hören, daß er auf sie geschimpft hatte, irgendwo, vor fremden Leuten. Er hatte dem qualligen Herrn gegenüber, der mit seinem Fischmaul wienerisch ins Leere plauderte, verächtlich geäußert: «Wissen Sie, sie ist eine Kokotte und kommt gesellschaftlich nicht in Frage. Sie ist mir ganz einfach nachgelaufen.» So minder war die Rache, die er nahm für Unsägliches, das sie aneinander gelitten.

Manchmal dachte Lolo: Was geht dieser Mann mich an? Warum habe ich mich mit ihm eingelassen? Gott, wie er mir gleichgültig ist, dachte sie, wie unendlich gleichgültig mir doch dies wüste und proletarische Geschöpf sein kann!

Dann suchte sie sich andere Kavaliere, und auf der Straße ging sie am Arm eines Offiziers an ihm vorüber und lachte und sah ihn aus hellgrünen Augen an. Mochte er sich nur ärgern. – Und sie erzählte dem Offizier, während ihr Mund sich zuckend verzog: «Sehen Sie, dieser Herr da hat es nötig, eilig schmutzige Hemden zu verstecken, wenn er Damenbesuch bekommt.» – Und sie schlängelte sich lachend an seinem Arm, während er höflich und etwas verwundert lauschte.

Wenn aber abends die Kavaliere fortgegangen waren, saß sie in ihrem engen schwarzen Abendkleid ganz allein vorm Spiegel. Und sie sah ihr Gesicht an, wie es bunt und gespenstisch aus dem Glase ihr entgegenlachte, mit der großen, weißgepuderten Nase, dem roten und schmalen Mund und dem zerzausten Haar. An ihrem Halse war noch ein Mal zu sehen, wo er sie geküßt hatte. So sehr geküßt hatte er sie damals, daß sie, wie von ganz tief, girrend und mit geschlossenen Augen aufgeschrien hatte. Er hatte sie geküßt, daß sie blutete. – So saß sie wohl Stunden und regte sich nicht. –

Als sie an einem sehr warmen und stürmischen Abend eine lange Vorstadtstraße hinunterging, sah sie plötzlich, wie er ihr entgegenkam. An seinem Arm hing ein etwa vierzehnjähriges Gassenmädchen, das lachend zu ihm hinauf sah und der schwarzes strähniges Haar um ein verderbtes Kindergesicht hing. Als sie schon ganz nahe an Lolo herangekommen waren, blieben sie, ohne sie zu bemerken, im Schein einer Laterne stehen. Er packte das Mädchen, bog ihren Kopf weit zurück und küßte sie. Während die klappernde Gaslaterne sein dunkles und zerwühltes Gesicht zuckend beleuchtete, küßte er sie so sehr, daß sie nur kurz und girrend aufseufzte und sich fester noch an ihn klammerte. Er biß sich an ihrem Munde fest, seine Hände tasteten ihren Leib hinunter und seine Augen schienen erblindet vor wüster Gier.

Lolo stand im Dunkeln. Sie wußte, daß er dieses Geschöpf jetzt und in diesem Augenblick ebensosehr liebte, wie er sie geliebt hatte, in ihren heißesten Nächten.

Der warme Föhn fuhr in starken und rauschenden Stößen die Straße hinunter. Um nicht schreien zu müssen, biß Lolo die Zähne so fest aufeinander, daß sie knirschten. –

Spätabends noch erschien Lolo bei Ludwig Zoffcke. Sie hatte ein schwarzseidenes Abendcape an, unter dem sie etwas zu verbergen schien. Ihre Augen waren besonders hellgrün, und sie war von einer scharfen und beängstigenden Heiterkeit. Sie trällerte ein unanständiges Couplet und schlängelte sich herausfordernd unter der enganliegenden Seide des Capes. Ihre Hakennase war so stark gepudert, daß sie wie eine weiße, leblose Zacke aus dem Gesicht sprang, und auf beide Wangen hatte sie sich rote Kleckse gemalt.

Zoffcke betrachtete sie mit einem halben Lächeln und bemerkte scherzend: «Du bist so aufgeräumt heute, meine Liebe.» Sie antwortete nicht, sondern erwiderte nur seinen Blick ganz fest und mit grellen unverschämten Augen. Nach und nach aber schienen diese Augen sich zu verdunkeln, das Grün fing an seltsam ins Schwarz zu spielen, und plötzlich senkte sie den Kopf und stand nun ganz still da, eng in ihr schwarzes Cape gehüllt.

Er sah sie immer noch an. Seine Blicke blieben auf ihrem Munde haften. Seine Blicke kosten ihre Pagenbeine in den seidenen Strümpfen. Als er langsam an sie herantrat, um sie zu umfangen, als er seinen Arm um ihre Schulter legte, um sie aufs Bett hinunterzuziehen, hielt sie ganz still. Aber plötzlich und ohne ihn anzusehen, stieß sie ihn so stark zurück, daß er mit einem dumpfen Laut des Schreckens gegen den Tisch taumelte. Sie aber stand mager und zitternd ans Bett gelehnt, und über den rotgeschminkten Flecken auf ihren Wangen brannten die Augen wie zwei grüne Flammen. Und während er sich noch, halb betäubt, an den Tisch klammerte, fuhr plötzlich ihre Hand aus dem schwarzen Cape, und in der Hand schwang sie, was sie verborgen gehalten hatte, sie schwang, den Kopf weit zurückgeworfen und mit einem so gellenden Aufschrei, daß er die Fensterscheiben klirren machte, eine lange schwarze, gedrehte Peitsche durch die Luft. Zischend sauste die Peitsche, und sie schlug ihm ins Gesicht, sie schlug ihm quer über das ganze Gesicht, so daß er aufheulte und sich, feige und mit vorgehaltenem Arm, auf dem Teppich zusammenkauerte. – Sie schrie jetzt nicht mehr. Es war, als sei aus ihrem Gesicht, aus ihrem Körper alles Leben gewichen, als habe sich alle Energie, alle Bewegung, die in ihr war, in den Arm konzentriert, mit dem sie die Peitsche immer wieder durch die Luft und auf ihn niedersausen ließ. Sie peitschte den Nacken, den er feige geduckt hielt, sie peitschte seine Hände, seinen ganzen Leib. Sie glaubte, daß sie nie mehr aufhören könne ihn zu peitschen, ja, sie empfand Angst bei dem Gedanken, daß sie einmal nicht so hier stehen dürfe, in diesem Zimmer, an diesem Bett und ihn schlagen. – Erst als ihr der Arm so müde geworden war, daß er schmerzte, warf sie die Peitsche von sich und in eine Ecke und lief stumm hinaus, das Gesicht in den Händen vergraben.

Herr Zoffcke aber kauerte auf dem Teppich, und in dunklen Streifen rann Blut über sein Gesicht. –

Als es schon Morgen wurde, saß Lolo immer noch wach, ganz regungslos und wie versteinert, und jetzt fühlte sie nur noch den einen Wunsch: noch einmal seine Stimme zu hören. Vielleicht wird alles gut, dachte sie. Sie saß ganz unbeweglich, mit einem Gesicht, das wie eine grelle und sinnlose Maske war, in ihrem Zimmer und dachte nur das eine: «Wenn ich seine Stimme höre – vielleicht wird alles gut.» – Und dann dachte sie plötzlich, daß sie ihn antelephonieren wolle. Wenn sie nur seine Stimme hören würde –. Und sie ging langsam, wie in einem Schlafe, an den Apparat.

Sie wählte seine Nummer. Sie stand mit geschlossenen Augen da, das Hörrohr krampfhaft ans Ohr gepreßt, und wartete, während ein Zittern ihren ganzen Körper hinunterlief. Das war er – jetzt meldete er sich. – «Hier Zoffcke», sagte er. Seine Stimme war rauh und belegt. Jetzt stand er in seinem unaufgeräumten Zimmer am Apparat mit seinen wüsten Augen, und vielleicht lief eine blutige Strieme quer über sein Gesicht. Sie glaubte, die Stimme müsse ihr versagen. Aber sie sprach ganz klar, ein Lächeln auf den Lippen, in den Apparat hinein. «Ich wollte dich nur fragen, wie du geschlafen hast», sagte sie, «und dir einen guten Morgen wünschen.» – Aber er unterbrach sie und sagte ganz rauh und kurz: «Was belästigen Sie mich schon um diese Zeit und bringen mit Ihrem Geklingel das Haus in Aufruhr? Wissen Sie, daß ich gestern noch Anstände vom Wirt bekommen habe, weil Sie so einen fürchterlichen Lärm bei mir gemacht hatten? Verschonen Sie mich in Zukunft mit Ihren Aufdringlichkeiten!» –

Das Hörrohr entglitt ihrer Hand. Sie stand ganz starr an die Wand gelehnt. Ihr Kopf sank nach vorn, das Haar fiel schwer über ihre Stirn und verdeckte ihre Augen. Aber ihr war, als wenn sie plötzlich und in diesem Augenblicke alles begriffe, ihr klar würde, wie es stand, um ihn und um sie, und wie es hatte kommen müssen.

Da war er und war wüst und einsam und hatte die Sehnsucht vielleicht, aber die Kraft nicht. – Und da war sie –. Und zueinander konnten sie nicht, *weil Gott es nicht wollte*.

Ihr war, als müßte sie einschlafen. Langsam glitt sie die Wand hinunter, fiel schwer und willenlos zur Erde. Sie wollte, wie zu einem Gebete, die Hände falten, aber sie waren zu müde, und so sanken sie hin. Tränen flossen in warmen Strömen über ihr geschminktes Gesicht.

Der Alte

Der Alte liebte es, wenn gegen Abend, nach dem Nachtmahl, einzelne seiner Schüler und vor allem seiner Schülerinnen in seinem Zimmer ihn besuchten. Er hatte sehr viel zu Abend gegessen. Seltsam starr hatte er an der Spitze der Tafel gethront und stumm in sich hinein gelöffelt wie ein graues seltsames Tier, das sich selbst füttert. Aber wenn dann die jungen Mädchen, in großen Scharen oder verteilt in kleineren Gruppen, Arm in Arm und hellsingend durch die dunklen und kühler werdenden Wälder zogen, und wenn von den feuchten Wiesen her der Lärm der Jungen klang, die dort spielten, dann lag der Alte in seinem Zimmer auf dem Sofa, die Beine, die von den Knien ab nackt und affenhaft dicht behaart waren, aufgezogen, strich mit den zugleich zarten und tierisch tatzenhaften Händen den großen weichen Bart und wartete, daß jemand käme, um ihn zu besuchen.

Draußen roch es nach Wald und nach Feuchtigkeit, aber im Zimmer des Alten war eine seltsame Luft. In die starken Gerüche des Eichkätzchens, das oben auf dem Bücherregal hauste, mischte sich der Duft großer welkender Blumen, reifen Obstes und irgend etwas Unbestimmbares, das dem Alten und seinem Barte eigentümlich zu sein schien und an den süßlichen Geruch der Verwesung erinnerte.

Wenn der Alte still und ohne sich zu regen, ja, ohne auch nur mit den unnatürlich großen Tieraugen zu blinzeln, eine Zeitlang gewartet hatte, klopfte es, und irgendein Mädchen kam, um ihn zu besuchen. Sie schob sich langsam ins Zimmer, lächelnd, etwas schwer, mit betonter Schlichtheit gekleidet, im langen dunkelblonden Haar noch den Duft von draußen, und gab ihm lachend die Hand, die er, mit einem ganz erstarrten Lächeln ihr ins Gesicht sehend, lange in der seinen behielt. Sie setzte sich zu ihm aufs Sofa, und er führte mühsam, stockend und als bereite es ihm Qual, eine gänzlich belanglose, unheimlich leere Konversation. Die großen Tieraugen, deren Farbe nie jemand hatte definieren können und die dunkel zwischen Schwarz, Grün und Rot spielten, lagen starr und tief in dem farblosen Gesicht, und mit dem vorgeschobenen, blutig roten und faunhaft sinnlichen Munde sprach er unter seinem großen Barte vom Wetter.

Wenn ungefähr eine Viertelstunde vorüber war, ging er zu Zärtlichkeiten über. Er begann das Mädchen zu streicheln, ja, er bettete sogar seinen Kopf, seinen weißen, unausdenkbar alten Kopf, mit dem Faunsmund, in ihren Schoß, und wenn sie, zitternd und mit heißen jungen Händen seine starren und gierigen Liebkosungen erwiderte, stammelte er: «Du Liebe, – daß du zu einem alten Mann so lieb noch sein magst», und, hinter dem weißen Barte zuckend, suchte sein großer, roter und alter Mund den ihren.

Es klopfte aber bald wieder, und ein anderes Mädchen kam.

Der Alte zündete eine Lampe an, die neben dem Sofa stand, und blinzelte ihr entgegen. Sie brachte ihm gelbe Blumen, und er bedankte sich stockend und als bereite es ihm Qual. Die erste reichte ihm, mit noch verschleierten und süßlich blickenden Augen, die Hand, und als sie fort war, sah er ihr mit einem leeren und doch tiefen Blicke nach und begann dann eine sinnlose und gequälte Konversation mit der zweiten. Sie solle ihm nicht böse sein, bat er stockend, daß er sich in letzter Zeit so wenig um sie gekümmert habe. «Aber du weißt ja, wie ich dich liebe», sagte er, und er hatte eine seltsame Art, sich mitten im Wort zu unterbrechen, um sich an seinem graubehaarten Bein zu kratzen. Und, ihr unbeweglich ins Gesicht sehend, warf er sich über sie und küßte sie.

Das Eichkätzchen lärmte auf dem Bücherregal. Der Alte stand auf, und unheimlich pfeifend mahnte er es zur Ruhe. Er ging durchs Zimmer, merkwürdig steigend und stapfend, als wandere er einen steilen und beschwerlichen Bergweg hinauf. Er entnahm einem großen Schranke gelbe Äpfel und Mandelgebäck, das in einem tönernen Gefäß aufbewahrt war, und bot, unterirdisch lachend, dem Mädchen davon an. Während sie aß, stand er hinter ihr, wie ein Tier, das sich aufgerichtet hat und nun, dunkel und ungelenk, auf zwei Beinen steht. Er scherzte mit ihr, indem er sie von hinten am Nacken kitzelte, und als sie aufschrie, setzte er sich, zufriedengestellt gleichsam, wieder aufs Sofa, immer noch lachend unter seinem Bart, und begann mit affenartigen Bewegungen sich selbst eine Frucht zu schälen.

Ein Knabe kam hinzu, und nachdem auch er sich hatte mit Gebäck versorgen müssen, wurde der Alte gesprächig und erzählte von früheren Zeiten, allerlei Klatsch von Schülern und Lehrern, die er gehabt, wobei er es ängstlich vermied, von sich selbst zu reden. Ja, als der Knabe ihn bei irgendwelcher Gelegenheit vorschnell fragte, wo er denn eigentlich zu Hause sei, verstummte er plötzlich und starrte nur noch ins Leere.

Hinter dem offenen Fenster stand die Nacht. Draußen lärmten die Jungen, und in ihren Leinenkleidern wiegten sich die Mädchen und sangen engumschlungen ins Dunkle hinein. – Ein Trupp drang zum Alten ins Studierzimmer. «Wir wollten dir nur gute Nacht sagen!» riefen sie lärmend, und die Mädchen, in deren Schoß er seine starren und doch gierigen Liebesworte gestammelt hatte, drückten sich lächelnd aneinander. Aber die Jungen standen in kurzen Sportshosen da, mit so braungebrannten Gesichtern, daß das blonde strähnige Haar dagegen wie weiß erschien, zogen die Brauen zusammen und sahen ihn mißtrauisch an. Der Alte lachte und verteilte Mandelgebäck. Die Mädchen betrachtete er mit leeren und doch tiefen Augen, aber an den Jungen blickte er lachend vorbei, wenn er ihnen die Hand gab.

Dann waren alle fort, und der Lärm verlor sich in der warmen Nacht. Der Alte lag starr auf seinem Sofa. Vielleicht besuchte ihn heute noch jemand. Er ließ, mit ganz blinden Augen, die Zeit dahingehen. Sie rann und rann. Immer tiefer wurde die Nacht, und jetzt schliefen die anderen wohl. Oder sie lagen, heiß umschlungen, im Moos der Wälder und küßten sich. Da lagen sie und tasteten nacheinander und fanden sich doch nicht und küßten sich. Tief und unterirdisch lachte der Alte unter seinem Barte, wenn er ihrer gedachte.

Ein kleiner verhutzelter Gärtner kam noch, um wegen der Tannenbäumchen mit ihm zu sprechen. Immer noch lachend, bot der Alte ihm Mandelgebäck an.

Maskenscherz

Die Wahnsinnige kauerte, wie das so ihre Art war, oben auf dem Schranke und lachte. Sie hatte sich das lange Haar ganz vors Gesicht gekämmt, das rot und gelb und schwarz geschminkt war und seltsam kurz und dick in der Form mit den bunten Pausbacken gänzlich einem lachenden Buddhaantlitz glich, und so krümmte sie sich, die Beine untergezogen, mit den schwarzgeschminkten Händen in Atemnöten um sich greifend, hoch oben auf ihrem extravaganten Postamente vor sinnlosem Gelächter. Sie lachten alle mit ihr, aus ihren Ecken und von den Tischen und Ottomanen her, wo sie, geschminkt und buntgekleidet, sich gelagert hatten. Die Heilige jonglierte mit einer Geschicklichkeit, die niemand ihr zugetraut haben würde, gelbe und rote Bälle, wohl zwölf auf einmal, so weit man sie unterscheiden konnte, und kreischte vor Lachen. Ihre Haare waren von rotem Baste und schienen auf ihrem Kopfe zu brennen, lichterloh, wie eine Rakete, die nicht erlöschen kann, und unter diesem Feuer blickten tief und erschreckend groß die blauumschatteten Sphinxaugen. Mit ihr lachte auch der Prinz, auch der Hohepriester, auch die Schauspielerin, auch der kleine Graf. Nur der König saß ernst, mit einer gerade und steil aus dem Gesicht springenden Nase, auf seinem Sessel, das Haar korrekt gescheitelt und unantastbar in seiner Würde. Auch der junge Jude lachte nicht, sondern stand, schön und traurig wie eine Maske, an die Wand gelehnt und sah mit zusammengekniffenen Augen die Heilige an.

Die Schauspielerin, die so goldbraune Augen hatte, daß man von ihr am wenigsten derlei gewärtig gewesen wäre, schlug dem von der Natur benachteiligten Kellner, der eben im Begriffe war, Sektflaschen herbeizuschleppen, so derb und unvermittelt von hinten auf die Schulter, daß diesem vor Schreck und Todesnot der Mund weit offen stehen blieb und sein Gesicht aufs greulichste sich verzerrte. Die Heilige freute sich so über diese Tat, daß sie die Schauspielerin, die vor Lachen brüllte, tief in die nackte und bräunliche Schulter biß, wobei sie die Sphinxaugen schloß. Die Wahnsinnige, der das

Haar vorm Gesichte hing wie ein seidener Vorhang, schien vor Lachen ersticken zu müssen und focht mit den schwarzen Händen wie ein mißgestalteter Vogel, der auffliegen will und nicht kann. Der junge Jude sah die Heilige an, die sich an der Schulter der lachenden Schauspielerin festgesogen hatte, und grinste. Selbst der Hohepriester, der starr ausgestreckt auf der Erde lag, mit einer schwarzsamtenen Decke bis zum Kinne zugedeckt, und das wie holzgeschnitzte, unaussprechlich edle Antlitz stille der Lampe zugewandt, schmunzelte vergnügt. – Nur der kleine Graf, der in einem blau und weißen Pyjamajäckchen unter dem Sofa kauerte, machte aus tiefem Mitleid mit dem Kellner, dessen arme Miene ganz auseinandergefallen war vor Schrecken, sinnlose kleine Bewegungen mit der Hand. – Und der König verstand nichts von alledem. Er trug seine Nase wie ein Heiligtum, und ihn ärgerte es, daß die Heilige immer noch ihren Mund in die Schulter der Schauspielerin vergrub, während diese, was ihm besonders frivol dünkte, mit dem Hohepriester sich unterhielt.

Der Prinz stand, die Beine tänzerisch und verziert gekreuzt, an die Wand gelehnt und erzählte von seinem Schicksal, ohne daß jemand darauf geachtet hätte, außer dem kleinen Grafen, der ihm mit seinem klugen und rosigen Gesicht unter dem Sofa aufmunternd zunickte und spitzfindig dazu lächelte. «So bin ich nun», sagte der Prinz, «hochmütig wie eine Herzogin, still wie ein Bergsee, melancholisch wie eine verwunschene Prinzessin und wollüstig wie eine junge Hure.» Spitzfindig lächelte der kleine Graf, und verärgert schüttelte der König den Kopf, der mit dem schwarzen spitzgehaltenen Kinnbart und dem pomadisierten Scheitel peinlich modern über dem kindlichen Prunk seines Mantels stand. Aber der Hohepriester streckte unter der schwarzen Decke hervor dem Prinzen seine lange und kühle Hand entgegen, die dieser wortlos und mit heißem Munde küßte.

Als von draußen her die Glocke zum Gebete mahnte, ließ der Mund der Heiligen die bräunliche Schulter, und im Dunkel, aus dem ihr Gesicht oval und perlmuttern schimmerte wie ein Madonnenantlitz, sprach sie leise ihre Litaneien.

Der kleine Graf, dem dies doch peinlich war, frisierte währenddem mit einem Taschenkamm sein kümmerliches Haar, und die Schauspielerin bat mit leiser und dunkler Stimme den Prinzen um etwas Mandelcreme, da sie die ziemlich bösartige Wunde an der Schulter, die die Heilige ihr beigebracht hatte, ein wenig pflegen wolle.

Die Wahnsinnige aber, als gebe das Gebet der Heiligen ihr Kraft, flatterte plötzlich, schwarz und verhängt, durchs Zimmer und aus dem Fenster hinaus in den winterlichen Garten, wo sie, auf einem entlaubten Baume hockend, weiterlachen mochte. Niemand übrigens nahm weiter Notiz davon. Nur der Hohepriester hatte für eine Sekunde ganz tief die Augen geschlossen, als sie, ein flatternder Unhold, über ihn hinwegflog. Auch konnte es sein, daß die Heilige, die bewegungslos, das fromme Oval des Gesichtes gesenkt, im Dunkeln stand, etwas eiliger noch ihre Gebete gemurmelt hatte.

Der König, der das ganze Treiben lästig und sinnlos fand, brach auf, um zu Hause seinen Geschäften nachzugehen.

Märchen

> «Wenn ich gewachsen wäre irgendwo
> Wo leichtere Tage sind und schlanke Stunden
> Ich hätte dir ein großes Fest erfunden
> Und meine Hände hielten dich nicht so
> Wie sie dich manchmal halten, bang und hart.»
> *Rilke*

Ich war vom Wandern vielleicht ein wenig müde geworden – oder hatte ich nur Durst und wollte um Wasser bitten? – oder war es, weil es mich lockte, durch die angelehnte Gitterpforte in den fremden schönen Park zu treten? –: Ich ging lange durch einen großen Garten – viele weiße Kieswege kreuzten sich in ihm zwischen all dem dunklen Gebüsch –, bis ich auf einer steinernen Terrasse und der weißen edlen Front des Herrenhauses gegenüber stand. Eine Glastüre war halb geöffnet, so daß man von der Terrasse aus ungehindert in das Haus hinein und in einen weiten lichten Saal treten konnte. Von innen kamen Gelächter und fremde, flüchtige Stimmen – auch aus den Gebüschen übrigens hatte ich solche Stimmen schon gehört, und aus den Baumwipfeln hatte es auch gelacht, aber das waren wahrscheinlich nur bunte Vögel gewesen – und als ich eintrat, waren ziemlich viel Menschen im Saal versammelt, allerlei Menschen, viele Knaben, auch Mädchen und Frauen. Sie waren verstreut im ganzen Raum, sie saßen an kleinen Tischen und nahmen lachend und in hellen Kleidern den Nachmittagstee, sie kauerten plaudernd auf den bunten Ottomanen, sie wandelten hin und wieder, um die Blumen zu begießen, von denen der ganze Saal duftend erfüllt war, und zu diesem Zwecke handhabten sie kleine spitzige und hellrot lackierte Gießkännchen. Der einzige richtig erwachsene Mann, der anwesend war, kam mir sogleich und eilig entgegen – er war etwas gedrungen von Gestalt und recht possierlich gekleidet: ein braunes Samtjöppchen trug er und gelbe weiche Lederpantoffeln, so daß ich denken mußte, es sei etwa ein gut gelaunter Hausmeister, der, da der Kammerdiener auf Urlaub, der Herrschaft ausnahmsweise den Tee servierte. Aber er gab sich mir gleich als der Hausherr zu erkennen, und er lachte sehr, weil mich dieses erschreckte. «Ich bin der Hausherr, mir gehört Haus und Hof», sagte er laut, rasch und immer lachend. Daß er so stattliches Besitztum sein eigen nannte, freute ihn, wie ich merkte, herzlich und auf gute Art. Und da ich nun sah, wie tief seine Augen unter einer hohen Stirne strahlten und wie schön sein kindlicher Mund auch war, wunderte es mich nicht mehr, daß er, gedrungenen Baues und spaßig angetan, wie er war, all die girrenden Herrschaften seine lieben Gäste nennen durfte, und daß sie ihm samt und sonders zu großem Danke verpflichtet waren. Er schüttelte mir von Herzen die Hand, und er sagte mir, daß er hoffe, ich würde mich recht wohl fühlen in seiner Häuslichkeit. Eine Dame trat hinzu, seine Gattin vermutlich, sie trug eine große künstliche Frisur aus grauem Haar, und unter diesem vornehmen Haargebäude war ihr Gesicht jung, sehr liebreizend, und ihre Oberlippe stand ein wenig vor. Sie hielt noch das hellrote Gießkännchen, aus dem sie die bunten Blumen erst eben getränkt hatte, anmutig in der Hand, und es machte mir Freude festzustellen, wie die Farbe ihrer spitzen, witzigen Spangenschuhe dem Rot des Gerätes genauest entsprach. Sie sagte, daß sie mir nur gleich ein Zimmerchen anweisen wolle, da ich sonst mich ja unmöglich könne heimisch fühlen, und ihr Gatte, nein, der denke auch an gar nichts. Sie war wohl ein wenig zu rundlich, sehr beweglich aber und von großer Grazie. Der Hausherr lachte und sah mich mit seinen strahlenden Augen an. Ein kleiner Kreis von Zuschauern hatte sich um uns gebildet. Von all den Tischchen und Ottomanen her hatte man sich um uns zusammengefunden. Vielleicht waren aus dem Parke etliche hinzugekommen. Die Knaben hatten kurze, blauseidene Kittel an, viele hielten Gerten in der Hand, mit denen sie sich spielend schlugen, und ihre nackten Beine waren so schmal und ganz braun gebrannt. Die jungen Mädchen machten alle kleine Bemerkungen über mich, sie wendeten lachend die Köpfe hin und her.

Die jugendliche und ergraute Gräfin geleitete mich unter liebenswürdigen Reden in das mir also bestimmte Zimmer. Wir gingen durch viele Gänge, und sie trug das hellrote Gießkännchen vor sich her, als wäre es eine Lampe und es gälte mit ihr voranzuleuchten.

Mein Zimmer war sehr klein und sehr wohlgestalt. Es war weiß lackiert, mit hellblauen Vorhängen am Fenster sowie am Bett und auffallend verschwenderisch mit Spiegeln ausgestattet, was mir viel Freude machte. – Die Dame stand plaudernd noch ein wenig an der Türe, das Gießkännchen wie eine künstlich zierliche Ampel erhoben, und jetzt hatte sie sich zu allem Überfluß noch eine Zigarette angezündet, die das Zimmer mit süßem und scharfem Dufte erfüllte. Mir war, als wolle sie mir eigentlich etwas Bestimmtes eröffnen, etwas, das ihr sehr wichtig war und das mit dem, was ich hier schon gesehen und weiterhin sehen würde, gar in engem Zusammenhang stünde. – Aber sie konnte augenscheinlich sich nicht recht entschließen, und dann rief vom Garten herauf auch eine große Stimme plötzlich ihren Namen – es war ihr Name, denn sie lächelte sogleich und wandte lächelnd den Kopf. Sie schüttelte mir also freundlich die Hand, sie blickte schalkhaft und aus halbgeschlossenen Augen, wobei ihr Gesicht geistreich zwar, aber überraschend, fast erschreckend kindlich unter dem damenhaften Haargebäude erschien. Das Gießkännchen wie eine Lampe erhoben, die Zigarette herausfordernd lässig zwischen den Lippen, ein wenig rundlich, aber von hoher Grazie, entschwand sie meinem Blick. Die Stimme hatte: «Imogen!» gerufen. So hieß sie also. Übrigens hatte ich den Rufenden sogleich als den lachenden Hausherrn erkannt.

Ich stand am Fenster und sah sinnend zu, wie es drunten im Parke dunkler wurde. Ganz leise, wie aus einem wirren Traum, girrten die fremden Stimmen zu mir hinauf. Dort unten mochte Gräfin Imogen kleine gesprenkelte Tiere füttern, lustige Salamander, glitzernde Eidechsen. Sie kniete an einer weißen Steingrotte, verlockend undeutlich im Halbdunkel, von ihrer Frisur wie von einem kostbarphantastischen Hute gekrönt, und erfreute das bunte Getier mit Leckerbissen absonderlicher Art. Aber zwischen den Gebüschen standen überall Knaben in ihrer bräunlichen Schlankheit; sie spielten mit scharfen Gerten und schlugen sich im Spiele die schmalen Beine so sehr, daß es sie sicherlich schmerzen mußte.

Mir war, als müsse ich notwendig einen wichtigen und schönen Gedanken zu Ende denken, denselben wahrscheinlich, von dem mir die Dame gerne vorhin sprechen wollte. Aber das Klingen und Singen vom Parke herauf, und das immer tiefer werdende Dunkel gar, und das Wissen darum, daß Imogen im Zwielicht gesprenkelte Tiere füttere, und daß die Knaben schmal und spielerisch zwischen den hängenden Blüten der Gebüsche standen, nahm mir alle Besinnung so sehr, daß ich der Hoffnung entsagen mußte, meinem Gedanken nur irgend auf den Grund zu kommen.

Jetzt redete auch ein junges Mädchen mich an (ich hatte sie nicht hereinkommen sehen, vielleicht war sie vorher schon dagewesen oder vielleicht auch schon immer). Ich merkte sogleich, daß sie die Tochter der Gräfin war, obwohl sie ihr äußerlich in nichts ähnelte. Auch die behende Anmut ihrer Mutter schien sie nicht geerbt zu haben. Sie trug einen grünen Leinenkittel, der am Ausschnitt schwarz bestickt war. Ihre Füße waren mit weißen Leinenschuhen, die übrigens sehr hohe Absätze hatten, bekleidet; aber ihre Beine waren nackt, und sie trug keine Strümpfe. Ihre Augen waren voll Dunkelheit und Trauer, und doch lachte sie und bat mich, mit ihr in den Park zu kommen. – Langsam ging sie mir durch die vielen Gänge voran, und zuweilen wandte sie im Gehen den Kopf und rief mir mit einer wunderschönen Stimme singend und flüchtig durch die Dunkelheit etwas zu, das ich aber nicht verstand. Aber sehr spöttisch war es sicherlich und stand im seltsamen Gegensatz zu dem Blick ihrer Augen und dem bis zum Weinen ergreifenden Ausdruck ihrer bräunlichen Arme.

Als wir durch den jetzt ganz leeren Saal gegangen waren, in dessen weiter Dunkelheit vereinzelt einige bläuliche Lampen hingen, und die weiße Terrasse betreten hatten, rief Sonja (die Tochter der Gräfin hieß Sonja, das hatte sie mir unterwegs wohl erzählt) einen langen, fremdländischen Namen zu den schwarzen Gebüschen hinüber. Darauf kam aus dem Schatten bald ein Knabe zu uns, er hatte helles Haar und ganz dunkle Augen, und er trat so über alle Begriffe lieblich vor uns hin, daß ich wie in Trauer die Augen schließen mußte. Sonja streichelte ihm das Haar, während sie über ihn hinweg rasch und spöttisch zu mir redete. Aber ich konnte dem Sinn ihres Sprechens nicht folgen.

Ein kleines blasses Mädchen in einem hellgrünen Ballettkostüm rief uns vom Garten her an, wo sie mit ihren Schleiern ganz allein auf der Wiese tanzte, und bat uns, wir möchten doch hinunterkommen und uns am Ballspiel beteiligen. Wir gingen zu ihr, und bald war auf der Wiese eine Gruppe von zehn bis fünfzehn Menschen etwa, so genau konnte man es in der Dunkelheit nicht unterscheiden, zum Spiele versammelt. Der Hausherr verteilte hübsche silberne Bälle an uns, während er voll sachlichen Eifers die Regeln des ziemlich komplizierten Spieles auseinandersetzte.

Bald kreuzten die silbernen Bälle sich künstlich in dem duftenden Dunkel der Luft. Es war ein köstlich sinnreich-sinnloses System von fliegenden Kugeln, ein spielerischer Kosmos, dessen fromme Lieblichkeit auf seltsame Art beglückte und erschütterte. – Gräfin Imogen war vielleicht beim Spiele die Gewandteste. Sie jonglierte die Bälle mit einer geradezu *geistreichen* Sorgfalt, ohne übrigens zu lachen dabei; alle Schärfe und Anmut ihres Geistes, alle Behendigkeit und Grazie ihres Leibes gab sie vollauf hin an das kunstreiche Spiel. – Trotzdem schien der Mittelpunkt des Ganzen, die Sonne gleichsam, um die das silberne Planetensystem willig kreiste, der Hausherr zu sein. Sein Haupt mit der gewaltigen Stirne, den tief und dunkel lachenden Augen und dem kindlichen Mund stand wie ein gewaltiges Zentrum inmitten der anmutigen Bogen. Doch war jene herzliche Fröhlichkeit jetzt aus seinen Mienen gewichen. Lag nicht *Trauer* gar in dem Blick, mit dem er die zauberische Spielwelt regierte?

Als ich dieser rätselhaften Trauer im Blicke des Hausherrn gewahr wurde, fiel mir jener Gedanke wieder ein, der mich vorhin schon verfolgt hatte und den endgültig zu erfassen mir nicht gelingen wollte. Er mußte zu dem Ausdruck im Blicke des Spielenden nahen Bezug haben. – Aber da es ohne die äußerste Konzentration auf die Sache mir niemals gelungen wäre, meiner Aufgabe beim Empfangen und Weiterfliegenlassen der Kugeln gerecht zu werden, mußte ich es aufgeben, dem Gedanken weiterhin nachzuhängen.

Plötzlich dann brach das Spiel ab, und alle liefen davon, am Schlosse vorbei und hinter dem Schloß weiter durch den Park, der immer wilder wurde und immer unwegsamer, dichter und dichter umschlang uns das Gestrüpp, bis wir zwischen den Bäumen, ganz nahe vor uns, Wasser plötzlich liegen sahen. Wir standen schweigend einer metallglatten weißen Fläche gegenüber, einer Fläche, ganz aus Silber und unermeßlich weit. Wir standen schweigend am Meer.

In kleinen Nachen ruderten wir weit ins Wasser hinaus. Ich fuhr mit Sonja, dem Hausherrn und dem Knaben in einem Boot. Fremde flüchtige Stimmen lachten von den anderen Booten, die in einiger Entfernung von uns und neben uns dahinglitten. – Niemals noch hatte ich das Wasser so still gesehen. In heiliger Anmut kreuzten die Sterne sich über der blinkenden Fläche. – Ganz vorne im Boot aber und mir gegenüber saß der Knabe.

Da geschah es, daß er, den wir alle liebten, sich spielend aus dem Nachen neigte, um sich also das silbrige Element durch die Finger rinnen zu lassen. Sei es nun, daß er das Gleichgewicht plötzlich verlor oder daß das Wasser selbst ihn liebend, lockend hinunterzog, er glitt, ohne auch nur aufzuschreien, seitwärts aus dem Boot, sank in das sachte, sachte aufplätschernde Naß, das sich um den langsam Untergehenden lautlos schloß, ohne daß dieser die Hand nur noch einmal gehoben hätte.

Keiner von uns sprach ein Wort, auch keine Bewegung kam auf, nicht einer regte sich, ihm zu helfen. – Sonja saß ganz still, den Nacken gebeugt, mit verdunkelten Augen. – Der Hausherr ließ die Ruder sinken und hob von uns weg den Blick, um den Sternen zuzuschauen. Auch auf den andern Booten war jedes Lärmen erstorben. Eine Stille ohnegleichen lag über der Fläche, die sich um den Lieblichen geschlossen hatte.

Und wie getragen von dieser Stille, wie gehoben von ihr, erschien, allmählich aufsteigend, vor unsern Augen des Knaben entseelter Leib noch einmal an der durchsichtigen Oberfläche. Blaß und gestreckt, die Augen tief geschlossen und nasses Haar in der weißen Stirne, lag er also, unbeweglich in ewiger Schlankheit, mitten im Silber. Da wandte der Hausherr seinen Blick weg von den Sternen, und nun ruhte er voll und in dunkler Heiterkeit strahlend auf dem toten Körper des Lieblichen. Mit war es aber, als begänne er in diesem Augenblicke leise und wie ganz zu innerst zu lachen. Er lachte sicherlich, und auch Sonja lachte, regungslos und die Augen dunkel auf ihres Geliebten Körper gerichtet, und von allen Booten her lachte es, leis, gedämpft über die unendliche Fläche. Gräfin Imogen, von ihrer künstlichen Frisur wie von einem kostbaren Hute gekrönt, lachte, halb aufgerichtet auf ihrem Sitze, girrend und singend, und dabei winkte sie mit Kopf und Hand grüßend ins Weite. – Am süßesten und am wehesten aber lachte das Wasser, da es des Knaben Leib ja umspielen und umschmeicheln durfte.

Und als wir solcherart den Tod des Geliebten feierten, gelang es mir plötzlich, den seltsam flüchtigen Gedanken, den ich die ganze Zeit hatte zu fangen versucht, bei mir zu fassen und ihn, immer still lachend, festzuhalten.

Es war nur ein kleiner philosophischer Gedanke, unwichtig gar für die meisten. Aus vielen Gründen wage ich es nicht, ihn lesbar niederzulegen.

Das, was ich also fassen und erkennen durfte, war ein Gedanke nur über *das Wesen der Anmut*.

Kaspar-Hauser-Legenden

«Je suis venu, calme orphelin – –»
Verlaine.

«Er kam aus Licht zu immer tiefrem Lichte
Und seine Zelle stand in Heiterkeit – –»
Rilke, Stundenbuch.

Tiere traten aus Verstecken,
Da ich saß so sehr alleine,
Kamen, mir die Hand zu lecken
Traten sanft aus den Verstecken,
Hatten Augen, wie Edelsteine.

Hatten Augen, ohne Tiefe,
Ohne Grund und still und klar –
Und mir war, als wenn mich riefe
Meine Mutter, die nur schliefe,
Die nur lang verborgen war. –

Wo die liebe Mutter wohne,
Sagt' mir niemand, den ich frug.
Aber dem verirrten Sohne
Wird sie seine Königskrone
Schenken einst. – Das ist zum Lohne
Für dies alles schon genug.

Kaspar Hauser singt

Betet – betet für mich,
Für meine arme Seele,
Ihr alten Frauen betet für mich,
Für meine arme Seele.

Wenn ihr in euren Kapuzen singt
Die frommen Litaneien –
Wenn ihr für mich die Messe singt,
Wird mir's der Herr verzeihen.

Betet – betet für mich,
Für meine arme Seele,
Ihr lieben Knaben, betet für mich,
Für meine trunkne Seele.

Wenn ihr das stille Angesicht
Vorm Kruzifixe neigt,
Betet zu Gott, daß er mir nicht
Seine Ungnade zeigt.

Betet – betet für mich,
Es irrt meine arme Seele,
Ihr Sterne, ihr Wolken betet für mich,
Für meine verlorene Seele.

Betet zu Gott, daß sein strahlend Gesicht
Ich darf im Jubeln schaun –
Vergeßt mich, ihr lieben Knaben nicht,
Vergeßt mich nicht, ihr Fraun.

Kaspar Hauser
und die blinde Frau

An einem sehr heißen Tag ging Kaspar Hauser durch das sommerliche Land. Da sah er eine blinde, alte Frau am Saume der Landstraße sitzen. Er sprach sie an und trat zu ihr, um mit ihr zu sprechen.

«Mein lieber Sohn», sagte die Alte und hob ihr blindes Antlitz zu ihm, «wie freue ich mich, daß du kommst, um mich zu besuchen.» Und Kaspar lächelte ihr zu. Sie lächelte wieder, ohne daß sie doch hätte sehen können, was auf seinem Gesicht vorging. So gut verstanden sie sich schon, Kaspar Hauser und die Blinde.

«Erzähle mir doch», sagte die Alte, «erzähle mir's doch, mein lieber Knabe, woher du kommst und wohin du wohl gehst – –» Und Kaspar lächelte wieder, setzte sich zu ihr ins Gras am Rande der Landstraße und sagte: «Ach, Mutter – das weiß ich nicht mehr, wohin ich zu gehen habe. – Einmal hat man mir's ja gesagt, das Reiseziel, aber ich habe das Wort vergessen. Und nun muß ich wohl heimfinden, ohne den Weg zu wissen, denn hierzulande werde ich kaum einen Führer finden –» «Aber wo du zu Hause bist», sagte die Alte, «das weißt du doch noch –» «Ja», sagte Kaspar, und seine Stimme bekam jenen seltsamen Klang, der sich zuweilen wie ein Schleier über sie legte und den sie immer hatte, wenn die Leute meinten, er löge. «Wo ich zu Hause war – das weiß ich wohl noch – –» Und langsam erzählte er in die zitternde Hitze des Sommertags. «Ich wohnte damals in einem großen Palaste – dieser Palast stand an einem Wasser. Über dem Wasser flatterten schwarze Vögel. Sie schlugen ganz schwer mit ihren großen Flügeln, sie kamen auch an mein Fenster geflogen, wo ich stand, um das Meer zu sehen. Ich fütterte sie mit goldenen Körnern.» «Du füttertest sie mit goldenen Körnern», wiederholte die Blinde und wiegte den Kopf ganz sacht und wie nach einer Melodie. «Meine Mutter aber», erzählte Kaspar und hielt die Augen halb geschlossen, vielleicht weil das Licht sie so blendete, «meine liebe Mutter saß immer bei mir. – Sie hatte so dunkle Haare, mit denen wusch sie mich jede Nacht – das heißt», sagte er und schloß die Augen zu einem tiefen, seligen Lächeln, «Nacht war es ja immer – wo ich zu Hause bin.» – Und die Alte saß still, die Hände im Schoß. «Sie wusch dich mit ihrem Haar –» sagte sie leise, «und nun hast du sie verloren – mein armer Prinz –» Kaspar Hauser aber, von dem niemand wußte, woher er stamme und der ein Fremdling war, saß, den Kopf ein wenig schief gehalten, im Gras und erzählte der blinden Frau: «Eine Schwester hatte ich auch. – Sie besaß zehntausend schwarze Tauben, in deren Mitte saß sie und sang. – Sie sang immer das gleiche Lied, die Melodie, die meine Schwester sang, war immer die nämliche. – Aber ich habe sie vergessen.» Und er ließ, wie in einer tiefen Traurigkeit, die Hände sinken. Und wieder sagte die Alte – und jetzt streichelte sie mit ihren uralten Händen sein Haar –: «Du hast die Melodie vergessen – mein armer Prinz –» «Ich suche sie», sagte Kaspar Hauser, «ich suche die Melodie, die meine Schwester sang – in aller Menschen Augen suche ich nach ihr. – Aber zuweilen, wenn es dunkel wird und wenn ich einschlafe – dann höre ich sie, dann höre ich sie beinah – und noch etwas gibt es, da ist auch etwas darin, von der Melodie. – Aber ich weiß es nicht, was das ist –» Und Kaspar Hauser lächelte, wie er im Gedenken an sein dunkles Zuhaus gelächelt hatte.

Da flüsterte die Alte, dicht an seinem Ohr, und Kaspar schloß tief die Augen, so sehr erschreckte ihn der Klang ihrer Stimme: «Wirst sie schon noch finden, die Melodie. Du hast ja die Sehnsucht nach ihr, die läßt dich nicht los. Suche du nur, mein armer Prinz. Dich hat eine dunkle Mutter mit ihrem Haare gewaschen. – Wirst schon noch finden – –» Und still lachte die Alte an seinem Ohr, während ihr blinder Blick sich seltsam mit seinem kindlichen Blicke traf.

Kaspar Hauser
und die reisende Hure

An Kaspar Hauser fuhr auf der Landstraße eine graulackierte Kalesche vorüber, in der die reisende Hure allein das Land durchkreuzte. – Kaspar sah zu ihr hin, wie sie so bunt und stattlich in ihren blauseidenen Kissen saß, und mit Freuden schaute er ihr zu, wie sie mit fester Hand das fette weiße Roß zu lenken wußte, das die Kalesche zog. Aus einer dunklen Sympathie heraus, die er mit der einsam kutschierenden Matrone empfand, lächelte er ihr freundlich zu. Sie aber, die solches als Zeichen der Werbung eines Kunden zu nehmen gewohnt war, zog kräftig die Zügel an, ließ das Gefährt stille stehen und neigte sich ihm, vom Wagen herab, lachend entgegen: «Nun?» sagte sie und griff schon nach seinem Haar, das dicht und unberührt war, wie eines Tieres Mähne. «Willst du nicht zu mir schlüpfen, mein lieb Kindchen?» Und sie lachte frech, so daß ihr Gesicht wie eine bunte verzerrte Maske wurde. Er sah zu ihr auf, und da ihre Augen sich trafen, wurde auch ihr Blick ernst. «Wohin reist du?» fragte Kaspar und streichelte sie gleichsam mit seinen Augen, denn wenn er einen Menschen ansah, war dem, als würde er von einem seltsamen Körper berührt, vom weichen Felle vielleicht eines fremdländischen Tieres. «Wohin reist du denn so allein?» Und die Hure sah an ihm vorbei in eine weite Ferne und sagte: «Das weiß ich wohl selbst nicht genau, wohin ich reise. – Ich dachte daran, diesmal bis Konstantinopel hinunter zu kommen, da wohnt ein alter Tabakhändler, der so viel Geld hat. – Aber was soll das? Da und dort treffen sich Menschen – aber was soll das?» Sie saß bunt und stattlich zwischen blauschwellenden Kissen in ihrer Kalesche. Sie hatte einen roten Hut auf mit gelben Blumen dran, und prächtig stand ihr der Busen unter dem hellgrünen Seidenstoff ihrer Bluse. Sie saß ganz aufrecht. – Plötzlich aber, als hätte sie schon zu sehr sich gehen lassen, neigte sie sich wieder zu Kaspar hinunter, sie nahm ein Büschel seines Haares zwischen ihre Zähne, sie biß in sein Haar, während sie lachte. «Und du?» sagte sie, «du bist schön. – Wer bist du?» Und Kaspar, der eitel war, wie alle traurigen Menschen eitel sind, lachte, weil sie ihn schön genannt hatte – er lachte, wie Frauen lachen, wenn man ihnen Komplimente sagt – die Augen halb geschlossen und die Schultern hochgezogen. «Du lachst», sagte die Hure, und brachte ihr buntes, fettes Gesicht ganz nah dem seinen, «du lachst, wie Frauen lachen. – Und doch siehst du aus wie einer, der Ziegen hütet auf den Bergen –» Aber Kaspar sagte – und jetzt waren seine Augen ganz geschlossen –: «Ich bin der Kaspar Hauser – den sie gefunden haben.» «Ach», sagte sie und begann jetzt mit ihrer geübten Hand ganz sachte seinen Rücken zu streicheln – immer das Rückgrat entlang –, «du bist der Kaspar Hauser, der keine Mutter hat.» Aber er verbesserte sie, ganz sanft und während seine Augen tief geschlossen blieben: «Der Kaspar Hauser, der seine liebe Mutter verloren hat – –» Und, da er ihren Mund schon nah an seinem fühlte, flüsterte er, zitternd am ganzen Leib: «Die Melodie. – Ich höre die Melodie – –.» Und er griff nach der Hand, er streichelte die Hand, die sanft, sanft, als wollte sie ihn einschläfern, seinen Rücken entlang fuhr. Und die Hure flüsterte an seinem Munde: «Du sollst mit mir reisen, Kaspar Hauser. – Du wärst mir ein lieber Weggefährte. – Wir würden uns ablösen, weißt du, den Männern, die meiner überdrüssig sind, könntest du wohl noch Lust bereiten. – Bleibe bei mir», girrte die reisende Hure. «Haben wir nicht das nämliche Schicksal im Grunde? Da du doch deine Mutter verloren hast. – Dann wär' uns beiden geholfen –» Und er lauschte ihr, wie sie tausend Kosenamen, gleich Wohlgerüchen über ihn ausgoß. «Mein Rätseltier», flüsterte sie, «mein schöner Fremdling, mein lieber, lieber Prinz – –» «Ja, sagte Kaspar nur, und immer zitternd unter der Berührung ihrer Hand, «das wäre wohl schön – –» Aber plötzlich sprang er zurück. Wie ein fliehender Tänzer entzog er ihr seinen Leib, er stand von ihr entfernt, die Augen niedergeschlagen, die Hand erhoben zur scheuen Geste der Abwehr. «Aber es geht ja nicht –» sagte er nur, hob den Blick und streichelte sie mit den Augen: «Wir dürfen ja nicht», sagte er, «was hätte das auch für einen Sinn?»

Die reisende Hure saß bunt und stattlich in ihren Kissen. Sie sagte kein Wort mehr. Zwischen ihren Brauen entstanden zwei tiefe, senkrechte Falten. Seltsam leidvoll und menschlich gruben sie sich in die bunte Maske ihres Gesichts.

Die Kalesche rollte davon, während Kaspar abgewandt am Wegsaume stand.

Kaspar Hauser
und das irre kleine Mädchen

Mitten in einem Walde ließ Kaspar die Kutsche halten. Er empfand das Bedürfnis, zwischen den Bäumen ein wenig zu spazieren. Die Landstraßen waren so heiß gewesen. Er wollte die dunkle Kühle genießen. Seinen Augen war die Dämmerung gemäßer als grelles Licht. – Der Kutscher schlummerte behäbig auf dem Kutschbocke. Die Pferde standen märchenhaft und schlank, reglos und ganz wie verzaubert im spielenden Halbdunkel. Kaspar, versonnen, voll stiller Freude an der Heiligkeit der alten Tannen, lustwandelte, wie Söhne eines Königs, isoliert und ganz allein, nach dem Nachtmahl im väterlichen Parke zu lustwandeln pflegen, voll trauriger, kluger und neugieriger Gedanken, über das Abenteuer, das ihnen bevorsteht – in das sie, vielleicht schon gar zu sehr, verwickelt sind und das die andern das «Leben» nennen.

Aus der Dämmerung trat Kaspar plötzlich auf eine Waldwiese. Sie lag unvermittelt, ein grellgrüner Fleck, mitten im Rauschen der Tannen, die sie schwarz umsäumten, wie alte Mauern ein geheimnisvolles Lustgärtlein von der Welt abschließen. Am Rande der Wiese kauerte ein kleines Mädchen, das Beeren suchte. Langsam ging Kaspar zu dem kleinen Mädchen hin. Es hatte ein rosa Kleid an, geschmacklos mit gelben Spitzen garniert, und wandte ihm, vom Henkelkörbchen aufschauend, ein ganz kleines, weißes Gesicht zu, in dem, gar zu unvermittelt, ein roter Mund stand, stark hervorspringend, wie ein Geschwür aus der kränklichen Miene. – Kaspar, den es seltsam erschütterte, in solch gewaltiger Einsamkeit ein rosa Mädchen plötzlich anzutreffen, blieb stehen und fragte sie, obwohl es ihm nicht recht schien, zu ihr zu sprechen wie zu einem Kinde, was für Beeren sie denn da suche. Aus dem Ausdruck ihres Gesichtes empfing er die peinliche Gewißheit, daß sie seine Frage nicht verstanden habe. Sie sah ihn aus scharfen, grauen Augen an – ihre Augenlider waren ein wenig gerötet, mit einer Art Schrecken erkannte Kaspar sein eigenes Leiden an ihr wieder – und in ihrem Gesicht, das wie abgestorben war, regte sich kein Muskel. Das Haar trug sie so unkleidsam zurückgebürstet, ganz glatt, mit billiger Pomade an den Kopf frisiert, und hinten nur standen steif, wie Mäuseschwänzchen, zwei Zöpfe ab. Wie häßlich sie doch auch gekleidet war – sie trug dicke schwarze Strümpfe zu ihrem rosa Kleid – sie war kurzum das anämische Kind einer Hausmeisterin. Sie kauerte, recht häßlich anzusehen, in gewaltiger Einsamkeit, und Gott hatte es beschlossen, der reisende Knabe, traurig und neugierig in der Dunkelheit lustwandelnd, müsse mit ihrer Existenz sich auseinandersetzen.

Ganz unvermittelt dann, und als habe nach einer Minute unheimlicher Leere ihr Gehirn den Sinn der Frage plötzlich erfaßt, begann das kleine Mädchen zu lachen. Kaspar dachte, eine silberne Schelle klingelte in ihrem Hals – ihm schien, sie ließe scherzend eine kleine Glocke bimmeln –, so fremd jubilierte das Gelächter hervor. Dann antwortete sie auch – ihr Lachen war so melodisch ausgeklungen – und sie ließ den scharfen Blick ihrer leicht entzündeten Augen nicht von Kaspar, während sie eilig sprach: «Ich bin ins Wäldchen gegangen, um giftige Beerlein zu suchen, giftige Pilzlein desgleichen – ich sammle sie in mein Körbchen. – Mein Vater, der Graf, hat mich schrecklich geärgert – hat die arme Seele der toten Mama nicht wollen ruhen lassen – hat die Selige um Mitternacht durch Zaubersprüche beunruhigt. – Er hat die tote Mama beunruhigt», sagte das kleine Mädchen plötzlich leise, ein Haß, der ohnegleichen war, dämpfte ihre Stimme, «weil er Mama im Sarg belästigt hat, richte ich ihm giftige Beeren zum Nachtisch an –»

Kaspar lauschte dem, was das rosa Mädchen zu plaudern hatte. Er sah sie still an und dachte nach über sie und wie sie nun da so saß. «Mein Vater», erzählte die immer noch Kauernde – sie sprach jetzt so rasch, war so in Schuß gekommen gleichsam, eine grausige Plauderlust bewegte plappernd ihren kränklichen Mund – «hat ein weißes Gesicht – ich habe mein weißes Gesicht doch von ihm eben geerbt – aber meins ist mir lieber – denn seines, verstehen Sie, ist so weichlich – so fett und weiß, verstehen Sie mich wohl. Nein», sagte sie, und jetzt klang ihre Stimme, wie wenn Dienstmädchen sich schaudernd die Laster ihrer Herrinnen erzählen – sie hatte auch schon die Hände im Schoß gefaltet –, «er ist so *haltlos* – und wie *unanständig* er oft mit mir ist, ich kann Ihnen das gar nicht erzählen.

– Nachts steigt er nackend zu mir, wenn ich schlafen will. Er nennt mich Engelchen und ich fürchte mich so. So viele Menschen sind gut, aber ich habe einen bösen Vater. Er hat auch so blondes, strähniges Haar, das hängt ihm wirr ums Gesicht – deswegen mußte Mama ja auch sterben. Erzengel Michael holte sie ab, da sie der Greuel genug erlitten hatte. – Aber ich muß mit Papa jetzt ganz allein im alten Stift wohnen. Ich habe einen bösen Vater und mich wird der Teufel holen. Mich – holt – der – Teufel!!» kreischte sie plötzlich. Und, wie gepackt von schlimmster Raserei, schnellte sie auf, rannte davon, quer über die hellgrüne Wiese, und dann, wie gehetzt vom leibhaftigen Gottseibeiuns, der, unsichtbar, boshaft, zwickend und zwackend hinter ihr drein sein mochte, lief sie im Kreisbogen immer um die Wiese herum, verbissen schwenkend das gelbe Körbchen, in das sie so sorgsam bunte Beeren, getupfte Pilze, allerlei todbringendes Kraut gesammelt hatte – immer um die Wiese herum – dreimal – viermal – mit etwas vorgestrecktem Kopfe, mit etwas Schaum vor dem roten Mund – wie Clowns in erschütternd sinnloser Eilfertigkeit das Rund der Manege ablaufen, wie Irre um ihre Zellen galoppieren, vielleicht, weil sie flüchten zu müssen glauben – vielleicht weil immerwährende rastlose Flucht das einzige ist, was in der Tat sie rettet. – – – Kaspar aber stand, übermannt gänzlich von einer tiefen Trauer, von einem Mitleid, das ihn bitterlich weinen machte – reglos aber und ohne helfen zu können –, denn wer würde dem einsamen Lebewesen irgend zu helfen vermögen, das im schwarz ummauerten Lustgärtlein buntes Gift für einen gehaßten, vielleicht nur zu sehr geliebten Vater pflückte? Traurig sah er, wie sie rannte und rannte, und während Tränen noch warm sein Gesicht wuschen, lachte er doch auch leise, still für sich; denn plötzlich hatte sie ihren rabiaten Kreislauf aufgegeben, sie war abgeschwenkt, in den Wald hinein, und nun tanzte sie zwischen den dunklen Bäumen – eine irre, vom Teufel arg gepeinigte kleine Tänzerin, hüpfte sie in der grünen Dämmerung. – War sie nicht ein bucklig Zwerglein bald? Bald eine rosige Theaterelfe? Bald wieder ein altes Weiblein, das redlich ihre Wurzelchen suchte? – Kaspar dachte, sie wechsle vielleicht so eilig die Gestalt, auf daß der Satan, wenn er sie endlich gepackt zu haben glaubte, anstatt der grimmig Gesuchten ein harmloses Mütterchen nur in den Klauen halte und gefoppt zur Hölle fahre. Aber er sah sie wohl nur so spukhaft sich verwandeln, weil

Tränen seinen Blick blendeten. – Doch erschien es ihm, da er sie tanzen sah, als es ihm doch müßte möglich sein, der gequält Hüpfenden zu helfen. Da ihn und sie, wie er sinnend begriff, mehr als ihm zunächst gedeucht hatte, geschwisterlich beinah miteinander verband – da sie ja nur seine kleine irre Schwester war. Und er lief, über die Wiese erst, dann zwischen den Bäumen, lief hinter ihr drein, wollte die Enttanzende fangen, wollte sie an einem Zipfel ihres dürftigen Kleidchens, an der blassen Hand gar fassen. – Gott will, dachte er laufend, daß ich mich mit ihr auseinandersetze. – Nicht umsonst trafen wir uns in gewaltiger Einsamkeit. – Es war, weil ich ihr helfen sollte. – Und, wie so oft schon früher, dachte Kaspar, durch einen dunklen Wald hinter einem fremden, irrsinnigen Kinde herlaufend: Vielleicht – hilft – sie – mir. – Aber, währenddem sie ihm zwischen den Stämmen bald koketter Gaukelfalter, bald verwestes Körperchen erschien, merkte der, der sie zu halten dachte, ganz erfüllt von seinem Gedanken, ganz betäubt von seiner großen Hoffnung, es im Laufen nicht, daß sie ihm insgeheim und wie allmählich immer weiter entwich – daß er ganz selten nur noch und sehr weit entfernt von sich irgendwo ihre Gestalt auftauchen sah – ihr graues Auge vielleicht aus der Dunkelheit aufblitzen – und erst, als sie seinem Blicke ganz entglitten war, verlangsamte er seinen Lauf, blieb endlich stehen, keuchend noch, und begriff bei sich, daß er sie nun *verloren* habe. Er war so traurig und so müde, auch körperlich erschöpft von seiner Treibjagd, so sehr, daß es ihm durchaus unmöglich erschien, zur Kutsche jemals zurückzufinden.

Aber schon sah er das gedrungene Gefährt überraschend nahe zwischen den Bäumen stehen, und aus all dem Weh und der großen Verzagtheit heraus wurde nur der eine Gedanke klar in ihm, daß die Pferde, ganz wie verzaubert, schlank und braun die ganze Zeit gestanden haben mußten, ohne sich zu regen, denn ihre Stellung war die nämliche, als da er sie verließ. Das freute Kaspar und tat ihm gut.

Gähnend erwachte der Kutscher, grüßte verschlafen den jungen Herrn.

Kaspar, vielleicht zu sehr in Gedanken an die kranke Tanzschwester und an andere Dinge von gleicher Traurigkeit verloren, vergaß es, den Gruß zu erwidern. Den Pferden aber klopfte er, bevor er die Kutsche bestieg, zärtlich den Nacken.

Kaspar Hausers Freund

Zwischen den Büschen, am Saume des Waldes, war ganz alleine ein Mann gestorben. Kaspar, der gegen Abend Blumen auf den Feldern suchte, sah aus einiger Entfernung im Grase einen Körper liegen. Da er zunächst nicht wußte, was das Schwarze und schmal Ausgestreckte bedeute, lief er voll Neugierde hin, um es sich zu besehen. Stille stand er dann bei der Leiche. Sie lag reglos im Grün, sehr sorgfältig gekleidet in schwarzes Tuch, zierlich geschmückt mit buntseidener Krawatte und blütenweißen Manschetten. – Ohne zu überlegen und gleichsam, als müsse es so sein, kniete Kaspar nieder zu ihrer Seite.

Der Abend brach schon allmählich herein, doch war es noch hell. In jener unwirklichen und verzauberten Stimmung lag das Land, da es nicht mehr Tag ist und auch noch nicht Nacht. Die Bäume regten sich nicht. – Kristallene Stille war um den Toten.

Den Kopf ein wenig schief gestellt, ein fremdartiges Lächeln in den Mienen, das er sich selbst nicht hätte deuten können, sah Kaspar kniend auf die gelblich-schlanken und bewegungslosen Hände des Toten hinab, die künstlich und in höchster Zierlichkeit auf dem schwarzen Seidentuche des Jacketts geordnet waren. So schön, dachte Kaspar, und immer zärtlicher wurde sein Gesicht, so wunderschön sind die Hände der Lebenden nie – –

Aber das Antlitz des Toten war verfallen. Wie schwer mußte sein Leben gewesen sein, wie schwierig, seltsam und verwirrt. Jetzt lagen die schwärzlichen Augenlider unlösbar über seinem Blick geschlossen. Und Kaspar Hauser dachte, während seine Augen sich immer tiefer und auf Nimmerwiedersehen gleichsam in den ewigen Frieden dieses Gesichts verloren: Aber jetzt hat er ja Ruh – aber nun ruht er ja aus – –

Nach und nach wurde es dunkler. Mit immer nächtlicherem Blau füllte sich der blasse Himmel. Aus dem Walde wehte es schon kühl. Schwarz und dicht standen die Bäume nebeneinander.

Das Antlitz des Toten schimmerte, wie in eigenem Licht, weißlich im dunklen Gras. Vorgebeugt und aus nächster Nähe forschte Kaspar in diesen Zügen. Er konnte noch gar nicht alt sein, sein regloser Freund, nicht sehr lange hatte er auf Erden gelebt, achtundzwanzig vielleicht oder dreißig Jahre. – Aber schön – schön war er wohl gewesen. Ein Büschel schwarzen Haares hing ihm in die elfenbeinerne Stirn. Wie blaß sein Mund war, – aber wie edel gezeichnet. Die Nase sprang ziemlich stark vor. Ihre knabenhafte Linie brachte in dieses unendlich friedvolle Antlitz einen fast verwunderlichen Einschlag von Anmut und Hübschheit.

Kaspar überlegte, ob er wohl sehr viel Freunde gehabt hatte im Leben. Wie er ihn vor sich sah – den Blick aufgeschlagen, schwarz blitzend unter dem Haarbüschel. Schlank stand er zwischen vielen Menschen – schlank wie ein junges Tier. Er war ein Tänzer von Eitelkeit, anmutig hielt er das Antlitz ins Profil gewandt, er gestikulierte, er sprach und lachte mit hochgezogenen Schultern. – Kaspar aber sagte zu ihm – und er erschrak, als seine Stimme, belegt und leise, in der großen Dunkelheit lebendig wurde –: «Befreundet warst du mit vielen – aber ohne Freund – –»

Da ihm die Stellung des Kniens auf die Dauer zu unbequem ward, streckte er sich, wie um einzuschlafen, der Länge nach neben den Toten ins Gras. Es war so kühl und feucht, wie er es eigentlich gar nicht erwartet hatte. Schwarz stand der Himmel über ihnen. Böse Geräusche knackten aus dem dunklen Wald. – So lagen sie nebeneinander.

Ganz sachte – ganz langsam begann er dann das seidige Haar der Leiche zu kosen – dieses köstliche Haar, dieses leblose. Leis knisternd, wie ein teurer Stoff, war es zwischen seinen streichelnden Fingern.

Ihm war, als könne er, da er so neben ihm lag, alles von ihm wissen – sein ganzes Leben, das jetzt vorbei war, seine ganze Trauer, die jetzt vorbei war, – seine ganze Fröhlichkeit, die jetzt ewig war. Alles glitt an ihm vorüber: Seine verwirrten Tage und seine großen Nächte. Wie er nach Menschen gesucht hatte, die Jahre hindurch, sich immer wieder klammernd an die, von denen er Hilfe erhoffte – das sah Kaspar. Wie er nach jeder Begegnung immer wieder noch einsamer gestanden war, noch fremder und stiller – das sah Kaspar Hauser. –

Und er flüsterte, während er diese Haare streichelte und während sein junges Gesicht ganz nah war diesen schwer ruhenden Augenlidern, diesem blaß verschlossenen Mund –: «Wenn wir uns aber gefunden hätten», sagte er zu ihm, «glaubst du nicht, daß dann alles anders gekommen wäre – für uns beide??»

Aber der Fremde antwortete nicht. Und doch war es Kaspar, als käme eine große Stimme zu ihm her und spräche: «Und wenn es nun – ‹anders› gekommen wäre, was hätte das dann für Sinn und Weisheit gehabt?»

Als Kaspar diese Worte gehört hatte, legte er sich wieder still neben ihn. Ruhig lag seine heiße, sehnsüchtige Hand auf dieser wächsern anmutigen Hand. Sein menschliches Gesicht lag neben des Freundes heiligem Gesicht. –

Jetzt tat es Kaspar nur noch weh, daß es ihm nicht gelingen wollte, sich seines Freundes Mutter vorzustellen. Denn eine Mutter mußte er doch gehabt haben, wenngleich er sie wohl verloren hatte, wie Kaspar die seine. – Aber jetzt – jetzt konnte dieser sie doch gefunden haben, wiedergefunden – in unendlichem Frohsinn, in dunkelster Heiterkeit war er doch jetzt bei ihr. Da hätte es doch müssen möglich sein, sich diese Mutter vorzustellen, derart sie vor sich zu sehen, wie er sein ganzes übriges Leben vor sich gesehen hatte, in all seiner Wirrnis, Trauer und Süße. – Es hätte doch müssen möglich sein. – –

Inzwischen hatten über ihnen die Sterne sich zu ihrem gewaltigen Reigen verschlungen. In ewiger Anmut kreisten sie über Kaspar Hauser, der bei seinem Freunde lag.

Als Kaspar aber die Augen ganz tief geschlossen hielt, um dieser großen Nacht zuinnerst lauschen zu können, hörte er, wie die Mutter, nach deren Gesicht und Stimme er gesucht hatte, leise aus den Gebüschen trat. Unter halb geschlossenen Lidern sah er sie an – im bräunlichen Matronenkleid stand sie still am Waldessaum, das Gesicht gerahmt von würdiger Witwenhaube. Als aber der Knabe ihr Gesicht sah, ihr großes, weites, friedvolles Angesicht – da freute er sich so sehr, daß die Tränen ihm stromweise über die Wangen liefen. – Da hob er in seiner großen Freude den Kopf des Toten an seiner Seite mit beiden Händen ein wenig hoch, und er suchte seinen Mund, und er fand ihn, und sie küßten sich lange.

Kaspar Hausers Traum
vom Morgen

Kaspar Hauser hatte einen kurzen, aber über die Maßen lebendigen Traum. Er erinnerte sich seiner, solange er lebte, er vergaß ihn nicht mehr, er blieb immer in seinem Geiste.

Kaspar träumte sehr selten. Meist gab er sich dem Schlaf, den er mit aller Innigkeit seines Herzens liebte, ganz und durchaus hin. Selten störten bunte Gebilde seine heimatliche Tiefe, in die er willig versank. Aber dies eine Mal empfing er, während er in dieser Tiefe ruhte, wunschlos und kampflos, jene strahlende Halluzination.

Eine große fremde Stadt lag im frühesten Morgen. Die Sonne war noch nicht aufgegangen, aber der ganz hellgraue Himmel war wie gespannt und geladen mit ihrem Lichte, das bald gewaltig aus ihm hervorbrechen würde. Es waren noch wenig Menschen zu sehen. Die Straßen waren breit und rein, das Pflaster frisch gesprengt – gesprengt mit eiskaltem Wasser. Nur einige Jungen liefen die Trottoirs hinunter, sie trugen große Körbe, sie liefen lachend unter ihren Lasten.

Da stand Kaspar mitten auf einem weißen Platz. Man hatte ihm Obst zu essen gegeben, grünliche Trauben, er hielt sie hoch, lachend ließ er sie sich in den Mund hängen, sie schmeckten säuerlich und waren kalt. Während er noch das Gesicht verzog, liefen all die Straßen entlang, die auf den weiten, weißen Platz mündeten, die korbtragenden Knaben auf ihn zu. Sie hatten gerötete Gesichter – sie hatten blaue und grüne Wollmützen auf – sie lachten – –

Aber als sei Kaspar Hauser der magnetische Mittelpunkt, auf den ihre lustige Bewegung hinsteuern müsse, nahten sie sich alle ihm. Bald würden sie einen Kreis um ihn bilden, sie würden schreien und ihre Körbe schwingen, so daß Semmeln und buntes Obst aus ihnen heraus und über das Pflaster sprängen. – Aber Kaspar empfand keine Angst. Er stand schlank vor einem Brunnen. Hinter ihm rann und spritzte das Wasser.

Nicht nur Knaben kamen die Straße hinunter und auf ihn zu. Pferde kamen – schwarze Pferde kamen – braune Pferde kamen – sie warfen die Köpfe, sie wieherten, stampften, überholten die Knaben sehr rasch – waren schon auf dem Platz – sprangen um ihn herum – rote Pferde, weiße Pferde – – Rosse sprangen über den Platz – bäumten sich jubelnd gegen den lichtgeladenen Himmel, bäumten sich jubelnd um Kaspar Hauser, das Kind des Abends und der großen Dunkelheit, feierten ihn, das fremdeste und kränkste Kind dieser Welt, als Herrn und Heros ihrer Kraft. Er aber stand schlank und furchtlos vorm Brunnen, und hinter ihm rauschte das hellblaue Wasser und spritzte und sprühte.

Währenddem waren auch die Knaben auf dem Platze angekommen. Alle schwenkten sie ihre Mützen, so daß ihr blondes Haar unbedeckt war.

* *
*

Diesen Traum vergaß Kaspar seine Tag lang nicht mehr, denn er wußte, daß er so, hingegeben der heimatlich stillen Dunkelheit, umsponnen vom tiefsten Schlafe, das Angesicht des Lebens erschaut hatte.

Der tote Kaspar Hauser

Sie trugen den Kaspar Hauser zu Grabe, als sein Schicksal sich vollendet hatte, als er von unbekannter, unauffindlicher Hand getötet worden war, und viel Anlaß zu Schreck und Erstaunen bot denen, die nicht gewußt hatten, wer Kaspar war, mancherlei, was bei seinem Leichenzuge und auch an seinem Grabe geschah.

Als sie seinen Sarg die Straße hinuntertrugen, dem Friedhof zu, bedeckte sich der Himmel so dicht mit dunklen, eilig flatternden kleinen Vögeln, daß das Licht der Sonne verfinstert wurde und in einer flimmernden Dämmerung der Leichenzug sich dahinbewegte. – Auch mischten in die Reihe der Leidtragenden sich Fremde, die man noch nie in der Stadt gesehen hatte, und deren man plötzlich, ohne zu wissen, woher sie wohl gekommen sein könnten, unter den Wohlbekannten und Einheimischen gewahr wurde.

Es waren sechs Jünglinge, streng und doch anmutsvoll gekleidet in Jacken aus schwarzem Sammet, die sie bis zum Kinne hinauf geschlossen trugen, so daß die blassen Gesichter, seltsam eingeengt, behindert und lieblich über dem starren Stoffe standen, traurig lächelnd mit dunkelroten Mündern. Sie gingen sehr eng aneinander geschmiegt und sprachen auch unter sich, ja, manchmal lachten sie sogar, girrend, wie fremdländische Vögel, in einer seltsamen, nicht zu erklärenden Heiterkeit.

Bei ihnen waren sieben Frauen, dunkel gekleidet auch sie, aber, im Gegensatz zu der biegsamen Schmalheit der Jünglinge, in weite, zu künstlichen Falten geordnete Gewänder gehüllt, die Hände starr und wächsern auf dem schwarzen Stoffe gruppiert, das Gesicht, gerahmt vom Tuche, schmerzlich schief gestellt. So gingen sie, trippelnd mit kleinen, raschen Schritten, eilig und trauervoll im Zuge. Es schien, als wenn ihnen während des Gehens Tränen übers Gesicht rannen. So weinten die sieben Frauen um ihren lieben Sohn. So lachten die sechs Jünglinge um ihren lieben, lieben Freund. – Darüber war unter denen, die nicht gewußt hatten, wer Kaspar war, des Staunens kein Ende.

Als der Sarg am offenen Grab niedergestellt wurde und schon der Geistliche zur Predigt sich räusperte, willens und bereit, die Zeremonie in der von flatternden Flügeln zuckenden Dunkelheit vorzunehmen, verteilten sich die schwarzen Tauben, die die Sonne verdunkelt hatten, und der Himmel ward sichtbar. Er stand durchsichtig und in einem gläsernen Grün, so daß es Tag nicht war und nicht Nacht, und man ward gewahr, daß Mond und Sonne zugleich am Himmel standen. Der Deckel aber zu Kaspars Sarg war aufgesprungen, und der Knabe lag auf der samtenen Decke, so schön, wie man im Leben ihn nie hatte sehen dürfen, strahlend rein, wie Kinder sind, und lächelnd. Vielleicht war seine Freude so groß, weil er die Melodie jetzt hören durfte und eingegangen war in den dunklen Palast am Wasser. Ein tiefinnerstes «Es ist vollbracht» ließ des Fremdlings Antlitz so über alle Maßen lieblich erscheinen.

Die sechs Jünglinge hatten sich an den Händen gefaßt, und so tanzten sie lachend einen Ringelreigen um seinen offenen Sarg, wie Kinder tanzen um einen Gabentisch, während die sieben Frauen abseits standen, die Hände künstlich gruppiert auf dem dunklen Stoffe ihrer Gewänder, das Antlitz, auf dem der Schmerz sich in eine starre, irre Verzückung gewandelt hatte, madonnenhaft schief gestellt.

Niemand freilich konnte die Melodie hören, auf die die lachenden Jünglinge tanzten. Niemand begriff es auch, weshalb die traurigen Frauen lächelten in so starrer Lust.

Was aber war es, das die Menge in die Knie zwang, als trüge der Bischof den Leib des Herrn an ihnen vorbei? Und was zwang sie, die Hände zu falten und in tiefer Freude wie in tiefem Schmerz das Gesicht zu senken, als weile des Menschen Sohn in ihrer armseligen Mitte?

Kindernovelle

Die Sonn erreget all's, macht alle Sterne tanzen,
Wirst du nicht auch bewegt, so g'hörst du nicht zum Ganzen.
Angelus Silesius

1.

Seit dem Tode ihres Gemahls lebte Frau Christiane mit den vier Kindern das ganze Jahr auf dem Lande, in der Nähe eines kleinen bayrischen Marktfleckens, nicht weit vom Gebirge. Man war gut aufgehoben in einer wohnlichen Villa, auf derem roten Dach ein Gockelhahn sich nach dem Winde drehte. Der Garten um die Villa war groß, vor dem Haus war er wohlgepflegt mit Wegen und rundlichen Beeten, aber nach hinten verwilderte er mehr und mehr, bis er dann an den großen Wald stieß, von dem nur ein löchriger Drahtzaun ihn trennte.

Mitten im Walde hatte man ein Asyl für blinde Kinder eingerichtet, so daß man beinahe den ganzen Tag Knaben und Mädchen mit weißen, blicklosen Augen zwischen dem Schatten der Bäume spielen oder promenieren sehen konnte, unter der Aufsicht einiger Wärterinnen, aber auch manchmal allein, gewandt tappend, von Hunden begleitet.

Verließ man den Garten nach vorne, kam man auf die graue Landstraße hinaus, die, in Windungen sanft absteigend, hinunter führte zur Ortschaft. – Um in den Ort zu gelangen, ist es aber auch möglich, gleich über die Wiesen zu gehen, zwischen deren Hügeln sich der Wiesenweg schlängelt.

Die vier Kinder heißen Renate, Heiner, Fridolin und Lieschen. Renate ist neun, Heiner acht, Fridolin sieben und Lieschen fünf Jahre alt. Mama ist einunddreißig, zu ihrem Geburtstag hatte man mit Mühe einunddreißig weiße Kerzen aufgetrieben. –

Wenn Mama abends ans Bett gute Nacht sagen kam, war sie zuweilen so wunderbar, daß man sie mit einem Übermaß lieben mußte, dessen man sich am hellen Tage sicher geschämt hätte. Wenn sie im Schlafzimmer der Mädchen saß, rief Heiner gleich so exaltiert nach ihr, daß sie sich von Renate und Lieschen sanft losmachen mußte. Heiner küßte dann ihre Hände und wußte sich vor Zärtlichkeit nicht zu lassen. Wie ein werbender Kavalier übergoß er sie ganz mit Kosenamen. «Du bist so schön», sagte er immer wieder, «du bist einfach tausendschön – –.» Die Sprache reichte nicht aus, er streichelte sie mit neuen Worten der Zärtlichkeit, die übergroße Verehrung ihm eingab: «Du bist so pussig, so pullig –», bis Mama sich lachend befreite.

Tagsüber war es mit Mama oft gar nicht so angenehm. Wenn sie müde war, bekam sie trübere Augen, und oft lag sie sogar mit Kopfschmerzen auf der Veranda. Sie schickte die Kinder müdstimmig fort, wenn diese sie mit wirren Anliegen zu bestürmen kamen. «Geht nur in den Garten», sagte sie leer, «da ist so recht euer Reich, da tobt euch nur aus – –.»

Dem Austoben allerdings standen zwei häßliche Hindernisse ein wenig im Wege. Erstens ist Lehrer Burkhardt da, ein gewandter junger Brünetter, der täglich, gutgelaunt und unterm Arm sein ledernes Mäppchen, für zwei Stunden sich einfindet, um Heiner und Renate Unterricht zu erteilen. Lehrer Burkhardt selbst ist nicht eigentlich hassenswert, aber gar zu langweilig ist, was er mit ihnen zu treiben hat. Gleich widerlich sind Rechenheft und Religionsbüchlein – und Lehrer Burkhardt hat die Gewohnheit, mit dem Schlimmsten zu drohen, hat man das Aufgegebene ungenau präpariert. «Ich zitiere dich in die Volksschule», verheißt er finster, «morgen um acht sitzt du in meiner Klasse, es ist vorbei mit unserm Privatunterricht, alle lachen dich aus, wenn du bis morgen deine Sach nicht gelernt hast.» – Die Augen von Renate und Heiner begegnen sich scheu, und sie haben sich angstvoll verdunkelt. Daß alle lachen würden: davon sind sie fest überzeugt. Die Gassenjungen lachen ja auch immer so sehr, wenn die vier Kinder aus der Villa spazierengehen, mit finsteren Gesichtern vor Abwehr, in bunten Kitteln und mit dem strickenden Kinderfräulein zum Schutz.

Für die Zeit, da Lehrer Burkhardt bei den Großen weilt, sind auch die Lebensgeister der Kleinen reduziert und beinah ausgelöscht. Allein zu phantasielos, um die großen und gewagten Spiele von vorher fortzusetzen, sitzen sie, klein und verlassen, über dummen Würfelspielen beieinander oder gesellen sich lustlos zu Afra, der herzlichen Köchin, die resolut im Kuchenteige wühlt.

Das Kinderfräulein Konstantine Bachmann ist natürlich ein

Feind – weit gefährlicher und ärger als der Lehrer Burkhardt. Denn während die Macht des Pädagogen sich doch auf zwei Stunden am Tage immerhin nur erstreckt, ist Fräulein Konstantinens störendes Hinzutreten jederzeit zu gewärtigen. Den Strickstrumpf zwischen den Fingern, tiefe Gleichgültigkeit im weißen, etwas aufgeschwemmten Gesicht, zeigt sie sich mit einemmal zwischen den Büschen, den Blick gelangweilt und leicht pikiert auf die Arbeit gesenkt, die ihr so ärgerlich flink von der Hand geht. Ist sie nicht der böse Feind in der Tat, der Widersacher, das schlimme Prinzip – wie sie da steht in verwaschner, farbloser Strickjacke, mit blauem Rock und mattblonder, ondulierter Frisur? «Was macht ihr denn da wieder für Unfug?» fragt sie kühl und verächtlich. Seht, nun hebt sie flüchtig den Fuß – seht, schon stößt sie leichthin gegen etwas, was von höchster Wichtigkeit war, als wolle sie verdrossen seine Haltbarkeit prüfen. Es war ein Gebäude im Sand – eine ganze Stadt – ein Kalifenpalast. –

Wenn Fräulein Konstantine guter Laune war, konnte sie auch aufgeräumt und unterhaltend sein, dankbar belachten die Kinder dann jeden einzelnen Scherz. In solchen auserlesenen Stunden pflegte sie vor allem von Düsseldorf, ihrer Heimatstadt, zu erzählen; sie sprach den Namen beinah wollüstig aus, ausführlich, als sei er das feinste Wort unserer Sprache, mit einem überweichen, schwelgerischen D im Anlaut. Sogar kleine Familienanekdoten gab sie überströmend zum besten, drollige Geschichten von ihrer Frau Mutter und ihrer verheirateten Schwester.

«Denkt euch nur», plauderte sie dann ganz lustig, «ich komme spätabends nach Hause, hatte wohl ein bißchen über den Durst getrunken, und da hatte sich meine Schwester Liesbeth, der Schlingel, doch als Überraschung in meinem Bette versteckt. Aber eine von ihren Händen lag auf meinem Nachttischchen, da war sie im Schlaf wohl so hingeraten. Und ich im Dunklen, taste nach meinem Nachttischlämpchen und spüre die Finger meiner Schwester. Und wißt ihr, was ich gedacht habe? – Ich habe gedacht, man hat mir Bratwürstchen zurechtgelegt, damit ich sie schnabuliere, wenn ich abends müde nach Hause komme. Ich wollte schon ein Messerchen holen und sie mir schneiden. Ha, ha – da hätte aber die Liesbeth tüchtig geschrien. Ja, ja», lachte sie leutselig und vergnügt, «so war es, in meinem Düsseldorf – –»

Wehe aber den Kindern, wenn sie sie später einmal, zu schlecht gewählter Stunde, mit den Bratwursthänden ihrer Schwester neckten. Das war so kränkend, daß sie einen halben Tag nicht mehr sprach. «Es ist eine Beleidigung für meine ganze Familie», sagte sie nur noch.

Am schlimmsten war es, wenn sie vom Bräutigam einen häßlichen Brief bekommen hatte. Dann war überhaupt nicht mehr mit ihr auszukommen. Aus geringfügigem Anlaß schalt sie Klein Lieschen, bis diese bitterlich weinte, und hatte sie es so weit gebracht, klapste sie sie noch erregt und zischte wütend: «Damit du weißt, warum du heulst.»

Es war nicht gut von Mama, in solchen Fällen Fräulein Konstantine recht zu geben. Wenn die Kinder sich zu beklagen kamen, lächelte sie nur und sagte: Fräulein Konstantine werde schon wissen, warum sie das tat. Aber sie tröstete Lieschen trotzdem.

In solchen Augenblicken konnte man Mama beinah hassen, wenngleich man es sich um nichts in der Welt hätte eingestehen wollen. «Sie ist ungerecht!» zischelten die Kinder empört. – Aber die schöne Mama saß mit leeren Augen, die Hände im Schoß und war betrübt, weil sie spürte, daß ihr die aufsässigen Kinder für diese Minuten völlig entfremdet seien.

Am liebenswertesten war Mama im Sommer. Sie ging mit den Kindern zum Baden; vom Wiesenweg bog man nach links ab, wenn man ein Stück die Richtung zum Ort gegangen war, man erreichte den Klammer-Weiher, der schwarz und moorig zwischen ernsten Tannen lag. So dunkel und ehrfurchtgebietend waren selbst die Tannen im Walde nicht als diese, die hier gravitätisch das Wasser beschatteten. – Aber der Weiher wurde lieblicher dadurch, daß auf seiner verfinsterten Fläche tellerrunde Seerosen schwammen.

Über alles liebten die Kinder den Geruch in den hölzernen Ankleidehäuschen, er war sonderbar altgewohnt und morastig, mit den Ausdünstungen trocknender Bademäntel und Trikots angenehm untermischt. Die Kinder atmeten ihn schnuppernd ein, obwohl er ihnen ziemlich unappetitlich, ja unanständig und verworfen schien.

Im schwarzen Trikot saß Mama auf dem Sprungbrett, alle Herren sahen neugierig aus dem Herrenbassin herüber, aber sie hielt die Augen gesenkt. Ihre herrlichen Beine schimmerten weiß in der

Sonne; es war berauschend zu sehen, wie sie die Arme hob, wie sie, ein benommenes, abwartendes, sonderbar totes und neugieriges Lächeln um den halbgeöffneten Mund, mit erhobenen Armen langsam von der Kabine aus die glitschigen Holzstufen hinunterstieg, Stufe für Stufe, bis das Wasser, schwarz und eiskalt, ihre Füße umschmeichelte und sie sich, beglückt und fröstelnd, neigte, um ihren ganzen Leib diesen Liebkosungen hinzugeben.

Die vier Kinder saßen in Reih und Glied auf dem Balken, der das Nichtschwimmer-Bassin vom ganz gefährlich tiefen Wasser trennte. Sie ließen alle vier die mageren Beine baumeln, sie bespritzten sich, und sie schrien, daß es über den Weiher gellte.

Renate war die einzige von ihnen, die sich richtig zu schwimmen traute. Mit ernsten Augen legte sie sich sorgsam ins Wasser, und es war ihr sicherer Glaube, daß sie untergehen müsse, vergäße sie nur eine der eingelernten Bewegungen. Unerbittlich zählte sie mit bläulichen Lippen – eins, zwei – eins, zwei – und rührte sich tapfer. – Aber Heiner wehrte sich ängstlich, wenn man ihm dergleichen zumuten wollte, er zierte sich abwehrend und war um sein Leben besorgt.

Die Badefrau stand häßlich am Ufer und scherzte mit ihnen. Rote Badehosen trockneten an der Leine, vom Winde komisch gebläht. In der Herrenabteilung standen Männer vor ihren Kabinen, in bunte Bademäntel gehüllt, und rauchten plaudernd Zigarren. Manche prusteten auch im Wasser, lauter, als nötig gewesen wäre, auf ihrer Brust wucherte schwarzes Haar.

Aber Mama schwamm weit draußen, schon zwischen Seerosen und Schilf. Sie nickte und lachte, eine Hand, aus dem Wasser gehoben, weiterrudernd mit der andern, blinzelnd gegen die Sonne.

Im Sommer ging man mit Mama Beeren suchen. Mitten in der Waldlichtung saß Mama zwischen vielen Dornen auf einem Baumstumpf, stumpf, benommen vor Hitze. Die vier Kinder eilten gebückt umher, aufgeregt pflückend und suchend, denn es war Ehrensache, als erster seinen Becher gefüllt zu Mama zu bringen. Mama goß seinen Inhalt in das Körbchen, das neben ihr stand, aber das Körbchen war groß, und es waren viele Becher voll Beeren nötig, bis es sich halbwegs füllte.

Auch hier war Renate vor allen anderen tüchtig und brauchbar. Mit ganz zerkratzten Beinen stieg sie rüstig umher und ließ sich kein

Bücken gereuen. Um ihr finsteres Knabengesicht hing verwildert das dunkle Haar, sie sah wie ein entschlossener, strenger Betteljunge aus, wie sie so schmal und wortkarg ihre Arbeit tat.

Heiner hingegen spielte lieber mit Grashalmen, oft saß er summend und murmelnd irgendwo in der Sonne, versonnen und froh. Mahnte man ihn und schalt ihn wegen der Faulheit, war er sogleich zu liebenswürdiger Reue bereit.

Fridolin war von den Kindern der einzige, der nicht eigentlich schön war. Sein Gesicht war gnomenhaft, von seidig glattem Haar eine kleine und verzerrte Miene witzig umrahmt, mit hohem Brustkorb und zu breitem Mund – aber vielleicht war gerade er die treibende Kraft für alles, was unternommen ward, als Persönlichkeit Heiner gewiß ebenbürtig, wenngleich ihm dienend ergeben. – Beim Beerensuchen war er gleichfalls sehr fleißig, ja, von einer beunruhigenden und gräßlichen Intensität des Eifers, im Gegensatz zu Renates sachlich-melancholischer Tüchtigkeit.

Lieschen hielt sich meist großäugig in Mamas Nähe, sie fand sich selbst noch zu niedlich und zart, um sich an den Pflichten und Beschäftigungen der Großen im Ernst zu beteiligen.

Beim Nachhauseweg mußte man acht darauf haben, daß man nicht den Teil des Waldes berührte, wo das Blindenasyl untergebracht war. Mama erschrak, daß sie zitterte, wenn sie plötzlich eines von den weißäugigen Kindern, stumpf und blicklos, aber vergnügt, mit seiner frommen Wärterin lustwandeln sah.

An solchen Sommerabenden schien den Kindern Mama schöner als alle Feen und Kaiserinnen. Nach dem Abendessen spazierte sie müde im Garten, der sich im Sonnenuntergang grüngolden verklärte. Sie sah nach den Bergen hinüber, ob sie nah oder weit waren, und sprach davon, was morgen für Wetter käme. In dem Oval ihres Gesichtes schimmerten die perlmutterfarbenen Augen, deren Blick zärtlich und leer über die Dinge glitt. Auch bei den Kindern blieben ihre Augen nicht lang, sie streichelten sie liebevoll, aber fremd, fast erschrocken.

Wenn die Föhnstürme kamen, die die Kinder bis zur Leidenschaft liebten, war Mama meistens krank. Sie lag mit Kopfschmerzen und kühlen Kompressen, ihr schien es, als wollten die Berge jetzt, sie zu erdrücken, kommen, da sie doch mit einemmal so nah und grün vor ihrem Fenster lagen.

Die Kinder rannten inzwischen jauchzend im Garten, warfen sich gegen den warmen Orkan, jubelnd und mit hochgereckten Armen. Mit flatternden Haaren liefen sie, eine Kette von Trunkenen, die Wiesen hinunter, berauschtes Leuchten im Blick.

Mama aber, auf der Veranda, fürchtete sich fast vor ihren fremden Kindern.

Am sonderbarsten aber war die Familie im Winter, wenn vor weißen Wiesen die Tannen schwarz und eiskalt standen und der Klammer-Weiher zugefroren war. Dann mußte man beinah den ganzen Tag zu Hause bleiben, und abends saß man mit Büchern um den Kamin. Mama hatte einen samtenen Schlafrock an und fröstelte viel. Fräulein Konstantine benötigte wollene Schals zur Erhaltung ihrer feinen Gesundheit. Luxi, der Hund, war uralt und klapprig, ein eisgrauer Invalide und schon Papas Liebling gewesen. Die kalte Jahreszeit deprimierte ihn sehr, er kauerte brummig in seiner Ecke. – Die dicke Köchin Afra allein blieb munter und stark, mit ihr zusammen gingen die Kinder auch rodeln. Sie nahmen einen plumpen Riesenschlitten mit, auf dem Platz gewesen wäre für acht, und hinter dem «Zwickerbauern» war ihre Rodelbahn. Die Rodelbahn war zu steil, durch Maulwurfshaufen gefährlich gemacht, und selten kam man unten an, ohne sich einigemal überschlagen zu haben. Afra jubelte vor Angst mit einer Männerstimme, alles wälzte sich durcheinander im Schnee, oben erschien Mama, die ihnen unruhig nachgekommen war, und jammerte, als sei nun alles zu Ende. Vor ihrer Besitzung stand des Zwickerbauern Familie vollzählig und spottete derb. –

Im Winter lasen die Kinder eifrig Seemannsromane oder das Nibelungenlied, für die Jugend gekürzt. Bei Tische wußten sie sich dann mit schönen Zitaten aus ihrer Lektüre angenehm zu zerstreuen, die den Erwachsenen wirr und erstaunlich schienen. «Ich weiß», sagte Heiner bedenklich zu seiner älteren Schwester, «Ihnen fehlt die Butter aufs Brot, Mutter Backrogge, aber mir auch, lieber Gott, mir auch.» – Das kam in «Kapitän Spieker und sein Schiffsjunge» vor. – Aber Fridolin deklamierte emphatisch: «Da weinte Hagen von Tronje die erste Träne seines Lebens. Um Volker von Alcey weinte er, der des Lachens Meister war.»

Dann verfielen sie wohl auch selbst darauf zu dichten. Heiner vor allem saß viele Stunden vor seinen Schreibheften und wurde ärgerlich, wenn man ihn störte. Nachher verlas er grausige und arge Balladen, etwa von folgender Art:

> «Der stolze Jüngling Sündebab
> Verlor am Montag seine Hab:
> Drob schrie und jammerte er sehr,
> Das war ja fürchterlich und mehr.
> Drauf legt er sich ganz müd und matt
> Aufs Sofa, und ein Eichenblatt
> Beschattet ihn,
>
> Das er gepflanzt hat dort mit Mühn,
> Doch plötzlich macht es Bumm und Krach!
> Zusammen stürzt das ganze Dach.
> Der schöne Jüngling war verloren.
> Er schrie: Wozu bin ich geboren,
> Wenn ich doch hier sterben muß,
> Wie zertreten von Gottes Fuß?! –
> Und so verschied er voller Jammer,
> Zerdrückt in seiner engen Kammer.»

Fridolin bewunderte diese Dichtungen sehr, und auch Renate hatte nichts dagegen einzuwenden. – Aber der Mutter kam dies alles fremd und sonderbar vor, sie verstand es beinah so wenig, wie sie ihren toten Gemahl verstanden hatte. Mit ihm hatten ja die Kinder Ähnlichkeit in so vielem, jedes von ihnen hatte gleichsam einen anderen Teil von ihm mitbekommen. Aber allen gemeinsam war eine unerschöpfliche, grenzenlos schweifende Phantasie und eine gewisse Strenge und Gravität – das hatten sie beides von ihm. Dazwischen zeigten sich, überraschend genug, Elemente aus dem weicheren Wesen der Mutter. – Es war eine wunderliche Sache um die Mischung des Blutes.

Der Vater selbst war noch vor Lieschens Geburt gestorben, in Christianens Zimmer hing seine Totenmaske, vor einem schwarzen Samttuch über ihrem Bett. Mit großer Nase, unerbittlich verkniffenem Mund und einem strengen, träumenden Blick beherrschte die Maske das Zimmer der Witwe. – Der Gemahl war ein berühmter Philosoph gewesen, aber sie kannte nicht eines von seinen Büchern, er hatte ihr stets aufs unbedingteste untersagt, in ihnen zu lesen, auch waren sie ihrem Verstande zu schwierig. In seinem schwarzen Arbeitszimmer, dessen Einrichtungsgegenstände ihre Ehrfurcht in allen Einzelheiten unverändert ließ seit seinem Tod, standen seine Werke in dunklen Reihen. Von seinen beunruhigenden und radikalen Schriften sprach das ganze Europa.

Ihr Gemahl war, als sie ihn kennenlernte, katholischer Priester gewesen. Der Skandal war grauenerregend, mit dem er aus dem Verband der Kirche schied. Seine fürchterliche und verfluchte Aufsässigkeit verängstigte selbst den Papst, den er in einem monströsen Pamphlet bedrohte. – Trotzdem ging er, unergründlicherweise, bis zu seinem Tod im hochgeschlossenen, schwarzen Anzug, und der weiße Rosenkranz kam nicht von seinem Schreibtisch. In seinem Testament fand man die strenge Weisung, ihm den Rosenkranz mit in den Sarg zu geben. – Seit seiner katastrophalen Kirchenfeindschaft diente der Philosoph nur noch Christiane, von deren Herkunft niemand das mindeste wußte.

Wer war Mama? – Die Kinder machten sich darüber keine Gedanken. Ob es Großvater oder Großmutter gab, wußten sie nicht. Nur ein Onkel war da, einmal war er plötzlich zu Besuch gekommen, Mamas jüngerer Bruder und Schauspieler in den großen Städten. Mama selber: wer hätte es wagen können, ihr etwas Übles nachzureden? Eine wunderschöne und geheimnisvolle Bürgersdame, wohnte sie in tiefster Einsamkeit auf dem Lande, nur mit der Erziehung ihrer vier Kinder und dem verehrungsvollen Andenken ihres Gemahls beschäftigt. Seltene Besuche, die sich meldeten, wurden schon von Fräulein Konstantine abgewiesen, mochten sie von noch so weit hergekommen sein, und sie bekamen Mama nicht zu Gesicht. Im Winter war Mama untätiger noch als sonst. Sie ging viel im Hause umher, summend und lächelnd, sie saß stundenlang in ihrem Zimmer und las in der Heiligen Schrift, manchmal machte sie sich auch mit großen Häkelarbeiten zu tun, über dunkle, zwecklose Decken gebückt saß sie am Fenster, und ihre Hände regten sich stumm.

Sie stand auf und ging in das Kinderzimmer hinüber. Da kauerten die vier im Halbdunkel beieinander, und Fridolin erzählte gedämpft von der Gespensterfürstin Mee-Mee, die man nachts konnte surren und kichern hören. – Aber plötzlich sprachen sie alle davon, wie hoch man eigentlich zählen könnte, weiter wie bis zu einer Trillion ging es doch nicht. Sie redeten aufgeregt durcheinander. «Es muß doch weitergehen!» rief Renate empört. «Wo sollte es denn zu Ende sein?! Ich bitte euch: wo sollte es denn zu Ende sein?» – Und Heiner erfand eine neue Zahl, die höchste von allen, die unbegreiflich hohe. «Unendlich-Pox», sagte er andächtig, «das kommt nach der Trillion – und das gibt es dann immer. Unendlich-Pox: das gibt es dann immer – –»

Mama stand im Türrahmen mit erschrockenen Augen. In welchen Hexensabbat war sie geraten? Gewiß war von ähnlichen Dingen die Rede in des Gemahls geheimnisvoll-verbotenen Büchern.

Mit solchen Spekulationen vertrieben sich die Kinder im Winter die Zeit. Aber zu ihren eigentlichen, großen, wundervollen Spielen kamen sie doch erst, wenn es wieder Frühling war.

2.

Was konnte komplizierter sein, was vielverzweigter, reizender und verwirrter als die Spiele, die sie sich ersannen und in denen sie tagsüber lebten, todernst und dieser, ihrer Wirklichkeit näher vertraut und besser befreundet als der anderen, oft lästigen mit Mademoiselle und Lehrer Burkhardt. Es war ja ein neuer Kosmos, der um sie entstand, wenn sie mit ernsten Augen beieinander saßen, im Sandhaufen, oder weiter hinten, am Wasserbassin, oder ganz am Ende des Gartens, wo er schon anfing, ihnen fremd zu werden, und wo die Nähe der weißäugigen Kinder ihn beinah unheimlich machte.

Heiner war der von ihnen, der am meisten erfand. – Im feuerroten, buntbestickten Kittel kauerte er gestikulierend im Gras, in der Hand immer zwei Stöckchen, deren Rinde er abschälte und die genau die gleiche Länge haben sollten, goldenes Haar um das schöne Gesicht. Nun gilt es Katastrophen zu verhüten, ein Reich ist zu beschützen, grausige Einfälle drohen. Fridolin bewährt sich als Adjutant. Seine Devotion ähnelt der Tücke, und man ahnt dämonische Beweggründe für seine sklavische Hilfsbereitschaft. Seine Phantasie ist skurril, er verfällt auf Entlegenes und Krasses. Während Heiner es bei Prinzen, Erzbischöfen und Monarchen sein Bewenden haben läßt, arbeitet Fridolin gern mit Scharfrichtern, Wahnsinnigen und leisen Hexen. Krallen strecken sich aus allen Bäumen, überall ist es gefährlich und unterhöhlt, *Zwerge sind unterwegs –*. Wenn aber ihr Spielen sich in die höchsten und schwindligsten Regionen verstiegen hat, behauptet Heiner kurzhin in goldener und unverschämter Prahlerei, *er wäre Gott*. Aber Fridolin läßt verlauten, von tiefer unten her, vieldeutiger und verschmitzter, daß er der *Halbgott* sei. Und wer wagt es nun, zu entscheiden, welcher hier der Bedeutsamere, welcher der Machtvollere ist?

Es sind viele Reiche, um die man sich zu bekümmern hat und für die man allein die Verantwortung trägt. Sie selbst, die vier Kinder, sind zwar nicht Könige eigentlich in einem dieser Staaten, sie stehen über den Parteien gleichsam, ein oberster Rat, eine letzte Instanz. Ihre Protektion gehört dem Reiche der «Üsen», das lieben sie alle am meisten. Es ist der Staat, dem die Tiere vor allem angehören und alles, was ein wenig hilflos dareinschaut, große rührende Augen hat: Herrn Gunderlings schwere Kühe, die so bekümmert umherblicken, der alte Hund Luxi, manche Babys, die, beschmutzt, erstaunt, alleingelassen, in den Höfen der Bauernhäuser sitzen, aus dem Bilderbuch der arme, gar zu dicke Elefant. Luxi ist König im Üse-Land, ehrwürdig trägt er die Krone; beim Regieren freilich muß man ihm ein wenig behilflich sein, denn Schwerfälligkeit der Rede und sanfte Vertrottelung gehören ja eben zum Wesen des Volkes.

«Klie-klie» ist die Monarchie der tückischen Gassenjungen. Klingt «Klie-klie» nicht schon nach bösem Lachen, nach grellem Pfeifen, Steinewerfen, frecher, primitiver Hinterlist? «Üse» und «Klie-klie» sind verfeindet, waren es stets und von Anfang an, wie könnte es anders sein. Schon in grauer Vorzeit gab es da blutiges Kämpfen.

Neuerdings aber ist ein zweiter Feind immer fataler geworden, immer verdächtiger und bekämpfenswerter von Tag zu Tag: «Wuffig», die unangenehme und mächtige Republik, in der Fräulein Konstantine Präsidentin ist. Ladenfräuleins sind die Minister, Klavierlehrerinnen quälen das Volk – ein rechtes Damenland, leidenschaftslos, aber grausam. Hat nicht, in häßlichen Stunden, Mama selber zu tun damit? – «Wuffig»: das Land der Erwachsenen, ohne viel Aufhebens zu machen, ist es ärger noch als «Klie-klie.»

«Wuffig» und «Klie-klie» haben ein Bündnis geschlossen, was

kann daraus Gutes entstehen? «Üse»-Land ist bedroht, soviel ist sicher, und die Kinder sitzen erregt beieinander. Ist es so lange her, daß «Üse»-Land das letztemal unterlag, beinah wäre es endgültig gewesen? Kuli, der kleine, dicke Elefantenkönig, damals war er das Opfer: Herbert, der Erzgassenbube, erstach ihn beim prunkvollen Königsmahl. Großer Aufruhr, Revolution war die Folge. – Derlei mußte diesmal vermieden werden.

Magerer noch als ein Junge, mit wild zerzausten, schwarzen Pagenhaaren und im zerrissenen Kittel, steht Renate, ganz Anspannung, ganz Wille zur Tat, an die Schaukel gelehnt. «Ihr zaudert», ruft sie energisch. «Wir müssen mit eingreifen! Wir verprügeln Klieklie!» – Heiner, im Sand kauernd, spielt erschrocken mit Grashalmen und macht Einwendungen, über soviel Energie abwehrend lächelnd. Fridolin, verzwickt und abgewendet, erwähnt etliche Scharfrichter und Hexen, die ihm zur Verfügung ständen. Lieschen freilich ist ganz passiv, sie lauscht niedlich und mit erweiterten Augen, eine zierliche Hoheit aus «Üse»-Land.

Renate zieht die Brauen finster zusammen, ihre Gerte läßt sie kampflustig zischen. «Sie müssen diesmal dran glauben!» fordert ihre amazonenhafte Grausamkeit. Aber Heiner streichelt zärtlich und sinnend seine schimmernden Locken, dem Mut heischenden Blick der Schwester wagt er nicht zu begegnen, beklommen lächelt er vor sich hin, in den Sand. «Klie-klie ist sehr mächtig – –»

Man kann mit einem Schlage alles verwandeln. Fort sind die Reiche, die sich bekriegten, fort Gefahr und finstere Verschwörung. Das Haus wird zum Luxusdampfer, der Garten zum Promenadendeck. Alles ist sehr erwachsen, sehr fein, man reist nach Asien, draußen wogen die Wiesen, ein grünliches Wellenmeer. Alle führen erwachsene Namen, sind reich und brauchen sich keinen Wunsch versagen. Fridolin heißt Herr von Löwenzahn und ist Millionär. Heiner wird Herr Steinrück angeredet und besitzt natürlich Milliarden. Man unterhält sich in kleinen Gruppen, man plaudert geschickt. Baronin Baudessin, die ehemals Renate hieß, hat ein sportliches, amerikanisiertes Wesen angenommen, Fräulein Lieschen von Hirselmann, ihre kleine Gesellschafterin, muß sich im Hintergrunde verhalten, worüber sie heimlich ein wenig schimpft.

«Ach», klagt Herr Steinrück, vor Blasiertheit näselnd, «auf diesem Schiff wird so viel geboten – jeden Abend drei Theater *und* drei

Konzerte – wo soll man hin, nicht wahr, mit dem vielen Luxus?» – Aber die schneidige Baronin zieht es überhaupt vor, abends auf ihrem Rappen über das Deck zu sprengen.

Auch die Puppen, sonst unnütz und steif, werden in das mondäne Treiben einbezogen. Vor allem Frau Madamchen spielt eine große Rolle, sie ist die zierlichste im rosa Kleid und mit blonder Perücke. Herrn Steinrücks Sohn Bobbelchen ist leider sehr leichtsinnig, daher auch schon kahl. Sein Vater weiß verstimmt zu erzählen, daß er oft alle drei Theater und alle Konzerte an einem Abend besuche, was so maßlos ist, daß Baronin Baudessin Prügel empfiehlt.

Fräulein Konstantine ist die «Schiffsdame», man liebt sie nicht sehr, aber was kann sie einem schaden, nicht wahr? Durch gewandte Konversation setzt man sich über ihre «wuffige» Existenz hinweg.

Seht, nun macht der Dampfer Station, das ist die Insel Karo im Großen Ozean. Könnte man nicht ein wenig an Land promenieren? Und würde es nicht nur den Regeln der Höflichkeit entsprechen, wenn man auch die Schiffsdame hierzu aufforderte?

Anders gesehen verhält es sich so, daß Fräulein Konstantine die Kinder übellaunig zum Spaziergang holt.

Sie gehen zusammen die holprige Dorfstraße hinunter, deren Häuser altertümlich bemalt sind. Im grellen Faltenwurfe ihrer Phantasiegewänder drohen die Heiligen von den Hausfassaden und tun Wunder mit aufgereckten Armen. Gassenjungen sind in Horden unterwegs. Die vier Kinder aber gehen eingesponnen in ihr Spiel, angeregt miteinander plaudernd und ganz wie verzaubert.

Fräulein Konstantine unterhält sich strickend mit den Damen aus dem Nähwarengeschäft. In ihren phantastischen Wämsern stehen die Kinder abseits beisammen, eine wunderliche Schar.

Hinter den Bergen kommen dunklere Wolken herauf, die Kinder drücken sich eng aneinander, als fühlten sie Angst vor einem Gewitter, das plötzlich hätte da sein können. Zittern sie nicht auch vor dem Segen der Heiligen zu ihren Häupten, den diese mit pathetisch geschwungenen Armen spenden? In seiner beschwörenden Heftigkeit gleicht er beinahe einem Fluch. – Und die Gassenjungen beraten inzwischen, wie sie sie recht belästigen könnten.

Lieschen schaut töricht und benommen um sich, hübsch wie ein kleiner, harmloser Engel. Heiner lächelt liebenswürdig und entfernt, galant und lächelnd neigt er sich Renate entgegen: «Eine reizende Stadt, dieses Kairo – finden Sie nicht, liebe Baronin?» – Aber Renate schaut nur unter verwildertem Haar trotzig um sich.

Fridolin bemerkt indessen, leise, vieldeutig, als möchte er Heiner nicht gerade widersprechen, und mit einem feigen, schiefen Blick zur Seite: «Hier scheinen allerdings nur Menschenfresser und Zwerge zu wohnen –»

Darauf verstummten sie alle.

3.

Während die Kinder noch beim Spaziergange waren, wurde Frau Christiane eine Visitenkarte in die Wohnstube gebracht, und Afra meldete, ein junger Mann warte draußen. Mama senkte die Augen so hochmütig, als ob die Herren im Schwimmbad sie ungehörig betrachtet hätten. «Sie wissen doch, daß ich niemand empfange», sagte sie streng und legte die Karte beiseite. Sie saß mit unerbittlich gesenktem Gesicht und leicht zusammengekniffenem Munde, als sei sie eine Äbtissin und man wäre ihr mit unzüchtigem Auftrag zu nahe getreten. – Den Namen, der auf der Karte stand, hatte sie nicht einmal gelesen, nur daß der junge Herr «Till» mit Vornamen hieß, hatte sie flüchtig bemerkt.

Der Herr habe ein dringliches Wesen, meinte die plumpe Afra verwirrt, so leicht werde man den wohl nicht abweisen können. – Die gnädige Frau war sonderbar gereizt und matt, angeekelt wandte sie das Gesicht dem Fenster zu: «So führen Sie ihn schon herein», sagte sie nur noch.

Der junge Mann war nicht gar zu groß, aber sehr schmal, seine Kleidung war ein bißchen zu schick und ein bißchen verkommen, mit blauseidenem Hemd und abgetragenen Halbschuhen. Seine Augenbrauen fielen sehr auf, sie waren überraschend dicht und hochgewölbt, es war, als zöge er sie beständig nach oben, was seinen Augen etwas kindlich Aufgerissenes und Erschrockenes gab. Aber seine also erweiterten, groß schauenden Augen waren von einem wunderbar starken, ja verwirrenden Blau.

Christiane saß immer noch streng und geistlich am Fenster, sie fragte leise: «Was wünschen Sie bitte?» – und bot ihm Platz an mit einer Geste, die kränkend war.

Der junge Mann sprach sehr höflich und rasch, aber er ließ seine kindlichen, beunruhigenden Augen nicht von Christiane. «Ich bin seit längerer Zeit ein leidenschaftlicher Verehrer Ihres verstorbenen Herrn Gemahls», sagte er gewandt und eifrig, «ich wüßte nicht, was geistig und menschlich aus mir geworden wäre, ohne sein Werk. Ich fühlte also, wie Sie begreifen werden, den heißen und dringlichen Wunsch, das Haus kennenzulernen, in dem er die letzten Jahre seines Lebens verbracht hat, seine Bibliothek, vielleicht Bilder von ihm – und vor allem: Sie, meine gnädige Frau», sagte er mit einem knabenhaft-galanten Lächeln und einer kleinen Kavaliersverneigung, «da Sie doch so eng mit ihm verbunden waren.»

Er sprach recht manierlich und wohlgesetzt, aber zu schnell und mit einer sonderbar kindischen Offenherzigkeit, die etwas komisch und ergreifend wirkte.

«Sind Sie gleichfalls philosophischer Schriftsteller?» fragte Christiane, immer noch damenhaft-unnahbar, aber jetzt glitten ihre Augen schon zuweilen über sein unruhiges, im Sprechen grimassierendes Gesicht, und um ihren Mund lag jenes abwartende, tote und neugierige Lächeln. – Über ihre Frage schmunzelte der junge Mann geschmeichelt. «Ja, ja, wie man es nimmt», sagte er rasch, «ich schreibe so alles mögliche – ich tue überhaupt alles mögliche –»

Ein paar Minuten später gingen sie zusammen durchs Haus, damit er alles betrachten solle, was an den toten Meister erinnerte. Sie standen nebeneinander im Halbdunkel seines schwarzen Arbeitszimmers. «Ja, hier ist alles noch an demselben Platz, genau wie er's hinterließ», sagte Christiane gedämpft. «Seine vielen Bücher, sein großes Papiermesser, das große Tintenfaß – –»

Es waren nur zwei Bilder, welche hier aufgehängt waren: über dem Schreibtisch die bräunliche Photographie eines frühgotischen Christus, der schmerzverrenkt vom Kreuze seinen Segen gab, und, weiter seitlich, eine große Photographie Christianens als Braut, das halbverschleierte Gesicht nach hinten gelegt, um den Mund das abwartende und selig benommene Lächeln. «Ja, Sie hat er nun sehr geliebt», sagte Till andächtig, die Augen auf der Photographie. Die Witwe erwiderte, traurig und stolz: «Am Ende war ich eine Art Symbol für ihn geworden.» – Das Wort «Symbol» sagte sie unsicher und schwer, als wüßte sie nicht, was es bedeuten solle. – Till sah ihr plötzlich voll ins Gesicht, er fand, sie stünde so verängstigt zwischen den Büchern und vor den Photographien. Jetzt sah er es auch, das erstemal, wie ungemein schön sie war. – Ohne Zusammenhang bemerkte er dann: «Diesen Christus habe ich übrigens auch – ja, ich wußte, daß Ihr Mann ihn so liebte –»

Sie gingen hierauf in die erste Etage, wo über dem breiten Mahagonibett die Totenmaske vor dem schwarzen Samttuch hing. Ohne ein Wort zu sagen, starrte Till mit kindlich aufgerissenen Augen in das weiße Gesicht, als dürfe er nun sein Leben lang keine Einzelheit dieses Gesichts mehr vergessen.

«Er sah bis zum Schluß wie ein Geistlicher aus», sagte Christiane schüchtern in das Schweigen hinein. Till erwiderte langsam, mit einer Stimme, als fürchte er sich: «Aber zuletzt glaubte er überhaupt nichts mehr. Seine einzige Überzeugung war, alle Werte unserer Kultur seien tot und erledigt, die Riesenkatastrophe ständ bevor, das endgültige Aufräumen, die bolschewistische Sintflut –» – «Er war in den letzten Jahren ein Nihilist», sagte Christiane leer und bekümmert. Und Till, ohne auf sie zu hören, noch in seinem Gedankengang: «Durch die Lektüre seiner Bücher wurde ich ja dann Bolschewist –» – «Ach, Sie sind Bolschewist?» fragte Christiane ihn scheu. Der fremde junge Mann lachte kurz. «Ja, unter anderem.»

Vor der Totenmaske, die in tiefstem Schweigen über sie hinausschaute, standen sie nebeneinander, und ihre Unterhaltung ging verwirrt und abgebrochen. «Aber am schönsten sind seine ganz katholischen Bücher geblieben», sagte er, wieder nach einer Pause und auf andere Art lächelnd, «die liebe ich über die Maßen.» – Sachlich und interessiert erkundigte Till sich plötzlich: «War er noch Geistlicher, als er Sie kennenlernte?» Und sie, reumütig, mit niedergeschlagenen Augen: «Ich fürchte, daß er gerade meinetwegen aus der heiligen Kirche ausgetreten ist. Ich habe das niemals begreifen können. Ich bin eine gläubige Christin.» – Mit einer kalten, einsamen Stimme hörte sie an ihrer Seite den jungen Mann sagen: «Ich glaube nicht mehr an Gott.» Sie wagte ihm nicht ins Gesicht zu sehen, aber sie wußte, wie todtraurig jetzt seine Augen geworden waren. – In diesem Augenblick fühlte sie für ihn das erstemal Zärtlichkeit.

Christiane forderte ihn auf, zum Tee zu bleiben, bald saßen sie auf der Veranda sich am runden Tischchen gegenüber. Christiane sah ihn an und sagte sich, daß er nicht eigentlich schön war, ja, beinah nicht hübsch. Sein Mund war zu voll und seine Nase nicht edel geformt. Aber sein dunkelblondes, flüchtig gescheiteltes Haar fiel schön in die Stirn, und seine Stirn war schön und wunderschön seine Augen. Auch sein Mund war schön, wenn sie sich's recht bedachte, sein Mund war im Grunde so schön und kindisch wie seine Augen.

Die Kinder kamen zurück, sie meldeten sich und wollten Kuchen haben. Sie machten erst die unnahbaren Gesichter, mit denen sie Besuche zu erschrecken pflegten, besonders Renate zog die Brauen unheilverkündend zusammen. Fridolin, von überraschender Formvollendung und buckliger Gewandtheit, fragte mit einer krummen, kleinen Verneigung: «Wir stören doch nicht?» – worüber der fremde junge Mann herzlich lachte. Er war überhaupt bald gut Freund mit den Kindern. Er hatte nicht jene erwachsene Manier, Fragen zu stellen, von denen zu fühlen war, daß ihre Beantwortung gleichgültig blieb, die als onkelhaft-rhetorisch wirkten und von den Kindern kurz und unwirsch beantwortet zu werden pflegten – er sah sie sich aufmerksam an und sprach mit ihnen wie mit interessanten kleinen Kollegen. Sie wurden bald lebhaft, Fridolin begann ihm schon zu erklären, daß er im Grunde «Herr Löwenzahn» hieße und einer der reichsten Direktoren des Kontinents sei.

Christiane mischte sich in die Unterhaltung, sie war von rührender und süßer Lustigkeit, sogar Grübchen erschienen in ihren Wangen, und ihre Augen schimmerten perlmuttern. Sie fragte Till, wie lange er bleiben könne und wann er in der Stadt zurückerwartet werde. – Aber ihn erwartete kein Mensch zurück, höchstens sein Bruder, aber der lag im Sterben, und wenn es zu Ende ging, würde ein Telegramm ihn schon rufen. – Er lag im Sterben? Christiane war darüber erschrocken und traurig. «Der Arme», sagte sie sanft, «er ist sicher noch jung.» Aber Till ließ sich darauf nicht ein. «Es ist ärgerlich», sagte er kurz. «Ich darf mich nie zu weit von der Stadt entfernen, wo er im Krankenhaus liegt. Seit Wochen hält er mich hin, es kann jeden Tag aussein.» – Christiane glaubte nicht recht verstanden zu haben, sie erschauerte über den Tonfall seiner Worte. «Ist die Mutter nicht in der Nähe?» fragte sie schüchtern. Aber er erwiderte hart: «Nein, unsere Eltern sind tot. Wir haben niemanden, mein Bruder und ich.» – Sie erkannte mit einemmal die Augen wieder, die er bekommen hatte, als er von seiner Ungläubigkeit sprach.

Er gedachte also einige Tage hierzubleiben, erzählte er flüchtig, er wohnte im «Café am Wald», das war nicht weit von der Villa der gnädigen Frau. «Ich habe vor, hier ein wenig zu arbeiten», sagte er langsam und sah vor sich hin, «ich muß etwas fertigstellen, einen kleinen Roman – ja, ich schreibe zuweilen – für Geld, eigentlich nur für das Geld –» Das Wort «Geld» war beunruhigend in seinem Mund, haßerfüllt und wollüstig zugleich. «Ich brauche viel Geld», sagte er, und seine Augen färbten sich, wie im Zorne, dunkler, «ich habe nie welches. Ich habe nie Geld, verstehen Sie, was das bedeutet? Das ist schauderhaft, glauben Sie es mir nur, das ist ekelhafter als eine Krätze. Geld ist das Prinzip des Lebens selber, minderwertig geworden, abscheulich geworden, zum Kotzen geworden, dem Schlechten allein erreichbar – mir unerreichbar, mir vollkommen unerreichbar. Es bleibt nicht bei mir, verstehen Sie mich wohl, es entschlüpft mir, es mag mich nicht, es hängt an anderen Leuten, mich kann es nicht leiden –» Er zeigte den Kindern plötzlich seine schadhaften Schuhe, seinen Fuß streckte er unterm Tische hervor. «Neue Schuhe brauchte ich auch» – und dazu lachte er drohend und rauh. «Manchmal verdiene ich Geld», renommierte er, immer noch lachend, «aber meine Bedürfnisse sind kompliziert, es gibt so vieles zu kaufen –» Die Kinder schauten alle vier noch immer nach seinem Schuh – er stellte sich so grausam zur Schau dar. Er war spitz und von kecker Fasson, recht elegant gewesen vorzeiten, mit kleinen Löchlein an den Rändern kokett verziert und gemustert.

Till selber war schon wieder vergnügt, er sprach weiter von sich, sonderbar offenherzig und viel, während Christiane lächelte und ihn ansah und die Kinder andächtig wie in der Oper saßen. «Zu Anfang war ich Wandervogel», erzählte er ihnen, «von meinem sechzehnten bis zu meinem achtzehnten Jahr. Ich trug eine grünliche Kutte, und mit ein bißchen Ethik, glaubte ich felsenfest, sei alles Wirre wieder einzurenken. Das war bestimmt meine glücklichste Zeit.»

Er redete davon, wo er überall gelebt habe inzwischen, er sprach von Paris und Berlin, von Kairo und von Madrid, in New York war ihm dieses begegnet, jenes in Tunis. Als Christiane ihn fragte, wie alt er denn sei, sagte er: «Einundzwanzig» – und wunderte sich, daß sie lachte. Dazwischen lenkte er das Gespräch immer wieder auf den verstorbenen Hausherrn, den toten Meister, dann wurde seine Stimme immer ehrfürchtig und leise. «War er eigentlich witzig?»

fragte er gedämpft und mit mißtrauischem Ausdruck. «Ja, ja, ich kann es mir denken, oft recht spöttisch, oft unheimlich spöttisch.» – Er mußte wissen, welches der Kinder an ihn erinnerte und in welchen Zügen. «Ich kann's mir schon denken: Renate hat seine dunklen Augen und sicher viel von seiner Würde mitbekommen. Fridolin hat seine wunderliche Schelmerei geerbt. Sicher erinnert auch Heiner in vielem an ihn, obwohl er ihm äußerlich ja nicht gleicht. Aber ich denke mir: so muß er geschaut haben –» Er sprach leise, damit ihn die Kinder nicht hörten, er wandte sich nicht einmal an Mama, redete zärtlich und still vor sich hin.

Mitten im Gespräch schaute er auf die Uhr, bemerkte, daß es schon spät war, und entschuldigte sich, aufbrechen zu müssen. Er wurde höflich und konventionell, angebrachte und flotte Worte fielen ihm ein. «Es war reizend, gnädigste Frau», und: «Hat mich wirklich alles ungemein interessiert.» – Sie bot ihm mit etwas damenhaft altmodischer Geste die Hand zum Kuß, sie lächelte und hoffte ihn wiederzusehen. Er hoffte es auch und neigte seinen Mund schnell über ihre wartende Hand, aber als er den Kopf wieder hob, sah er an ihr vorbei und mit weiten Augen hinein in die Landschaft.

Er hatte einen sehr weichen hellgrauen Filzhut tief in der Stirne, die Zigarette lässig im Mund. Er sah beinah verdächtig aus, gar zu großstädtisch, wie einer von der Straße und aus den Cafés, in den Hosentaschen die Hände, von einer schlaksigen, ungezogenen Grazie. «Gute Nacht, gnädigste Frau», sagte er nochmals und lachte an ihr vorbei, während sie seinen Blick lächelnd zu fangen suchte.

Die Kinder fragten, ob sie den Herrn nicht bis ans «Café am Wald» begleiten dürften.

Sie gingen neben ihm das Stück Landstraße hinunter. Es war schon beinahe dunkel. Er sprach nicht mit ihnen, nahm auch die Hände nicht aus den Taschen. Er pfiff, eine große, traurige Melodie, sie ging auf und ab, flatterte nach oben und unten, wurde leiser und lauter – er ließ sie mit sich fliegen und flattern, wie einen schwarzen, einsamen Vogel, der ihn begleiten durfte.

Vorm Hoteleingang verabschiedete er sich freundlich und still von den Kindern. Nur zu Heiner neigte er sich hinunter und streichelte ihm leicht über die Haare.

Die Kinder sprachen auch beim Nachhausegehen nicht viel.

Als sie daheim waren, hatte sich Mama schon zurückgezogen, sie ließ durch Fräulein Konstantine schön grüßen und sagen, daß sie ermüdet sei.

4.

Am nächsten Morgen bestanden die Kinder darauf, den fremden jungen Herrn im «Café am Wald» zu besuchen. Mama wehrte ab, sie errötete, ohne daß die Kinder wußten, warum. «Das ist unmöglich», sagte sie, ängstlich lächelnd, aber ihr Lächeln galt nicht den Kindern, sie lächelte verwirrt und glücklich einfach vor sich hin. – Heiner aber war diesmal energisch. Er habe auch noch nie ein Hotelzimmer gesehen, führte er hartnäckig an, er bestand auf seinem Willen, ihm lag daran, er ließ sich's nicht nehmen. «Ja, wenn es einen Ausweg also nicht gibt», sagte Mama – und sie stand schon vor dem Spiegel –, «dann gehen wir also.» Im Grunde war Mama von niemand aufgefordert worden, sich dem Ausflug anzuschließen. Aber die Kinder waren's zufrieden, und man machte sich auf den Weg. – Bis sie das kleine Hotel erreicht hatten, mußte Mama sich noch zahlreiche Vorwürfe machen, klagen und lamentieren. «Es ist sehr unrichtig von euch, liebe Kinder», jammerte sie mit einer leeren Stimme, wie mechanisch und als seien ihre Gedanken woanders, «der Herr wird furchtbar erschrecken –»

Es war Anfang April, ein windiger Frühlingstag, am Rande der Landstraße und auch auf den bräunlichen Wiesen lagen noch Haufen mißfarbenen Schnees. Alles war naß, man stapfte durch Schmutz, die Wiesen waren von Bächen und kleinen Rinnsalen vielfach durchkreuzt. Die Bäume schüttelten sich kahl und lachend. Mama lachte gleichfalls, silbrig und erregt, weil der Wind darauf aus war, ihre Frisur zu zerstören, die Hände schützend vorm Haar, stolperte sie lachend dahin. Die Kinder lachten mit ihr, alle fünf lachten sie jubelnd. Lachend begrüßten sie die feiste Wirtin vom «Café am Wald». Und nun die Treppe hinauf, wo es nach fetter Hotelküche roch, auf Nummer 17 angeklopft, das «Herein» gar nicht abgewartet, sondern die Türe aufgerissen und im Sturmschritt ins Zimmer.

Till lief ihnen im schwarzen Pyjama entgegen, er war barfuß, hatte ein triefend nasses Gesicht, und das Handtuch schwang er wie eine Fahne. «Da seid ihr!» schrie er und lachte, weil die Kinder so lachten, «ich wasche mich gerade – laßt euch nicht stören –» Er lief ans Waschbecken zurück, während ihn die Kinder umringten, tauchte er das Gesicht tief ins Wasser.

Aber wo war Mama? Mama war unten geblieben. Hatte sie mitten im Gelächter sich eines anderen besonnen? Hatte sie sich irgendwo tückisch versteckt? Oder war sie nach Hause gerannt? Welcher Unverstand! Die Kinder schrien nach ihr, Till lief mit ihnen hinaus auf den Flur, triefend naß und mit nackten Füßen. «Mama, wo bist du?» schrien die Kinder. Und er dazwischen: «Wo bist du, Mama?» – Aber sie war fort und verschwunden, alles Schreien nützte da nichts. «Wir werden schon ohne sie fertig», lachte Till, und sie liefen ins Zimmer zurück.

Während die Kinder in seinen Sachen kramten, zog er sich an. Ein solches Durcheinander von Zeitschriften, Broschüren und Büchern hatten sie noch niemals gesehen, bei der «Berliner Illustrierten» lag der «Wille zur Macht», das «Neue Testament» bei einem amerikanischen Modejournal, eine Schrift über Sexualpathologie bei Buddhas Reden, naturwissenschaftliche Werke bei zweifelhaften Pariser Roman-Novitäten, Broschüren über Rußland dazwischen, viel Photographien, kubistische Zeichnungen, Puppen. Die Kinder blätterten aufgeregt in allen Journalen, schrien vor Schreck und Freude über expressionistische Reproduktionen, machten sich kichernd aufmerksam auf komische Titelblätter, ausgefallene Namen. Halb angezogen trat Till zu ihnen. Mit ihnen lachend, musterte er den Wust von Büchern und Heften. «Ja, ja, ich bin ein junger europäischer Intellektueller!» sagte er, und sein Lachen war hell und vergnügt.

Kaum war er angezogen, stellte er fest: jetzt wollen wir baden gehen, aber dieser Plan entsetzte die Kinder. Das sei unmöglich, beteuerten sie alle vier durcheinander, vor Mai sei an Baden überhaupt nicht zu denken, bis vor kurzem war auf dem Klammer-Weiher noch Eis. «Sie bekommen den Starrkrampf vor Kälte!» prophezeite altklug Renate. – Aber Till meinte, das werde sich finden, und war schon die Treppen hinunter.

Nichts Schlimmes ahnend, saß die Bademeisterin vor ihrem Häuschen, wie konnte sie so gräßlichen Überfalls gewärtig sein? «Aber junger Herr, junger Herr!» krächzte sie speichelnd. «Sie holen sich die ärgste Diphtherie, ich sag's, wie's ist!» Renate pflichtete ihr kräftig bei, Fridolin wurde hämisch und bös. «Potz Mekka und Medina!» fluchte er orientalisch, «tun Sie, was Sie nicht lassen können!» – Till kam aus dem Lachen gar nicht heraus. Der Alten gegenüber ließ er alle seine Künste spielen, er streichelte sie mit Liebkosungen und phantastischen Namen der Zärtlichkeit. Auch Renate gelang es nicht, ihn zu beruhigen. Um Heiners willen hätte er von seinem Vorhaben noch am ehesten Abstand genommen, denn Heiner war ganz bedrückt und still geworden; «wenn es Ihnen nur nichts schadet!» sagte er leise.

Endlich war es ihm gelungen, der Alten eine rote Badehose abzulocken, schon war er in der Auskleidekabine verschwunden. Noch schwatzte die Alte fassungslos vor sich hin – so was sei ihr noch niemals passiert und: «bei dem windigen Wetter!» –, da lief er auch schon über das Sprungbrett. Das Sprungbrett federte unter seinem Schritt, er lachte und fror, noch im Abspringen winkte er lachend den Kindern. In der Luft machte er bravourös einen Purzelbaum – er schimmerte in der Luft –, dann spritzte das Wasser, und Till war verschwunden. Die Kinder erschraken, nun war es geschehen, der Starrkrampf, sie hatten es ja gewußt. Heiner sagte kein Wort mehr, aber sein Gesicht wurde weiß, und er zitterte, daß die Zähne ihm klapperten. – Aber da tauchte schon, überraschend weit weg, Tills Kopf aus dem Wasser, er blies die Backen auf, schnaufte und lachte, mit großen Stößen schwamm er dahin.

Wer kam da über die Wiesen gerannt? Das war Mama, aber sie hatte ein wütendes Gesicht. Mama kam keuchend herbei, sie schimpfte schon aus der Ferne. «Nein, das ist unerhört!» rief sie, ganz außer Atem, «nein, so etwas – nein, das ist unerhört!» Bei den Kindern machte sie halt, sie legte die Arme mit großer Geste um Renate und Heiner. «Gewiß hat er euch zwingen wollen, mit ihm zu baden!» schalt sie mit einer aufgelösten und entgleisten Stimme. «Das ist entsetzlich von ihm – das ist eine Gemeinheit –» Aber die Bewegung, mit der sie die Kinder beschützte, war künstlich und starr, ihre Augen waren nicht bei den Kindern, bei dem Schwimmenden waren sie, der jetzt mit breiten Stößen aufs Ufer zurückruderte. – «Er holt sich ganz sicher den Tod», sagte Christiane plötzlich, leise und klagend, und sie nahm ihre Hand von den Schultern der Kinder.

Till war schon an Land, von Wasser triefend, nackt, mit verwehtem Haar kam er auf Christiane zu. «Ich bin nicht da, um auf Sie aufzupassen», klagte sie ohne Fassung, «ich kenne Sie gar nicht – ruinieren Sie sich, wenn Sie wollen – aber meine Kinder! Ich weiß bestimmt, daß Sie meine Kinder auch zu diesem Wahnsinn haben verleiten wollen!» Und sie hatte wieder die unnatürliche und übertriebene Geste, mit welcher sie die Kinder an sich zog.

Jetzt stand ihr Till direkt gegenüber. Er lachte nur, antwortete nicht. Sein Leib bebte, wie der Leib eines jungen Hengstes, der stillesteht nach dem Galopp. Seine Brust keuchte, sein herrliches Lachen keuchte mit und war atemlos, wie es ein Läufer lacht, der als erster am Ziel ist. Die rote Badehose machte seinen Leib noch nackter und ausgezogener, als wäre er völlig unbekleidet gewesen. Sein kindisches und schamloses Lachen über diese eigene Nacktheit war so, daß Christiane versinken zu müssen glaubte. Wie war es möglich, diesem Blick zu entfliehen! Warum öffnete sich jetzt nicht die Erde?

Sie griff nach rückwärts, es war ihr schwarz vor den Augen. Die Bademeisterin eilte zu Hilfe. Die Kinder sahen entsetzt in das kreideweiße Gesicht ihrer sinkenden Mutter.

Sie liebte ihn immer mehr, je weniger sie ihn verstand. Sie konnte, wie in einer Betäubung, stundenlang sitzen und immer nur denken: Jetzt liebe ich ihn. Jetzt liebe ich ihn. Wenn sie es schon tausend- und wieder tausendmal gedacht hatte, war es immer noch ein überwältigend neuer, unerhörter Gedanke: Jetzt liebe ich ihn.

Im Grunde war er mehr ihrer Kinder Freund als der ihre. Mit ihnen vertrug er sich ohne weiteres, mit beinah unheimlicher Selbstverständlichkeit waren sie sich einig in allen Stücken. In die komplizierten Gewebe ihrer Spiele war er bald eingeweiht worden, er wußte mit allem Bescheid, war nun gewiß «Üse-Lands» mächtigster Gönner und «Klie-klies» gefährlichster Feind. Mit Millionär Löwenzahn hatte er schwerwiegende Konversationen, zu Mademoiselle Lieschen Hirselmann war er galant und keck, die unternehmungslustige Baronin Baudessin wußte mit sportlichen und kühnen Anekdoten zu erheitern. – Aber eine leisere und zärtlichere Freundschaft verband ihn mit Heiner. Oft konnte man die beiden im Garten zusammen umhergehen sehen, oder Heiner machte sich auf, ganz klein und allein, und besuchte Till im «Café am Wald».

Ausgedehnte Spaziergänge unternahm Till mit den Kindern, weit über den Zwickerbauern hinaus, planlos und schweifend ins Land und dann durch Wälder, durch neue Wälder, die die Kinder noch gar nicht kannten und wo die Bäume ihnen riesenhaft und lebendig schienen.

Auf solchen Spaziergängen wußte er ihnen Märchen zu erzählen, die gewaltiger und fremder waren, als die Kinder sich's jemals hätten träumen lassen. «Es wäre besser gewesen, früher zu leben», sagte Till zu den Kindern, «viel früher – vor Millionen Jahren. Es gab damals noch überhaupt keine Menschen, auch jene Affen-Menschen gab es noch nicht, sie entstanden erst Jahrtausende später, hatten mit uns schon viel Ähnlichkeit, tückische und gewitzte Herzen. Ganz zu Anfang gab es ein Eiland Godwana, wo jetzt nur Wasser ist, lag es – wo jetzt Meer ist, lag damals das Eiland. Dort hausten die ersten Geschöpfe, aus denen wir uns entwickelt haben, in Millionen von Jahren. Sie hatten schuppige Haut und große Schnäbel, Flügel und Tatzen, dazu riesige Augen, mit einem Blick, den heute niemand mehr ertragen könnte. Sie haßten sich alle untereinander, wenn sie sich durch Unglück begegneten, ging ein gewaltiges Grollen und Murmeln über die Insel. Sie waren groß, wie die Berge, ich denke, daß ihre Augen von einem ungeheuer tiefen Blau gewesen sind, mit goldenen Lichtern darin. Wenn heute eines von diesen ersten, grollenden Wesen in Europa erschiene, ganz Europa begänne zu weinen unter dem Bann dieses Blicks. Dieser Blick war von gigantischer Unschuld, er war so rührend, wie er fürchterlich war. Das ganze weinende, zerknirschte Europa», endete Till und lachte, «würde der Riese dann mit einem Bissen verschlingen. Ja, so waren die ersten Geschöpfe; ungeheuerlich unschuldig und ungeheuerlich gefräßig –» Er hörte zu lachen auf, mit einsamen Augen starrte er vor sich ins Gras.

Abends beschlossen sie, Mama zu erschrecken, sie plünderten die Theaterkiste und maskierten sich alle. Als Mama nachts in ihr Schlafzimmer trat, das Licht anzündete, innig in Träumen und Gedanken zögernd stehenblieb an der Tür, kreischte ihr der Spuk plötzlich aus allen Ecken entgegen. Im feuerroten Kapuzenmäntelchen hüpfte Fridolin unter dem Bette hervor, mit goldenem Pappendiadem, halbnackt, einen Zepterstab schwingend, triumphierte Heiner strahlend vom Schrank, mit schwarzen Masken tanzten Lieschen und Renate. – Christiane dachte um den Verstand gekommen zu sein, sie konnte nicht daran zweifeln, daß eine Halluzination sie äffe, und starrte nur hin, zitternd und ohne zu schreien. Aber als letzter Clou flog der Ofenschirm um, und Till stand leuchtend dahinter. Einen Silberharnisch hatte er an, und er schrie kriegerisch in die Luft, mit funkelnd gereckten Armen. – Christiane taumelte und erbleichte, erst als die fünf einen Kreis um sie schlossen und sie jubilierend umtanzten, begann sie zu lachen. Sie lachte maßlos und schwach, aber sie hätte genausogut weinen können.

Sie fühlte sich bald enerviert durch die Kinder, sie kränkte das geheimnisvolle Einverständnis, das diese mit Till ständig verband. Sie war eifersüchtig, und es sich einzugestehen, wagte sie nicht.

Wenn sie aber mit Till allein war, erschreckte sie jedes Wort, das er sagte, die Probleme, mit denen er sich herumschlug, überstiegen peinlich ihren Horizont. Er sprach viel von Sowjetrußland und von Amerika, und seine Augen wurden grüblerisch, während er sprach. «Zwischen einem von beiden muß sich doch heute jeder im Grunde entscheiden», redete er heftig und gequält – und sie wußte nicht, was er meinte. – «Das sind doch die beiden Mächte, auf die es heut ankommt. Und Europa dazwischen, welch gefährliche Lage. Und das arme Europa dazwischen!»

Zuweilen sagte er große und radikale Worte unvermittelt hinein in einen andern Zusammenhang, und das verängstigte sie beinah noch mehr. «Unsere Jugend», sagte er plötzlich, «hat sich nun soviel auf ihre Problematik zugute getan und auf ihre verwirrte Situation. Im Grunde aber sind wir vielleicht die unproblematischste Jugend, die da war. Von den Problemen reden wir nur, aber wir glauben gar nicht an sie. Wir glauben überhaupt nur noch an das Leben – und an den Tod – –»

Was er aus seiner Vergangenheit erzählte, war ihr fremd und entsetzlich. Er prahlte damit, wie geschickt er zu stehlen verstände. «Ja», sagte er munter, «das habe ich nun heraus. Ich flirte mit dem bedienenden Fräulein, und während sie blinzelt und lacht, stecke ich zu mir, was mir gefällt: Schnapsflaschen, nette englische Kuchen, reizvolle Parfümerien –» – Was sollte Christiane darauf erwidern? Von erotischen Abnormitäten, die ihr verwerflich dünkten, sprach er mit lustiger Selbstverständlichkeit. Er konnte sich vor Gelächter nicht beruhigen, weil sie, was ein «Transvestit» ist, nicht gewußt hatte. Öfters wurde er sehr gereizt, weil sie die homoerotische Liebe «unnormal» im Vergleich zu der mann-weiblichen nannte. Er neigte dazu, kränkend zu werden, wenn sie ihm widersprach. Er sagte: «Ja – Sie sind allerdings wesentlich älter als ich –», und sah grausam an ihr vorbei. Dann schwieg sie nur schmerzlich. Sie war ja die alternde Dame, die einen Knaben begehrte.

Sie begehrte ihn von Tag zu Tag mehr, je weniger sie seinen unruhigen Gesprächen folgen konnte. Wenn er im Garten mit ihren Kindern spielte, stand sie am Fenster und sah ihm nur zu. Sie liebte jede seiner Bewegungen. Sie liebte sein Haar, seine Hände, seinen Mund, seine Augen, seine Augenbrauen, seine Stimme, seine flüchtige, wie gehetzte Art zu reden, seine Ungezogenheit, sein Lachen, seine Schwermut, sein ruheloses und verdorbenes Gesicht.

Wie benahm er sich gegen sie? Ein Verehrer ihres Gatten, hatte er sich hier einzuführen gewußt, er wohnte hier in der Nähe, sie kannte ihn nicht. War er nicht für ihre Kinder ein reichlich zweifelhafter Spielgefährte, mit seinem lasterhaften Gassenbubenmund? Fräulein Konstantine kam schon und warnte. «Gnädige Frau», sagte sie streng und verdrossen, «der neue Kamerad Ihrer Kinder –» Für sie, für Christiane, hatte er nie einen Schatten von Interesse gezeigt, was sie erlebte, interessierte ihn nicht. Er sprach nicht von ihr, es kümmerte ihn nicht, was in ihr geschah. Er ist grausam, sagte sie sich, wie es um mich steht, muß er wissen: warum reist er nicht ab? Er ist schlecht, ein schlechter Mensch. –

Aber sie wußte mit jeder Faser ihres Herzens, daß er gut war. Sie sagte sich: Er ist zuchtlos, ein Abgrund von Lastern, ohne Ordnung, ohne Gesetz. – Aber die Worte waren dumm und vergingen. Er war besser als sie, und sie liebte ihn mehr als ihr Leben.

Manchmal wollte sie ihn fragen, ob er wenigstens glücklich sei, da er sie so viel leiden machte. Sie wagte es nicht, aber er gab ihr von selber Antwort. Wie war sein Wesen zu fassen, wie seine Widersprüche zu klären? Sie hatte geglaubt, seine Liebe zum Leben sei leidenschaftlich, da er dem Leben so vorbehaltlos, so gesetzlos, so völlig zugetan war. – Angst vor dem Leben, Haß gegen das Leben brach plötzlich aus ihm hervor. Sie saßen ruhig beieinander, plötzlich begann er zu reden: «Es ist eine Schande, es ist eine Schande, wissen Sie, daß man lebt. Das Nichts war ruhig und gut; still, friedsam und unbenannt kreiste es in seiner Güte. Da regte sich etwas, böse Zuckungen geschahen – welcher Teufel hatte das denn zuwege gebracht? Welcher Teufel hat denn das Leben ins Nichts gehext? Wofür nahm er denn Rache?! Wofür müssen die zum Leben Verurteilten denn büßen? Es ist eine Krankheit, ein scheußlicher Fluch – –» Und dann plötzlich, losbrechend in einen kindischen und primitiven Jammer: «Ich möchte so gerne sterben – ich möchte so gerne tot sein – mich ekelt so – –»

Ihre Zärtlichkeit für ihn war größer als ihre Angst. Sie fühlte in solchen Momenten, daß sie mehr wußte als er, wenngleich er so klug war. Sie verstand seine Worte oft nicht, aber sie verstand seinen einsamen und verzweifelten Blick.

Ihr höchstes Glück war, daß er oft stiller wurde an ihrer Seite. Sie gingen abends zusammen spazieren, bis zum Fluß hinunter führte ihr Weg.

Das war die Nacht. Lichter schwammen in ihr. Der Fluß kam vorbei, in ihm schwammen die Lichter noch einmal, sie lagen in schaukelnder Ruhe auf seinem Vorüberfließen. Die seltenen Geräusche kamen von einer Werkstatt herüber, ein Hammerschlagen, das Bellen eines Hundes weit weg. In den Bäumen war Wind. Die guten Bäume atmeten im Wind. Das Land atmete in der Nacht.

5.

Da nun diese Liebe und dieses große Begehren in Christianes Herz immer mehr und mehr wuchsen, veränderte sich ihr Wesen nicht etwa dahin, daß sie rastlos geworden wäre, heftig, leidenschaftlich, mit brennenden Augen. Sie ging noch stiller umher als sonst, ausruhend, ruhig wartend. Sie war beinah ein Tier geworden, aber man wußte nicht, welches. Ein weißes, schweres und beglücktes Tier, spazierte sie mit ruhendem Blick durch die Gartenwege. Zuweilen blieb sie stehen, hob den Kopf, hob die Hände, reckte sich vor Freude, weil sie ihn liebte. Sie dachte seinen Namen so innig, daß er wie etwas Körperliches die Luft erfüllte und in ihr wie eine Farbe hing.

War sie den ganzen Tag allein gewesen und senkte sich abends die Dunkelheit, schien es ihr, sie habe ihn noch inniger liebengelernt, tagsüber. War ihre Liebe nicht klein und heftig gewesen am Morgen, ein zischelndes Strohfeuer? Aber jetzt breitete sie sich aus, nahm zu an Dunkelheit und Gewicht, aber jetzt wuchs sie.

Ihre Kinder kannte sie beinah nicht mehr. Wenn sie sie irgendwo im Garten spielen sah, kamen sie ihr fremd und häßlich vor, aufdringliche, magere Geschöpfe. Die Kinder merkten es und mieden sie ängstlich, bei den Mahlzeiten hingen ihre Augen scheu und prüfend an dem neuen Gesicht der Mutter. Diesen halbgeöffneten Mund kannten sie nicht, es ängstigte sie dieser selige und benommene Blick. Mamas schweres, gedankenlos lächelndes Gesicht, das sie über den Teller senkte, die weichen, schlafwandlerischen Gesten, mit denen ihre weißen, etwas großen Hände Messer und Gabel gebrauchten, zogen sie an und schienen ihnen zur gleichen Zeit widerlich.

Christiane hatte nicht acht auf ihre vier Kinder, jetzt war sie nicht Mutter. Ihr ganzer Körper und ihre ganze Seele warteten auf des fünften Kindes Empfängnis.

Gleichzeitig mit ihrem Begehren nach seinem Leib wuchs in ihr das Bedürfnis zu beten, das von jeher stark in ihr gewesen war. Den Rosenkranz zwischen den Fingern, saß sie und sprach mit Gott, stundenlang. In ihrem Herzen konnte keine Sekunde ein Zweifel aufkommen darüber, daß sie Seiner Gnade und Herrlichkeit in diesen Tagen der wartenden Wollust so nahe war wie noch nie.

Sie küßte ihn auf der Terrasse, nach dem Abendbrot, als die Kinder kaum erst sich zurückgezogen hatten. Till saß noch schweigend am Tisch, das Kinn auf die Hände gelegt. Sie fühlte, daß jetzt die Stunde gekommen war, so ging sie zu ihm hin und legte die Arme um ihn. Sie schloß die Augen, jetzt überkam sie wieder die tiefe Angst vor seinem Blick, den sie niemals verstehen konnte. Sie wußte, daß er auch jetzt noch hart und unerklärlich wäre, wenn sie ihm begegnete.

Als ihr Mund sich auf den seinen legte, waren seine Lippen trocken und spröde, sein Mund öffnete sich auch nicht. Aber unter Schauern des Glücks schmeckte sie den herben Geschmack seines Mundes. Endlich gab sein Mund nach, seine fest geschlossenen Lippen trennten sich voneinander. Auch die Augen machte er endlich zu, und nun fühlte sie an ihrem Leib seine Hände. Ihr Glück war so groß, daß sie dachte, sie müsse jetzt, an seinem Munde, weinen.

Aber da fühlte sie sich schon zurückgestoßen. Mit seinem ganzen

Körper stieß er sie von sich, rückwärts gehend floh er vor ihr, bis seine Hände sich an die Balustrade klammern konnten. In der Geste des Fliehens war sein Körper so sehr gespannt, daß es beinahe wieder so aussah, als reckte er ihr sich entgegen. Er stand da vor der Dunkelheit des Gartens, als wolle er in die Nacht hinein vor ihr fliehen. Aber ihr schien es, als käme er aus der Nacht heraus ihr entgegen.

Also ging sie in tiefster Demut zu ihm hin, sie ersparte sich keinen Schritt. Sie begegnete in Stille seinem aufgerissenen und entsetzten Blick. Ganz nahe bei ihm bat sie, einfältig, schüchtern, aber so sicher dabei, als könnte es anders nicht sein: «Komm jetzt mit mir.»

Sie ging langsam die Treppe hinauf, den Kopf geneigt, schwer, mit hängenden Armen. Er hinter ihr drein, als zwinge ihn etwas zu folgen, aber er täte es angstvoll. Auch er ging mit tiefgesenktem Gesicht, aber mit fest zusammengebissenen Zähnen, während ihre Lippen geöffnet lächelten.

Sie saß auf dem Bettrand und legte Kleidungsstück für Kleidungsstück sorgfältig ab. Die Photographien der Kinder standen auf dem Nachttisch im Lederrahmen, ernst schauend. Über dem Bett hing die weiße Totenmaske des Gatten, mit der großen Nase, dem unerbittlichen Mund, der reinen, schimmernden Stirn.

Der Geliebte stand mitten im Zimmer, die helle Nacht flutete durch die offene Balkontüre, und in ihrem bläulichen Lichte stand er nackt, wie im Wasser. Er reckte sich fröstelnd, sein Leib war ganz mager, jede Rippe konnte man sehen. An seinen Knien spielten bebend die Muskeln. Auf dem Teppich froren seine Füße, eng aneinandergepreßt.

Sie aber, im Bett, wagte ihn nicht mehr anzusehen. Sie schloß die Augen, ein Gedanke kam ihr, den sie nicht mehr festzuhalten wagte, unter dessen gar zu großer Süße sie erbebte. Von woher war er geschickt? Erkannte sie ihn denn nicht, den Engel, der Unruhe brachte in ihre Kammer? – Dann hieß sie Maria und wartete der Empfängnis.

Langsam ging er zu ihrem Bett, nur als suche er Wärme. Da sah sie ihm erst ins Gesicht. Sein Blick leuchtete immer noch hart, aber um seinen halbgeöffneten Mund lag jetzt ein weicheres Lächeln. Sie nahm seine beiden Hände, sie wußte nicht, waren sie glühend heiß oder ganz kalt. Sie fühlte nur, daß sie zitterten.

Da wuchs in ihr ein anderes Gefühl immer mehr, das vorher wohl auch schon in ihr gewesen war, aber das jetzt mit Innigkeit und Gewalt zum Bewußtsein erwachte, sich ausbreitete und tiefer, ergreifender schien als alle begehrende Liebe.

Mitleid für seinen Körper erfüllte ihr Herz, ein Mitleid, so groß, daß es ihr Herz zu sprengen drohte: *weil sein Körper da in der Nacht stand.* Daß *so* seine Schultern waren, so seine mageren Arme, die er frierend über der Brust verschränkte, so seine angebeteten Knie, seine Stirne, in die die kurzen Haare feucht hingen: darüber hätte sie weinen können. Das war sein Körper, den hatte er mitbekommen, der mußte leben, mußte standhalten, frieren, sich sehnen, sich freuen, das war sein beseelter Körper, das einzige, was er hatte: der mußte hier in der Nacht stehen.

Nichts in der weiten, trauervollen Welt schien ihr trauriger als dieses sein zu können. Alle Trauer, über die man etwas hätte aussagen können, kam aus den Gedanken, war erklärlich und also gering. Aber diese andere, diese Körper-Trauer, war jenseits des kleinen Verstandes, undeutbar und groß.

Von diesem Mitleid war die Zärtlichkeit voll, mit der sie jetzt seinen Leib streichelte. Sie kauerte, halb aufgerichtet, im Bett, und ihre Hände lagen auf seinen Hüften. «Komm zu mir!» bat sie von unten herauf. – Aber er schüttelte nur den Kopf.

Noch zweimal bat sie, er solle sich zu wärmen kommen und nicht im Hochmut stehen und zittern. Beim drittenmal gab er nach, und sie zog ihn zu sich hinunter.

Und wundervoller als alles andere war er für sie, als sie ihn dann in die Decken wickeln durfte, warm einwickeln, bis zum Hals. «Liegst du jetzt gut?» fragte sie immer wieder. «Frierst du jetzt auch nicht mehr?»

Nun wandte er ihr das Gesicht zu, und in seinem Blick war eine Inbrunst, als habe er seit Jahren auf diese Stunde gewartet.

Viel später, als er an ihrer Seite schon lange eingeschlafen war, lag sie noch wach. Den Kopf auf die Arme gelegt, streichelte sie seinen Körper noch einmal, aber diesmal mit den Augen. Mit trunkener Sorgfalt vergaß sie an seinem Leib nicht die winzigste Stelle.

Ihr war es, als hätte sie jetzt eine kleine Erkenntnis, einen kleinen Gedanken, der ihr schön schien und festzuhalten wert. Es gibt zweierlei Leben, dachte sie langsam, das ruhende und das bewegte. Es gibt zweierlei Sehnsucht: die weitertreibende und die hinnehmende. Wenn das ruhende und das bewegte Leben Hochzeit haben: das ist Empfängnis.

Sie lächelte beglückt, weil sie dachte, ein kluger Gedanke sei ihr gekommen, und sie hatte sich doch immer für dumm gehalten. Glücklich lächelnd legte sie sich in die Kissen.

Viele Liebesnächte mit ihrem Gemahl wurden plötzlich in ihr gegenwärtig. Sie sah sein großes Gesicht über sich, vor dem sie fast Angst gehabt hatte, die schwarz strahlenden Augen, die riesige Nase, der scharfe Mund, der exakt und hymnisch ihrer Schönheit huldigte. In diesen beinah unerträglich großen Nächten hatte sich die furchteinflößende Bewegtheit seines Geistes über die Ruhe ihres Leibes geworfen.

Jetzt aber neigte sie sich immer wieder über dieses fremde, angebetete Gesicht, das schlief.

Welchen von beiden hatte sie nun weniger gekannt? – Allein an seiner Seite zitterte sie im kalten Morgen.

Über ihr träumte die Maske des Gatten, strengste Heiterkeit um den Mund, in die Dämmerung hinein ihre todernsten Träume.

6.

Am nächsten Morgen kam Till, als Christiane noch mit offenem Haar vorm Spiegel saß. Er hatte einen graukarierten Reisemantel an, ein leichtes, blauseidenes Tuch um den Hals und in der Hand einen gelblederen kleinen Koffer. «Ich komme nur, um mich zu verabschieden», sagte er und blieb an der Tür stehen. Sie wandte sich gar nicht um, sie starrte nur sein Bild im Spiegelglas an, er stand mit seiner Handtasche ruhig an der Tür. Sie fragte tonlos: «Wieso? Hast du Nachricht von deinem Bruder?» – Er entgegnete nur: «Nein. Es ist aber notwendig, daß ich fahre.» Christiane rührte sich nicht, sie schrie nicht, und sie konnte nicht weinen. Nach einer langen, langen Zeit, während der sie regungslos wie Stein gesessen hatte, fragte sie leise: «Darf ich mitkommen?» – Da lächelte er aus dem Spiegelglas. So stand über dem starken Blau des Schals sein helles Gesicht: die aufgerissenen, einsam schauenden Augen, darüber die schwarzen und gewölbten Brauen, in die Höhe gezogen, so daß die Stirn leicht in Falten lag, und um den Mund dieses traurige, ratlose, angstvolle und liebenswürdige Lächeln. Sie sah, wie er von hinten näher auf sie zu kam, jetzt stand er hinter ihrem Stuhl. Würde er sich niederbeugen und sie küssen? Aber er streichelte nur ihr langes, wunderbares, aufgelöstes Haar, in einer flüchtigen und sanften Zärtlichkeit ließ er es sich durch die Finger rinnen. Sie wandte sich um und sah ihm direkt ins Gesicht. In sein Gesicht hinein sagte sie noch: «Ich werde niemals verstehen, warum du das tust.» – Aber sie sagte es schwach und fast ohne Ausdruck, gegen ihr besseres Wissen und leise, wie eine Lüge. Er erwiderte auch nichts mehr darauf, mit seinen weiten, tierischen, geheimnisvollen Augen sah er schon wieder über sie hinaus. «Ja, ich muß fort», sagte er und ließ ihre Haare aus seinen Händen gleiten.

Er ging ins «Schulzimmer», wo die Kinder bei Lehrer Burkhardt Schule hatten, um auch noch ihnen adieu zu sagen. Die Kinder standen ihm alle vier, in einer Reihe, gegenüber. Daß er wegfahren wollte, konnten sie lange nicht fassen, und als sie es dann verstanden hatten, füllten sich gleich ihre Augen mit Tränen. «Aber wir sehen uns wieder», tröstete er seine Freude, «ihr seid so bald erwachsen – dann begegnen wir uns in den großen Städten –» Das sahen sie ein, und auf diese Aussicht freuten sie sich. Er gab ihnen allen die Hand, aber als er bei Heiner angekommen war, neigte er sich tiefer und küßte ihn auf die Stirn. Darüber mußte Heiner glücklich lächeln, während er noch mit den Tränen zu kämpfen hatte. Sein Mund zuckte rührend, seine Augen leuchteten froh, obwohl aus ihnen schon große Tränen über seine Backen liefen.

Mama hatte, um Till an die Bahn zu begleiten, ein graues Reisekleid angelegt, das sie nur selten trug. Es war vornehm, aber nicht sehr modern, aus feinem weichen Tuche angefertigt, mit langem bauschigen Rock. Der graue Hut dazu war hoch und sonderbar. – Christianes Gesicht war vollkommen ohne Farbe, weiß und durchsichtig, wie aus einem erlesenen und seltenen Material, die Augen darin beinah schwarz strahlend, unheimlich verdunkelt unter der weißen Stirn.

Den Wiesenweg legten sie schweigend zurück, sie gingen langsam, Till hatte ja auch seinen Koffer zu tragen. Der Weg war nicht weit, von der Hauptstraße bogen sie ein, da lag schon der schmutzige kleine Bahnhof. Nun mußten sie auf dem Perron noch nebeneinander stehn und, bis der Zug einlief, warten, aber es konnte ein paar Minuten nur dauern. Was hätten sie sich noch mitzuteilen gehabt? – Sie hatten sich kein Wort mehr zu sagen, sie hatten sich keinen Laut mehr zu geben. Sie wußten schon alles und wußten so fürchterlich wenig, daß es sinnlos gewesen wäre, anzufangen mit Worten. Das Wort war unzulänglich und gemein.

Bäuerinnen waren um sie herum tätig, Frauen mit Eierkörben, sogar Kälber wurden verladen. Bahnbeamte machten sich wichtig, es gab Streitereien, ein fetter Herr erregte sich drohend. – Christiane konnte es nicht mehr erwarten, daß der Zug einfahren würde, sie zählte gierig jede Sekunde – und dabei zitterte sie doch vor Angst, wenn ihr einfiel, daß er wirklich kommen müsse, sie hielt es im Grund nicht für möglich – es geschah ein Wunder, gewiß, der Zug entgleiste, viele fanden den Tod – aber *er* war an der Abreise gehindert, *ihm* war die Abreise unmöglich gemacht, Leichen lagen dazwischen, er mußte bleiben, er blieb – – –

Schon war der Zug da, er brauste heran, er pfiff und er dampfte, stinkend und schwarz erfüllte er die kleine Bahnhofshalle. Der Schaffner machte ein großes Geschrei: «Zwei Minuten Aufenthalt!» heulte er immer wieder, an den Kupeefenstern zeigten sich graue, blasierte Gesichter, sie mokierten sich über die kleine Station.

Till neigte sich über Christianes Hand, so flüchtig wie damals, das erstemal, auf der Veranda. Er richtete sich auf, wieder sah er an ihr vorbei und ins Weite. Er lief zum Zug, die Eile war groß, jetzt erschien sein Gesicht, neben einem fremden, am Fenster.

Während der Zug sich schon in Bewegung zu setzen begann, schrie Christiane – und lief ein paar hastige Schritte mit dem rollenden Zug: «Kann ich nicht mitkommen?! – Ich habe mein Reisekleid an – –» Und mit einer großen, verzweifelten Gebärde zeigte sie auf ihr altertümliches Kleid. Ja, sie hatte ein Kostüm hervorgesucht, das sie bis jetzt nur auf Reisen verwendet hatte, ihr Reisekleid, alt, aber beinahe unbenutzt, damit sie ganz bereit gewesen wäre, wenn er sie aufgefordert hätte mitzukommen. Nun hatte sie auch dies Geheimnis preisgegeben. – Antwortete er noch etwas? Sein letztes Wort ward verschlungen von den Geräuschen des abfahrenden Zuges. Aber mit einem letzten, schwarzen, übermäßig konzentrierten Blick umfaßte sie noch einmal und endgültig sein Gesicht, das entglitt.

Der Zug verschwand um die Ecke, der kleine Bahnhof war wieder leer. Wie sollte sie sich jetzt bewegen können? Wie sollte sie jetzt nach Hause gelangen?

Sie kam nach Hause, ohne daß sie gewußt hätte, wie. War sie nicht über die Straßen gestolpert? Hatten sie nicht Gassenkinder verlacht, Bäuerinnen mit Fingern auf sie gewiesen? Wie war sie an ihren eigenen Kindern vorbeigekommen, die sie im Garten erwartet hatten, und was mochte sie zu ihnen gesagt haben? – Jetzt war sie in ihrem Zimmer, und sie schloß langsam die Fensterläden. Jetzt nur kein Licht, nur nichts sehen, sich nicht bewegen – im Dunklen sitzen.

Sie erflehte Tränen, wie eine Gnade, aber die Tränen kamen nicht zu ihr. Sie saß im dunklen Zimmer und ließ die Stunden vergehn. Man hätte meinen können, eine schwere Puppe säße mitten im Zimmer. Aber niemand wagte es, zu ihr zu kommen, niemand öffnete ihre Türe. Die Zeit ging vorbei, ohne daß sie spürte, wie sie verging. Ihr Schmerz verschlang die Zeit und war stärker als sie. Der Schmerz war stärker als alles, alle Dinge waren aus Schmerz gemacht, sie saß und litt, dieses Leiden war allein ihr Leben, jedes Atmen war Leid. Das Nichts war ruhig und gut, dachte sie langsam, still, friedsam und unbenannt kreiste es in seiner Güte. Da regte sich etwas, schmerzliche Zuckungen geschahn. Tränen fielen ins Nichts, Gott weinte in seiner Einsamkeit. Das Nichts empfing Gottes Träume, wie die Frau den Samen des Mannes, da gebar es das Leben. Alles Leben ist trostlos, alles Leben ist wahrhaft untröstbar. Für welchen Fluch müssen die zum Leben Verurteilten denn büßen? – – Sie regte sich nicht, es hungerte sie nicht, sie saß und litt.

Der Tag verging, mitten in der Nacht stand sie von ihrem Stuhl auf, ging zum Fenster und stieß die Läden zurück. Sie neigte sich in die warme Nacht, laue und belebte Dunkelheit kam ihr entgegen, nachdem es in ihrem Zimmer so drückend und dumpf gewesen war. Da löste sich etwas in ihr, sie hob die Hände hinaus in die Nacht, hielt sie der Dunkelheit hin, als könne die Trost geben. Als sie Wind an ihrem Antlitz spürte, begann sie endlich zu weinen. Sie flüsterte auch das erstemal seinen Namen, sie flüsterte ihn weinend in die Nacht.

Sie ging zu ihrem Stuhle zurück, sie setzte sich weinend, und bald schlief sie ein.

Sie träumte von Till, es war ein kurzer, aber herrlicher Traum. – Sie sah Till einen Berg hinauflaufen, es machte ihm Mühe, er keuchte, aber lief rasch. Er war gekleidet wie ein junger Proletarier, dem es schlecht geht, graue Lumpen hingen um ihn, und zwischen ihnen strahlte die bräunliche Magerkeit seines Körpers. Aber einen silbernen Helm hatte er auf, einen großen, funkelnden Soldatenhelm, er verdeckte ihm beinah die Augen. Er war barfuß, seine Füße bluteten schon, er lief über Steine und Dornen. Wer waren sie, die ihm nachfolgten, die kleinen Gestalten? Es waren Renate und Heiner, Fridolin und Lieschen, sie trugen alle vier die Vermummungen, in denen sie damals die Mutter so erschreckt hatten. Der Berg war hoch, was mochte als Ziel droben winken? – Mehr Kinder schlossen sich dem Zuge an, nackte Kinder und Kinder in bunten Fetzen. Der Führer Till wandte sich zwar nicht nach ihnen um, er lief nur rastlos voran, mit blutenden Füßen und mit strahlendem Helm. Hinter ihm drängten sich immer dichter die Kinder, nackte Knaben mit verwehten Haaren und die kleinen Mädchen in bunten Kitteln, Tausende von Kindern, Tausende von angespannten, mageren, laufenden, schreienden Kinderkörpern. – Christiane sehnte sich, das Ziel zu sehen, dem er sie entgegenführte. Sie erkannte das Ziel nicht, es war ihr verborgen, sie hörte nur das Jauchzen, Keuchen und Jubeln, mit dem die Laufenden sich darauf freuten. Till blieb stehen, er drehte sich um, der schreienden Kinderfront stand er nun gegenüber. Er riß seinen Helm ab, er schaute über sie hin. Er war der Herzog der Kinder, er maß ihre Schar mit weiten und leuchtenden Augen. Dann wandte er sich um und lief weiter.

Nun vergingen die Tage, die Wochen gingen vorbei. Christiane machte wieder Spaziergänge mit ihren Kindern, mit Afra beriet sie sich in der Küche. Man bemerkte wohl den sonderbar abwesenden Blick, den sie bekommen hatte, ihre langsame Art zu gehen, aufzuschauen, entfernt und mild zu lächeln.

Der Sommer wurde so heiß wie lange kein Sommer vorher. Die staubigen Landstraßen glühten, die Erde war rissig und grau, die Bäume sehnten sich nach Erfrischung, dürr und ermattet standen sie in der blauen Glut dieser Wochen. Der Garten war still, nur vom

Klammer-Weiher kam der Lärm der Schwimmenden her. Auch die Kinder waren zum Baden gegangen, Christiane saß allein in der Hitze.

Jetzt wußte sie schon, daß sie schwanger war. Darüber war keine Freude in ihr, und auch neuer Schmerzen war sie lang nicht mehr fähig. Dumpf und beinah ohne zu begreifen, nahm sie es hin.

Der Sommer summte um sie, die Luft zitterte blau. Käfer liefen träge über das Gras, die Sonnenblumen trugen ihre schweren Häupter ermüdet. Draußen ging gebückt und träge ein greises Bäuerlein vorbei. Mag noch ein Kind in die Welt kommen, dachte Christiane schwer. Deswegen verändert sich nichts. Soll noch einer mehr das Leiden dieser Erde tragen – –

Jetzt würde vielleicht bald ihr Bruder eintreffen, sie hatte ihm geschrieben, daß sie seiner bedürfe.

7.

Ehe sich's die Kinder verdacht hatten, war dann plötzlich Mamas Bruder Gaston angekommen. Sie schien ihn seit langem erwartet zu haben, sie hatte nur niemals davon gesprochen. Als sie sich am Bahnhof begrüßten, sah man sie blaß vor Freude werden. «Da bist du ja endlich!» sagte sie nur, aber mit einem Seufzer, als sei jetzt einer da, nach dem sie lange Zeit Sehnsucht gehabt hatte.

Die Kinder sahen den jungen Onkel, den sie beinah nicht kannten, etwas scheu und verängstigt an. Er war so schön, wie sie noch niemals einen Menschen gesehen zu haben glaubten, auf seine Art war er noch viel, viel schöner als Mama selbst. Er hatte andere Farben in seinem Gesicht als gewöhnliche Menschen, vor allem um die Augen herum, aber auch das dunkle Rot seines ernsten Mundes war von überraschender, ja fast schmerzlicher Schönheit.

Er neigte sich über Mamas Hand, er sagte nur ein paar Worte, aber er küßte ihre Hand in tiefster Höflichkeit und mit innigem Ernst. Zu den Kindern war er zunächst sehr zurückhaltend, er lächelte ihnen wohl zu, aber sein Lächeln erschien ihnen noch einschüchternder als sein unbewegtes Gesicht.

Sie gingen zusammen den Wiesenweg, trotz der feuchten Kühle des Abends, Mama und ihr Bruder gingen Arm in Arm und ohne zu sprechen. Gaston trug einen dunklen, ziemlich weiten Mantel, dessen hoher Kragen aufgeschlagen war. Den schiefen Hut hatte er tief ins Gesicht gezogen. Sein Gang war sonderbar federnd, nicht eigentlich anmutig, schwer und trotzdem beschwingt. Er hatte sich auch eine lange Gerte abgebrochen, und so sah er aus, als käme er von den Bergen und habe oben einsam die Ziegen gehütet und mit den weißen Kühen gescherzt.

Die Kinder berieten versteckt, welches Alter er haben könnte. Heiner versicherte, er sei Mamas jüngerer Bruder, nicht älter als Mitte der Zwanzig. Aber Renate bestand mit überraschendem Ernst darauf, daß er älter sein müsse, sie gab ihm dreiunddreißig oder vierunddreißig Jahre.

Beim Abendessen war die Tischordnung so, daß Mama und Onkel Gaston an den beiden Tischenden und sich also gegenüber saßen, während Renate und Heiner, Fridolin und Lieschen nebeneinander an den Längsseiten ihre Plätze hatten. Die Tafel war feierlich gedeckt, es gab gutes Essen, Fräulein Konstantine hatte man gebeten, auswärts zu speisen.

Man sprach wenig bei Tisch. Neben Onkel Gaston lagerte der uralte Hund Luxi, über dessen weißen und gebrechlichen Pelz seine edlen, aber etwas großen Hände oft zerstreut und zärtlich glitten. Die Kinder prüften immer wieder mit kurzen, finsteren und konzentrierten Blicken des fremden Onkels Gesicht.

Nach der Mahlzeit blieben Onkel Gaston und Mama noch lange auf der Veranda sitzen. Sie redeten auch jetzt nicht viel miteinander, nur ab und zu ein paar Worte, aber die schienen scherzhaft zu sein, denn sie lachten oft leise. Aber in Gedanken waren sie so sehr vertieft, daß sie das Dunkelwerden nicht einmal bemerkten. Sie zündeten das elektrische Licht nicht an, als einer die Gestalt des andern schon beinahe nicht mehr erkennen konnte. Undeutlich saßen sie sich gegenüber.

«Ist Papa griesgrämig?» fragte Christiane und lachte leis in der Dunkelheit. «Ich sehe ihn nicht oft», antwortete ihr der Bruder, «wenn ich ihn allerdings sehe, knärzt und stampft er zumeist –» Weiter erwähnten sie nicht ihren Vater.

Sie gingen im nächtlichen Garten spazieren, die weißen Wege schimmerten durch die Dunkelheit, man konnte sie nicht verfehlen, nur manchmal schlossen sich die schwarzen Büsche über ihnen, so daß sie streckenweise in einem plötzlichen und tiefen Schatten lagen. – Was sollten Christiane und Gaston sich erzählen? Sollte sie ihn nach seinen Erlebnissen in den großen Städten fragen? Gewiß hatte er dasselbe wie sie erlebt, bloß auf andere Art und vielleicht mehr als nur einmal. Zwischen ihnen war die stille und geheimnisvolle Verbundenheit, die es allein zwischen Geschwistern gibt. Einer verstand und wußte, was der andere gelitten hatte, Worte waren nicht nötig. Sie erwähnte Tills Namen nicht einmal, und er sprach von nichts, was er durchgemacht hatte. Sie fragte ihn nur nach dem Äußerlichsten, ob er Erfolge habe und was die Theater machten. Sie erzählten sich gegenseitig kleine Geschichten aus ihrer gemeinsamen Jugend, und sie lachten darüber.

Es war gut, daß er da war.

Nun kamen verklärte Spätsommerwochen, nachdem Glut und Dumpfheit so schwer auf allem gelastet hatten. Mamas Blick veränderte sich wieder, das Abwesende und Entfernte wich endlich aus ihm. Man sah sie am Arm ihres schönen Bruders oft spazieren, Fräulein Konstantine und Afra machten sich aufmerksam auf das «vornehme Paar». Betreffs der Herkunft der gnädigen Frau gab allerdings auch Herr Gaston keine Anhaltspunkte. War der Vater, den sie zuweilen so flüchtig erwähnten, ein alter Graf oder ein Zirkusclown oder ein Souffleur am Theater, wo Gaston die Liebhaber spielte?

Die Kinder bauten Paläste im Sand, Mama trat mit dem Onkel dazu, das erstemal seit langer Zeit sprach Mama wieder herzlich und richtig mit ihnen. «Wir bauen einen Palast für Till», erzählte Heiner mit erhitzten Wangen, «damit er drin wohnen kann, wenn er wiederkommt – sieh nur: mit lauter unterirdischen Gängen, und darüber sind Tanzsäle aus Marmorstein –» Mama bückte sich tief, um in den unterirdischen Palast zu schauen. «Ja», sagte sie nur, «lauter Gänge und Säle – –»

Sie ging weiter, am Arm ihres Bruders. Große Beruhigung war in der Luft, jetzt konnte sie sogar schon von ihm sprechen. «Ich habe Angst um ihn, weißt du», sagte sie leise, «so schweifend ist seine Seele und so ungebärdig sein Herz –»

Sie blieben beim Asternbeet stehen, schnell ermüdete Christiane bei einem Spaziergang. Ihr Bruder schaute zu den Blumen hin, die dunkelgelb, dunkelrot und weiß sich zueinander neigten. Christiane stützte sich auf ihn, sie war jetzt schon schwerer, und auch das Stehen strengte sie an. «Ob es ein Junge wird?» fragte sie plötzlich und lächelte. Ihr Bruder sah nicht fort von den Blumen, er lächelte mit ihr.

8.

Auf ihren Spaziergängen mit Mademoiselle Konstantine gerieten die Kinder gelegentlich auch in den Friedhof, wo sie dann so gern wie anderswo promenierten. Sie dachten sich dabei nicht viel, es war nicht sehr anders als in den städtischen Anlagen, auch das Fräulein blieb gelangweilt und stolz. Sie lasen die Inschriften ehrfürchtig-amüsiert von den Grabsteinen ab –: «Hier ruht in Frieden Elisabeth Städele, Gutsbesitzerstochter.» – «Hier ruht in Frieden Anton Schallmeyer, Bäckermeister.» – Das waren Namen, oft komische und oft schlichte, aber das ging einen nichts an. «Hier ruht in Frieden –», das war eine Redensart, nur ein Sprüchlein, das hatte mit dem Tod nichts zu tun. – Die Kinder hatten noch niemals eine Leiche gesehen.

Es gab zwei Friedhöfe, den alten, drinnen im Ort, in der Nähe des Marktes, und weiter draußen, am Waldrand, den neuen. Im alten Friedhof war «kein Platz mehr», wußten die Kinder, er war seit Jahrzehnten voll und besetzt. Hier waren die Grabsteine meist schwärzlich und rauh, denn die Hinterbliebenen lebten selber nicht mehr, oder sie waren in die Städte verzogen, und niemand blieb, der die Grabsteine pflegte. – Aber der neue Friedhof war weitläufig und idyllisch zugleich. Wo zu lesen stand, daß ein Kind hier in seinem Frieden ruhte, ein kleines Mädchen oder ein kleiner, seliger Junge, lagen Vergißmeinnicht-Kränzchen auf den steinernen Platten, rührend, zierlich und kokett. Auch war in den Grabstein das Bildnis des Dahingegangenen eingelassen, so daß man sehen konnte, so sah Anton Schallmeyer aus, so bärtig und schlicht – und so geziert und jungfernfein Lisbeth Kunz, die ledig blieb bis an ihr seliges Ende.

Um den Friedhof zog sich in weißen Arkaden die Einsegnungshalle.

Als an einem Vormittag die vier Kinder mit ihrem Fräulein im neuen Friedhof erst zwischen den Grabsteinen und dann unter dem weißen Bogengang spazierengingen, geschah es, daß sie den toten Bäckergesellen sahen.

Von ferne schon hatten sie den weißen Aufbau bemerkt, die Bahre, die Tücher und die vielen Kränze. Aber erst im letzten Augenblicke erkannten sie, daß ein weißer junger Mann zwischen den vielen künstlichen Kränzen lag. Sie blieben stehen, und keiner wagte ein Wort zu sagen, selbst Fräulein Konstantine schien betreten.

Man hatte dem jungen Mann die wächsernen Hände auf der weißen Decke gefaltet. Er war bis zum Kinn hinauf zugedeckt, aber nicht genug damit, war der untere Teil seines Gesichts, bis zur streng gewordenen Nase, mit einem weißen Tuche fest umwickelt. Nur seine eisige Stirn ruhte frei zwischen den häßlichen Kränzen, seine gnadenlos hochmütig geschlossenen Augen, seine spitze, vornehme Nase.

Fräulein Konstantine sagte betroffen und mit einer anderen Stimme als sonst: «Ja – den hat man hier aufgebahrt – er wird heute nachmittag begraben –.» Renate fragte als erste, aber rauh und verängstigt: «Wer ist es denn – wer ist es denn gewesen?» – Fräulein Konstantine wußte natürlich Bescheid, es war ihr angenehm, reden zu können. «Es ist der Bäckergehilfe Friedel Müller, er ist vorgestern abend beim Schwimmen ertrunken. Er badete nach dem Abendessen im Fluß – ja, er hatte wahrscheinlich zu viel gegessen – ich glaube, der Schlag hat ihn deshalb getroffen. – Aber so kommt doch nur», sagte sie unsicher und beinahe bittend, «kommt doch – was bleibt ihr denn stehen?»

Die Kinder rührten sich nicht. Sie starrten alle vier auf das eingewickelte, fremde Gesicht. «Warum haben sie ihm den Mund eingebunden?» fragte Renate wieder und wartete düster auf Antwort. Fräulein Konstantine war gefällig, ja demutsvoll wie noch nie. «Ja, ja», sagte sie rasch, «ja, ja – freilich – das ist wahrscheinlich, weil sein Mund offensteht – er ist doch ertrunken –»

Plötzlich fing Heiner an, am ganzen Körper zu zittern. Freilich, das war es: sein Mund stand offen. Unter dem weißen Tuche, das hatte er ja gewußt, verbarg sich ein schwarzer, klagender Mund. – Heiners Augen starrten tiefer in das Gesicht des Bäckergesellen, als sie jemals in eines Menschen Gesicht gestarrt hatten. Seine Augen hatten sich im Schauen verändert, sie waren härter geworden, von einer blauen, trotzigen und grüblerischen Härte. Er biß auch so fest die Zähne zusammen, daß an seinen Wangen zwei Muskeln hervortraten, die sein Gesicht männlicher machten. Vor Angst bebte sein ganzer Leib, aber er stand vor der Leiche mit einem neuen, strengen Gesicht, das er doch erst viel, viel später würde tragen müssen.

Renates Blick ruhte voll und dunkel auf dem wächsernen Antlitz. – Fridolin war düster interessiert, als habe man ihm eine gräßliche und schöne Kuriosität gezeigt, ein buntes und groteskes Jahrmarktswunder, von dem er jetzt den Blick nicht lassen konnte.

Fräulein Konstantine bat innig noch einmal: «So kommt doch nur – jetzt habt ihr ihn doch gesehn –» Da trennten sich endlich die Augen der Kinder von dem Gesicht, das sie anzog, und sie gingen schweigsam nach Hause.

Aber abends konnte Heiner lange nicht einschlafen. Eine Angst war in ihm, so fürchterlich, so unberuhigbar, wie er sie noch niemals gekannt hatte. Nicht Angst vor Gespenstern, wie sie in Winternächten wohl kam, die war oberflächlich und ohne Gewicht. – Diesmal war es die Angst vor dem Tod, schlimmer als das: die grauenhafte, nie mehr zu stillende Angst davor, daß alles Leben zum Tode bestimmt war, auch seine Hände, auch sein Gesicht, auch sein Leib.

Wenn er die Augen schloß, erschien des Bäckergesellen Gesicht über ihm, aber jetzt ohne Binde. Der schwarze Mund klaffte und lachte, er war schmerzensvoll aufgerissen, klagend, jammernd über seinem Bett. Heiner fragte schluchzend das eiskalte Gesicht über sich: «Sage mir: muß ich auch einmal sterben?» – Und der in alle Ewigkeit aufgerissene Mund erwiderte ihm: «Es kann heute nacht sein.» Da schrie Heiner trostlos in seinem Bett.

Mama saß sanft neben ihm, beruhigend streichelte sie seine Hand. Da konnte er weinen. «Man kann jeden Tag sterben», erzählte er Mama, verwirrt und schluchzend, «jeder von uns – da gibt es vielleicht bald gar keine Menschen mehr –»

Aber Mama, schwer sitzend im Stuhle an seiner Seite, erwiderte ruhig: «Aber dafür werden ja immer neue geboren –» Sie neigte sich über ihren weinenden Sohn, und plötzlich war auch ihr stilles Ge-

sicht von Tränen naß. Sie sagte noch einmal, leiser, vor dem Geheimnis erschauernd:
 «Aber dafür werden ja immer neue geboren – –»

Am nächsten Morgen sagte Gaston seiner Schwester, daß er am Tag darauf abreisen wolle.

9.

Einige Zeit, nachdem der Einspänner mit Mama und ihrem schönen Bruder den Garten verlassen hatte, kamen die Kinder auf den Gedanken, Hochzeit zu spielen – und so ernst hatten sie schon lange kein Spiel genommen. Als sie zu viert im Grase lagen und nicht viel zu reden wußten, sondern in Faulheit kommender Dinge und phantastischer Abenteuer harrten, die sie hätten aufrütteln können, sagte Heiner ganz unvermittelt: «Heute will ich Renate heiraten.»
 Niemand lachte, Renate senkte tiefernst den Blick. «Ich habe ja noch gar nicht meine Einwilligung gegeben», sagte sie spröde. Aber Heiner wußte gewinnend zu lächeln: «Du wirst doch nicht nein sagen», meinte er freundlich, «du hast ja gar keinen andern Freier.» – Dagegen freilich wußte Renate nichts einzuwenden. «Ich glaube nämlich, Mama hat jetzt auch wieder geheiratet», sagte Heiner nach einer Pause, verschämter und leiser, ein bißchen tiefer über die Gräser gebückt, mit denen er spielte. – Sie nickten alle, selbst Lieschen, gläubige Verständnislosigkeit in den Augen.
 In einer Viertelstunde sollte die Feier sein, man rüstete für diese Zeremonie sich sorgsam. Lieschen war Brautjungfer und hatte gleichzeitig für das Festmahl zu sorgen, welches man aufs üppigste plante. Sie gewann Afra weißen Kuchenteig ab, den sie, anmutsvoll geknetet, auf Glastellerchen zu verteilen wußte, Äpfel zerschnitt sie in leckere Scheiben, gruppierte halbe Brötchen reizend dazwischen, der ganze Aufbau wirkte lecker und apart. – Was sollte Fridolin vorzustellen haben, wenn nicht den Priester? Tückisch und fromm wie der arge Herr Großinquisitor hüllte er sich in sein schwarzes Schlechtwettercape, aus Zweiglein band er sich ein klapprig Kruzifix, und so stand er, barfuß und wunderlich, auf dem Küchenhocker, der den Altar bedeuten mußte, wartend seiner Opfer.

Aber Renate putzte sich noch, sie hatte beschlossen, ihr weißleinenes Sonntagskleid anzulegen, ohne daß Fräulein Konstantine es bemerken durfte. Ungeschickt steckte sie sich auch eine große rote Aster ins Haar, geschmückt und behindert kam sie den Gartenweg herunter, aber die Haare hatte sie sich trotzdem nicht gekämmt: sie war eine zerzauste, magere kleine Braut. Ihr schwarzer Blick und ihre eckigen Bewegungen wußten von der eigenen Lieblichkeit nichts.

Bräutigam Heiner lief ihr strahlend entgegen – seine Augen strahlten, aber auch sein Mund war ernst –, mit großer Geste bot er ihr den Arm. Langsam gingen sie auf den Altar zu, in grauer, gütiger Würde schlich Luxi uralt nebenher, und Lieschen kam hinterdrein, vor sich her tragend das bunte Festmahl wie Kirchengeräte.

Sie standen dem Geistlichen gegenüber, mit verklärten Augen sahen sie zu ihm hinauf. Er, geheimnisvoll in sein Cape gewickelt, streckte das morsche Kruzifix über sie aus, beschwörend fragte er sie: «Wollt ihr euch wirklich heiraten? Ihr wißt, daß euch die Zwerge zerkratzen, wenn ihr euch untreu seid! Ihr wißt, daß euch die Herrn Scharfrichter foltern. Wollt ihr euch immer und ewig die Treue halten? Tausend Jahre? Hunderttausend Jahre? Unendlich-Pox Jahre?»

Heiner und Renate erwiderten mit gesenkten Köpfen leise: «Ja.»

Sie waren so in sich gesammelt, so andächtig in ihre Feier versenkt, daß sie Mamas Hinzutreten nicht hörten. Hinter ihren Rükken stand sie allein im Gebüsch, vom Abschiedsschmerze die Augen noch naß. Sie lächelte erst über das gravitätische Spiel der Kinder, über des Pfarrers grotesk umständliches Segnen, des Brautpaars rührende Andacht, aber bald wich das Lächeln auf ihrem Antlitz einem tiefen Ernst.

Es war ihr, als habe sie ihre Kinder noch nie so gesehn, ihre Gesichter noch nie so erkannt. So überdeutlich, daß es sie beinah erschreckte, sah sie in einer Sekunde das ganze künftige Leben ihrer Kinder voraus. Jetzt standen sie hier beieinander und versprachen sich Treue für immer. Sie gelobten sich, einander nie zu verlassen, beinah als ahnten sie schon, daß später vielleicht einer den anderen notwendig würde brauchen können.

Jetzt spielten sie noch hochmütig unter sich, jetzt glaubten sie sogar noch, immer beieinander, immer unter sich bleiben zu dürfen.

Aber draußen wartete das Leben auf sie, es ließ sich für die vier nicht umgehn, ja, es war vielleicht schwieriger als jemals, und es verlangte hart, daß sie es zu ertragen lernten und mit ihm fertig zu werden und sich mit ihm auseinanderzusetzen. Das Leben würde sie, halb noch als Kinder, ergreifen. Von vornherein würde es nichts ihnen ersparen: mit riesenhafter Lustigkeit, Gefahr und Trauer würde es hereinbrechen über sie. Erst könnten sie meinen, daß auch dieses Spaß und Spielerei sein müsse, wie alles bisher. Aber bald würden sie es merken, die vier Kinder, daß das Leben ernst war, todernst in Wahrheit, mochte es sich spaßhaft oder pathetisch gebärden.

Die Mutter aber wußte, daß sie standhalten würden. Die Mutter wußte, daß sie kühn sein würden, stark angegriffen von allen Gefahren, tief verwickelt in alle Schwierigkeiten, aber am Ende immer heiter genug, sich frei zu machen.

Wie würden ihre Kinder denn schon in fünfzehn kurzen Jahren sein? – Christiane sah sie alle vor sich.

Renate mit schwererem Haar, unter dessen Last sich der Kopf senkte, immer noch so scheu und spröd in sich zurückgezogen, energisch auf sich gestellt, von abweisender Lustigkeit, selbständig, allein, aber doch schon vielfach besiegt und von hingebungsvoller Schwäche gewesen – davon erzählten ihre dunklen Augen und ihr schöner Mund, der um so vieles weicher geworden war.

Aus Heiners Blick war jetzt das Strahlen verschwunden oder vielleicht nur von vielen Schleiern verdeckt. Aber die Stirne war rein geblieben. In seine unschuldige Stirn hing das matt gewordene und verderbte Haar. Das war der Mund seiner Mutter: sie selber erkannte ihn wieder in diesem mitgenommenen Knabengesicht, ihr wunderbarer Mund, dem der streng verzückte Gemahl gehuldigt hatte. Aber war er hier, bei dem Sohne, nicht von noch gefährlicherer Weichheit? Dieser Mund versagte sich nichts, sich und den anderen. Es war ein Frauenmund unter der männlichen Stirn, so rückhaltlos gab er sich an das Leben. Aber war es da nicht wahrscheinlich, daß er bald alt und verdorben wäre, wenn er sich dem Leben gar zu innig zum Kusse bot? – Eine gewisse Geneigtheit und Fahrlässigkeit in Heiners Haltung wirkte beunruhigend und ließ Schlimmes ahnen. – Aber die Mutter hatte auch um ihn keine Angst.

Da stand Fridolin, alleine und klug, voll Fleiß und sonderbarem Ehrgeiz. Wo wollte er hin? Wie hoch wollte er denn hinaus? Er schmunzelte beunruhigend und rieb sich schmunzelnd die Hände. Er wandte das unschöne Gesicht von der Mutter ab, als habe er viele Pläne und Geheimnisse zu verstecken. Häßlichen Ganges, aber rührend und stark als einsame gedrungene Figur, stapfte er beschwerliche Wege bergauf, weit abseits von seinem Bruder, in anderer Richtung, aber ab und zu schelmisch zu ihm hinüberwinkend: wir wissen schon unsere Verwandtschaft – –

Und nun Lieschen; die Mutter lächelte, weil sie Lieschen sah. Aus Lieschen war rasch eine junge Frau geworden, wer hätte das wohl gedacht. Wußte man allerdings, ob sie glücklich war? Liebte sie ihren Mann? Oder litt sie an seiner Seite? – Sie sprach ja nie viel. Aber freundlich trug sie ihr schlichteres Schicksal, während die Geschwister so gewagte Wege gingen. – So würde Christiane bald Großmutter sein, schon sah sie Lieschens gesunde Kinder im Sande spielen.

So hatte sie ihre Kinder noch niemals erkannt. Wie rasch sie sich jetzt entwickeln würden. Jetzt ging jedes seinem Schicksal entgegen, seiner Gefahr, seiner Hoffnung. Sollte sie Angst um sie haben? – In diesem Augenblick war sie zu sehr erfüllt von der *Notwendigkeit* alles dessen, was mit ihnen geschehen würde, als daß für Sorge um sie Platz in ihrem Sinn gewesen wäre.

Sie wandte ihnen den Rücken und ging langsam durch den Garten davon.

In diesen Spätsommernachmittagen bewegte sich im Garten kein Blatt. Auf diese Bank wollte sie sich setzen, kein Platz in der Welt hätte stiller sein können als diese Bank.

Diese Überklarheit war schwer zu ertragen. Jedes Blatt stand unbeweglich in seinem eigenen Leben. Keine Leidenschaft kam, erleichterte und verwischte, kein Wind kam her, brachte Unordnung und gnädige Verwirrung. Das Leben geschah in diesem Augenblicke in unerbittlicher Klarheit vor ihr. Es wollte gutgeheißen sein, so, wie es war.

Vier Kinder wuchsen heran, die sie geboren hatte. Vier Schicksale gingen von ihr aus und würden sich nach dem Sinn vollenden. Ein fünftes Kind wuchs in ihrem Schoß. – *Das war es.*

Es gab nicht zweierlei Leben, wie sie gemeint hatte, in der trunkenen Nacht: das ruhende und das bewegte. Es gab nur das Leben, das dem Tode entgegenwuchs.

Sie würde es niemals begreifen können, keiner hatte es jemals begriffen. Sie setzte sich nicht mit ihm auseinander, sie suchte nicht nach dem Sinn. Wie ihre Kinder noch kämpfen würden, um mit ihm fertig zu werden, Sieger zu sein, die Geheimnisse zu ergründen. – Sie saß in Demut und fühlte nur, daß es geschah.

Die Kinder waren inzwischen schon zum Hochzeitsmahl übergegangen. Lieschen kredenzte ihnen knicksend Kuchenteig und Apfelscheiben. Der Priester speiste mit verzerrtem Wohlbehagen. Aber das Brautpaar blieb innig umschlungen.

10.

Es wurde Winter, die Tannen standen vor weißen Wiesen schon schwarz und eiskalt, der Weiher war zugefroren, beim Zwickerbauern konnte man auf Afras plumpem Schlitten rodeln.

Aber wie stand es denn mit Mama? War sie nicht sonderbarer geworden, von Woche zu Woche?

Mit Scheu beobachteten die Kinder, wie sie immer unförmiger ward. Sie machte schon kleine mühsame Schritte, so dick war sie jetzt. Aß sie denn so unnatürlich viel, daß sie so anschwoll und sich so veränderte? – Ihr Gesicht schien überanstrengt und dabei glückselig. Sie lächelte schmerzhaft und merkwürdig froh. Wer sollte sich mit ihr auskennen? Oft blieb sie tagelang in ihrem Zimmer, sie saß, dick und untätig, am Fenster und summte Melodien, während ihr Blick sich verklärte. Ihre Augen waren überhaupt schöner denn je, und die Kinder fühlten für ihre behinderte Mutter beinah immer jene starke, fast beschämende Zärtlichkeit, die sie sich sonst nur abends in den Betten eingestanden hatten.

Zuweilen erschien Doktor Beermann, den sie wohl kannten und der sie manches Mal beklopft und behorcht hatte, wenn sie erkältet und fiebrig gewesen. Mit schwarzem, wohlgebürstetem Schnurrbart ging er energisch treppauf und treppab, lachend wusch er sich die Hände, deren Geruch nachher frisch und männlich war. Er neigte sich zu den Kindern, daß ihm das Blut ins Antlitz stieg und die Stirnader schwoll, scherzend sprach seine Baßstimme. «Ja, ja, Mama hat den Bandelwurm», neckte der Landarzt sie roh. – Aber die Kinder glaubten es nicht.

Fräulein Konstantine behandelte Mama schonend, aber pikiert. Sie äußerte wiederholt, daß man in diesem Hause eigentlich nicht bleiben könne, als Dame, die auf sich hält. Zu den Kindern war sie oft mitleidig, fast sentimental, ohne daß diese begriffen, warum. «Ihr armen Geschöpfe», sagte sie verächtlich, doch mild – und zerstörte nicht mehr so oft ihre Spiele. – Auch Köchin Afra war unerklärlich geworden, sie erging sich gern in kuriosen Redensarten, oft stand sie tuschelnd mit Fräulein Konstantine beisammen.

Wenn die Kinder im Spielzimmer abends beieinander saßen, wurden sie sich flüsternd darüber klar, daß etwas Großes in ihrer Nähe geschah. Hätten sie nur gewußt, was es war! Es schien ihnen unheimlich, und doch hatten sie alle die Ahnung, es müsse etwas sehr Schönes ein, trotz Fräulein Konstantines mitleidiger Milde und den verdächtigen Witzen der Köchin.

Dann trat Mama in das dämmerige Zimmer, schwer stand sie im Rahmen der Tür, und die vier Augenpaare waren dunkel auf sie gerichtet. «Von was sprecht ihr?» fragte Mama mit jenem wehen und seligen Lächeln, das in diesen Tagen fast immer auf ihrem Gesichte war. – Und wovon die Kinder sprachen, wußte sie doch so gut. –

In einer Nacht kam der Lärm auf, die Kinder hörten ihn, halb im Schlaf, und sie hatten ihn im Grunde lange erwartet. Was sich so lange leise vorbereitet hatte, mußte doch einmal ausbrechen und wirklich geschehn. – Klingelte es nicht? Fuhren nicht Wagen vor? Sie glaubten sogar Schreie und Klagen zu hören.

Als sie am Morgen ins Speisezimmer kamen, saß dort in Schwesterntracht eine fremde, ältliche Dame und trank behaglich Kaffee. «Ach, da sind ja die Kleinen», sagte sie lustig, «wißt ihr denn schon, daß ihr ein neues Schwesterchen habt?»

Die Kinder begriffen erst nicht, was sie meinte, sie wurden ganz blaß, Fridolin glaubte, nun sei ihm die Hexe endgültig erschienen. – Über den Schrecken der Kinder lachte die Ältliche häßlich.

Aber Doktor Beermann trat schon hinzu, rüstig und wohlgelaunt. «Ja, ja, Meister Storch ist dagewesen», verkündete er sonor und klatschte sogar in die Hände, «hat Mama tüchtig ins Bein gebissen, aber ein feines Schwesterlein hat er dafür gebracht.»

Die Kinder drückten sich eng aneinander, Lieschen fing plötzlich an, leise zu weinen. Heiner sagte nur: «Ja – ja, sind wir denn jetzt fünf?» – und lächelte mühsam. Aber nicht das war es, was sie erschreckte. Von tiefer her kam ihre Erschütterung und ihre unbegreifliche Angst.

Mißgestimmt und beleidigt zeigte sich Fräulein Konstantine. «Ja, ja, der Storch ist im Hause gewesen», bemerkte auch sie, verärgert und flüchtig. «Kommt nur und seht es euch an, was er mitgebracht hat.» – Während sie alle hinübergingen, bemerkte noch Doktor Beermann zu ihr, mit gedämpftem Organe und einem schwerwiegenden Blick zur Seite: «Es war eine gefährliche Niederkunft.»

Die Kinder standen in der Schlafzimmertüre, Mama lächelte so weiß im weißen Bett. Doktor Beermann lachte vergnügt. «Traut euch nur herein, kleine Schar!» lockte er lachend.

Großäugig kamen sie näher, Renate voran, mit mißtrauischem Blick. Mama streckte ihnen die schöne Hand entgegen, aber den Kopf zu heben, schien sie zu schwach. Sie ruhte so gelöst und hingestreckt, als könnte sie nie mehr Kraft und Willen haben, sich zu bewegen oder aufzurichten.

Neben ihrem Bett lag das Wesen im Körbchen, um dessentwillen sie so viel gelitten hatte. Darüber beugten sich andächtig die Kinder, um sein zahnloses jammerndes Mäulchen, seine geballten, winzigroten Fäustchen stumm beobachten zu können. Heiner streichelte als erster ganz behutsam die verkrampften Händchen. Fridolin war interessiert und düster, Lieschen schien immer noch Angst zu haben, sie zog sich leise zurück.

Aber Renate sah die kleine Schwester mit Augen an, wie man sie niemals an ihr gekannt hatte. Das Gesicht hatte sich plötzlich verändert, das sie über das kleine Körbchen neigte, es war weicher und frauenhafter geworden, angesichts des neugeborenen Kindes.

«Nun paßt mal auf», scherzte im Hintergrund Doktor Beermann, der sich die Hände wusch, «jetzt kümmert sich um euch keine Katze mehr. Jetzt ist die Kleine der Liebling –»

Aber die Kinder lachten nicht mit.

In Heiners Augen war plötzlich jene blaue Härte gekommen, wie sie nur einmal vorher in ihnen gewesen war. Diesem Trotz in seinen Augen widersprach das zärtliche und bestürzte Lächeln, mit dem er sich immer tiefer über das Schwesterchen neigte.

Aber Renate schaute plötzlich auf die Maske des Vaters, die leuchtend weiß vor dem schwarzen Samt über dem Bett der Wöchnerin hing. Des Vaters Gesicht war unverändert. Seine strenge, träumende Stirn war so ruhig wie sonst, im Blick war nicht der Schatten eines Vorwurfs, nicht der Hauch einer Trauer zu finden. – Noch niemals hatte Renate gewußt, daß sie des Vaters Gesicht so sehr, so über die Maßen liebte.

Ihre Augen fanden zur Mutter zurück, sie trafen sich zum erstenmal mit den Augen der Mutter. Da verstanden sich ihre Augen zum ersten Male.

Dann senkte die Mutter wieder den Kopf, sie neigte sich über das Kind, sie lächelte matt, mit selig geschlossenen Augen. In das Körbchen hinunter sagte sie, ganz leise, als vertraue sie dem Kind ein Geheimnis:

«Aber diesmal wäre ich beinah gestorben.»

«Neun Zehntel unserer ganzen jetzigen Literatur...

...haben keinen anderen Zweck, als dem Publikum einige Taler aus der Tasche zu ziehen: dazu haben sich Autor, Verleger und Rezensent fest verschworen.»

Arthur Schopenhauer

Wer nun meint, das sei heute auch nicht anders, der mag sich damit trösten, daß es preiswerte Taschenbücher gibt. Was dazu führen kann, daß die größeren Scheine für Wertpapiere ausgegeben werden können.

Pfandbrief und Kommunalobligation

Meistgekaufte deutsche Wertpapiere - hoher Zinsertrag - bei allen Banken und Sparkassen

Verbriefte Sicherheit

Abenteuer des Brautpaars

1.

Da das Wetter ziemlich windig war, hatten sich nur drei Passagiere zusammengefunden, um im Flugzeug über Lübeck nach Kopenhagen zu reisen –: es war ein etwas trostlos aussehender Handelsmann mit fischigem Blick, ein verwilderter brünetter Jüngling im schwärzlichen Lodencape und eine große, amerikanisch wirkende junge Dame mit Hornbrille, die man auf den ersten Blick für den Piloten hielt. Auf der öden, graugrünen Flugwiese verabschiedete sich das hochgewachsene Fräulein von einer üppigen Freundin elegant sportlichen Typs, die einen schicken Kalbsfellmantel trug und, während sie Zigarrenrauch von sich blies, herrenhaft lachte. Die Jüngere lachte mit ihr, die beiden Damen brüllten und schlugen sich auf die Schultern wie Offiziere im Klub. – Der verwilderte junge Mann verabschiedete sich indessen, sachlich und entschlossen, von einem trotzigen Gesellen in Windjacke. «Heil Moskau!» riefen die beiden Burschen – «Good bye!» winkten sich die unternehmungslustigen Damen zu.

Der Flugzeugführer forderte sie auf einzusteigen, so kletterten sie in die Kabine. Die Üppige auf der Wiese schwenkte noch abschiednehmend ihre Zigarre, der Trotzige in der Windjacke stand ruhig und sah zu.

Das Flugzeug machte den grausigsten Lärm, es bebte unheilverkündend – da raste es auch schon, ein beflügeltes Auto, über die Fläche. Drinnen der junge Mann knirschte entsetzt mit den Zähnen, die Dame hingegen konnte nichts aus der Fassung bringen, sie lachte sogar, denn draußen die Freundin mit der Zigarre machte spaßhafte Gesten. Während sie aber noch mit weiten Armbewegungen scherzte, konnte sie nicht verhindern, daß sie in den Augen derer im Aeroplan immer kleiner, immer zwergenhafter wurde – Wunder über Wunder: sie versank. Man unterschied sie nicht mehr, die Üppige mit der Zigarre. Der Apparat trug den Kaufmann, den wilden

Jüngling und die rüstige Dame in starken, gewaltsamen Stößen höher, unbemerkt war die Landschaft zur Landkarte geworden, lag unter ihnen, sonderbar schwankend. Komisch, putzig und übersichtlich erkannten sie dort unten die Stadt, man sah es deutlich, mit wieviel Einfalt sie angelegt war: lächerliche Plätze, Straßenzüge, winzig klein fuhren die Trambahnwagen.

Der brünette Junge riß die Fensterluke auf, er streckte gierig den Kopf in den Luftzug, als sei ihm schon übel, Sturm riß ihm das Haar aus der Stirne. Der fischäugige Handelsmann machte im furchtbaren Lärm drohende Gesten, damit das Fenster wieder geschlossen würde, er wies jammernd auf seinen Hals, um anzudeuten, wie erkältet er sei. Es nutzte ihm nichts, hochrot vor Ärger mußte er selbst sich erheben, wütend schwankte er durch den Mittelgang und schloß eigenhändig die Klappe. Die sportliche Dame kicherte dazu so höhnisch, daß ihm vor Zorn beunruhigend die Stirnader schwoll.

Sonderbarer Aufenthalt, da saßen sie nun. Schauten sie durch das Glas, so sahen sie vor allem den breiten Flügel, der sich schwankend und herrschsüchtig über die Landschaft reckte. Darunter, klein und höchst säuberlich: das Schachbrett der Äcker und Wiesen, Landstraßen, sich pedantisch schlängelnd dazwischen, die dünnen Flüsse, und Dörfer, die kindisch ihre Kirchtürme hoben.

Es war überraschend, wie schnell das Ganze langweilig wurde. Gut denn: man saß in einem schwankenden Kabinett, in Gesellschaft eines fischäugigen Fabrikanten. Es war einem übel, aber sogar das nur in Grenzen. Drunten das Schachbrett mit gelben Feldern, mit bräunlichen Äckern; dunkle Waldungen und ein schmaler Fluß. Gebieterisch darüber der schwankend ausgereckte Flügel des Apparats. – Was weiter?

Man hatte Angst, das ließ sich nicht leugnen, angenehm war einem nicht zumute. Schließlich hatte man keinen Boden unter den Füßen, nicht einmal Wasser. Man erlebte das ekelhafte Phänomen der Todesangst, die sich mit Langerweile verbindet, das passiert sonst nicht oft. Todesangst pflegt stürmisch und sensationell zu sein, Langeweile wenigstens irgendwie anheimelnd und gemütlich. Man mußte schon ins Flugzeug steigen, um die unangenehme Synthese kennenzulernen.

Die jungen Leute, die lange genug die unter ihnen mitwandernde Landschaft studiert zu haben glaubten, nahmen nun ihre nähere

Umgebung genauer in Augenschein; sie konnten nicht viel Tröstliches ausfindig machen. Kleine Tüten an ihrem Sitze befestigt, auf denen stand «Für Luftkranke» vermerkt. Man hatte wirklich an alles gedacht. Besonders grausig berührte, daß über einem der kleinen Rundfenster «Notausgang» stand. Notausgang – und wohin? Sollte man, achthundert Meter tief, in den Abgrund hüpfen? Das war scheußliche Ironie.

Da der Fabrikant schon mit geöffnetem Mund schnarchte, verfielen die beiden darauf, sich gegenseitig etwas eingehender zu besichtigen. Sie maßen sich mit scharf taxierenden Seitenblicken, sie gefielen sich, und so lächelten sie. *Sie* hatte den Typ eines englischen jungen Aristokraten, der viel Sport zu treiben gewohnt ist, *er* hingegen sah mehr wie eine leidenschaftliche Zigeunerin aus. Seine schwarzen Brauen waren dicht und lang, von schöner Zeichnung, und an der Nase liefen sie beinah zusammen. Darunter hatte er braungoldene, verlockende Augen und einen großen Mund, der noch verlockender war. Die Stirn schien auffallend niedrig, das dunkle Haar hing beinah bis zu den Augen. Der Dame, die ihn taxierte, mißfiel natürlich sein verkommenes Lodencape, aber sie bemerkte, daß er dazu rote, spitze und sehr teure Schuhe trug. – Sie selbst hatte den komfortabelsten Gummimantel, doppelseitig, englische Qualität. Halbschuhe, breit, ohne Absätze und mit Gummisohlen. Das dunkelblonde Haar korrekt wie ein Primaner geschnitten, links der Scheitel – und die Hornbrille im glatten Gesicht. Besonders schön war ihr Hinterkopf; ihre Hände groß und edel, die Fesseln der Füße auffallend schmal. – Sie nickten sich zu. Ihr Nicken bedeutete, daß sie sich schön fanden – einer den anderen und auch jeder sich selbst.

Als sie sich wieder nach außen wandten, hatten sie plötzlich die Ostsee vor sich, eine hellgraue und gekräuselte Wand. Der Fabrikant auf seinem Platze erwachte, nun kam gleich die Landung in Travemünde.

Die Landung erwies sich als fürchterliches Ereignis: unvermittelt setzte der Motor aus, man stand still in der Luft, man zweifelte nicht – nun war das letzte Stündlein gekommen. Da stieg einem auch schon die schräge Landschaft entgegen, welch schauerliche Vision! Es ging ungeahnt rasch, plötzlich hatte man Boden unter den Rädern – und da sauste man wieder, ein beflügeltes Automobil, über die Fläche. Benommen und krank, aber froh aufatmend immerhin, verließ man den Apparat.

In einer unscheinbaren Holzbaracke war der Kaffeetisch gedeckt. Die beiden jungen Leute blieben selbstverständlich zusammen, sie fragten sich nur erst, wie sie hießen. «Jak», sagte er – nach einer Pause und mit einem prüfenden Blick. Er wurde eigentlich Jakob genannt. «Und Sie?» – «Ich heiße Gert», und sie nahm seinen Arm. Sie gingen nebeneinander über die Wiese, Gert war größer und schmaler als Jak.

Sie saßen in der Baracke am Tisch, man hatte den Kaffee schon eingeschenkt, von einer runden Schüssel aßen sie Brötchen. Ein kleiner weißer norddeutscher Mann bediente sie freundlich und leise.

Jak begann sofort damit, Witze über seine Tante Koinor zu machen, was seiner neuen Freundin nicht weiter unnatürlich erschien. «Sie ist wie ein Würfel, müssen Sie denken» – und dabei schrie er vor Lachen, «sie ist eben genauso hoch, wie sie breit ist. Es ist nicht anders. Und außerdem trägt sie Röcke aus Seehundsfell.»

Er fragte Gert, zu welchem Zwecke sie nach Kopenhagen fliege, sie erwiderte sachlich: «Ich muß dort nach meiner Geliebten sehen.» Er glaubte erst, nicht recht verstanden zu haben, aber sie wiederholte ihm ganz verärgert: «Ja, um meine Geliebte zu besuchen. – Wundert Sie das?» fragte sie noch, äußerst verächtlich. Er machte eine angeekelte Miene: «Nein, eigentlich nicht. Das ist ja jetzt Mode.» Ein paar Sekunden lang war Mißstimmung zwischen ihnen. Sie senkte hochmütig den Blick. Ungezogen kann er also auch sein, dachte sie nur. Aber jetzt erst begann er sie wirklich zu interessieren.

«Ich fliege zum proletarischen Jugendtreffen», erzählte er plötzlich, ohne daß sie gefragt hätte. «Ja. Im Dienst der Partei.» Er trug in seinem Knopfloch den Sowjetstern. Nun hatte er den trotzigen Gesichtsausdruck seines Kameraden, der ihn zum Flugplatz begleitet hatte. «Und warum fahren Sie dazu im Flugzeug?» fragte sie leise und blickte spöttisch auf seine kostspieligen spitzen Schuhe. «Es kommt teurer als D-Zug mit erster Klasse.» – «Ach so – –» machte er, aber nun wurde er rot. «Das ist stillos», sagte sie kühl und wandte den Kopf. «Ja», wiederholte er sinnlos und mit glühender Stirn, «ich reise also im Dienst der Partei.»

Sie bemerkte, daß er viel zu magere Hände hatte, ganz verzerrte

Hände, die nicht wußten, wo sie liegen sollten. Seine Schenkel waren zu dick, sie drückten sich breit, wenn er saß. So erschrak sie im tiefsten: er war schön und häßlich zugleich. – Er sprach wieder von seiner Würfeltante und lachte. In seinem großen und gierigen Mund schimmerten makellos, blendend die Zähne.

Der Pilot winkte und rief, sie verlangten vom sanften Grauen die Rechnung. Es zeigte sich, daß er ein Wucherer war, er rechnete still: «Sie haben sieben Brötchen und zwei Kaffees genossen, das kostet genau 8,50 Mark.»

Jak machte großes Theater. «Lieber Freund!» schrie er und umarmte ihn wild, «dachte ich's doch, daß Sie ein Wucherer sind! Sie haben den Typ, wissen Sie – Sie haben den Typ!» Der kleine habgierige Herr stand artig und aufmerksam, der zigeunerhafte Jüngling überschüttete ihn mit Worten. «8,50 Mark?! Sie sind ein Wucherer, traun fürwahr! Daher das Bärtchen, daher das ganze Wesen! Potz Teufel, wer hätte das vor ein paar Jahren gedacht! 8,50 Mark?! Myritz Pyritz! Hans im Schnakenloch!» – Die große Dame im Gummimantel stand an der Tür und bog sich vor Lachen; der schwarze Junge mit dem verwirrten Haar war drauf und dran, den sanften Kaffeewirt zu küssen. Der, in der Hand das Notizbuch, lächelte nur dankbar und still.

Aber der Pilot wollte sich nicht länger gedulden. – So fuhren sie wieder gen Himmel. Der Fabrikant war in Lübeck geblieben; anzunehmen, daß er dort Geschäfte hatte. Gert und Jak flogen allein, vorne die zwei Piloten.

Diesmal war es gefährlich. Sturm blies, und sie fanden den Himmel verfinstert. Wolken trieben ihnen entgegen, sie fuhren hinein und schwankten im Dunkel; dann spie die Wolke sie aus, gab sie zurück an das Licht, wie einst das Meerungeheuer jenen Propheten. Es schaukelte, wackelte in der Kabine, und man mußte sich halten. Sie wollten sich Scherze zuschreien, aber der Lärm war so stark, daß sie einander nicht hörten. So durften sie nicht einmal lachen.

Bald fuhren sie mitten im weißen Nebel. Es war kein Land mehr zu sehen, nur manchmal ließ der Nebel plötzlich ein Loch, und man konnte hinunterschauen. Aber man erkannte zwischen dem wogenden Weiß nichts als schwärzliche Tiefe.

Die Piloten wurden nervös, sie hantierten unruhig mit Kompaß und Karte. Sie schüttelten ratlos die Köpfe, schienen endlich zum

Entschluß zu kommen. Der Motor setzte aus, es war, wie vor dem Abstieg, die beängstigend plötzliche Stille. Schon ging es hinunter, Gert und Jak schlossen die Augen. So stürzt man in den sicheren Tod, sie gaben sich in ihren Herzen verloren – aber sie hielten vierzig Meter etwa über dem Land. So flogen sie weiter, direkt unter sich die schwarzen Wellen eines eiskalten Meeres.

Die Fahrt war noch lange, dicht unter ihnen wechselten Wasser, Waldungen und verödete Dörfer. Der Apparat hielt sich direkt über den Baumkronen, sie glaubten, den Wind in den Blättern hören zu können. Über ihnen der weißlich brauende Nebel; kalter Regen, klatschend auf die Flügel des Aeroplans.

Nun bekam Jak seinen Anfall. Gert hatte es eigentlich schon lange erwartet. Er würgte, stöhnte, fletschte die Zähne, er spie in die dazu bereitete Tüte. Es war gräßlich zu sehen, wie er sich krümmte, und seine Augen funkelten schwarz. Gert half ihm, legte ihm den Arm um die Schulter.

So küßte sie ihn das erstemal. Er roch nach Gebrochenem, aber gleichzeitig spürte sie den Geruch seines Haares und seiner bräunlichen Haut. Sie hatte die Zähne in seinem Hals, er stöhnte und spuckte, während sie zubiß. Dann wandte er sich ihr zu. «Wir sind in Todesgefahr!» schrie er und lachte verrückt, das schöne Gesicht beschmutzt und mit weit aufgerissenem Mund. Sie lachten beide, aber in den Augen Verzweiflung und Angst.

Als sie in Kopenhagen ankamen, war es regnerisch und sehr kalt. Sie trennten sich vorm Hotel d'Angleterre, wo Gert wohnte, ohne für die folgenden Tage eine Verabredung gemacht zu haben.

2.

Es war kein Wort wahr von der Geliebten, von der Freundin, die sie erwarten sollte. Sie war allein gereist, eigentlich ohne Zweck; nur von innerer Unruhe genötigt und um Abenteuer zu haben. Sie unternahm manchmal dergleichen. – So spazierte sie tagsüber einsam in Parkanlagen und Straßen. Aber sie wandte diesmal hochmütig den Blick, wo sich Abenteuer geboten hätten.

Abends ging sie sogar mutterseelenallein ins «Tivoli».

Das Billett, das sie zu lösen hatte, war teurer, als man eigentlich annehmen konnte. Sie bezahlte und trat ein, ihr entgegen kamen Lärmen und Licht – gleich hier, am Portale, schien sich etwas Phantastisches zuzutragen. Sie drängte sich hin, man scherzte dänisch um sie herum. Welcher Glanz auf dieser weit ragenden Bühne! Sie war raffiniert angelegt, aufsteigend nach hinten, so daß die bunte Dekoration allen sichtbar sein mußte, mit Girlanden und den aufgeputzten Fronten südlicher Häuser. An der Dekoration hüpften Choristinnen, sie rafften die Röcke und schüttelten die mit Blumen verzierte Frisur. Aber vorn, in blendender Rampenbeleuchtung, tanzte das eigentliche, das erlesene Paar. Weißer Pierrot, wie er zu springen verstand, federnd, das Kreuz hohl, mit triumphierendem Lächeln! Und nun die Pierrette auf seinen Schultern, wieviel Liebreiz, da sie ihr Gesicht an seine Wange legte. Dazu Klatschen der Choristinnen vor den südlichen Häusern, Werfen von Blumen, rhythmisches Nicken, Kichern und Reigentanz. Sie hüpften nach vorn, sie ringten die Zärtlichen ein; aber diese ging es nichts an: mochte das Volk Kußhände werfen und sich ordinär unterhalten, sie verharrten reglos in ihrer Seligkeit schwieriger Pose, bis der Vorhang sich schloß. Aber wie schloß sich der Vorhang? – Ob es glaubhaft klingt oder nicht: ein Pfau stieg auf, langsam wuchs vor der Szenerie ein Pfau aus dem Dunkel, und es geschah, daß er die Flügel hob. Er spreitete sein Gefieder, er schlug langsam, feierlich und seiner Wirkung bewußt ein gigantisches Rad; hinter dieser schillernden Pracht verschwanden langsam die italienischen Fronten, die hüpfenden Ordinären, das streng beseligte Paar.

Jubel bricht los, Gert klatscht, hingerissen, inmitten der Menge.

Licht winkt von überallher, bunte Buden, wohin man sich wendet. Die Bäume stehen magisch beleuchtet, elektrisches Licht hart auf den Blättern, so daß sie in giftigem Grün schimmern und, gleich dahinter, schwarz im Dunkel hängen. – An den Schießbuden drängten sich junge Burschen, diese Schießbuden sind paradiesisch herausstaffiert. Lila Dolden hängen von Wänden und von der Decke, man gewinnt Einblick in die üppigste Landschaft. Zwerge stehen dazwischen, und sie werden mit der Mütze wackeln, ja, sogar ein drolliges Liedlein schnurren, wenn man geschickt genug war, ihre Stirn zu treffen. Welche Anspannung in den Gesichtern der Studenten, Matrosen und Gassenjungen, die sich hier im Schießen probieren! Das eine Auge kneifen sie zu, um ihren Mund ist erbitterter Ernst. Es knallt los! – Schlecht getroffen, unbeweglich der Zwerg, kein schnurrendes Tönchen aus seinem Mund. Da nimmt Gert entschlossen das Schießgewehr, das ein beredtes Fräulein ihr schon lange aufzunötigen suchte, sie legt an, sie zielt, sie drückt los. Gerascheel geht durch die violett-üppige Landschaft, das schöne Ereignis ist da: der Zwerg schüttelt den Kopf, er hält mit dem trockenen Chanson nicht länger mehr hinterm Berge. Gert sieht sich von Bewunderung umringt, es fehlt nicht viel, und man trüge sie im Triumphe. Man drängt sich um sie herum, man lacht ihr entgegen – wieviel Blond, wieviel Atem von Jugend.

Ein großer Matrose fragte sie in entgleisendem Deutsch, ob er nicht Achterbahn fahren dürfe mit ihr, er lade sie ein, ganz sicher, es koste sie nichts. Er hatte sie schon am Arm, da sie noch lachen und sich wehren sollte. – Sie saßen im langgestreckten Wagen zuvorderst, sie rollten nach oben, es ging durch Dunkelheit, nun waren sie auf dem Gipfel. Sommernacht unter ihnen und phantastische Landschaft: Spiel von Lichtern, Menschengedränge, Glockenspiel und Gelächter.

Gert sah sich den Kavalier an ihrer Seite jetzt das erstemal an, sie prüfte ihn mit einem Seitenblick. Das hatte sie nicht gewußt: er war schön. Ihre Augen ruhten auf seinem braunen und starken Gesicht. Wie breit und selbstverständlich er neben ihr saß. Sie wäre, vielleicht noch gestern, bei ihm geblieben. Heute beschloß sie, es wäre besser, wenn sie sich gleich nach der Fahrt von ihm trennte. Während sie darüber nachdachte, ging es unvermutet herunter. Hatte sie etwas ebenso Tolles schon jemals erlebt? Höllenfahrt, daß man jubeln mußte. Aus der schwarzen Dunkelheit sprangen ihr rote Lichter entgegen, so rasend polterte sie zur Tiefe. Und wieder hinauf – und wieder hinunter – hell, durch elektrisches Licht, pechschwarz durch Schluchten, wo keine Lampe mehr brannte. Schreie um sie herum, und jetzt legte ihr der Matrose seinen Arm um die Schulter. Sie ließ es geschehen, ja, sie lehnte sich an ihn, denn gerade ging es besonders grausig hinab. Sie spürte seinen Atem an ihrem Hals, sie fürchtete sich und beschloß mit einem letzten Aufwand von Nachdrücklichkeit, daß sie sich gleich nach der Höllenfahrt von ihm trennen wollte.

Als sie ausgestiegen waren, erzählte sie ihm mit Strenge, ihr Herr

Bräutigam warte auf sie; es verdroß ihn, aber was sollte er tun? Sie gab ihm die Hand, wobei sie ihren strengsten Mund zu machen suchte, aber es gelang nicht: so lächelte sie ihm entgegen. Da spürte sie plötzlich seinen Mund im Gesicht, es war geschehen, er hatte sie zum Abschied geküßt. – Nun sah sie nur noch seinen breiten Rücken.

Sie blieb stehen. Um sie lärmte und blitzte die abenteuerliche Landschaft des Gartens. – Sie aß rötliches Eis, das giftig schmeckte, und selbst vor der Bude machte sie halt, in der vier übermüdete Fräulein saßen und ihre Beine in kunstseidenen Strümpfen hinhielten, damit man Reifen über sie werfe.

In einer Bude gab es den großartigsten Spaß: dort durfte man irdenes Geschirr zerschmeißen. In biederen Küchenschränken standen Teller und Schüsseln, ganz brauchbar bürgerlich anzusehen – aber für zehn Öre erwarb man sich die Erlaubnis, mit einem harten Ball nach dem Gerät zu schmeißen und zu zerstören, was man treffen konnte. Scherben klirrten, man jubelte und man schrie, besessen von der tiefsten Wollust: zerstören zu dürfen. Krüge barsten, und man kreischte verzückt. Mit solchem Freudengeschrei stürzen sich Soldaten über die Stadt, die man ihnen zur Plünderung gibt.

Wie hatte Gert die Bekanntschaft der älteren Herren gemacht? Hatte sie die munteren Gesellen schon bei der Scherbenorgie anzusprechen gewußt oder später beim eisernen See oder dort, wo es ganz verrückt war: im Lachkabinett? Aller Wahrscheinlichkeit nach war es im Lachkabinett erst gewesen, dort bot sich ja so viel Anlaß für Witze und Einandernäherkommen. Im raffiniert geschliffenen Spiegel fand man sich als den unwahrscheinlichsten Gnomen wieder: es wölbte sich gespenstisch der Bauch, man hatte ein Fettgesicht und trippelte auf kurzen, verbogenen Beinen. Wandte man sich aber zum nächsten Glas, fand man sich spindeldürr, mit gramvoll verlängerter Miene. Es war ein spukhafter Aufenthalt, und hier machte Gert die Bekanntschaft der ergrauten Männer im Bratenrock. Es waren vorzügliche alte Gesellen, aufgeräumt und dabei vertraueneinflößend.

So saß man bald beieinander, sie hatten Gert in den Tanzpalast eingeladen. Es gab Butterbrote, aber gleichzeitig trank man schon Sekt; Gert mußte mit einem Backenbärtigen tanzen. Er drehte sie tüchtig, derweilen erzählte er ihr, daß er Schriftsteller sei. «Ich bin Lyriker», sagte er tanzend, «leider noch nicht sehr bekannt.» Ein anderer war Großkaufmann, wie sich herausstellte, ein anderer Architekt. Sie bekamen gerötete Mienen, und ihre Scherze begannen immer vieldeutiger auszusehen. Gert trank reichlich vom Sekt, sie wußte schon nicht mehr, wie munter sie war. Sie sprach englisch, das tat sie meistens in diesem Zustand. Der Lyriker ließ ihr «großes, südliches Vaterland» hochleben, sie begriff erst gar nicht, daß er Deutschland meinte, und bog sich dann vor Lachen, als sie es merkte, denn sie wäre nie darauf verfallen, es «südlich» zu nennen. Der Großkaufmann behauptete indessen, man müsse ein Schnapsglas mit geschlossenen Augen leeren können, und man müsse sogar singen können dabei. Er machte es vor, legte den Kopf tief zurück, grauer Bart stach in die Luft, er brummte melodisch, während er den Alkohol schmeckte. Gert versuchte es auch, aber sie mußte so lachen, daß sie ihr gutes Frühlingskostüm häßlich bespie.

Der Tanzpalast war weit und bunt wie eine unterirdische Landschaft. Musik schrie – drehten die Paare sich nicht immer geschwinder? Die alten Herren waren Gert nun so nahe gerückt, sie hatten steinalte Gesichter mit schlohweißen Haaren, rötlich zwinkerten ihre Augen, und sie flüsterten heiß: «Junges Ding – junges Blut – junge Person, du!» Gert sah nur noch Kreise, und sie kicherte blind. Sie dachte an die Achterbahn, Höllenfahrt, daß man jubeln mußte – an zerberstende Teller – die üppige Landschaft der Schießbuden, wo Zwergkönige nickten. Die alten Herren, sie hatte es gleich gemerkt, waren Waldgeister, faunische Greise, mit Pikeewesten und goldenen Brillen versehen. Rote Lichter schwangen um Gert herum, sie saß inmitten von wirbelndem Licht, sie kicherte, weinte, und ihr schwanden die Sinne.

Wie war sie wieder in den Park gekommen? Warme Nacht legte sich zärtlich um ihre Stirn, nur noch den alten Lyriker fand sie an ihrer Seite. «Siehst du, wir müssen uns eilen», mahnte er sanft. «Sie machen die Pforte schon zu.» – Und er deutete vage ins Dunkel. «Du hast geweint, junge Person», murmelte er noch, während sie gingen. «Gut so, gut so, junge Person. Das alles ist närrisch, verstehst du, nur Farben, nur Trauer – es geht vorbei, verstehst du, das ist es: es geht vorbei. Weinen ist also gut, das einzige – junge Person...»

Betrunkene Nacht, voll Tränen und Zauberei. Nun tritt der schwarze Jüngling hinterm stummen Karussell hervor, das Mädchen wirft sich ihm gerührt entgegen. Sie weint, aber an seinem Halse nun, und hinter ihr verschwindet der Greis. Das gefährlich schattenhafte Gesicht des Jünglings naht sich ihr mit dem großen Munde. «Ich habe dich verfolgt!» flüstert es heiß. Unter den pierrothaft geschwungenen Augenbrauen blitzen schmal seine Augen. Darauf lacht sie unter Tränen. Sie stehen wunderlich umschlungen in dem ausgestorbenen und spukhaften Park.

3.

Sie trafen sich am nächsten Morgen in einem weiten Parke außerhalb der Stadt. Sie gingen nebeneinander unter den Bäumen, und sie wußten beide, daß sie noch nie so helles Buchenlaub gesehen hatten.
Erst schwiegen sie, Seite an Seite, aber dann begannen sie mit fliegender, betrunkener Lustigkeit zu reden. Sie machten sich die verschnörkeltsten Komplimente, um sich anzudeuten, wie schön sie sich fanden. «Liebe Komtesse», verbeugte sich Jak mit gerunzelter Nase, «Ihr Hinterkopf ist vorzüglich –» – «Mein alter Lordkanzler», gab Gert mit noch tieferer Verbeugung zurück, «Ihr Gebiß: alle Achtung; habe nie ein feineres angetroffen!»
Er hatte ein rotbraunes schweres Leinenhemd an, bräunliche, etwas zerlumpte Hosen und dazu graue Wildlederschuhe von auffallender Eleganz. Sie trug das tadellose, helle Schneiderkostüm, im Gesicht das goldene Monokel. – Eine muntere Bürgersdame mit Sommerhut und Buchenlaub überm Arm begegnete ihnen, einen großen Hund an der Leine; die wandte sich freundlich lachend nach den beiden, die ihr grotesk erschienen. So hatte die gute Frau das amüsante Erlebnis gehabt, einem spleenigen Amerikaner mit Monokel und einem Strolch mit rostigem Hemd und teuren Schuhen beim Spaziergang begegnet zu sein. Gert und Jak hatten Freude bereitet – so war es recht, was anderes konnten sie wünschen?
Frühes Sommerlicht auf dem hellgrünen Laub. Weiße Anemonen, andächtig blühend unter den Bäumen. Man trat aus der Waldung: wie weit, wie lockend sich die Wiesen dehnten. Darüber der Himmel dieses Morgens, in dem weiße Wolken sich badeten. Rehe

traten sanft und zärtlich hinter den Bäumen hervor. Sie blickten um sich, flohen nicht, da sie menschliche Gegenwart spürten, verharrten bräunlich und schlank mit aufmerksam erhobenem Kopf, rührende Anmut in der Wendung des Halses. Durch den Wald ging Vogelgesang, die Erde duftete, das Laub atmete Frühling, das Holz der Bäume war auch lebendig. Zwischen den Bäumen gab es Fernsichten und Perspektiven bis zu den Wiesen hinüber, und bis dorthin, wo das Dunkel anderer Wälder sich auftat.

Jak und Gert spürten: dieses war in ihrem Leben der glücklichste Morgen. Sie sagten es sich nicht, aber sie rannten plötzlich, Hand in Hand, unter den Bäumen.

Solches Wunder war zu stark und lichterfüllt selbst für ihre Träume gewesen, aber nun kam es zu ihnen, sie fühlten es in den Herzen. Gesegnet also sei: Laub, Waldboden, lebendiges Holz, weiße Wolken, im Himmel dieses Morgens sich badend; braunes Wild mit dem zärtlich gewendeten Hals; Dame mit humoristischem Sommerhut; gesegnet Sonnenlicht auf den Blättern, Geruch der Bäume, Anemonen, andächtig blühend; gesegnet ihr eigenes Haar, Mund, Brust, Rücken – gesegnet, gesegnet. Das Glück war überschwenglich, wie nur je ihr tiefster Schmerz gewesen war. Sie glaubten, daß ihr Glück nun in dieser gnadenreichen Sekunde nachträglich alle Schmerzen in Glück verwandle, so daß sie jetzt, da sie liefen, noch einmal alle Schmerzen und die Verzweiflung ihrer Jugend erlebten, nur als Glück, nur verwandelt in Glück.

Sie schlossen die Augen, sie liefen, aber sie glaubten, wieder zu fliegen.

Am Ende einer herrlichen Allee lag das königliche Barockschloß feierlich und verzaubert. Freitreppen führten hinauf, dahinter öffnete sich hellblaues Meer; das war der Sund, und man konnte bis Schweden sehen.

Sie erstiegen die breiten Stufen Hand in Hand, aufrecht und sicher. Sie wollten ins Schloß, kein Zweifel, man wartete schon auf sie. «Nennen Sie mich wieder Baronin!» verlangte Gert radikal. «Ich tituliere Sie dafür Kardinal.» Sie waren gleich oben, Marmorgötter lächelten ihnen schön entgegen.

Gleich würde der Portier die Flügeltüren öffnen, es ging durch kühlen Vorraum und die rot belegte Treppe hinauf. Schwarze Knaben standen Spalier, Wohlgerüche wehten, und sie gingen benommen vor Seligkeiten. Man geleitete sie durch Hallen und weite Gemächer, die Ahnenbilder neigten sich tief, ihnen zur Lust schimmerten Kleinodien, Waffen.

Im Herzen des Palastes wartete ihrer die Kaiserin-Urgroßmutter auf diamantenem Schemel, sie hob die Arme, die alte Fürstin lächelte festlich zu ihrem Empfang. Sie küßte ihnen Scheitel und Stirn und winkte gütig, sie möchten sich niederlassen. Zu ihren Füßen hatte man dem Brautpaar das Lager gerichtet.

4.

Sie lebten wieder beide in der großen deutschen Provinzstadt, er in seiner kahlen Mansarde, wo das Bild Lenins über dem eisernen Bettgestell hing, sie in ihrer luxuriösen, wenngleich etwas verwahrlosten Wohnung in der Villengegend der Stadt. Er pflegte, da er tagsüber zu arbeiten hatte, gegen Abend zu ihr zu kommen. Er war die ersten paar Abende mit ihr allein; den dritten Abend hatten sie Gäste.

Das Grammophon spielte; als Jak hereinkam, fand er die Luft schon von Zigarettenrauch und parfümierter Ausdünstung beschwert. Er blieb steif an der Tür stehen; man tanzte schon, aus den breiten Klubsesseln, von der Bar und von der Ottomane her kam das Lachen der Frauen.

Gert stellte ihn vor, sie sagte: «Mein Bräutigam –», und er verneigte sich steif. Er faßte die Namen kaum auf, die sie ihm nannte, französische, englische, italienische Namen, hohe adlige Titel. Aber die so vornehm und eindrucksvoll hießen, sahen beinahe alle ordinär und unförmig aus. Jaks Gesicht war zur Maske erfroren, er knirschte leis mit den Zähnen und starrte unheilverkündend, während er sich verneigte.

Gerts Freundin war die rotblond-üppige Baronesse mit französischem Namen; es war dieselbe, die sie damals bis zum Flugzeug begleitet hatte. Sie scherzte inmitten eines Kreises von jungen Leuten, stark und glänzend in der hochgeschlossenen Brokatjacke.

Gert trat zärtlich zu ihrem Bräutigam, der feindlich steif in einer Ecke lehnte. «Warum hast du mir nicht gesagt, daß du Gäste hast?» fragte er sie verbissen. «Ein paar Freunde...» Sie entschuldigte sich bei ihm. «Sie sind alle grauenhaft», murmelte er zwischen den Zähnen. «Ist das deine Geliebte?» Er wies auf die Baronesse, die Charleston tanzte. «Du meinst Boby?» lachte Gert, die Hände lebemännisch in den Jackentaschen des Smokings. «Frage sie doch.» Er starrte drohend, aber sie schlenderte schon von ihm fort.

Man tanzte in den drei ineinandergehenden Räumen, die breiten und niedrigen Klubsessel waren beiseite gerückt. Die Wohnung schien betont einfach und geradlinig gehalten, üppig war allein die riesenhafte Ottomane. An den Wänden ein paar expressionistische Bilder. Ein großes Fenster stand offen, man hatte den Blick in die Nacht.

Im dritten Zimmer gab es eine richtige Bar, hinter ihr thronte als Mixer eine gedrungene Schauspielerin mit schweren Augenlidern und humoristisch-tragischer Miene. Sie braute wie der Zauberer in der Teufelsküche, mischte rohes Eidotter mit Pfeffer, Öl und englischer Soße, das war eine Prärieauster, und man hatte die Hölle im Mund. Die Baronesse verlangte nach Kognak mit Rahm. Gert trank Kognak, Wermut, Sekt durcheinander. Sie taumelte mit der Champagnerflasche zu Jak, aber der stieß sie zurück. «Bist du nicht durstig?» sagte sie und lachte betrunken. «Dreck», erwiderte er. «Du riechst nach Alkohol aus dem Mund.» Und er wandte sich ab.

Man begann auf den starr verzerrten jungen Mann mit dem rauhen Leinenhemd in der Ecke aufmerksam zu werden. Der italienische Prinz mit schwarz gekräuseltem Haar trat eitel herbei und fragte spöttisch nach seinem Befinden. Ein kleiner böser Chinese grinste teuflisch im Vorübertanzen. Aber Boby, die Baronesse, streifte Jak nur mit einem so eiskalten Blick des Hasses, daß ihm ein Schauer den Rücken hinunterlief. Ein fetter Herr mit rosaseidenem Hemd neckte ihn berlinerisch; da begann er vor Ekel wüste Grimassen zu schneiden. «Na, junger Mann», witzelte das ölige Scheusal, «sehen ja ziemlich abweisend aus, na ja. 's is ja überall Pleite –»

Der dicke, fein Geputzte war bekannt als sehr reich; seine Vergangenheit war zwar übel, aber das schadete nichts. Jedermann wußte, was er hinter sich hatte und welchen Beruf er ausgeübt hatte, bis sich die Tochter des Großindustriellen in ihn verliebte. Es gab einen Roman, sie heiratete ihn, nun war sein Haus eines der schicksten. Jeder ging hin, vom Operettenstar bis zum Prinzen. Man fand seine Einrichtung erstklassig, Sekt floß in Strömen – und so verzieh man ihm alles. Mit so viel Geld mochte man als Lustmörder vorbestraft sein: die «Gesellschaft» ging hin, sie amüsierte sich bei ihm; er hatte allen Grund, sich so fett und sicher in den Hüften zu wiegen.

Es fehlte nicht viel, und Jak hätte ihm ins Gesicht gespuckt.

Nur mit der gedrungenen Schauspielerin, die vorher den Barmixer gespielt hatte, wechselte er ein paar Worte. «Unterhalten Sie sich?» fragte sie und trat schwerfällig zu ihm. In ihrem großen Gesicht hatte sie unter den lastenden Lidern melancholische und zugleich scherzhafte Augen. Jak lachte zornig als Antwort. Sie gingen zum Fenster; gnädig wehte die Kühle der Nacht gegen ihre überanstrengten Stirnen.

«Sie sind mit Gert befreundet?» sagte die Frau und nickte ermunternd. «Ja, das ist nicht so leicht.» Es schien, daß sie ihre Erfahrungen habe. – Das erstemal diesen Abend spürte Jak etwas wie Wärme an seiner Seite.

Gert tanzte im Nebenzimmer mit der Baronesse Tango. Sie hatte schwarze, scharf gebügelte Hosen angezogen, tanzte wie ein Kavalier im korrekt geschnittenen Abenddreß. «Finden Sie nicht auch», sagte Jak und drängte sich wie angstvoll an die Schauspielerin, «sie hat einen zu kleinen Kopf; dieser Kopf muß leicht wiegen – er muß inhaltsleer sein – verstehen Sie: inhaltsleer.» – Die unschöne Frau an seiner Seite lächelte geheimnisvoll. «Aber sie ist nett», sagte sie langsam, «wirklich: sie ist sehr nett...»

Jak sah mit dem mißtrauisch verkniffenen Blick die Flucht der drei Zimmer hinunter. Es schob und drängte sich durcheinander: kleine Hochstapler, abenteuernde Aristokraten, Boxer, Tänzerinnen, alternde Lebedamen, zweifelhafte Geschäftsleute. Dazwischen Gert, die er liebte: aufrecht den Kopf, Glanz im knabenhaft erhobenen Gesicht, in ihren Armen die schimmernd gekleidete Frau, die sie sicher zur Grammophonmusik führte.

Gert hatte an diesem Abend mit ihrer Freundin noch eine gräßliche Szene. Sie blieb bei ihr, als die anderen längst gegangen waren, es kam zu einer hysterischen Schreierei.

«Wie konntest du es wagen, ihn mir als Bräutigam vorzustellen?» schrie Boby und warf sich im Weinkrampf aufs Sofa. Gert blieb halsstarrig am Schreibtisch sitzen. «Ich liebe ihn», sagte sie und sah geradeaus. Nun erst schluchzte die andere fassungslos in die Kissen, ihre Worte verstand man fast nicht: «Das ist nicht wahr!» und: «Wie konntest du mir das antun?!» Gert setzte sich zu ihr, sie legte ihr beruhigend den Arm um die Schulter. «Boby», sagte sie weich über ihr, «aber Boby, wir sind doch zusammen –» – «Er ist unmöglich!» heulte die Freundin. «Diese jüdische Fratze, diese Manieren – diese Arroganz und dazu dieses scheußliche Hemd!» – Gert lächelte mit geschlossenen Augen. «Er ist schön», sagte sie nur noch. Boby fuhr in die Höhe, sie starrte die Freundin fassungslos an. Sie glaubte dieses Gesicht nicht wiederzuerkennen, solche Seligkeit, solchen Freudenjubel fand sie in ihm.

Die Baronesse starrte aufgereckt, das Haar häßlich zerwühlt, im Gesicht die Schminke zerlaufen.

Ihr blieb nichts übrig, als wieder schluchzend in die Kissen zu sinken.

Gert und Jak machten es sich nicht eben leicht, es gab Kämpfe, qualvolle Streitereien. Jedesmal durften sie danach das tiefe Glück der Versöhnung erleben.

Gert schrie ihn an, weil er ihre Freunde vor den Kopf gestoßen habe. Er behauptete, sie umgäbe sich mit üblem Gesindel. Das könne er nicht beurteilen – warf sie ihm an den Kopf –, er sei ahnungslos, von hinter den Bergen. «Meine Freunde sind reizend», sagte sie beleidigt; und sie mußten im Unfrieden scheiden.

Es war schwierig, denn sie lebten in gar zu verschiedenen Sphären. Er arbeitete tags als Proletarier, strich Gartenzäune, Häuser an, entwarf wohl auch krasse Plakate für die Partei. Er traf sich mit den Kameraden, Gesinnungsgenossen, aber nicht mehr so regelmäßig wie einst. – Sie behauptete zwar auch, als Malerin fleißig zu sein, aber in Wirklichkeit ritt sie morgens mit Boby spazieren, saß nachmittags in den Teelokalen, abends in Bars, oder sie hatte Gäste. Es war immer das anrüchigste Pack der Stadt, das sich um sie versammelte. Es freute sie, sich skandalös zu wissen. Es war so weit, daß man sie offen verhöhnte, wenn sie in einem Theater erschien. Von ihrem Verhältnis mit der rothaarigen Baronesse sprach die empörte Gesellschaft.

Jak kannte ihre Geldverlegenheiten, er litt unter ihnen, vielleicht mehr noch als sie. Er fing schon an, mit kleineren Summen auszuhelfen, obwohl er spärlich verdiente und von zu Hause nichts nahm.

Sie ließ es geschehen, ohne sich Skrupeln zu machen. Er arbeitete schwer, sie bestellte sich inzwischen den vierten Smoking.

Die Baronesse intrigierte konsequent gegen ihn, ein oder das andere Mal hatte sie schon erreicht, daß Gert ihn nicht mehr empfing. Er quäle sie, hieß ihre kühle Erklärung, da er Rechenschaft wollte, kurz und gut, sie habe ihn über. Er schrie und verkrampfte die Hände; aber er wußte in seinem Herzen, daß sie ihn nötig hatte.

Sie nannte ihn ihren Bräutigam, es war nicht anders: sie blieben verlobt. Sie empfanden es ernst, es war kein ironisches Bündnis, um die Welt zu verblüffen. Sie fragten sich nicht mehr, ob sie sich liebten, dieses Wort war ihnen fremd und nicht wichtig. Aber sie spürten, daß sie sich nötig hatten. Sie wußten um ihre Ähnlichkeit. Mochten sie sich noch so verschieden gebärden: sie waren Geschwister in ihrer Seele.

5.

Er sagte: «Ich hasse die Bourgeoisie.» – Es war grausig, wenn er anfing, über seine Familie zu scherzen.

Ein Problem beschäftigte ihn bis zum Nagenden: wer in seiner Familie war der Herrscher und der Tyrann? Papa, mit Bratenrock und bleichem Katergesicht, war gestorben, also war er der Unterlegene gewesen. Es blieben: die würfelförmige Tante Koinor mit unverwüstlichen Seehundfellröcken; Mama, ständig weinend und mit sich lösender Kleidung; Siegfried, älterer Bruder, Seidenfabrikant, Ernährer der Familie, Freund der Kokotten, ein fetter junger Herr, infantil und genußsüchtig; Koxl schließlich, der jüngere Bruder, reizbarer Gymnasiast und Heine-Verehrer.

Nicht auszudenken, was zwischen diesen Menschen geschah. Tante Koinor, die Schwester von Mamas dahingegangener Mutter, war intelligent wie der Teufel. Aber mit ihr verglichen, wandte der Teufel seine Gaben liebevoll an. Sie intrigierte, haßte, stiftete Zankereien. Kein Wunder also, daß Koxl zu mitternächtlicher Stunde einen ernstgemeinten Mordanfall auf sie unternahm, indem er «Hexe! Hexe!» schrie und die alte Dame mit geöffnetem Taschenmesser bedrängte. Siegfried stürzte im blütenweißen Pyjama hinzu und würgte hinterrücks Koxl. Mama war nahe daran zu ersticken, das Dienstmädchen mußte ihr den Rücken klopfen. – Seit dieser Schreckensnacht nannte Tante Koinor den gefährlichen Gymnasiasten nur noch «Sündenpfuhl» und schenkte ihm nichts mehr zu Weihnachten.

Der schöne Siegfried, der die Familie erhielt, durfte sich natürlich allerlei Freiheiten nehmen. Schmeckte ihm bei Tisch die Suppe nicht: gleich warf er seinen Teller ungeniert gegen die gute Tapete. Seine zierlichen Privatkokotten erschienen morgens am ehrbaren Frühstückstisch der Familie – welche Katastrophe, wenn Koxl grinste oder Mama den roten Kopf bekam. Dabei war er trotz eigner Rücksichtslosigkeit von einem schwammigen und eitlen Zärtlichkeitsbedürfnis: so pflegte er den schweren und pomadisierten Kopf zu senken und mit dickem Schnutenmund zu betteln: «Hälschen küssen! Hälschen küssen!» – Er schluchzte, winselte, wenn niemand sich fand.

Auch mit Koxl hatte man viel zu ertragen. Im Ehrenpunkte war er beinah überempfindlich, als Mama den Sechzehnjährigen geohrfeigt hatte, dachte man, nun ginge es mit ihm zu Ende. Er erschien immer verspätet bei Tisch und kreischte dann, wenn man ihn rügte. Konnte er denn dafür?! Der Professor, dieser Unhold, hatte ihn zurückbehalten, ihn, den Primaner, nachsitzen lassen – Schmach über Schmach! Nun wurde er auch noch zu Hause beleidigt. – Ein wahrer Herd für bittere Streitigkeiten war auch Koxls literarischer Klub, der jeden Samstagnachmittag die jüdischen jungen Mädchen der Nachbarschaft in seiner Stube vereinte. Tante Koinor stichelte, höhnte, wandte boshaft ihr großes, weißes, gefälteltes Gesicht hin und her. «Wozu muß er immer Kuchen haben?» fragte sie wispernd, «für seine Gänse...» Für seine Gänse?! Koxl schwoll an, er langte schon nach dem Taschenmesser.

Das Leben Mamas war ein einziges Martyrium, man hatte sie fast niemals anders als klagend und lamentierend gesehen. Unfrisiert wankte sie durch die Räume, ihre Angst vor Tante Koinor ließ sie nicht ruhen. «Meine eigene Tante ist 'ne Sadistin», flüsterte sie geheim und schauerlich, «und ich – ich bin ihr einziges Opfer!»

Ihr Sohn Siegfried ließ sie verhungern; hatte er ihr etwa seit Weihnachten vor zwei Jahren *eine* Tafel Schokolade geschenkt?! Alles für die Kokotten, alles für Lieschen und Luluchen – und Gymnasiast

Koxl machte sie mit seinem Heine, seinem literarischen Klub wahnsinnig.

Dumpfe, haßerfüllte Gemeinschaft: aber Gemeinschaft doch immerhin, Familie und also mystisches Band. Sich von diesem Band zu befreien: wieviel Kämpfe, wieviel groteske Szenen hatte es Jak gekostet.

Aber nun bewohnte er, einsam und frei, seine kahle Mansarde, ein kubistisches Bild an der Wand und über dem Bett Lenins Photographie. Nun erzählte er fürchterliche Späße über diese Familie, von der er glaubte, sie ginge ihn durchaus nichts mehr an. Er schilderte mit der grotesken Deutlichkeit des Hasses. Er ließ das Bild dieser tief verdorbenen Gemeinschaft in scheußlich-plastischer Lebendigkeit erstehen: Tante Koinor, gebückt und boshaft am Krückstock; Mama mit geöffneter Bluse, die Augen verschwollen, und wehklagenden Mundes; Siegfried, gemein parfümiert, ein geschminktes kleines Untier am Arm; Koxl mit pickliger, großer Nase, die Schulmappe umgehängt, sarkastische Reden im Mund. – «Der Bolschewismus soll sie auffressen», sagte Jak und ballte die Fäuste.

Dabei fühlte er sich denen, die er verachtete, geheimnisvoll und dämonisch verbunden. Er zitterte davor, ihnen ähnlich zu sein. Wenn er vergnügt war und lachte, verstummte er plötzlich und klagte, er habe genau wie sein Bruder Siegfried gelacht. War er boshaft und schlechter Laune, fühlte er Tante Koinor in sich lebendig werden. – Gert hatte ihn, um dieser Familie willen, weinend gesehen. Er fiel schluchzend über den Tisch, in den verzerrten Händen vergrub er das schöne Gesicht. «Sie leiden!» weinte er zwischen den Händen, «verstehst du, Gert, daß sie leiden? Sie hängen aneinander, sie brauchen sich, oh, diese Qual! – Ich weiß es genau, so leiden *alle* Familien. Alle Familien – oh, diese Qual!»

Auch Gert stammte aus trüben Verhältnissen, aber sie sprach niemals davon. Sie waren beide die entflohenen Kinder einer verfluchten Bourgeoisie: er war ins Proletarische, sie ins zweifelhaft Mondäne geflohen. Aber sie wußten sich beide in dem Milieu ihrer Wahl nicht so ganz sicher. So schwankten sie zwischen Extremen. Gert konnte es passieren, daß sie während einer eleganten Orgie plötzlich Bier aus der Flasche trank. Jak trug immerhin die teuren Schuhe und fuhr wie ein Großindustrieller im Flugzeug – zum proletarischen Jugendtreffen.

Es war einmal vorgekommen, daß er ihr sagte: «Weißt du, letzten Endes passen wir doch nicht recht gut zusammen: du bist Amerikanerin, ich bin Russe.» Sie erwiderte zynisch: «Ich finde, es ist nicht so schlimm. Schließlich sind wir beide doch nur ziemlich verkommene Europäer.»

Er sprang auf, stürzte hinaus, schmiß die Tür zu.

Aber draußen schrie er, als habe man ihn geschlagen.

6.

Sie haßten beide das Mittelmäßige. Alles war ihnen recht, was etwas verrückt und überraschend war. Sie erregten Kopfschütteln, wenn sie nur nebeneinander auf der Straße erschienen; so wunderlich wirkten sie.

Übrigens wechselten sie beide stark ihr Aussehen. *Sie* hatte an guten Tagen den unwiderstehlichen Charme eines sportlich trainierten, strahlend schönen jungen Lords, sieghaft trug sie die glatte Stirne, den leichten, edel gebauten Kopf; war sie aber überreizt und müde, wirkte sie wie eine grämliche, leibarme englische Gouvernante. Jak schwankte zwischen einem hinreißend verwilderten Hirtenknaben mit leuchtendem Blick, dunkel sich lockendem Haar, und einem verzweifelten, verzerrten alten Israeliten.

Wohin ihre Geldverhältnisse führen sollten, ahnte kein Mensch. Auf ihrem Schreibtisch stapelten sich Rechnungen für Liköre, Smokings, Elektrolaplatten. Ab und zu beschloß sie zu arbeiten, aber es machte nichts aus. Sie verkaufte an die mondäne Zeitschrift der Stadt eine Karikatur, darstellend Baronesse Boby, und bekam dreißig Mark. Ihre halb amerikanische und sehr sittenstrenge Familie entzog ihr inzwischen nach aufgeregtem Briefwechsel endgültig die Rente, die sie bis dahin noch gehalten hatte. Jak erlebte das erstemal, daß sie weinte. Daraufhin setzte er sich mit seinem Bruder Siegfried in Verbindung. Es gab den peinlichsten Auftritt, Siegfried blähte sich fett und parfümiert, Tante Koinor humpelte höhnisch im Hintergrund auf und ab. – Schließlich erzwang er ein paar hundert Mark.

Er vernachlässigte um ihretwillen seine früheren Freunde, er vernachlässigte sogar die Partei und den proletarischen Jugendbund. Er hatte in diesem Kreise früher eine Art Führerstelle gehabt, die einfacheren Kameraden bewunderten seine Klugheit, liebten seinen leidenschaftlichen Ernst. Nun fehlte er oft bei ihren Sitzungen, machte ihre Wanderungen nicht mehr mit. Er war schon verdächtig in ihrer Mitte, und man vertraute ihm nicht mehr. Er fühlte es, litt – und ging abends, wenn er das Notwendigste gearbeitet hatte, zu *ihr*, saß in den breiten Sesseln, ließ sich Kognak mit Likören von ihr mixen.

Er hatte ein Ziel gehabt: Moskau, die Weltrevolution. Er hatte ihr zu Anfang von ihm zu sprechen versucht, aber ihr Schweigen, kühl und befremdet, hatte ihn schmerzlich gelähmt. Nun fühlte er schon, wie es entschwand. Es war der Balken, an den er sich geklammert hatte, denn vorher war er ein Ertrinkender gewesen. Er fühlte schon, wie er ihn losließ.

Da er den Enthusiasmus für *diesen* Gedanken verlor, merkte er erst, wie allein er war. Er fühlte sich ausgewiesen aus der Gemeinschaft. Er klammerte sich an Gert, aber sie war zu glatt, zu unfaßbar, wie oft verstand er sie nicht. Immer wieder fühlte er sich abgleiten an ihrer Fremdheit. – Er stürzte hin, stöhnte und sah keinen Weg mehr.

Eines Abends besuchte Jak seinen Kameraden Georg.

Georg wohnte bei seinem Vater, der Handwerker war, im Norden der Stadt. Er hatte ein eigenes kleines Zimmer neben der Küche; großer Vorzug: seine drei Brüder bewohnten eins, das nicht größer war; über dem schmalen eisernen Bett hing, wie in Jaks kahler Mansarde, Lenins Photographie.

Jak kam im Lodencape, ihn empfing Georgs Mutter. Sie führte ihn durch die Küche, wo Geschirr abgespült wurde. Auf dem Tisch standen noch Reste, man hatte gerade zu Abend gegessen. Es roch nach Suppe und nach Gemüse.

Georg saß auf dem Bettrand, er kam von einer Wanderung zurück und hatte noch seine Windjacke an. Sein Haar hing naß in die Stirn, es hatte draußen geregnet. Er saß breit und vornübergebeugt, die erdig-schmutzigen Hände schwer auf den Knien, die naß waren. Er stand auf, um Jak zu begrüßen. «Guten Abend, Jakob», sagte er und gab ihm die Hand. In seinen Augen war Ruhe, um so erregter irrte Jaks Blick. Er sagte auch «Guten Abend», lächelte verzerrt, trat ans Fenster, bot dem Freund Zigaretten an. Georg hatte sich wieder auf den Bettrand gesetzt, er nahm eine Zigarette und blies den Rauch stumm vor sich hin.

«Ich war lange nicht bei dir», sagte Jak und setzte sich neben ihn. «Ich weiß schon», erwiderte der andere, aber ohne ihn anzusehen. – Jak kannte jeden Gegenstand dieses Zimmers: den stellenweise aufgerissenen Linoleumboden, den kleinen Spiegel, das blecherne Waschgestell. Das kleine Bücherbrett mit den acht oder zehn Büchern, auf die Georg stolz war, daneben Lenins Photographie. Er kannte das Bett, schlecht gefedert und mit der dünnen Matratze, das Plumeau, das Kopfkissen rot überzogen. Er spürte ein Schluchzen heiß aufsteigen, aber er wußte, daß alles zu Ende war, wenn er weinte. Er verdammte das Würgen in seinem Halse.

«Ihr habt eine Wanderung gemacht?» fragte er schluckend.

«Ja. Warum warst du nicht mit?»

«Ich – ich habe jetzt immer soviel zu tun.»

«Ich weiß schon», sagte Georg wieder. Die Verachtung in seiner Stimme traf Jak wie ein Schlag ins Genick. Sein Gesicht war vor Schmerz und Nervosität zu runzliger Maske verzerrt, seine Hände krümmten sich, er konnte kaum sprechen. «Selbstverständlich», sagte er mühsam, «ihr schimpft jetzt auf mich.»

«Nein», erwiderte die ruhigere Stimme. Georg gebrauchte eine Wendung, die fremd und künstlich in seinem Munde aussah: «Wir haben nur kein Vertrauen mehr zu dir.»

«Oh», höhnte Jak mit gesenktem Gesicht, «kann mir schon denken, warum –»

«Natürlich kannst du dir's denken», hörte er die schwere Stimme des anderen. «Du hast ja jetzt ein Verhältnis – was weiß ich, mit einer Amerikanerin –» Georg machte eine wuchtig wegwerfende Handbewegung.

«Amerikanerin ist sehr gut –» spottete Jak. Seine Hände spielten verzweifelt.

Jetzt erlebte er, daß Georg wütend wurde. Er hörte ihn aufspringen, nun schrie er ihm ins Gesicht: «Mach dich nur noch über uns lustig – Schweinerei, Schweinerei! Ist doch ganz gleich, ob es eine Amerikanerin ist! Wir pfeifen auf dich! Du warst immer ein Waschlappen, immer ein halber Bourgeois!»

Da erst wagte Jak den Blick zu heben. In diesem Blick war eine solche Klage, daß der Schreiende verstummte und sich wieder setzte. «Einige von uns sind sogar unzufrieden, daß du die Kasse noch hast», sagte er leise und nach einer Pause. «Man weiß nie, wozu die Frauen einen verführen.»

Jak lächelte. Er spürte den Drang zu weinen nicht mehr, nur noch einen bitteren Geschmack auf der Zunge. «Ich gebe sie euch morgen zurück», sagte er wie mechanisch und wandte den Kopf.

Georg brummte, schon beinahe wieder besänftigt. «Mir ist es doch wirklich egal», sagte er und saß wieder ruhig, auf den Knien die schmutzigen Hände.

Jak umfing ihn noch einmal mit einem klagenden Blick. Er sagte sich: warum er *ihn* verlieren müsse, das werde er niemals verstehen. Und wenn ich hundert Jahre alt werde, dachte er langsam und stumpf, ich werde es bestimmt niemals verstehen. Das war Georg, so kannte er ihn: die schweren Hände, die nach Erde rochen, mit den breiten, schwärzlichen Nägeln. Das regenfeuchte Haar, dunkelblond und wenig gekämmt. Die breite, tierische Stirn; unter dieser störrisch gesenkten Stirn der starke, kindliche und strenge Blick. Er sah diese Stirn, diesen Mund, nun wußte er erst: er war gekommen, um von *diesem* Gesicht Abschied zu nehmen. Er glaubte, dieses Gesicht reiner, besser und entflammter zu lieben als das Gesicht jener Frau oder irgendein anderes Gesicht, dem er jemals begegnet. Er verstand nicht, was ihn zum Abschied zwang. Ihn schauderte, denn er verstand nicht sein Schicksal.

7.

Gert und Jak hatten für den nächsten Tag einen Ausflug verabredet; sie hatten bis zum Reiseziel, einem See, etwa zwanzig Minuten Eisenbahnfahrt.

Es war Spätsommer, beinah Herbst, und schon kalt. Nach einem klaren Morgen hatte sich der Himmel schnell bezogen, Wind blies, es würde bald regnen. In den Waldanlagen, am Ufer des Sees, gab es außer ihnen keine Spaziergänger. Die Blätter fingen schon an zu fallen, sie hörten mißtrauisch und bekümmert, wie die Zweige im Sturm leise knackten. Schatten wehten über sie hin, die Wolken jagten, die beiden, die im Wald gingen, froren. Sie sagte, ihre Hände wären ganz kalt, und gab sie ihm, damit er's fühlen könne. Aber wärmen konnte er nicht; es erwies sich, daß auch seine Hände zitterten.

Es fing an zu regnen, sie spürten schaudernd die ersten Tropfen. Dann brach es los, es rauschte zwischen den Blättern, es triefte und floß, der Wind blies ihnen Wasser schräg ins Gesicht. Sie fingen zu laufen an, ohne daß sie es vorher verabredet hätten – plötzlich rannten sie zwischen den Bäumen. Hatten sie nicht schon einmal einen solchen Lauf zwischen Bäumen gekannt? Aber sie wagten sich nicht zu erinnern. – Gert stolperte und schlug hin. Sie hatte Blut an den Händen, sie saß mit schmutzigen Kleidern und lachte verzagt. Über ihre Brillengläser floß Regen, sie saß erblindet und wollte nicht weiter. Er setzte sich zu ihr, im aufgeweichten Boden saßen sie triefend naß nebeneinander. Einer sagte: «Das ist unsere Vergnügungspartie.» Er streichelte flüchtig ihre blutenden Hände.

Sie beschlossen, es sei am vernünftigsten, wenn sie ins Wasser gingen, um den strömenden Regen zu fliehen. Sie lachten verzweifelt und zogen sich aus. Aus ihren Kleidern machten sie kleine Bündel und versteckten sie dort, wo sie vor Regen halbwegs sicher waren. Sie standen sich nackt gegenüber. Über Gerts großen, mageren Körper mit den schmalen Beinen, den rührenden, spitzen Brüsten floß Regen. Über Jaks Körper, der schwerer, üppiger war, mit breiten Schenkeln, flachen Füßen und dem bräunlichen Schimmer der Haut, floß der Regen in kläglichen Bächen. Sie sahen sich an, da erkannte jeder im Auge des anderen dieselbe Verzweiflung und denselben Jammer. Sie blieben einen Augenblick stehen, den Mund noch halb im Gelächter geöffnet. Um nicht losheulen zu müssen, wandten sie sich und liefen zum Wasser.

Sie schwammen lange; im Wasser, fanden sie, war es wärmer als draußen. Das gegenüberliegende Ufer sahen sie nicht, es war von Wolken verhängt.

Der Regen wurde dünner, und bald hörte er auf. Als sie triefend ans Land stiegen, tropfte es nur noch leis von den Bäumen. Die Wolken jagten nicht mehr, der Himmel stand hellgrau und ruhig.

Sie fanden ihre Kleider durchnäßt, die Schuhe verhärtet und faltig. Badetücher hatten sie auch keine, um sich zu trocknen. Mußten sie also naß die Sonne erwarten? Aber wann würde sie kommen?

Sie standen sich noch einmal gegenüber, ihre Körper zitterten, Schauer liefen ihnen über den Rücken. «Du holst dir den Tod!»

sagte er und starrte sie angstvoll an. «Schon möglich. Aber du auch», sagte sie. Ihr Blick prüfte und beobachtete seinen Körper. Sein Leib war ratlos und verzweifelt wie ihrer.

Sie fühlten würgendes Mitleid mit ihren Körpern. Weinend vor Mitleid warfen sie sich endlich gegeneinander.

Jak hatte niemals von dem Plan einer Reise gesprochen. Eines Tages war er verschwunden; er hinterließ seiner Braut nur einen Brief. Es stand darin, daß er sie auf lange verlasse, vielleicht für immer. Er ginge nach Afrika, ungewiß noch, wohin. «Ich bin mittellos», schrieb er ihr stolz, «aber habe um mich keine Angst, denn ich schlage mich durch.»

Dem Briefe waren fünfhundert Mark beigelegt, damit sie für die nächsten Wochen wenigstens zu leben habe. Er verlautete kein Wort darüber, auf welche Weise er das Geld aufgebracht habe.

Der Brief war kurz gehalten und bei aller Zärtlichkeit beinahe streng. Er hatte den kühnen und hochmütigen Ton dessen, der sich ins Unbekannte entfernt. Dabei war die Handschrift leidvoll und grotesk wie je, eine verschnörkelte Schrift mit schwierigen Linien, mühsam im Strich, als koste jeder Buchstabe Qual.

Die Unterschrift hieß: «In ewiger Liebe Dein Jakob.»

8.

Ihr Leben ging weiter, aber inmitten von Vergnügungen konnte sie wehmütig werden. Es kam sogar vor, daß sie noch abends der Baronesse abtelefonierte und daheim blieb, um lange Briefe an Jak zu schreiben. Man neckte sie und nannte sie die verlassene Seemannsbraut. Oft zwang sie sich dazu, ihn zu vergessen. Machte sich der Reichgewordene mit den buntseidenen Hemden und der üblen Vergangenheit über den Abwesenden lustig, war sie imstande mitzulachen. – Aber kam sie abends nach Hause, weinte sie lange. Sie setzte sich, um ihm ausführlich zu telegraphieren, daß sie ihn liebe.

Seine Nachrichten waren verwirrt. Er ließ offen, ob er Mitglied der Fremdenlegion sei, ob er Lampen in Tunis verkaufe. Immer phantastischer wurden seine Adressen, einmal schrieb er eine Ansichtskarte vom Kongo. Auf dieser Karte gestand er, daß er einen

Vollbart trüge. Auf jeden Fall war sein Leben grausam und hart. Er deutete an, daß er oft an gefährlichen Krankheiten litte, erwähnte Schlafkrankheit, Sumpffieber. Gert war dann überzeugt, daß er ziemlich viel log. Aber einen Teil mußte sie immerhin glauben. Soviel war sicher: er trieb es äußerst gewagt. Er war ohne Geld, die Araber höhnten ihn, Sonne brannte auf seiner Stirn. Sie sah sein schönes Gesicht: schwärzlich zerfallen, zerwühlt von Abenteuern, todkrank und häßlich. Sie fühlte im tiefsten Herzen den Wunsch, ihm zu helfen; sie erwog den Plan schon, zu ihm zu reisen.

Seine Mutter rief an, sie klagte und lamentierte am Telephon. Ob Gert nichts Näheres wisse, sie sei doch schließlich die Braut. Ihr, der Mutter, schrieb man ja nicht, das sei wohl nicht mehr als natürlich – höhnte die Schwergeprüfte am Telephon. Gert konnte beinahe keine Antwort geben. Die Stimme von Ekel belegt, sagte sie leise, Jak sei in Algier, es ginge ihm gut, und die gnädige Frau möge nicht unruhig sein. Aber sie hängte fassungslos ein, als Jaks Mutter begann, von den sadistischen Eigenarten ihrer Tante Koinor zu erzählen.

Gert lebte weiterhin in den Tag hinein. Sie haßte das Mittelmäßige und verschwendete sich an Bagatellen. Der inhaltsleere Tag verging ihr wie Wasser unter den Händen; sie wollte arbeiten, aber tausend Nichtigkeiten hielten sie ab. Ihr Tag war öde; mit Leben erfüllt, belastet, schmerzlich und reich waren nur die Sekunden, da sie an *ihn* dachte. Es geschah oft ganz plötzlich, während sie mit der Baronesse Charleston tanzte, oder während einer rasenden Autofahrt. Sie senkte die blanke Stirn – so glatt immer noch, als habe sie nichts erlebt –, ihre grauen Augen verdunkelten sich bis ins Schwarze. Ihr hochmütiges Knabengesicht war für solche Sekunden das tief gesenkte Gesicht einer Frau, die das Leid kennt.

Ihre Geldverhältnisse wurden immer toller, sie wußte kaum mehr, wie sie sich retten sollte. Der und jener half aus, aber es reichte niemals, und sie hatte fast täglich den Gerichtsvollzieher zum Frühstück.

Dazwischen überlegte sie sich, wie Jak sich durchbringen mochte. Entsetzlicher Gedanke, vielleicht hungerte er. Sie schickte ihm ein wenig Gänseleberpastete, als eingeschriebenes Päckchen.

Aber zwei Wochen später bat sie ihn telegraphisch um tausend Mark, sie sei in unhaltbarer Lage. Er schickte es ihr, weiß Gott, wie er es aufgebracht hatte, und er schrieb ihr dazu: damit, daß er sie lieben mußte, habe Gott ihn gräßlicher bestraft als mit Krätze und Pest. – Gert saß über diesem Brief fassungslos, sie wendete ihn, im Blick tiefste Ratlosigkeit, hin und her.

In solchen Stunden konnte nur die gedrungene Schauspielerin helfen, Jaks Freundin von jenem Fest. Gert klammerte sich an sie, wenn sie vor Baronesse Boby und ihrer Gesellschaft Ekel empfand.

«Warum schreibt er mir das?» klagte sie, den leichten, hilflosen Kopf an der schweren Schulter der Freundin, «er will mich quälen, oh, er hat nie etwas anderes gewollt –»

Die Freundin hatte sie zu trösten wie ein Kind. Sie hielt die Zitternde fest in den Armen, ihr starker und geheimnisvoll scherzhafter Blick war beruhigend. Gert schaute, auf ihrem Schoß weinend, angstvoll und starr in das große, kluge, humoristische Gesicht. «Denkt er an mich?» fragte sie flehend. «Glaubst du, daß er überhaupt an mich denkt?» – Die Ältere über ihr nickte.

Er träumte von ihr, er sah sie in tausendfacher Verwandlung.

Nun bewegte sie sich in einer Landschaft von biblischer Reinheit. Wiesen dehnten sich sanft, dahinter erhob sich zart und feierlich die eiseskühle Silhouette von Bergen. Weiße Wolken formten im silberblauen Äther eines erblassenden Himmels geheimnisvolle Spiele und Figuren. Gert stand gebückt inmitten der Wiesen, sie pflückte Lilien, die ihr weiß entgegenwuchsen. Sie trug englisches Schneiderkostüm und große Brille wie stets, sie war auch, wie immer, frisiert – aber wie ergreifend hatte sie sich verklärt. Welche Schönheit in der Bewegung, wenn sie sich zu den Blumen neigte. Ihre Miene war streng und beseligt, sie lächelte kaum, aber ihr Gesicht war wie von innen erhellt und beleuchtet. Von ihrer Stirne kam Glanz – so träumte Jak, und er weinte vor Glück.

Sie verschwand, ohne daß es schmerzlich gewesen wäre. Sie ging dahin, sie war zerflossen in Licht, um sie herum verwandelte sich großartig die Landschaft.

Jak fand sich in einem Tal, zwischen schwarzen Bergwänden stürzten weiß die Wasserfälle hernieder. Es wehte eiskalt, der bitterwürzige Geruch der schwarzen Tannenbäume kam zu ihm mit dem eisigen Luftzug. Keine Wiesen mehr, und der gläserne Himmel der Dämmerung hatte sich majestätisch verfinstert. Schwarze Vögel kreisten über dem Felsen, Jak wagte nicht hinzuschauen: vielleicht waren es gar keine Vögel, sondern heilige und viel gefährlichere Wesen. Er wollte schreien, aber eine schwarze Hand verbot jeden Laut. Ihn betäubte ein klirrender Wind, der metallen von den Bergwänden wehte, so, als dröhnten eiserne Schilder gegeneinander oder als flöge eine Schar von erzenen Engeln flügelschlagend durch diese heroische Landschaft.

9.

Gert hatte angefangen, sein Porträt zu malen, es war seit Jahren ihre erste größere Arbeit. Es sollte ein Brustbild werden, und er hatte das rostbraune Hemd darauf an. Den dunklen Kopf hielt er ein wenig schräg und gesenkt; heller als sein Gesicht, fahl leuchtend, beinah gespenstisch wollte sie seine leidenden und verzerrten Hände. Sie arbeitete jeden Morgen, so innig hatte sie sich noch um kein Bild bemüht. Seine Haut mußte den bräunlichen und warmen Schimmer haben, dabei sollte sein Gesicht im Schatten bleiben, so, als wenn es sich verstecken wollte. Sie litt, sie verfluchte die letzten Jahre und ihre Trägheit. Sie ließ keine Besuche mehr vor, sie weigerte sich sogar, Boby zu empfangen. Es galt noch, seinen Augen unter den pierrothaft geschwungenen Brauen den leidenden, heißen und verlokkenden Blick zu geben.

Eines Vormittags, als sie arbeitete, besuchte sie Georg, Jaks früherer Kamerad. Er ließ sich nicht melden, sie hatte ihn nicht klingeln gehört. Als sie sich wandte, stand er schon hinter ihr, kindlich und stark in der Windjacke, mit dem klaren und strengen Gesicht. Gert sagte etwas Höfliches und Erschrockenes, sie bot ihm Platz an, aber auf dergleichen ging er nicht ein. «Ich bin Georg», sagte er trotzig, «Sie werden sicher von mir gehört haben. Wahrscheinlich wissen sie von dem gestohlenen Geld.»

Sie machte nur: «Oh – –», und errötete flüchtig. Sie legte, um ihn sich genauer anzusehen, die Malgerätschaften nieder. «Natürlich», sagte sie und lächelte weicher, «Sie sind Jaks Kamerad.» Aber ihn rührte kein Lächeln. «Ich bin Jakobs Kamerad *gewesen*», sagte er hart. – «Und was für gestohlene Gelder meinten Sie denn?» erkundigte Gert sich beinahe schelmisch. Georg erklärte ihr grausam: «Er hat die Kasse gemein unterschlagen, die wir ihm anvertraut hatten.

Ich glaube ganz sicher, Sie waren dabei im Spiel.» Nun fuhr Gert in die Höhe, über ihr Gesicht ging wieder die flüchtige Röte. «Wie unangenehm!» sagte sie nach einer Pause, leiser und wie bekümmert. «Um wieviel handelt es sich?» – «Um fünfhundert Reichsmark.» Sie lächelte traurig: «Er hat sie mir als Abschiedsgabe vermacht.»

Sie sah den jungen Kommunisten nachdenklich an, er spürte auf seiner störrisch gesenkten Stirn ihren hellen, inhaltsleeren, rührenden Blick. «Es waren Ihre Ersparnisse», sagte sie zärtlich. Er begann plötzlich, kindlich, überstürzt zu reden: «Wir haben es ihm anvertraut, weil wir es bei ihm am sichersten glaubten. Wir dachten, in der Klasse, aus der er kam, hielte man wenigstens noch auf Ehrlichkeit. Sie ist eben noch zerrütteter, als wir's wußten. Dabei hatte er's bestimmt nicht so nötig wie unsereins. Es waren volle fünfhundert Mark, alles, was wir in so viel Wochen zusammengebracht hatten. Wir wollten einen Sommeraufenthalt davon haben, es hätte vierzehn Tage für uns alle gereicht – –» Sie mußte immer auf seine finstere, gesenkte Stirne sehen. Aber plötzlich sagte sie, den Blick von ihm wendend, im Gesicht Angst und Schrecken: «Um Gottes willen, was muß Jak gelitten haben!»

Sie wandte sich, und sie mußte die Augen schließen. Ihr geschah es, daß sie die Sekunde, in der Jak das Geld gestohlen hatte, noch einmal, für ihn, erlebte. Sie büßte für ihn, denn sie litt all seine Qualen noch einmal. Ihr blieb keine Zuckung seiner Nerven erspart. Sie zitterte: vor Mitleid, weil er diesen Krampf, diese Peinigung hatte ertragen müssen; vor Entsetzen, weil dieses doch schon durchlebte Leid nun noch einmal über *sie* hereinbrach.

So wenig also kannte man das Herz dessen, den man zu lieben glaubte. Sie fühlte Schauder und Todesangst, da sie nun die Nöte und Verwirrungen dieses Herzens nur für eine Sekunde erfuhr. So also sah es im Herzen eines Geliebten aus, und man wußte es nicht: so aufrührerisch, so verwirrt. So brennend hatte dieses Herz nach Leid gedürstet, so innig hatte es danach verlangt, sich in Leid zu verstricken. – Jak hatte seine Freunde bestohlen; aber *warum* dies hatte geschehen müssen und was ihn bis dahin geführt, das verstand nur sie; auf der weiten Welt niemand als sie.

Mitten in diese Schmerzensvision fiel Georgs harte Stimme; sie schien größer, als sie jemals eines Menschen Stimme gekannt. «Als wenn es auf *ihn* ankäme!» erwiderte ihr diese Stimme. «Als wenn es auf *seine* Leiden ankommen dürfte!» Sie standen sich direkt gegenüber, sein grobes Gesicht glühte. Sie hätte fliehen mögen, solche Kraft fühlte sie aus ihm strömen. Es war, als spräche aus seiner kindlichen und harten Stimme ein anderer Wille, ein höherer, weit über seine armen Gedanken hinaus.

«Er war etwas!» rief Georg und hob ungelenk-pathetisch den Arm, «bei uns, in unserer Mitte! Aber nun, losgelöst, einzeln?!» Er ließ die gereckte Faust sinken, so wuchtig, als schlüge er in ein Gesicht. Er schrie die Antwort, während er zuschlug: «Er ist ein Dieb, ein Dreck, ein Nichts, ein Halunke!» – So stand er vor ihr: drohend, unerbittlich. Er sprach nicht in eigener und privater Sache, sie erkannte in ihm den harten und erglühten Sendboten einer Gemeinschaft, die die Zukunft auf ihrer Seite wußte.

Sie fühlte sich tief unterlegen, ihr Flehen war schwach, und es kam aus zitterndem Mund. «Aber – aber er hat *Sie* doch auch geliebt!» bat sie ihn zögernd und wies auf das Bild, als müsse ihn soviel schmerzliche Schönheit versöhnen. «Da müssen Sie ihn doch kennen!» – Der Unerbittliche schüttelte nur den Kopf: «Das geht mich nichts an. Ich will ihn auch gar nicht kennen. Es gibt ihn nicht mehr. Mit ihm ist es aus. Er ist für immer verloren.»

Sie saß unter seinen Worten und zitterte nur, Widerspruch wagte sie nicht. Nun erst hob er gegen *sie* den pathetischen Arm. «Schuld sind natürlich nur Sie!» sagte er langsam und drohend. «Sie haben ihn aus der Gemeinschaft gerissen! – Aber Sie glaubten, ihn ja zu lieben.» Dazu lachte er höhnisch. Er wandte den Kopf, in seinem angeekelten Blick stand Verachtung.

Hier war sie machtlos, sie stand einer fremden Gewalt gegenüber. Das Gefühl galt nichts, der einzelne war so wertlos, daß es komisch wurde, sich auf sein Recht zu berufen, über sein Erlebnis zu sprechen. Die traurigen und schwierigen Erfahrungen ihrer einsamen Seelen, vor der starken, grausamen Stirn dieses Jünglings würden sie sinnlos und nichtig.

Sie glaubte diesen Jüngling nicht zu erkennen, das war der bescheidene Georg nicht, von dem Jak ihr erzählt hatte. Sein Blick flammte, er hatte für sie und für ihren verlorenen Freund nur die steil vernichtende Geste des Fluches. Sie saß abgewendet, hilflos und schwach, als erwarte sie nur noch sein Urteil. Es kam, knapp und entschlossen, als unerbittliche Formel aus seinem Mund: «Er hat sich gegen uns, gegen das Kollektivum, vergangen. – Pfui!» Und er spie auf seines Freundes Jak noch nicht vollendetes Bild.

Gert warf sich schluchzend vor das Porträt. «Gehen Sie nun!» rief sie, denn ihre Kräfte waren zu Ende. Sie fügte ermattet hinzu: «Ich hoffe, daß ich die fünfhundert Mark bald wieder auftreiben könne –.»

Er stand schon weit fort, an der Tür. Seine gnadenlos unpersönliche, metallisch schwingende Stimme traf sie noch einmal, noch einmal traf die Hingesunkene sein hart leuchtender, vernichtender Blick. «Ihr seid verloren!» rief er triumphierend, ehe er ging – strafender junger Erzengel mit dem zürnend erhobenen Arm.

Jaks Telegramm, er sei in Tunis und gefährlich krank, erreichte sie wie ein Befehl. Sie ordnete ihre Angelegenheiten sofort, verkaufte ihre Einrichtung, verschaffte sich Geld. Es gelang ihr sogar, fünfhundert Reichsmark zu erübrigen, um dem proletarischen Jugendbund seinen Verlust zu ersetzen.

10.

Sie stürzte sich in das Abenteuer der Reise.

Sie fuhr direkt nach Marseille, saß eine Nacht und beinah zwei Tage in ihrem Kupee. Wieviel stumme Auseinandersetzungen mit den Reisegenossen ihr gegenüber. Stiller Ekel über die zu lüsternen Herren. Leiser, erbitterter Kampf mit alten Damen, die sich das Fensteröffnen verbaten. Einsame Mahlzeiten im Speisewagen. Endlose Nächte, und sie konnte nicht schlafen.

Endlich Marseille: enge Straßen, vornehme, aber verwahrloste Häuser vor dem grell leuchtenden Himmel; über dem in die Fremde lockenden Meer Notre-Dame goldstrahlend auf ihren Felsen mit dem erhobenen Haupt. Leichter Gestank überall, wohin man den Fuß setzte, Schmutz, Gedräng von Negern, Matrosen, Huren, französischen Spießern in den erregten und unsauberen Gassen.

Gert kleidete sich abends als Kavalier, unternehmungsfroher junger Engländer in jeder Geste, besuchte sie das Bordellviertel hinter dem Hafen. Es war beinah unmöglich durchzukommen, die Huren, mittelalterlich aufgeputzt an ihren Türen sitzend, rissen sie an sich, lockten und drohten, wenn sie entwich. Da sie sich so spröde gegen Damen zeigte, machten ihr die schmutzstarrenden Lustknaben Angebote. Schließlich sah sie erotisches Kino in der Maison Aline. – Sie kam erst gegen fünf Uhr in das Hotel de Genève.

Am nächsten Vormittag ging ihr Schiff. Die Reise dauerte noch einmal sechsunddreißig Stunden. Gert stand beinah die ganze Zeit an der äußersten Spitze des Dampfers, den Wind im Gesicht, eine kühne und dabei hilfsbedürftige Figur. So sah sie das mittägliche Meer in tiefer Bläue; sein feierliches Erblassen gegen den Abend; seine perlmutterne Stille vor Einbruch der Nacht. Es atmete schwarz in der Dunkelheit, es ruhte eiskalt und grau, bis es berührt ward vom ersten Anhauch der Sonne. Sie sah es erschauern, als geschehe diese Berührung zum erstenmal. Östlich bereitete sich feierlich zeremoniell das ungeheure Fest des Sonnenaufganges vor, die ersten Wolken begannen blutig zu glühen.

Sie ging durch die Straßen von Tunis, zu Anfang glaubte sie sich in einer südfranzösischen kleinen Stadt. Breite Plätze mit Palmen und feinen Geschäften, in den Kaffeehäusern saßen die Bürger vor ihrem Bock und hörten Musik von Puccini. – Sie wollte das kleine Hotel nicht gleich finden, das sie als seine Adresse kannte. Sie hatte Angst davor, ihn wiederzusehen, länger konnte sie es nicht vor sich leugnen.

Plötzlich stand sie an der Porte de France. Bettler streckten ihr die bösen Knochenhände hin, verdächtige Süßigkeiten dufteten auf Karren, man roch es gleich, daß sie vergiftet waren. Sie trat durch die Tür ins arabische Viertel – da öffnete sich Tausendundeine Nacht. Wie im Traum fand sie sich in engen Gassen und Gewölben, diese scharfen und geheimnisvollen Düfte waren ihr nur aus Märchenbüchern bekannt. Teppiche, Pantoffeln und Metallgeräte leuchteten aus den Basaren, die alten Wucherer winkten unzüchtig mit Bärten und braunen, aussatzzerfressenen Händen. Über den schmalen, riechenden Gassen glühten die schwarzblauen Streifen des Himmels. Zuweilen verschwand er, die Straßen wurden zu gedeckten Wandelgängen, Ambra und Rosenessenz schimmerten zauberhaft ölig in ihren unsauberen Fläschchen. Schwarzverhüllten Gesichts eilten die Frauen vorbei, über den Tüchern, die ihnen Mund und Nase verbargen, hatten die Augen ihre dunkel eindringliche Sprache. Knaben lehnten in den Türöffnungen und am Fenster, verlockend mit der weichen Linie der Hüfte, mit dem tierischen Blick, dem wollüstig trägen Mund.

Hier suchte sie ihren Geliebten. Er schlief in einem dieser gefährlichen Häuser, vielleicht betäubt, vielleicht beinah tot und zudem entstellt durch den schwarzgekräuselten Vollbart. Sie war der Ritter, der durch die verzauberten Gassen eilte, um ihm zu helfen, um ihn zu befreien – der schmale junge Held, der widerstand, wenn Wucherer winkten und so verlockend Knaben ihre Körper zeigten.

Sie eilte und lächelte wie im Traum. Sie suchte ihren Geliebten in der Stadt dieser Wunder. Sicherlich, sie träumte ein Märchen, so lebendig und bunt war die Wirklichkeit nie.

Endlich fand sie das kleine Hotel. Sie hatte zurückgehen müssen, es lag zwar noch im arabischen Viertel, aber direkt hinter der Porte de France. Von außen war es putzsüchtig grell, wie eine kleine Moschee, einladend aufgemacht, wie ein unanständiges Bad. Sie lief die Treppe hinauf, hier wehte es steinern und kühl. Ein Junge bedeutete ihr aus dem Dämmern, wohin sie sich wenden müsse. Sie eilte schon hin, stolperte, vor Aufregung blind, riß eine Tür auf, stand in einem halb verdunkelten Zimmer – da atmete der Geliebte im Bett.

Sie fiel über ihn hin, ihre streichelnden Hände erkannten in seinem Gesicht jede Linie. Einen Bart trug er nicht, das war das erste, was sie feststellen durfte. Aber sein Gesicht war viel schmaler geworden.

Das Hemd, das er anhatte, war schwärzlich und alt. Ihr schien auch sein Gesicht zwischen den Kissen schwärzlich zu sein. Um seinen Mund zuckte es, als täte eine Wunde ihm weh.

Sie klammerten sich aneinander, hätten sie sich gelassen, sie wären ins Bodenlose gestürzt, so phantastisch war ihre Lage. Er öffnete weit den Mund, er riß den schmerzlichen Mund auf, als wolle er klagen, aufschreien, jammern. Aber sie erstickte seinen Aufschrei mit ihrem Kuß. Dabei stöhnte sie auf: sie erkannte den schlimmen Geruch jenes ersten Kusses im Flugzeug; damals war alles ganz ähnlich gewesen.

Er sah in ihrem glatten Gesicht mit der unberührbaren Stirne die ersten, sich vertiefenden Falten um Augen und Mund. Da merkte er: auch sie hatte inzwischen gelitten. Sie sahen sich fassungslos an: um Gottes Barmherzigkeit willen, wo waren sie denn? Auf welcher

Station ihres Weges? Doch sicher noch nicht am Ende. Aber wohin mußten sie nun? – Sie fühlten sich losgelöst, preisgegeben, verzweifelt, verwunschener als die Kinder im verzauberten Wald.

Sie waren beide schuldig geworden, und sie wußten nicht, ob es den gab, der ihnen hätte verzeihen können. Sie hatten sich tief verwirrt; nun besaßen sie nichts mehr als das Bewußtsein ihrer Schuld, ihrer Einsamkeit – und einer des anderen Umarmung.

«Georg hat uns Verlorene genannt», flüsterte sie. «Er hat recht – oh, wir haben ja den Halt verloren. Spürst du es nicht, Jak, wie wir fallen? Spürst du es nicht? – Das mit dem Geld, weißt du – daß du sogar das noch tun mußtest – es ist nur ein Zeichen, ein Symbol unserer Schuld –» Ihre Stimme verging, löschte aus, erstickte in Tränen. Er aber zeigte ihr das mitgenommene und beinah reife Lächeln, das er auf seinen Fahrten hatte lernen müssen. Dieses Lächeln beruhigte ihre verzweifelte Stimme. «Wir sind nicht verloren», erklärte er ihr ganz langsam. «Mit Verwirrungen fängt es an. Mit der Schuld fangen wir an. Denn das Leben ist unergründlich. Davon braucht Georg nichts zu verstehen. Aber merkst *du* es nicht? Es ist groß…»

Sie lagen auf diesem schmutzigen Bett wie auf einem Segelboot, das in eine gefährliche Nacht treibt, Gerüche, Masken und Abenteuer kamen ihnen aus dem strömenden Dunkel entgegen. Sie öffneten fromm die Augen, während sie fuhren.

Der südliche Abend lärmte vor ihrem Fenster. In den steinernen Gängen des üblen Hotels kicherte, trippelte und rumorte es. Gert und Jak in ihrem schmutzigen Bett schmiegten sich eng aneinander. So spürten sie wenigstens ihre Körper, wußten sie auch sonst nicht, wo aus und wo ein. Sie schlossen wieder die Augen, sie lachten leise, so toll ging ihre nächtliche Fahrt.

Gegenüber von China

I.

Sein Vorrecht hieß: Jugend.

Seine einzige Überzeugung war, daß *ihm* nichts unmöglich sein könne. Er war zwanzig Jahre alt und hieß Peter Brockmann. Er war nicht begabter als andere. Was ihn auszeichnete, war der Enthusiasmus seines Selbstvertrauens. Er verließ sich felsenfest auf den Glanz seiner blaugrauen Augen, seines Lächelns. Er hielt es für unwiderstehlich, wenn er trotzig den Kopf in den Nacken warf, die blonde Mähne siegesgewiß schüttelnd. Er wußte sich blendend gewachsen und von einer schmissigen, burschenhaften Eleganz: den Hut keß in der Stirne und dazu einen militärischen Mantel mit Achselklappen und Gurt. – Er sagte sich, vollkommen richtig: Wenn *ich* nicht von meinem Triumph überzeugt bin, *wer* sollte dran glauben?

So brach er auf, um die Welt zu erobern.

Er war es überdrüssig geworden, jugendliche Liebhaber an deutschen Provinzbühnen darzustellen, konnte Mortimer, Prinz Karl Heinz, sogar Melchior Gabor nicht mehr ertragen. Melchior Gabor war seine Lieblingsrolle gewesen, der einzige, mit dem er sich wirklich identisch fühlte; aber gerade dieser, der sich am Ende dem vermummten Herrn verpflichtete, hätte es niemals längere Zeit am Stadttheater zu Würzburg ausgehalten.

Peter erpreßte das Reisegeld nach New York von seinem Vater, dem Gymnasialprofessor. Aber natürlich war sein Endziel: Kalifornien, Hollywood.

Wie sollte er weiterkommen? Da er noch beinahe hundert Dollars besaß, stieg er zunächst guten Mutes im Hotel Pennsylvania ab. Am meisten verließ er sich auf den langsam sprechenden Herrn, den er auf dem Dampfer kennengelernt hatte. Dieser, so spürte er, wollte nichts Unangenehmes – er hatte nur an seiner eigenartigen Person ein gewisses neugieriges und sensationslüsternes Interesse genommen. Peter hatte für dergleichen den unfehlbaren Blick, und er wußte genau: hier hatte er es mit einem Kauz zu tun, der, um des psychologischen Experimentes willen, einem jungen Mann sogar die Reise nach Kalifornien finanzierte.

Er irrte nicht: noch im Laufe des ersten Tages meldete sich Dr. Bürger am Telephon.

Sie nahmen das Abendessen zusammen in einem der Hotelrestaurants. Dieser unscheinbare und korrekte Herr erwies sich als der geborene Verführer. Er verlockte Peter dazu, die abenteuerlichsten Gerichte zu bestellen, amerikanische Spezialitäten, von denen er niemals gehört – nur um festzustellen, was für eine Miene er mache. Er war bis zum Sadistischen neugierig. «Nun bin ich aber gespannt, ob es Sie ekelt», sagte er langsam mit dem tückischsten Lächeln, wenn er etwas recht Fettiges und Süßes für den armen Peter ausgesucht hatte.

Leider schien Peter in seinen Berechnungen sich getäuscht zu haben. Er wurde schamlos, sprach von seinem wunderbaren Talent als Filmschauspieler, erwähnte, wie weit die Reise nach Hollywood sei und daß er beinah kein Geld mehr habe; aber Dr. Bürger wollte nichts merken. Er erzählte monotone Klatschgeschichten; ihm waren alle großen Familien Amerikas bekannt, und er wußte ihre Tragödien. – Sein Gedächtnis war phänomenal, es bewahrte noch das Verzwickteste auf, sammelte gewissenhaft Ehebruchgeschichten und Verbrechen.

Peter litt, während er höfliche Antworten gab: Merkt er wirklich nichts – oder will er mich zappeln lassen? So eine Gemeinheit! Er hatte doch auf dem Schiff schon Andeutungen gemacht, daß er auch nach Kalifornien müßte – und er reiste so ungern allein.

Am Schluß der Mahlzeit sagte Dr. Bürger wie nebenbei: «Also es ist ausgemacht, ich lade Sie zu der Reise nach Hollywood ein.» Ihm war daran gelegen, den Knaben aufzucken und erröten zu sehen. Würde er nicht doch zunächst zögern? Würde er sich vielleicht Skrupel machen, das Geschenk von einem beinah Fremden anzunehmen?

Aber Peter freute sich fürchterlich. Die Idee, das Angebot bedrohe seine «Ehre», kam ihm nicht einmal eine Sekunde. Er war zu jung und zu sachlich; er wollte weiterkommen, sonst nichts. Alles andere wäre verlogen gewesen. Seine Ehre ging ihn nichts an. – Er wäre Dr. Bürger beinah um den Hals gefallen. Aber ihn ernüchterte sein undurchdringlich stilles Gesicht mit den saugenden, quellenden Augen.

2.

Über der abenteuerlich langen Reise vergaß man, daß es ein Ziel gab. Nichts blieb Wahrheit als der Rhythmus der Eisenbahn und die kahle Landschaft, die vorüberzog: unendliche Fläche, darauf standen wie verloren die vereinzelten Tiere.

Da der Zug keinen Speisewagen führte, hatten sie ihre Mahlzeiten an den kleinen Stationen. Überall wurden sie schon erwartet, in der Türe standen die Kellnerinnen, schwesternhaft weiß gekleidet, und hoben wohltätig winkend die Arme; drinnen waren die Tische reinlich gedeckt. – Nach kurzer Rast ging es weiter; die Nacht nahm sie auf oder ein sich öde öffnender Tag.

Peter dachte: Das bedeutet also «reisen». Seine Anspannung wich, er fühlte nur noch lähmende Langeweile. Draußen felsige Wildnis, dann die gelbe Fläche des Maisfeldes, dann Stunden um Stunden nur Wüste. Er fühlte mit Schauern, wie in seinem Herzen der Ehrgeiz erlosch. Dr. Bürgers eintönige Stimme hypnotisierte ihn, brach seinen Willen, spannte um seine Stirne einen Ring von Müdigkeit.

Kein Sterblicher wußte so viel Fürchterliches wie dieser kleine mißtrauische Herr; er war eine lebende Chronik grausiger Begebenheiten. «Das war doch sonderbar», sagte er ausführlich und indem er jedes Wort genau zu Ende sprach: «Fräulein Meier gab ihrer kränklichen Mutter Gift in die Suppe, um schneller in den Besitz der Erbschaft zu kommen. Aber das Gift wirkte langsam, und Madame Meier, anstatt sich den Magen auspumpen zu lassen, erschlug mit dem Beil ihre Dienstmagd, da sie diese für schuldig hielt, denn von ihrer Tochter konnte sie derlei nicht glauben. So starb die Unglückliche in den Armen der Mörderin, während sich die treue Magd in der Waschküche verblutete. Ich finde dieses energische Fräulein respektabel», schloß der Doktor und faltete zufrieden die Hände, «übrigens hatte sie es ja von der Mutter geerbt.»

Er erzählte mit unerbittlicher Sanftheit, behandelte die Lebensläufe von Wahnsinnigen, Falschmünzern, Lustmördern. «Eigentlich bin ich stolz», erklärte er freudig, «eine meiner Tanten wurde enthauptet. Sie war eine angenehme Person. Man zwang sie, einen Kerl zu heiraten, den sie nicht liebte. Was sollte sie tun? Er war Metzger. Sie schnitt ihm mit seinem größten Messer eines Abends den Hals durch.» Er nickte ehrbar über solchem Frauenschicksal.

«Das war doch sonderbar», wiederholte er sorgsam.

Dazwischen wandte er sich mit toter Neugierde an Peter: «Und was wird aus Ihnen nun werden, mein junger Freund? So ganz alleine im wilden Westen? Ich hoffe, es gibt etwas Originelles. Begehen Sie nicht einfach Selbstmord! Seien Sie einfallsreicher, das darf ich von Ihnen verlangen!»

Peter gefror das Blut in den Adern; er hatte noch keinen Mann so wie diesen gefürchtet. Wären nur erst die Reisetage zu Ende! Es war unerträglich, diesem korrekten und gefährlichen Gesellen stundenlang gegenüberzusitzen und seinen unheimlichen Redereien zu lauschen. Der Kräfteverlust, den er durch den schauerlichen Herrn erlitt, hob – so berechnete er ökonomisch – die Vorteile reichlich auf, die er durch die Freundschaft mit ihm genoß. Schon spürte er sein einzigstes und kostbarstes Gut sich entgleiten: seine unbesiegbare Selbstsicherheit. Dagegen rebellierte seine egoistische Jugend.

Dieser verdächtige Mensch sammelte fremde Schicksale, um sich für die eigene, innere Leere schadlos zu halten. Er war imstande, den jungen Mann, den er aushielt, zur Katastrophe zu treiben, nur um zuschauen zu können und der bösen Neugierde seines Herzens genugzutun. Peter war ihm als Opfer gerade recht. Er witterte das unverbrauchte Material. In seinen fischigen Augen blitzte es lüstern. Diese Augen saugten sich wie vampirhafte Quallen an des Knaben Gesicht fest. Der hätte schreien mögen vor Angst.

Dr. Bürgers unerklärliches Gesicht scheute die Sonne, er verkroch sich feige vor ihr, wo sie ihn traf. Er liebte es, Halbdunkel um sich zu haben, bestand darauf, daß die Vorhänge stets geschlossen blieben. Über die Sonne führte er oft anrüchige und schlimme Reden. «Ich mag sie nicht, sie ist wie eine erotisch aufdringliche Frau. Fühlen Sie nicht, wie sie uns vergewaltigt? Alles Vornehme gedeiht dort, wo es schattig ist. Ich mag das Licht nicht, es ist plump und gemein.» – Seine faltenreiche Stirne war farblos und kellerhaft, selbst sein mausgrauer Anzug haßte die Sonne.

Peters Herz flehte: «Wäre diese Reise nur erst zu Ende! Ich komme als ein Erledigter an!»

Vielleicht erwartete ihn das Schlimmste, und sein Untergang war beschlossen. In welche Abenteuer wagte er sich? Einer seiner Freunde, mit dem zusammen er in Würzburg engagiert gewesen war und der jetzt in Hollywood lebte – ein junger Wiener, melancholischer und zerstreuter Liebhabertyp –, hatte ihm beunruhigend telegraphiert: «Freue mich, dich wiederzusehen. Sei bitte hier auf alles gefaßt.»

Er hatte niemals Angst vor Abenteuern gehabt, und auf alles gefaßt war er immer gewesen. Aber diesmal würde er als ein fast Entnervter weiß Gott was für Gefahren bestehen müssen.

3.

Dr. Bürger war schon in Pasadena ausgestiegen, wo er bei einer Millionärsfamilie Gast sein sollte. Peter stand allein auf dem Bahnhof von Los Angeles. Er fühlte sich wie einer Gefahr entronnen, atmete wie ein Befreiter, und sein Mut wuchs.

Wie oft stand ein Abenteurer, gleich diesem, an der Station von Los Angeles mit gegürtetem Mantel, feurigem Blick und den Hut kühn in der Stirne? Aber Peter Brockmann glaubte der einzige, erste zu sein – und er benahm sich danach. Er ging federnden Schrittes zum Taxi, nannte den Namen seines kleinen Hotels am Hollywood-Boulevard mit fürstlichem Ausdruck, und er bestieg das gelbe Autoungetüm mit elastischer Anmut, als sei es mindestens ein Rolls Royce.

Er hatte nicht gewußt, daß die Fahrt so lange sein würde. Erst ging es durch Wolkenkratzerstraßen, wo der Verkehr sich staute; aber dazwischen standen schon Palmen, und die Hochhäuser hatten etwas Improvisiertes, vorläufig Hingestelltes. Das Straßenbild war bunter als in New York, unseriöser; es hatte mit schmückenden, grellen Fassaden etwas von einem Ausstellungspark.

Nach kurzer Fahrt gab es mehr freie Plätze, kleine grünbewachsene Holzhäuschen, Reklametafeln, Palmenalleen. Man glaubte bald in einer amerikanischen Vorstadt, bald in Nizza zu sein. Etwas ärmlich Unsolides mischte sich mit dem luxuriös Badeorthaften.

Diese Häuser hielten nicht stand: sie mußten einfallen, stieß man sie an. Die Palmenalleen dehnten sich prunkvoll, boten eine breite und befriedigende Perspektive – aber auf unerklärliche Weise wirkten auch sie künstlich und unecht. Peter fuhr durch ein Paradies: der Himmel strahlte, in dunstiger Ferne lagen weich die blauen Konturen der Berge – aber dies alles schien nur reklamehaft vorgezaubert, wie auf einem Prospekt.

Peter, in seinem rüttelnden Automobil, fühlte wieder beseligt sein Selbstvertrauen wie einen Rausch. Er wußte: man kann in dieser Stadt durch einen Augenaufschlag, durch einen Blick Millionär werden. Diese noch unausgefüllte, halb leere und verschwenderisch schöne Landschaft war von unerhörten Möglichkeiten voll – es hieß nur zugreifen, und man hatte gesiegt! Er würde zufassen, zupacken, das Glück an sich reißen – er würde siegen – auf allen Kinoplakaten sah er sein junges, weltberühmtes Gesicht leuchten, im hügeligen Palmenparadies war seine marmorweiße Villa gelegen.

Er fuhr den Hollywood-Boulevard hinunter, der kulissenhaft prunkte. Kindisch aufgeputzt, ägyptisch und chinesisch im Stil, zeigten sich die märchenhaften Filmpaläste; jede Gasolinstation, wo man die Autos versorgte, glich einem Lustschlößchen, strahlend in Weiß, Rot und Gelb.

Dem Knaben Peter stockte der Atem vor Glück. Wie alt war dieser komischste, phantastischste, unglaublichste Boulevard? Nicht viel älter als zwanzig Jahre. Nicht viel älter als er – –

In dieser Landschaft gab es keine Widerstände, die unüberwindlich waren. In einer zwanzigjährigen Stadt hat nur der Zwanzigjährige Chancen.

Da hielt das Taxi vor Peters kleinem Hotel.

4.

Als er Martin wiedersah, glaubte er zunächst, sein Freund sei unverändert. Das war sein Kamerad in soviel Abenteuern, es war der, mit dem er soviel Leidenschaftliches, Bewegtes auf der Bühne und im Leben gemeinsam durchgemacht: er hatte noch denselben warmen und zerstreuten Blick unter schwarzen, dichten, schön gezogenen Brauen; dieselbe undeutliche und doch intensive Manier des Gesprächs – diese Art, einen Satz fast unverständlich schnell, überhetzt zu beginnen, um dann auf den letzten Worten wie ermattet auszuruhen –, denselben wienerischen Tonfall; und Peter erkannte an ihm die flüchtige Gebärde wieder, die seine Hand unvermittelt, als habe ihn eine Fliege gestört, zur Stirne führte – zu dieser reizvollen Stirn, die sich so leicht nervös verfinsterte.

Sie erinnerten sich und sie lachten. Wie komisch und aufregend hatten sie es gehabt! Sie kopierten die Kollegen von damals, den Heldenvater und die komische Alte. Sie hatten «Frühlings Erwachen» miteinander gespielt, Martin den Moritz Stiefel, Peter den Melchior, das waren ihre Lieblingsrollen gewesen. Sie stellten sich vor: der Herr Direktor als «vermummter Herr» und die nicht mehr ganz junge Sentimentale als Wendla. Sie amüsierten sich wie Jungen, wenn sie an vergangene Streiche denken. Aus dem Lachen kamen sie gar nicht heraus.

Aber währenddem merkte Peter: mit einem Verwandelten hatte er es doch zu tun. – Früher war Martins Nervosität die reine Gefallsucht gewesen, jetzt ließ sie ihn allen Ernstes keinen Augenblick mehr ruhen. Er lief herum, redete unklar. Wenn er lachte, schloß er dabei schmerzlich die Augen, zwischen seinen Brauen erschien ein empfindsam gequälter Zug. Seine Haut war unrein und makelhaft, am Hals hatte er sogar einen kleinen, aber häßlichen Ausschlag. Sein Mund bekam, wenn er nicht sprach, einen erschlafften, angeekelten Ausdruck, während es in seinen Augen noch ruhelos zuckte.

Peter machte als erster Schluß mit dem Lachen. Er fragte ihn plötzlich: «Hast du es schwer gehabt? Du machst einen mitgenommenen Eindruck –» Martin ging nicht darauf ein, winkte ab und sah aus dem Fenster. «Aber weißt du», sagte er hastig, «ich mag das –», auf dem «mag» ruhte seine Stimme einen Moment, «es ist hier alles so ungewiß, so unwirklich – kann alles kommen –» Und Peter darauf, streng, als wolle er solches Ausweichen nicht erlauben: «Ich denke, du hast eine Stellung?» Martin, während auf seiner Stirne die nervöse Verfinsterung sich vollzog: «Ja, ich führe jemandem die Korrespondenz – solang es halt dauert.»

Sie schweigen bedrückt. Martin zog die Brauen gereizt zusammen, redete nach einer Pause, flüchtig und lügenhaft: «Oh, du wirst dein Glück hier schon machen! Bist ja der alte Unternehmungsfrohe geblieben. Und sicher hast du ausgezeichnete Verbindungen.» Nun bekannte Peter mit Stolz: «Daran ist was. Zufällig ist der berühmte Marutte Schüler meines Papas in Würzburg gewesen. Ich habe einen Brief an ihn – vom Papa –» Martin lachte wieder, wobei sein Mund angeekelt erschlaffte und er schmerzlich die Augen schloß. «Oh, das wäre ja lustig. Der alte Marutte ist hier ein vollkommener König. Die Frage ist nur, ob er sich erreichen läßt – trotz des Briefes vom Papa.»

Das verstand Peter nicht; er riß die Augen auf, wie ein Kind, so erstaunt: «Wieso? Ich werde ihn doch erreichen. Schließlich bin ich kein Bittsteller, kein Statist.»

Martin lachte noch immer, aber in seinem Gesicht zuckte es, wie vorm Weinen.

Unter Peters Angst- und Schreckensblick verstummte sein unnatürliches Gelächter. Er wandte den Kopf, und er log wieder flüchtig. «Aber weißt du, anderseits gibt es hier wieder soviel Möglichkeiten. Und du bist so frei. Und die Zeit vergeht auch so schnell. Ich habe zum Beispiel ein kleines Kupferstichkabinett aufgemacht –» behauptete er und lächelte traumverloren. «Ich habe ein kleines komisches Auto – meistens ist es kaputt, aber es ist doch ganz lustig – und ein kleines Häuschen zwischen den Bergen – und Rotwein, es ist so nett, denn er ist doch geschmuggelt – und ziemlich viel Freunde, Russen und Spanier – und hinter uns ist die Wüste – und vor uns das Meer, es ist so eine spaßige Insel. Und man kann soviel Geld verdienen», sagte er wieder, «und man wartet so. Man ist doch erst einundzwanzig.»

Er schwieg, saß im Halbdunkel mit gesenktem Gesicht. Er war, fand Peter, schöner geworden seit Würzburg – trotz der angegriffenen Haut. Seine verwilderte und kühne Tracht paßte zu seinem adligen und zugleich proletarischen Typus: er hatte eine enganliegende braune Lederjacke und den Hemdkragen offen. Es wäre nicht feststellbar gewesen, welcher Klasse oder welcher Nation er angehörte. Er war der empfindsame Vagabund, außerhalb aller Bindungen, melancholisch und frei. Sein etwas breites Gesicht mit den schönen Augen und den dicken schwarzen Brauen konnte italienisch oder russisch sein. Man hätte ihm den römischen Fabrikarbeiter ebenso wie den Moskauer Aristokraten geglaubt. *Eines* war er nicht: bürgerlich. Um so sonderbarer, daß er trotzdem ehrgeizig schien – denn nun sprach er von den Möglichkeiten seiner Karriere.

«Aber weißt du», sagte er hastig, «ich habe jetzt ausgezeichnete Chancen. Sonst wäre ich gar nicht mehr hier. Einer der ganz Mächtigen interessiert sich für mich – du darfst es natürlich nicht weitererzählen –, ich kann jeden Tag arriviert sein.»

Da Peter, dem etwas unbehaglich zumute war, immer noch schwieg, legte Martin den Kopf in den Nacken und sagte lächelnd mit einer ergreifenden Schelmerei: «Gelt, da bist du erstaunt?» Peter antwortete etwas, aber mit heiserer Stimme. Ihm war es, als unterhielte er sich mit einem Verzauberten. Er begann etwas von dem Magnetischen und Gefährlichen zu ahnen, das der Atmosphäre dieses Orts eigen sein mußte.

Indessen schlug Martin ihm vor: «Komm, gehen wir ein bißchen spazieren – auf dem Boulevard ist es so lustig. Neger und Chinesen und Mörder und Räuber. Und Sommer und Winter ist es hier gleich. Man merkt gar nicht mehr, daß die Zeit vergeht. Immer gibt es rote Blumen und diese bezaubernden Pfefferbäume.»

Er redete verlockend und sinnlos. Peter zögerte noch, ihm zu folgen.

5.

Siegesmund Marutte war unerreichbar. Peters Briefe blieben unbeantwortet, am Telephon ließ der Allmächtige sich verleugnen. Ihn hatte die Erinnerung an den Lehrer seiner Jugend nicht weich gestimmt oder gerührt. Ihm war dieser Peter Brockmann ein Aufdringlicher wie andere auch.

Peter aber blieb hoffnungsvoll, wenngleich es ihm nicht einmal gelang, Maruttes Sekretär zu erreichen. Er sah ein, daß man Geduld haben müsse – und so beschloß er, vorläufig Extra zu werden. Er wußte, daß man als Statist drei bis siebeneinhalb Dollars täglich machen könne – davon ließ sich anständig leben, und es war gut, den Beruf von unten herauf kennenzulernen.

Blond und strahlend meldete er sich bei den großen Studios, sprach bei Paramount, Universal, Fox, First National vor. Überall fand er Hunderte wartend, Abenteurer gleich ihm, manche schon mit erloschenen Mienen, manche noch mit dem siegesgewissen Glanz im Blick. Jeder trug im Herzen die fixe Idee, Star werden zu müssen. Jeder von ihnen sehnte sich zunächst danach, täglich vier Dollars zu haben.

Der Mann, auf den es ankam, war der Casting Director. Er musterte, wählte, was gebraucht wurde, aus. Glückliche, die auserlesen waren, Kammerdiener, Soldaten oder «Volk» darzustellen! Peter gehörte nie zu ihnen. Er wartete Tage und Tage. Das Paradies blieb verschlossen.

Er meldete sich am Central Casting, dem großen Büro, das die Adressen all derer bewahrte, die Stellung in den Studios suchten. Sollte irgendein blonder junger Deutscher benötigt werden, würde man Herrn Brockmann Nachricht geben. Der Sklavenmarkt war glänzend organisiert. Man vermerkte Namen, Alter, Größe, Typus, Rasse und Telephonnummer des Stellungsuchenden in Kartotheken.

Trotzdem wurde Peter niemals benachrichtigt.

Mit Martin war Peter beinah jeden Abend zusammen. Oft trieben sie sich in den Kaschemmen von Los Angeles, in den Mexikaner- und Chinesenvierteln, herum. Sie amüsierten sich in den billigen Kinos, in den dreckigen kleinen Cafeterias, fingen mit zwergigen Chinesen, bärenstarken Niggern Händel an. Aber wenn die Situation unangenehm wurde, zeigte Martin sein schönes Zuhälterlächeln, scherzte – und sie entwichen.

An anderen Abenden, wenn sie nachdenklicher, stiller aufgelegt waren, trafen sie sich in Martins kleinem Häuschen, das so anmutig zwischen den Hügeln lag. Es war eigentlich kein Häuschen, nur eine leichte, empfindliche Hütte, die der Sturmwind hätte mitnehmen können. Aber die Pfefferbäume beschützten sie, ließen, trauriger noch als die Weiden, ihr schmales Gebüsch über sie hängen.

Martin und Peter saßen am zerschnitzten, ungehobelten Holztisch, vor sich den billigen Rotwein in großer Flasche. Martin haßte die Schauspielerlokale von Hollywood; Henrys Café, wo die Statisten allabendlich die Gagen der Prominenten besprachen. Er liebte es, zu sitzen und zu diskutieren, uferlos, russisch. Draußen Mond und kalifornische Nacht. Das Gespräch des Windes in den Pfefferbäumen. Weiter drüben, im Mondlicht majestätisch verzaubert, eine Palmenallee. Noch weiter drüben das Meer.

Dann stützte Martin sein verbrecherisches und hübsches Gesicht in die proletarischen Hände, lächelte schmerzlich und redete.

Er enthüllte auf flüchtige und manierierte Weise seine komplizierte und unruhige Seele. Er spricht mit trauervoller Zärtlichkeit von zu Hause, von Wien, den Barockschlössern, seiner verstorbenen Mutter – und dann wieder, mit vielleicht noch größerer Inbrunst, von den vielen Städten, in denen er noch nicht geabenteuert hat und die ihn also alle erwarten. Er ist wehmütig und draufgängerisch zugleich. Er ist sehr jung und weiß nicht, wohin er gehört.

Peter, der von soviel einfacherer Art ist, kann sich am Gespräch nicht recht beteiligen. Er nickt nur und lauscht, empfindet Mitleid und manchmal fast Liebe. Denn in ihm ist keine Zerrissenheit, er weiß nichts von Zweifeln und Komplikationen. Sein Herz ist fest und klar wie Metall.

Inzwischen erzählt Martin von Landschaften, die er liebt, dann von Büchern, und plötzlich ist er bei Frauen. «Eigentlich ist es odios, davon zu reden, aber wir denken ja doch an nichts anderes soviel. Ich bin immer auf die allerschlimmsten geflogen, auf die ganz leichten, die überhaupt keine Seele mehr haben.» Und er erzählt von dem, was er durchmachen mußte.

Er spricht von Büchern, die er geschrieben hätte und die er noch eines Tages schreiben wird. Er renommiert, lügt, klagt sich an. Schließlich spricht er von Gott, bei dem alle Diskussion endet.

Er muß neuen Wein holen, in seiner Lederweste kniet er vorm Faß und läßt das trübe Rot in die Flasche rinnen. Peter an seinem Holztisch sieht ihm zu. Dann setzt Martin sich wieder, und sein Gespräch fängt wieder an. Über ihnen, an der kahlen Wand, hängt schmal und blaß eine ungerahmte chinesische Zeichnung: in grüner Dämmerung tanzt ein anmutiger Greis, dessen dünner Bart wunderlich flattert. Sonst sind keine Bilder im Zimmer.

Später beschließen sie noch Auto zu fahren. Es geht stark die Hügel hinauf, in Martins rumpligem und halb zerstörtem Wagen eine gefährliche Fahrt. Sie merken es nicht, da sie viel vom roten Wein getrunken haben. Sie sausen um alle Kurven, wissen nicht um den Abgrund, der ihnen droht.

Dann liegt Los Angeles unter ihnen – Lichtermeer ohne Grenzen. Sie singen und schreien wie zwei Verrückte.

Peter, voll naiver Unverschämtheit, wendete sich, da sein Geld zu Ende war, an Dr. Bürger, der noch in Pasadena bei der Millionärsfamilie weilte.

Der unheimliche Wohltäter kam, er fuhr im Auto seiner hochvermögenden Freunde vor, stand plötzlich, mausgrau gekleidet, in Peters häßlichem kleinen Zimmer. Martin war da, die Knaben schauten ihm erwartungsvoll entgegen. Er aber verhielt sich still und beobachtend wie ein Detektiv. «Er ist ein Feind der Jugend», verstand Peter plötzlich und erschrak.

«Sie haben sich ein wenig verändert», sagte der Doktor befriedigt zu ihm. «Oh, Sie sind enschieden schmaler geworden.» Dann machte er sich daran, Martin auszufragen. Er forschte und tastete unerbittlich, wollte über alles ganz genau Bescheid wissen. Martin begegnete ihm keck und liebenswürdig. Er log ausgezeichnet und bezauberte durch dunkel schelmische Blicke.

Trotzdem schien Dr. Bürger enttäuscht. An diese beiden war entschieden nicht heranzukommen. Daß zweie es schlecht haben, ist an sich noch nicht interessant. Durfte er hier eine Katastrophe erwarten? Stand ein Mord, oder dieser Art etwas, in Aussicht? In seinen Augen war ein boshaftes und beleidigtes Funkeln. Er empfand bitter die Unzuverlässigkeit der Jugend. Sie führen mich an der Nase herum, dachte er wütend. Ich komme so nicht auf meine Kosten. Damals im Zug war Peter in meiner Macht. Kaum sind sie zwei, kann ich nicht mehr gegen sie an.

Er war blamiert wie der Teufel im mittelalterlichen Legendenspiel. Als Peter ihn – für einige Tage und in einer akuten Verlegenheit – um eine größere Summe Geldes bat, gab er sie, ohne ein Wort zu verlieren. Allerdings erklärte er beim Weggehen, er gedenke auf ein paar Tage zu verreisen, ungewiß noch, wohin. «Ich bleibe ohne feste Adresse», erklärte er ihnen zum Schluß, «und bin für Sie unerreichbar. Aber», fügte er lauernd hinzu, «ich meinerseits werde weiterhin ein Auge auf Sie haben.»

6.

Wochen verstrichen, der Wartende hatte die Kraft, sie zu zählen, nicht mehr. Wie lange war er in dieser Stadt? Zwei Monate! Oder drei? Oder fünf? Er verbrachte den hoffnungslos faulen Tag wie ein Hypnotisierter, ohne zu denken.

Trieb sich tags vor dem Casting Office der großen Studios herum, in träger, freundloser Gemeinschaft mit verkommenem Gesindel – alle inbrünstig hoffend, daß man sie brauchen könne. Käme er nur erst einmal als Extra hinein! Sicher müßte er auffallen, für die größeren Aufgaben auserwählt werden. Sicher kämen die Heißersehnten: Reichtum und Ruhm. – Aber das Tor blieb verschlossen.

Er saß stundenlang im öden, qualvoll gehaßten Hotelzimmer, glaubte jede Sekunde: nun meldet sich Central Casting am Telephon. Dort war er registriert und eingetragen, eines Tages würde man sich seiner erinnern: Peter Brockmann, großer junger Deutscher, blond und spricht englisch. Dann bekäme er einen adligen Knappen oder einen Soldaten aus der Armee Friedrichs des Großen zu spielen.

Central Casting schien seinen Namen in den Listen ausgelöscht zu haben. Nach Stunden verließ er, vor Enttäuschung gelähmt, seine Wohnung.

Mit schlaffen Gliedern schlich er sich den Boulevard hinunter. Aufzufallen war hier hoffnungslos, warum sollte er da erst den Kopf aufrecht tragen? Er war ein Junge, der nicht wußte, wohin, einer von den unzähligen Jungen in dieser Stadt – warum sollte er etwas anderes scheinen?

Das Überangebot an Absonderlichkeiten in Hollywood war enorm, man konnte hier niemanden mehr verblüffen. Auf dem Boulevard herrschte vollkommene Kostümfreiheit. Zwischen den Cowboys mit Lederjacken und breiten Hüten zeigten sich langhaarige Gesellen mit theatralisch gefalteten Mänteln – wienerisch-pariserische Bohemegestalten mischten sich mit Negern, Chinesen, Philippinos und mit den verwegenen Typen des immer noch wilden Westens.

Peter hätte sich noch so anstrengen können: er gehörte auf jeden Fall zu den bürgerlichsten. Es war hier, wurde ihm klar, für Abenteuer der denkbar ungünstigste Boden. Was woanders auffiel und entzückte, hier war es allgewohnt, selbstverständlich.

War sein Geld auch schon fast zu Ende, traf er sich doch jeden Abend mit einigen Kameraden, Schicksalsgenossen, in Henrys Café. Der Aufenthalt in diesem berühmten Lokal, das sogar von den Stars zuweilen besucht wurde, war der einzige Luxus, den die jungen Leute sich gönnten, allerdings bestellte jeder von ihnen nur einen kleinen Kaffee, den sie, elegant, wie sie immerhin waren, «demi-tasse» nannten.

An ihrem Stammtisch herrschte eine zugleich stumpfsinnige und gefährlich spannungsvolle Stimmung. Sie lebten unter dem Banne der fixen Idee, die sie und die ganze Stadt magisch beherrschte. Nur im lila Scheinwerferlichte der Studios gab es Leben; was anderswo Wirklichkeit schien, war ihnen tot und erloschen. Außerhalb des Films führten sie das Dasein nervöser Schatten, unreal, ohne jedes Interesse für andere Dinge und nur noch von einer matten, gequälten Reizbarkeit.

Zunächst besprachen sie die Gagen der Prominenten, warfen prahlerisch mit den phantastischsten Summen um sich. Dieser hatte siebentausend, dieser zwölftausend Dollar die Woche; dann gingen sie bald auf ihre eigenen Chancen, Möglichkeiten über. Einer behauptete, der alte Marutte habe ihn mit einem wohlwollenden Blick gestreift, der andere unterhielt mit der weiblichen Hauptdarstellerin einen Flirt, der von entscheidender Bedeutung werden konnte.

Sie logen und renommierten, als könnten sie damit das Glück beschwören. Während sie ihre billigen und scharfen Zigaretten rauchten, erzählten sie sich tolle Geschichten, die keiner dem andern glaubte. Sie hörten einander kaum, sie redeten nur, und in ihren Augen entzündeten sich unheilverkündende Lichter. Der fressende Ehrgeiz und jenes ständige Hoffen, das sie jeden Tag wieder enttäuschte, machte sie verrückt. Der Ruhm, den sie mit solcher Inbrunst ersehnten, hing immer als verlockende Fate Morgana vor ihrem Blick. Aber sie entwich, wollten sie danach greifen, und sie blieben zurück als schauerlich Genarrte.

Jeder von ihnen tat sich was darauf zugute, ein «Typ» zu sein, darauf allein kam es an, schauspielerisches Talent war Nebensache. Der eine mit langer Nase und erschlafften Händen war der Typ «degenerierter Aristokrat». Ein anderer mit weißlichem Seidenhaar, hellen Brauen und übermäßig schmalen Hüften der Typ «biegsamer Skandinavier». Der mit den brütenden Augen und dem kleinen Mund, vom Schnurrbärtchen edel gekrönt, war der «nachdenkliche Deutsche», und dieser Abgemagerte mit dem gelben Teint und den unanständig glühenden Augen nichts anderes als der «sinnliche Orientale».

Um so uniformierter erschienen die Weiber. Alle denselben herzförmig geschminkten Kirschenmund und die leeren, neugierigen Augen mit den stechenden Wimpern. Ihre Stimmen waren häßlicher als die Stimmen der Hühner, so quäkend und unschön können nur Schwäne schreien. Sie sagten immer dieselben Dinge, immer mit demselben blechern koketten Organ.

Für sehr bedeutungsvoll galten die kleinen, brünetten, unfrisierten Herren mit den undefinierbaren Berufen. Von ihnen, erzählte man sich, hingen Entscheidungen ab, und die Girls warfen ihnen ihre besten Blicke zu. Aber diese Unfrisierten, die Filmstorys schrieben, die Direktoren berieten und in den Büros geheimnisvoll tätig waren, zeigten sich beinah völlig unzugänglich. Sie rekelten sich herum, bohrten unverschämt in der Nase, freuten sich ihrer schlechten Manieren und ihrer jüdischen Gesichter.

Ab und zu wurden «Parties» veranstaltet. Sie trafen sich irgendwo nachts in einem billig aufgeputzten Atelier oder einfach in einem Hotelzimmer. Sie vergaßen, daß sie alle elend waren, und benahmen sich wie eine muntere Gesellschaft. Halbverhungerte junge Intellektuelle, die sich seit Monaten mühten, ein Filmmanuskript anzubringen, um nur leben zu können, tanzten mit malerisch geschminkten Girls, die sich jauchzend vor Glück jedem Lustgreis hingegeben hätten, um nur einen Job zu bekommen. Das rasselnde Grammophon spielte die Schlager, die sie alle kannten. Damit sie ihnen neu vorkämen, tranken sie schlechten Whisky und Gin durcheinander. Sie waren bald bis zum Taumel besoffen. Die jungen Männer zogen die Jacken aus, sie tanzten Charleston, die Mädchen stampften und schrien den Takt.

So lustig können nur die Verzweifelten sein. Ihre Orgien haben etwas Rachsüchtiges, sie beißen die Zähne dabei zusammen, sie umklammern einander mit verbissenem Ungestüm. Die Vogelschreie der Mädchen vermischen sich mit dem dumpfen Stöhnen der Jünglinge.

Nach zehn Uhr abends ist Hollywood wie ausgestorben. Der Boulevard, der tagsüber so theatralisch glänzte, liegt schwarz verödet. Wie unbewohnt scheint die Stadt. Sie ist der Bauplatz, den die Arbeiter verlassen haben. Alle Scheinlebendigkeit ist von ihr genommen. Jetzt merkt man: das ist keine Stadt, die Fröhlichkeit des Tags war Betrug.

Denn um diese Stunde zeigt Hollywood sein eigentliches kahles, bemitleidenswertes, fürchterliches Gesicht.

7.

Peters Geld ging zu Ende. Was er nie für möglich gehalten hatte, schien Realität zu werden. Das Elend nahte. Unbezahlte Wochenrechnung im Hotel. Täglich Szenen mit dem heiseren Manager. Keinen Cent, um in eine Cafeteria essen zu gehen. Zerrissene Socken und kein frischgewaschenes Hemd. Daß es so weit mit ihm kommen könne, hätte er niemals geglaubt. Letzten Endes war er, wie alle jungen Leute, der Überzeugung gewesen, in ihn sei das Schicksal verliebt und eigentlich könne ihm niemals Schlimmes geschehen. Nun ging er in einer dumpfen Verzweiflung umher. In seinen Augen war der Glanz erloschen.

Martin sah er in dieser Zeit nicht sehr oft.

Als er zwei Tage nicht zu Mittag gegessen hatte, beschloß er, seine Armbanduhr zu versetzen. Es war nicht einfach, ein «loan office» in Hollywood zu finden. Endlich hatte er es: kleines, unscheinbares Geschäft zwischen anderen, in der schmutzigen Nebenstraße des Boulevards. In der Auslage: tote Musikinstrumente, grünlich verblichenes Geschmeide, dicke, altmodische Fingerringe, Hockeyschläger, eine verwitterte Shakespeare-Ausgabe. Drinnen, zwischen Wintermänteln kauernd, der Handelsmann.

Ein junger, abgemagerter Herr in grauem Sportsanzug packt enttäuscht das Zigarettenetui, für das ihm zuwenig geboten wird, wieder ein. Aus ältlichen Kleidungsstücken weht ein trüber Geruch. Der Jammer des Fräuleins, die sich von ihrem goldenen Kettlein trennen mußte, die Anklage des Kavaliers, der seinen kleidsamen Smoking verkauft hat, liegen mit dem Geruch in der Luft. Hundert Gegenstände, sinnlos nebeneinandergelegt, sehnen sich nach der Beschäftigung, für die sie ausgedacht und geboren sind: der Hockeyschläger will grünes Gras, und die Geige will wieder singen dürfen.

Peter legt sein goldenes Ührchen auf den Tisch. Der Alte sieht scheel darauf hin, wiegt es mißtrauisch in der Hand. «Das Glas ist zerbrochen», sagt er. «Wieviel wollen Sie haben?» – «Zwanzig Dollars.» Der Alte lacht, legt das Ührchen hin, wendet sich und hebt jüdisch die Achseln. Mit ihm lacht schauerlich eine, die man vorher gar nicht bemerkt hat, seine Frau, die mit schwarzer Perücke im Dunkel hinter der Kasse hockt. «Zehn», bittet Peter. – «Fünf!» entscheidet der Alte.

Peter tritt an die Kasse, er hat in einem Formular auszufüllen: wie er heiße, wo er geboren und wie alt er sei. Er lügt traurig und phantasielos, schreibt als seinen Namen Jean Bill und behauptet, er sei in Konstantinopel gebürtig. Er nimmt den schmierigen Geldschein, faltet ihn langsam. Der Alte macht sich hinterm Ladentisch zu schaffen, reagiert nicht, wie Peter «Auf Wiedersehen!» zu ihm sagt. Nur die Gitarren, Hockeyschläger und Familienringe antworten, sie schreien auf, bitten Peter, er solle gnädig sein und sie mitnehmen. Die Pelzmäntel einstmals mächtiger Herren hängen schwer und pathetisch in gravitätischem Jammer.

Peter denkt: Dies hier ist die Hölle der Gegenstände. Er verweilt für einen Augenblick, mitleidsvoll. Aber da er zögert, vertreibt ihn der Alte mit einem schrecklichen Blick.

Ein paar Tage später traf Peter Brockmann das Glück. Er und fünf andere junge Leute wurden ausgesucht, in einem mittelalterlichen Monumentalfilm die Knappen eines Edelmanns zu spielen.

8.

Mittelalterlicher Marktplatz, Buden, Giebelhäuser und im Hintergrund die gotische Kathedrale. Rosse, festtäglich aufgeputzt, Weiber mit Hauben und weiten Röcken, Gesellen, Knappen mit gediegenen Hüten und Mänteln. Ein Volksfest, alle Zünfte sind unterwegs; vor dem Gasthaus sitzen sie und zechen, und die Frommen treten ernsthaft aus dem Domportal. – Auf allem die Sonne eines kalifornischen Tages.

Peter, selbstverständlich viel zu früh gekommen, hat sich, ehe noch ein anderer da war, sein Kostüm geben lassen und sich mit Sorgfalt geschminkt. Nun saß er da und fürchtete sich. Ihm war nicht anders als einem Kind vor der Prüfung, er spürte kalten Schweiß an den Händen und hatte in der Magengegend das infame Gefühl, mit welchem man im Lift nach unten fährt. Wenn er aufstünde, davon war er fest überzeugt, würden die Knie ihm zittern. In der künstlich aufgebauten Zauberstadt, zu der er so lange keinen Zutritt gehabt hatte, spazierenzugehen, fühlte er keine Lust. Und er hatte es sich zauberisch gedacht.

Jetzt konnte er nichts anderes tun, als aufzupassen, daß ihm nicht laut die Zähne klapperten.

Endlich hatte sich der Festzug geordnet. Der kleine, übermäßig dicke und cholerische Regisseur schrie durchs Megaphon Befehle von seinem Podium. Musik spielte, damit die Schauspieler angeregt wurden. Frauen winkten aus einer blumengeschmückten Karosse. Peter hatte mit hundert anderen Statisten gemeinsam zu jubeln und die Arme zu heben.

Abseits saß der Star auf seinem Stühlchen. Seine Manier war es, die Stirn zu senken und mit einem schwarzen, tiefbohrenden Blick von unten zu schauen. Zur Dämonie war er kontraktlich verpflichtet, aber im Privatleben galt er für scherzhaft, melancholisch und menschenfreundlich. Er war für seine Rolle als Edelmann wunderbar in Samt und Seide gekleidet, trug rote Stiefel und Schwanenpelz um den Hals. Ein Abgesandter des Regisseurs begab sich höflich zu ihm und bat ihn lächelnd, den Festzug entlangzugehen. Der Star erhob sich, widerwillig und träge.

Die Musik wurde stärker. Die goldenen Reflektoren warfen grell das Sonnenlicht zurück, so daß es schmerzlich für die Augen war. Der Photograph drehte, oben stampfte der Regisseur. Großaufnahme des Stars: er schaute von unten, zeigte sein in allen Kontinenten berühmtes Lächeln, das grausam, sinnlich und auf eine faszinierende Art lauernd war.

Der Festzug sollte sich schon in Bewegung setzen, als eine kleine Ratlosigkeit entstand. Regisseur, Star, Hilfsregisseur, Inspizient und einige undefinierbare kleine Herren berieten mit sorgenvoll gefalteten Gesichtern. Ein Page wurde gebraucht, der sich aus dem Zuge loszulösen hatte, um dem Star von hinten auf die Schulter zu tippen und ihm eine geheimnisvolle Mitteilung von großer Bedeutung zuzuflüstern.

Der Regisseur nahm mit seinem Stabe die Front ab, um den Geeignetsten ausfindig zu machen. Allen Extras zitterten die Knie vor Hoffnung und Angst. Peter glaubte, nicht mehr stehen zu können. Da – er meinte, daß der Himmel einstürzen würde – machte der Star vor ihm halt, sah ihn an von unten mit seinem schwarz bohrenden Blick, lächelte bösartig, wandte sich und sagte zum Regisseur: «Dieser scheint mir noch der Netteste zu sein.»

Er war auserwählt! Er hatte die wichtige Meldung zu überbringen, vielleicht würde er sogar einen Großaufnahme bekommen. Er wußte nicht, wohin er sehen sollte. Jetzt schämte er sich, denn er weinte vor Glück.

Alles war nun märchenhaft verschönt. Nachmittags sollten Probeaufnahmen von ihm gemacht werden, er hatte vorher Zeit, im Lunchroom eine Kleinigkeit zu essen. Rokokoherren, moderne Luxusdamen und mittelalterliche Grafen saßen um ihn herum und löffelten ihre Suppe. Photographen, Stars, Regisseure, Journalisten im phantastischen Durcheinander. Leute, von denen man nie geglaubt hätte, daß sie in Wirklichkeit lebten. Dutzende von Weltberühmtheiten in einem Raum.

Peter wagte sich zum großen Mann, dem er sein ungeheures Glück verdankte. «Ich bis so froh» – er stotterte und wurde tiefrot. «Und am ersten Tag gleich.» – Der Prominente lächelte matt. Er lehnte in seinem seidenen Prachtkostüm, müde, als hätte er gearbeitet, anstatt nur einmal zu lächeln. Peter bewunderte sein kunstvoll geschminktes Gesicht: das tiefe Rot unter den geschwungenen Augenbrauen und der schön herausgearbeitete, ausdrucksvoll gemachte Mund. An seinen Wangen allerdings wurde die Haut schon schlaffer, und um seine Lippen lag Überdruß. In seinen Augen, die von unten blickten, war gar keine Dämonie mehr. Sie schauten freundlich und ernst. «Viel Glück, mein Kleiner», sagte er und nickte wehmütig, aber zärtlich. – Peter dachte: Er verdient zehntausend Dollars die Woche! – Da streichelte ihm der Berühmte sanft übers Haar.

Nachmittags dann die Probeaufnahmen. «Geben Sie Ihr Bestes!» riet der junge Hilfsregisseur, der sie leitete. Sein Bestes gab Peter. Er hatte einen Brief zu lesen, der erst traurigen, dann freudigen und dann erschreckenden Inhalts war – damit man seine Ausdrucksmöglichkeiten erkenne. Er litt, regte sich auf, lachte, strahlte, triumphierte und sank hin. Er ließ alle seine Register spielen. Er war tragisch und übermütig, alles im Laufe von sechs Minuten und anläßlich eines nie geschriebenen Briefes. Es war seine Seele, die er ihnen zeigen wollte: so leide ich, und so überschwenglich ist mir zumute. Dabei dachte er: Das ist der Anfang, nun kommt das Große – ich wußte es, eines Tages fängt es an.

Später sagte der große Regisseur ihm selber Bescheid: «Ich habe mir Ihren Probefilm angesehen, junger Mann. Sie sind recht begabt, wirklich einige nette Momente. Leider kann ich Sie für die kleine Rolle doch nicht gebrauchen. Es hat sich herausgestellt, daß Ihre Nasenspitze zu dick ist.»

Peter wußte nicht, wie er aus dem Studio herausgekommen war.

In derselben Nacht faßte er seinen Entschluß: er mußte sich die Nase operieren lassen.

9.

Peter war entschlossen, das Martyrium zu tragen. Ihm war so feierlich zumute, als ginge es um höhere und große Dinge. Um einer Idee willen leiden, meinte er, sei das Vorrecht der Jugend. Die Naivität seines Herzens mißverstand die Situation. – Freunde rieten ihm ab, er aber hörte schon nicht mehr. Sein Herz glühte, er war zu allem bereit.

Die komplizierte Operation bei einem richtigen Arzte ausführen zu lassen kostete ziemlich viel Geld. Er fand im schlimmsten Viertel von Los Angeles einen russischen Quacksalber, der sich bereit erklärte, ihm den Dienst für fünfundzwanzig Dollars zu leisten, und dem er das Geld sogar schuldig bleiben konnte.

Der kleine Mann war abschreckend häßlich, außerdem roch er unangenehm. Sein verzwergtes Gesicht mit vorgebautem Unterkiefer war das eines Affen. Von seinen schwarzbehaarten Händen sich berühren zu lassen, verursachte Übelkeit. Peter biß die Zähne zusammen.

Er betrat das trübe Behandlungszimmer nicht anders als ein Heiliger den Scheiterhaufen. Der Glaube, um des Schönen willen zu leiden, verklärte seine abgemagerte Miene. Narkose, meinte der Arzt, sei nicht angebracht. Peter nickte selig dazu. Die Einspritzung, die man gab, erwies sich als unwirksam.

Erst als er die Messer und die Instrumente sah, schwindelte ihm. Sich bei lebendigem und gesundem Leibe das Gesicht zerschneiden lassen – heilte es ungünstig, blieb er für immer entstellt. Er taumelte, sank beinah hin. Der Wärter, der ihn zu halten hatte, war mit zitternden Knien ein hilfloser Greis.

Da es zu spät war und er sein Gesicht schon dem Messer entgegenstreckte, hätte Peter schreien mögen vor Angst. Warum sich die

Nase ruinieren lassen? Sie war doch ganz nett, wie sie war. Was hier geschehen sollte, war Wahnsinn. Dazwischen erklärte ihm eine andere Stimme: Was du leidest, trägst du für die Kunst. Schön wirst du sein, und berühmt wirst du sein. Dollarzeichen sprangen vor seinen Augen.

Erst als sein Blut floß, wurde er ruhiger.

Qualvolle Tage in einem dumpfigen Zimmer. In seiner Nähe kein Mensch und beinah keine Bedienung. Jedes Schlucken bereitete Schmerz, fast jedes Atmen. An Essen war nicht zu denken, kaum daß er eine Brühe schlürfen konnte. Rühren durfte er sich nicht, mußte, Gips im Gesicht, Stunden und Stunden auf dem Rücken liegen. Dazu kamen die beunruhigenden Träume. Manchmal sah er seine Nase zu verführerischer Schönheit verklärt, sie tanzte vor ihm, lieblich wie eine Elfe, so wohlgeformt, o so glatt.

Dr. Bürger spielte in seinen Visionen eine schreckliche Rolle. Seine unerbittlich monotone Stimme folterte ihn bis tief in den Schlaf. Alle schrecklichen Geschichten, die er von ihm gehört hatte, wurden lebendig, aber abgeschnittene und entstellte Nasen spielten jetzt eine schlimme Rolle in ihnen.

Der greisenhafte und allmächtige Marutte flatterte auf schwarzen Schwingen durchs Zimmer, anzusehen golden und fürchterlich. Ihm folgte, ein gewandter, schön geschminkter Engel, in seinem Prachtkostüm der Star, von klirrender Schönheit, mit höhnisch leuchtenden Blicken. Der Handelsmann aus dem «loan office» wog, gehässig lachend, viele Ührchen in der hohlen Hand, schleuderte sie zur Erde und ergötzte sich mit seiner fetten Gattin, indem er Hand in Hand mit ihr den Ringelreigen um das glitzernde Häuflein tanzte. Perücken flogen, Nasen, Dollarzeichen – nun wurde es immer toller: das goldene Häuflein drehte sich mit, es war ein funkelndes Karussell, mitten im Wirbel der Star, der alte Marutte – Hollywood drehte sich, enthüllte sich, zeigte Nacktheit, Tollheit und die häßliche Narretei. –

An einem Spätnachmittag besuchte Martin den leidenden Freund. Er wollte scherzen, aber es glückte nicht recht. «Nun», versuchte er es mit einem matten Gelächter, «mir hatte deine Nase ja ganz gut gefallen. – Aber hier wird man so –» fügte er schon wieder verdüstert hinzu.

Sogar Peter, mit dem Gips im Gesicht, merkte, daß es sonderbar um ihn stand. Was für eine gefährliche Sanftheit in seiner Stimme! Und vor seinen Augen hing es schleierhaft. Er sprach wieder viel von früher, von seiner Jugend in Wien, er redete Unzusammenhängendes von Gärten, Marmorgöttern, kleinen Barockschlössern, von seiner Großmutter und von Kindheitsspielen. «Weißt du, das war eigentlich *unsere* Schönheit», sagte er mit dem wehmütigen Lächeln, das man für Erkenntnisse hat, die zu spät kommen, «davon hätten wir auch nicht lassen sollen. Alles andere haben wir uns eingeredet. Was haben wir jetzt davon? Du hast dir nun ja auch die Nase abschneiden lassen – armer Kerl –»

Seine letzten Worte hatten einen hochmütigen und entfernten Ton. Er redet wie einer, der zur Reise entschlossen ist, dachte Peter in seinem Bett. – Gleich darauf bat ihn Martin, ob er ihm nicht zwei Dollars leihen könne. «Ich habe seit drei Tagen nichts zu essen gehabt», und er zuckte angeekelt die Achseln.

Er setze sich wieder und sprach, während es im Zimmer dunkler wurde. «Es war ein bißchen viel in diesen Wochen, drum habe ich dich auch nicht mehr besucht. Ich hatte da auch noch so eine Weibergeschichte, du weißt ja, wie sie sind, diese odiosen Personen. Es könnte ganz lustig sein, wenn es einen nur nicht so mitnähme.» Da er das Gesicht senkte, dachte Peter, er wolle schweigen, aber er redete weiter auf seine flüchtige und empfindsame Art.

«Was für ein Unsinn, standzuhalten», meinte er vage, «als wenn es darauf ankäme, das bißchen Leistung und das bißchen Leben. Schöner kann es doch gar nicht kommen – als dieses Heimweh – als diese Sehnsucht, als diese Unruhe –.» Peter hörte nicht mehr auf seine Worte. Er versuchte mit aller Anstrengung, sein Gesicht zu erkennen, das ihm in der Dämmerung zu entgleiten schien.

10.

Einige Tage später – er durfte schon wieder aufstehen und gehen – bekam Peter den Abschiedsbrief seines Freundes. Er war freundlich und kurz. Peter erkannte den hochmütigen Tonfall wieder, mit dem Martin ihn «armer Kerl» genannt hatte. Wie stolz es machen mußte, sich zu dieser Reise entschlossen zu haben.

Peter träumte über dem Blatt Papier. Martin ist tot, dachte er, wehmütig mehr als erschüttert. Darum entfernte sich neulich sein Gesicht so nebelhaft. Sein zwischen den Hügeln gelegenes Häuschen fiel ihm ein, mit dem Rotwein, dem Holztisch und der chinesischen Zeichnung. Martins uferloses Gespräch in der warmen Nacht und ihre Autofahrten danach. – Zum Weinen war Peter immer noch nicht aufgelegt. Er wurde ruhiger, als habe er eine große Erfahrung gemacht. Mein Freund war abenteuerlustig und empfindsam, dachte er mit einem melancholischen Wohlwollen. Ich kann seine Handlungsweise verstehen. Es muß ihn natürlich sehr angezogen haben.

Diesen Gedanken, der ihm gefährlich schien, dachte er nicht bis zu Ende. Aber ich mache es mir auch nicht leichter – schloß er mit einem Triumph.

Als er an diesem Tage auf die Straße kam, hatte sich die Landschaft für ihn verändert. Er wollte heute eigentlich ins Studio gehen und sich mit seiner neuen Nase aufnehmen lassen, aber plötzlich beschloß er, es anders zu halten. Die Nase zwar war wieder ganz ansehnlich geworden, nicht so verändert eigentlich, wie man es hätte vermuten dürfen. Ein Aderlaß war diese scheußliche Operation gewesen, und er hatte gewirkt! Die ganze Geschichte kam ihm lächerlich vor. Dieser Ort war entzaubert. Kinopaläste und Plakate schauten ihn blödsinnig an. Der alte Marutte hatte alle seine Macht verloren.

Welches Abenteuer hatte er hier ernst genommen? Vor ihm öffneten sich neue Weiten. Man konnte weiterreisen, und es gab nur Stationen. Martin hatte ihm in Wahrheit ein Beispiel gegeben. Aber jeder reiste auf seine Art.

Dieser schäbige Boulevard lockte nicht mehr, und die kulissenhaften Berge lachte man aus. Peter spürte mit Jubel, daß seine Kräfte unverbraucht waren.

Gegenüber lag China. Und man konnte Schiffsjunge werden.

Das Leben der Suzanne Cobière

I.

Die Schule, in der Suzanne Cobière erzogen wurde, war von Napoleon I. begründet. Sie diente dem ausgesprochenen Zwecke, Offiziersgattinnen zu erziehen, und war in einem radikal katholisch-militärischen Geist geleitet. Das Ziel hieß: absolute Entpersönlichung. Die Begriffe, für die sie sich zu begeistern hatten, waren ihnen genau vorgeschrieben, ebensosehr jene, die sie hassen mußten. «La France» und «la gloire de la France» erweckten ihren Enthusiasmus vorschriftsmäßig; ferner die Mutter Gottes und das Jesuskind. Verabscheuenswürdig aber waren: die Atheisten, die Protestanten, die Deutschen.

Feierlich und kalt verlief die Kindheit dieser jungen Mädchen aus guten Familien. Einige Stunden am Tage durften sie nicht einmal sprechen. Steif und unvorteilhaft war die Anstaltstracht mit schwarzen Pelerinen, weißen Krägelchen. Die Vorsteherin, adelige Dame von starrster Haltung, war nicht eigentlich grausam, aber unerbittlich erfüllt von ihrer Mission. Ihr war aufgetragen, die Musterexemplare der französischen Frau zu erziehen, diese Sendung war von Gott und Napoleon direkt auf sie gekommen. Kompromisse wären ruchlos gewesen. So verhängte sie harte Strafen: einen Tag lang keinen Bissen zu essen, fünf Stunden lang in der Ecke stehen, eine Fabel des La Fontaine fünfundfünfzigmal abschreiben.

Einige der jungen Mädchen zeigten sich widerspenstig, nicht so Suzanne Cobière. Da etliche ihrer Freundinnen einen Fluchtversuch planten, verriet sie zwar nichts, aber hielt sich streng abseits. Sie ging wie eine Schlafende umher. Ziemlich unschönes, mageres Geschöpf mit kurzsichtig grauen Augen und zu stark vorspringender Nase, war sie nirgends geliebt, freilich auch nirgends gehaßt. Sie galt als der Harmlosesten eine: bei den Lehrerinnen als außerordentlich fleißig geachtet, bei den Kameradinnen als ungefährlich übersehen. Einige wollten sie auf eine verdächtige und heimliche Art lächeln gesehen haben – «So schief in sich hineinlächeln!» behaupteten sie erregt –, und diese argwöhnten, daß sie es faustdick hinter den Ohren habe. Aber sie waren es, die sich irrten. Suzanne lächelte nie, wenn sie allein war. Sie befand sich in einem abwartenden und verkapselten Zustand.

Dreimal im Jahr verbrachte sie kurze Ferien bei ihren Eltern. Der Vater, pensionierter Offizier höheren Ranges, bewohnte mit Mama ein freundlich-bescheidenes Häuschen nicht weit von Paris. Papa, etwas gebückt im Gehrock, mit elegant geschnittenem grauen Bart, holte Suzanne an der Station ab, Mama erwartete sie im halbdunklen Salon am Kaffeetisch. Papa ist immer liebenswürdig, nach dem Abendessen manchmal amüsant. Mama erinnert an die adlige Pensionsvorsteherin, in Suzannes Träumen werden die beiden zu einer Figur: derselbe glatte, graumelierte Scheitel, dieselbe Haltung und dasselbe vornehm zeitentfremdete Kleid.

Ferien, das hieß: stundenlanges Lesen in pädagogisch süßlichen Romanen; Sitzen im Gärtchen bei den Rosen oder Sonnenblumen; stille Abendessen, wo Mama zu guten Manieren mahnt und Papa, ganz allein, eine sorgfältige Konversation führt, die er mühsam wie ein kleines, mattes Feuer in Gang halten muß.

Institut, das hieß: Kreuzgang und Schlafsaal; Gebet, Auswendiglernen, Spaziergang in Gruppen; kleine Streitereien mit einer Freundin, kleine Schwärmerei für einen jungen Geistlichen; selten gewagtes Gekicher und, wenn die Vorsteherin nahte, ein heuchlerisches Senken des Blicks.

Suzanne blieb im Institut von ihrem neunten bis zu ihrem zwanzigsten Jahr.

2.

Da ihr Schlußzeugnis eines der vorzüglichsten war und zudem ihr Vater sich in beengten Verhältnissen befand, erhielt sie mit einem anderen Mädchen das Stipendium zugesprochen, das ein Amerikaner für die zwei jeweils würdigsten Schülerinnen gestiftet hatte und das in seinem Namen jährlich verteilt wurde. – Suzanne bekam die Mittel für eine Weltreise zur Verfügung gestellt; sie sollte, mit der Kameradin zusammen, schon in zwei Monaten abfahren.

In die Vorbereitungen stürzten sich: Papa, Mama, vielgereister Onkel, ältliche Hausdame, deren Cousin, zufällig in einem Reisebüro tätig; – in Kursbüchern blättert, mit Schiffslinien telephoniert die ganze aufgeregte kleine Familie. Abseits, wie immer, hält sich Suzanne. Sie sitzt und grübelt, aber mit einem veränderten Blick. Ahnungen gehen ihr auf: Meer, große Landschaft, Palmen, wild riechende Blumen.

Der Reiseonkel hat einen Bekannten, von einer Weltumsegelung eben zurückgekehrt: er wird sie, meinte der Onkel, vielfach beraten, und mit ihm will er sie unbedingt zusammenbringen. So trifft sie den Dr. Mirois das erstemal in einem großen Kaffeehaus und in Gegenwart ihres Onkels.

Er ist der erste Intellektuelle, dem sie begegnet: angenehm kühles, etwas hochmütiges, rasiertes Gesicht mit Zwicker, ziemlich jung, vielleicht nur drei oder vier Jahre älter als sie. Sein scharfer und geübter Instinkt erkennt die tief versteckten Möglichkeiten dieser störrisch mageren jungen Dame.

Aber erst einige Tage vor dem genau festgesetzten Abreisetermin entschließt er sich, ihr seinen Antrag zu machen. Sie nimmt an, ohne zu überlegen, allerdings auch ohne jedes Zeichen von Freudigkeit – und verzichtet gleichzeitig auf das Stipendium.

3.

Die Eltern waren über den Schritt ihrer Tochter keineswegs glücklich, da sie Typus und Gesinnung des jungen Privatgelehrten durchaus mißbilligten. Schließlich gaben sie doch ihren Segen, wozu sie wahrscheinlich sein recht stattliches Vermögen bewog. Doch zogen sie sich von dem jungen Paar bald fast vollkommen zurück: sie waren der verbitterten Ansicht, daß der Schwiegersohn sich unehrerbietig gegen sie betrage, was sie mit seiner allgemein respektlosen und frechen Gesinnung in Zusammenhang brachten.

Den psychologisch grenzenlos neugierigen Gaston Mirois reizte es, Suzanne zu erwecken. Es blieb fraglich, ob er sie «liebte»; aber sie interessierte ihn, was wichtiger war. Er, als einziger und erster, hatte ihre unausgenutzten und geheimen Kräfte gewittert.

Er führt sie in die Reichtümer der französischen Kultur ein, die ihr bis jetzt nur in passender Auswahl zugängig gewesen waren, er liest deutsche Philosophen, englische, italienische Lyrik, spanische Theater, mittelalterliche Mystik mit ihr. Er weckt mit der kalten Schlauheit, die ihm eigen, ihre erotischen Qualitäten, trainiert sie zu einer raffinierten und leidenschaftslosen Liebeskunst. Sie muß alles vergessen, was sie als Kind geglaubt hat – oder doch nicht gewagt zu bezweifeln –, sie erfährt, daß Gott, das Jesuskind und «la gloire de la France» nichts als unbedeutende Phrasen sind.

Das Ehepaar Mirois gehört keineswegs zur Boheme, es wahrt durchaus bürgerliche Formen; gibt seriöse Abendessen und wohlvorbereitete Tees. Madame Mirois gilt als gar nicht reizlose, etwas schwierige und hinterhältige junge Frau, der nur leider noch ein Rest ihrer konservativen Erziehung anhaftet. Sie ist intelligent, debattiert mit Universitätsleuten, Kritikern, Romanciers. In diesen Kreisen ist Voraussetzung, daß man das letzte Wort aus der Feder des Anatole France kenne, mit Bergson ebenso genau Bescheid wisse wie mit Strawinsky. Suzanne Mirois erfüllte diese Prämissen. Sie führte eine hinlänglich anspruchsvolle und versierte Konversation. Ihre Stimme war leise und etwas hoch, versteckt girrend wie von heimlicher Hysterie. Man sprach ihr einen kalten, erotischen Charme zu, aber manchen stieß ihre Magerkeit und ihr Inkellektualismus ab. – Sie war eine typische Vertreterin vom linken Flügel der aufgeklärten, atheistisch-literarischen Bourgeoisie.

Im Jahre 1914 zog Dr. Mirois aus, um die Demokratie zu verteidigen. Suzanne wurde sechsundzwanzig Jahre alt.

4.

Die beiden hatten in letzter Zeit oft etwas enerviert miteinander gestanden. Er fand, sie beginne gar zu selbständig zu werden, manchmal las er Trotz in ihren Augen. Zwischen ihnen gab es Meinungsverschiedenheiten. Sie verspottete ihn wegen seines kühlen Verstandes, seiner Logik, seines Mangels an Überschwang. Er zuckte die Achseln, konnte gar nicht verstehen, was sie meinte: «An was glaubst *du* denn?» fragte er sie ernüchternd. Ihm war es selbstverständlich, daß der Gebildete glaubenslos war. Sie lachte geheimnisvoll. Schließlich sagte sie: «Am Ende bist du *doch* Protestant und ich

Katholikin.» Das machte ihn erst fassungslos, nachher fast zornig. «Immer noch die alten Vorurteile!» tadelte er gereizt. «Ist das die Frucht meiner Erziehungsmethode?» Nun wandte sie ihm einfach den Rücken.

Es kam so weit, daß sie sein etwas gedunsenes, blasses, hochmütiges Knabengesicht mit edler Nase und klaren, braunen Augen hinter dem Zwicker haßte. Aber sie wußte noch nicht, warum. – Als er bei Kriegsausbruch das erstemal Enthusiasmus zeigte, lächelte sie erstaunt und verächtlich. Ihn machte der welthistorische Anlaß rhetorisch. «Es geht um den Sieg der Zivilisation!» erklärte er immer wieder, «um die Idee der Demokratie!» Seine vornehmen Nasenflügel vibrierten. Er stellte sich mit Überzeugung dem Vaterland.

Er trat bei Suzanne ein, um Abschied zu nehmen, sie saß im Erker ihrer Bibliothek. In der Uniform steht er theatralisch vor ihr. Sie mißt ihn mit dem kurzsichtigen grauen Blick, wobei sie die Augen zusammenkneift, ihre großen, schön geschnittenen, etwas ungepflegten Hände liegen hart im Schoß nebeneinander. «Du kämpfst also für den Sieg der Zivilisation –» ruhig, als wenn sie ihn verhöhnen wollte. Da er sich neigt, um ihre Hand zu küssen, trifft ihn ihr Blick so unergründlich bös, daß es ihm eiskalt über den Rücken läuft. Hätte ich die nur niemals aufgeweckt! denkt er, während er sich wendet.

Solange ihr Gemahl im Felde steht, verzichtet Suzanne auf alles gesellschaftliche Leben. Sie empfängt niemand mehr, sitzt Stunden und Stunden in ihrer Bibliothek, abseitige und gelehrte Dinge lesend, mit einem Heißhunger, der beunruhigend ist. Wenn sie spazierengeht, allein im strengen Kostüm, mit Täschchen, Regenschirm, Hut, erkennt sie die Bekannten nicht, denen sie auf der Straße begegnet. Mit einem argwöhnischen und lauernden Blick scheint sie nach innen zu lugen. Im übrigen wirkt sie korrekt, eine bürgerliche Madame, nur mit etwas wahnsinnigen Augen.

Im Winter des Jahres 1916 trifft sie die Nachricht: Dr. Mirois hat den Tod der Ehre gefunden.

5.

Es ist, als habe sie auf diese Nachricht gewartet, so unvermittelt verändert sie sich. Zunächst frisiert sie sich anders, die Haare frech in die Stirn, und sie schminkt sich möglichst ordinär. Man findet sie fast nie mehr zu Haus, sie sitzt in den Montparnasse-Cafés, in den Ateliers der jungen Maler herum. Jeden Unfug einer phantasielosen Halbwelt macht sie mit, schmiert sich Verwesungston um die Augen, Orangegelb auf die Wangen, richtet sich den obligaten grellen Mund. Mit dem vom Gatten ererbten Vermögen geht sie achtlos um, sie liebt es, zweifelhafte junge Leute um sich zu haben, denen sie Hotel- und Schneiderrechnung bezahlt. Auf keinem Atelierfest darf sie fehlen, sie kommt als schwarzer Pierrot, als Indianer. Sie schreit, sie johlt, scheint zerfetzt von Genußsucht, lodernd vor Hysterie. Sie wird vor lauter Lasterhaftigkeit komisch, treibt es so unterstrichen toll und extravagant, als wolle sie ihre eigene Karikatur liefern.

Ihre große, knochige Figur mit der vorspringenden Nase und den zusammengekniffenen Augen ist in den Bohemekreisen bald populär. Ein abstrakter Maler macht ihr Porträt in Vierecke und Kreise aufgelöst; in einer Zeitschrift allerjüngster Poesie steht ein kleines, wunderlich gelalltes Gedicht, ihr gewidmet; Komponisten von der atonalen Schule spielen ihr auf dem Klavier vor. Andere machen sich über sie lustig, nennen sie die «lasterbeflissene Bourgeoise» oder den «Truppenübungsplatz», weil kein amerikanischer oder französischer Soldat unverrichtetersache aus ihrer Nähe kommt.

Sie ist nicht eigentlich vielbegehrt, aber sie weiß es, sich in den Mittelpunkt einer erotischen Betriebsamkeit zu stellen. Ein junger dadaistischer Dichter, mit dem sie zusammen lebt, erschießt sich, übrigens aus Liebe zu einer anderen. Natürlich muß sie es auch mit jungen Mädchen versuchen. Alles, was sie unternimmt, hat etwas Betontes und Krampfhaftes. Ihre radikale Art, im Unanständigen zu schwelgen, wirkt für viele heiterkeitserregend.

Eines Tages ist ihr Geld zu Ende. Eine neue Situation: sie ist arm. Etwas in ihr läßt nach, eine Anspannung weicht, sie fühlt, seit ihrer Kindheit zum erstenmal, Tränen übers Gesicht fließen.

Sie sitzt vorm Spiegel, zu einem Fest angezogen, mit langen schwarzen Handschuhen, langer schwarzer Zigarettenspitze und nicht sehr viel goldenem Kleid. Sie sieht ihr dumm geschminktes Gesicht und merkt, daß es beinahe alt ist. Mit gramvollem Frösteln hebt sie die abgemagerte, stark gepuderte Schulter.

Endlich sagt sie sich kalte Wahrheiten. Du bist, konstatiert sie verachtungsvoll, ein typisches Erzeugnis unserer Zivilisation, bist es in all deinen Stadien gewesen. Erst als trostloses Kind voll lügenhafter Ideale. Dann als Intellektuelle, die für die Ideale Bildung umtauschte und, ohne Glauben, nur mit skeptischer Kritik leben zu können meinte. Dann als Entgleiste und betont Lasterhafte, die sich für die lügenvolle Kindheit, für die verstandeskalten Ehejahre mit einer geschmacklos wüsten Erotik rächte.

Erst haßte sie sich, aber da das auf die Dauer nicht geht, haßte sie die Zivilisation, die sie als schuldig erkannte. Sie bemerkte, daß sie allein war, auf dieser Erde allein. Mit den Eltern verband sie nichts mehr, auch die lockersten Beziehungen waren gelöst. Der Gatte, dessen Stolz restlose Ungläubigkeit gewesen war, mußte am Ende doch noch für ein falsches Ideal fallen. Sogar der Knabe, den sie eine Zeitlang beinah ihren Geliebten genannt hätte, war seinen unbedeutenden und selbstgewählten Tod gestorben.

Sie fühlte, da sie zum Bewußtsein kam, nichts als Leere um sich herum.

6.

Das kleine Fest, zu dem sie eingeladen war, schien eines von der Sorte, wie sie schon Hunderte mitgemacht hatte. Stilisiert kahle Atelierwohnung, die Gastgeberin eine gefürchtete und umworbene Theatergewaltige, niemand wußte genau, ob Agentin, ob heimliche Verfasserin der meistgespielten Possen oder ob einfach die Freundin des Direktors.

Auf niederen Polstern kauern ein paar Schauspielerinnen, ein paar Literaten, zwei amerikanische Offiziere, eine Bankdirektorsgattin, die sich's ansehen will, einige geschminkte kleine Geschöpfe, nach deren Beruf man nicht fragt. – Suzanne sieht gar nicht mehr hin, setzt sich in eine Ecke, Überdruß in der Kehle.

Sie überlegt sich mit aller Inständigkeit: Wieso habe ich das eigentlich so lange ertragen? Dieses Geschwätz, diese angemalten und erschlafften Fratzen – – Die Hausfrau stürzt auf sie zu – Wogebusen, blonde Frisur, rasierte Augenbrauen in einem fetten Gesicht –, sie schreit Zärtlichkeiten und stellt ihr, mittendrin, einen Herrn vor. Er ist Amerikaner, Kunsthändler und «sehr einflußreich», wie Madame gleich verkündet. Er hat ein frisches braunes Gesicht und dazu graues Haar. Er wirkt elastisch, soigniert, unsentimental und korrekt. Suzanne hat ihn schon manchmal getroffen, noch nie aber ein Wort mit ihm gewechselt.

Das Fest nimmt seinen vorschriftsmäßigen Verlauf. Sie tanzen Tango und sprechen über Picasso. (Was begibt sich draußen? Ein Weltkrieg? – –)

Die Vorsehung gönnt ihnen ein Sensatiönchen: es heulen Fliegersirenen. Deutsche Bombenwerfer über der Stadt! Lichter aus, in den Keller – –

Ihr Snobismus zeigt heroische Züge. Sie finden die Todesgefahr amüsant. Sie beschließen, oben zu bleiben, nur das elektrische Licht löschen sie aus und tanzen in der Dunkelheit weiter, auf dem Flügel brennt eine Kerze. Es kracht irgendwo, sie lachen hysterisch, schmiegen sich inniger aneinander. Einer der amerikanischen Soldaten sitzt am Flügel, er haut den Foxtrott schmissig auf die Tasten.

Suzanne, in einer Ecke hockend, grübelt schamvoll, ekelvoll. Der Kunsthändler setzt sich zu ihr. Sein Gesicht, das sich ihr zuneigt, riecht so frisch – nach Eau de Cologne und kalter Morgenstimmung, denkt Suzanne schnuppernd. «Ich habe Sie ja schon ziemlich oft beobachtet», fängt er, ohne Vorbereitungen, an. «Aber heute sehe ich zum erstenmal Ihr echtes Gesicht.» Sie erwidert verbissen: «Sie reden Unsinn. Wie wollen Sie mich sehen? Es ist ja finster.» Und er, durchaus lustig: «Dachte ich mir's, daß Sie leiden. Kann ich aber verstehen. Es ist ja auch widerlich hier.»

Sie schauen hin, wo die verschlungenen Schatten angesichts des Todes sich im Tangoschritt wiegen. Er wendet sich dringlicher an sie: «Natürlich gehen Sie hier kaputt. Sie sind ja schon fast ruiniert. – Bei uns ist es immerhin besser!» Jetzt strahlt seine Stimme vor Stolz. «Frischer! Verstehen Sie? Frischer!» Da sie sein braunes, festes und herb riechendes Antlitz sieht, glaubt sie daran. «Fahren Sie doch hinüber!» ruft er und lacht plötzlich. Sie, immer noch halsstarrig: «Bedaure. Ich habe kein Geld.» Er, anstatt ihr einen Heiratsantrag zu machen: «Sie sind prachtvoll. Arbeiten Sie doch, meine

Liebe! Bei uns geht das, ohne daß Sie sich unmöglich machen!» Und sie, schon so gierig auf seine Antwort: «Ich kann nichts. Was soll ich denn tun?» Er, immer breiter lachend, weil es in der Nähe gekracht und gepoltert hat: «Aber geben Sie doch französischen Unterricht!»

7.

Mister Collan verschaffte ihr eine Stellung in einem eleganten Mädchencollege, unweit New Yorks. Sie mußte mit Girls, die sich für Hockeyspiel viel mehr interessierten, Maupassant lesen und Grammatik treiben. Sie kam sich dabei so komisch vor, daß sie kicherte, wenn sie nur in den Spiegel sah: sie sah schon fast wie eine richtige Lehrerin aus, mit strengem, nicht mehr geschminktem Gesicht und einer ordentlichen grauen Schürze.

Aber sie hielt sich nicht lange, es gab Krach mit der Direktrice. Man behauptete, sie habe unanständige Witze gemacht. (In Wahrheit waren alle Witze von Maupassant selbst gewesen.) – Zu ihrer Überraschung weinte sie beim Abschied. Sie hatte einige der jungen Mädchen liebgewonnen und vor allem die sanft hügelige und waldige Landschaft, in der das Internat lag. – Aber nun kam *New York*.

Sie warf sich in das Getriebe dieser ungeheuren Stadt mit einer Energie, welche sie niemals an sich gekannt. Ihr neuer Fanatismus hieß: Arbeit.

Sie gründete einen Bildersalon für modernste Franzosen. Mister Collan lieh ihr etwas Kapital. Alles besorgte sie selbst: sie richtete ein, hängte auf, sie verfaßte die Kataloge. Mit unbarmherziger Hartnäckigkeit ließ sie sich bei reichen Leuten einführen, zwang Bankiersgattinnen, ihre Abstrakten zu kaufen. Sie veranstaltete, um Reklame zu machen, in ihren Räumen musikalische Tees, Vortragsabende, sogar intime kleine Boxkämpfe. Sie verwendete, ganz kalte Berechnung, alle Erfahrung ihrer snobistischen Epoche.

Als sie den Betrieb nicht mehr halten konnte, machte sie zu. Sie gründete eine Zeitschrift. Da Amerika und Frankreich immerhin Verbündete waren, zog sie das Ganze hochpolitisch auf, behauptete steif und fest, daß sie Kulturpropaganda triebe, und sicherte sich die Unterstützung der Pariser Gesandtschaft.

Sie interessierte sich nur noch für ihre Arbeit. Alles Menschliche schien ausgelöscht und erledigt. Sie dachte in Zahlen, kombinierte, rechnete. Manchmal überlegte sie sich, ob sie ihren Freund, Mister Collan, eigentlich liebe. Aber sie beschloß, daß sie für solchen Gefühlsluxus beide entschieden zu stark beschäftigt seien. Er hatte sein Wohlgefallen an ihr. «So habe ich Sie mir gewünscht, meine Liebe», sagte er, wenn er zwischen zwei Verabredungen die Hand schüttelte.

Ihr Körper schien stählern geworden. Sie schlief beinah gar nicht. – Die Zeitschrift wollte nicht gehen; aber sie *mußte*! Sie verbündete sich mit amerikanischen Prominenten, dachte sich sensationelle Titelblätter aus. Immer wieder mußte sie Geld leihen, ihre Beziehungen skrupellos ausnützen und den Bankiers die Häuser einrennen. Sie lebte nur noch in der Bewegung: von der Untergrundbahn ins Taxi, fünf Minuten auf einen Tee, von da in die Druckerei, Telefongespräche, Kräche, Bettelgänge.

Sie kämpfte, als ginge es um ein Ideal anstatt um eine fixe Idee. Aber New York war härter als sie. Eines Tages brach sie zusammen.

8.

Sie beschloß, ein Ende zu machen. Wenn sie zurücksah, schien es ihr, daß es für sie endgültig aus sei, nichts Neues könne nun kommen. Ihr Herz war noch verödeter als damals, in ihrer Pariser Wohnung, da sie vor einem Spiegel sitzend konstatiert hatte, wie aussichtslos und erbärmlich ihr Treiben sei. Was hatte sie sich von Amerika erwartet? Es ist ebenso gemein wie das alte Europa, beschloß sie erbittert, vielleicht noch gemeiner. Das wahre Leben gibt es hier sowenig wie dort. Wir müssen uns mit Surrogaten begnügen. Meine Arbeitspassion war ebenso Lüge, ebenso Ersatz wie meine Frömmigkeit, mein Intellektualismus, meine Erotik. In dieser armseligen Zeit scheint man nichts anderes zu finden. Ich mag nicht mehr. Mein Herz ist ausgehöhlt vor Enttäuschung.

Sie wohnte im dreißigsten Stock eines Broadway-Hotels. Sie sah in die Straße wie in einen Abgrund, durch den sich, laufendes Lichterband, die Autokolonnen schlängelten. Die Lichtreklamen reckten sich ihr entgegen, aber erreichten ihr Fenster nicht. – Erst wollte sie, dreißig Stockwerke tief, mit einem Protestschrei sich auf das

Pflaster des Broadway werfen; aber dann zog sie es vor, sich Gift zu verschaffen.

Mister Collan fand sie noch rechtzeitig, um ihr den Magen auspumpen zu lassen. Als sie die Augen wieder öffnete, fuhr er sie ziemlich ärgerlich an: «Das hätte ich dir eigentlich nicht zugetraut. Du scheinst ja eine Hysterikerin zu sein!» Er schüttelte väterlich tadelnd den Kopf. «Das mußt du dir abgewöhnen, mein Kind.» Sie, in den Kissen, konnte sich noch kaum rühren, aber sie sagte doch trotzig: «Ich mag aber nicht mehr. Und das nächstemal nehme ich stärkeres Gift!»

Das gefiel ihm nun wieder. «Abgemacht!» sagte er lachend. «Aber erst verreisen wir noch zusammen!» Er schlug Tahiti vor, dort sei es sonnig und still.

Aus Müdigkeit sagte sie zu. Sie war so ermattet und so durchaus am Ende, daß sie keinem Vorschlag widersprochen hätte. Vielleicht ist es sogar hübscher, unter Palmen zu sterben, war das einzige, was sie noch überlegte. – Honolulu machte ihr keinen Eindruck, aber als sie in Tahiti ankamen, atmete sie auf, als sei sie nach Hause gekommen. «Endlich –» sagte sie und lächelte wie erlöst.

Mister Collan betrachtete die Wochen auf der Südseeinsel als kräftigenden Erholungsaufenthalt. Er schwamm täglich, wurde noch strahlender und brauner. Indessen spielte Suzanne mit den eingeborenen Kindern, hockte bei den Müttern, plauderte mit den Burschen. Sie war ruhiger geworden, jede Exaltation schien von ihr genommen. Mister Collan hatte sie noch nie so schön wie jetzt gefunden. Ihre Augen hatten einen ruhigen Blick, sie bewegte sich weicher.

Nach drei Wochen sagte er ihr: «Liebes Kind, unser Aufenthalt ist zu Ende; morgen geht unser Schiff.» Sie entgegnete ihm gelassen: «Du reist allein, mein Freund. Ich bleibe.» Er hielt es für eine Kaprice. «Oho», scherzte er dröhnend, «das ist wieder einmal echte Suzanne!» Und wann willst du, wenn ich fragen darf, nachkommen?» – «Ich komme nicht nach», erklärte sie und sah ihn fest an. «Ich bleibe.»

Endlich spürte er ihren Ernst, er schrie sie an, aber schon im Bewußtsein, daß es sinnlos war. «Du bist irrsinnig!! Was willst du tun?! Du hast nicht einmal Geld – –» Sie wies still in die Landschaft. «Hier verhungert man nicht!» Und sie schüttelte lächelnd den Kopf.

Abends kam er wieder zu ihr, sie hatte nie geahnt, daß er so sanft sein konnte. «Ich weiß ja, du hast gelitten», sagte er stockend. «Aber nun darfst du dich doch nicht von *allem* loslösen wollen.» Er mühte sich aufs innigste, ihr verständlich zu werden, aber er brachte nur Unklares vor. «Du haßt unsere Zivilisation; gut!» erklärte er mühsam, «aber du gehörst doch zu ihr. Es wird sich rächen, wenn du versuchst, dich außerhalb ihrer zu stellen. Es ist uns verboten, verstehst du das nicht, Suzanne: wir dürfen es nicht!» Sie schaute ruhig an ihm vorbei, in den Himmel, der sich violett, purpurrot, rosa, bläulich verfärbte. Er richtete immer noch seine stockenden und feierlichen Worte an sie. «Du weißt natürlich, daß ich dich liebe», über seine breite Stirn lief eine Röte der Scham, «aber ich sage es dir heute noch einmal feierlich, ganz feierlich – hörst du? – Ich möchte auch so gerne, daß wir uns heiraten», fügte er leiser hinzu. Und plötzlich, leidenschaftlich, mit erhobenen Armen: «Komm mit mir, Suzanne! Komm mit mir!» Seine Stimme zitterte vor Liebe und Angst. Er verharrte, der amerikanische Geschäftsmann, mehrere Sekunden in seiner rührend pathetischen Geste.

Nun erwiderte ihm Suzanne: «Ich habe mich zuviel geirrt, um die Heimat noch einmal zu verlassen, nun, da ich sie endlich, endlich gefunden. Hier gehöre ich hin.»

Plötzlich schrie sie ihm ins Gesicht: «Verstehst du denn nicht? Ich hasse die weiße Menschheit!! Habe ich nicht alles, was sie bietet, ausgekostet? Wer kann behaupten, daß er sie besser kennte als ich? Ich bin zu der felsenfesten Überzeugung gekommen, daß nirgends und nie auf der Welt lügenhafter, leerer, langweiliger, armseliger, inhaltsloser und grausamer gelebt wurde als bei euch, in eueren großen Städten!» Sie schaute mit einem weiten und seligen Blick um sich: in den abendlich reinen Himmel standen die melancholisch geneigten Kokosnußpalmen, es duftete aus den bunten Gebüschen, und man hörte den Jubel der Badenden vom Meer. Ein paar junge Leute kamen vorüber, halbnackt, ihre glatten und vollendeten Leiber schimmerten braun, sie trugen Blumen und sangen. Suzanne sah ihnen nach, erst als sie verschwunden waren, sagte sie mit todestrauriger Stimme: «Wenn es einen Gott im Himmel gibt, liebt *er* seine braunen Kinder mehr als uns. Denn er hat uns *alles* verweigert, was er ihnen gewährte.»

Mister Collan stand vor ihr. Er trug einen eleganten Reiseanzug, hatte einen kleinen Photographenapparat im Lederfutteral an einem Riemen hängen. Ungeschickt streckte er ihr die Hand hin.

Am nächsten Morgen reiste er ab.

9.

Nun begannen die Monate ihres vollkommenen Glückes.

Da sie sich nicht hatte bewegen lassen, von Mister Collan Geld anzunehmen, mußte sie sich eine Beschäftigung suchen. Sie hatte eine Hütte, am Meer drunten, aber nicht da, wo die Fremden wohnen, das Leben kostete beinah nichts.

Einträchtig hauste sie mit den dunklen Leuten zusammen. Endlich erfuhr sie, was Friede war. Sie erledigte allerlei für die Eingeborenen, schrieb ihnen Briefe, verkaufte für sie, unterhandelte mit den Banken, den Warenhäusern. Sie lernte ihre Tänze, Gesänge und Pantomimen, verstand es auch schon recht gut, ihre Sprache zu reden.

Auch hatte sie einen Freund gefunden, der Bulhup hieß und den sie mit großer Zärtlichkeit liebte. Er war träg wie ein Tier, schön wie ein junger Gott. Seine braunen Augen ruhten mit einer faulen Sinnlichkeit auf den Dingen. Es war, als begehrte er jeden Gegenstand, den er ansah; so durfte auch Suzanne sich glauben machen, daß sie ihm begehrenswert sei. In Wahrheit allerdings wußte sie, daß er jedes Straßenkind, jedes Tier ebensosehr oder -wenig wie sie liebte. Trotzdem hing sie ihm mit einer schmerzlichen Treue an, war ihm in jedem Augenblick dankbar für das dumpfe Idyll, welches er ihr gewährte, in dem *sie* nur gab, *er* ohne Dankbarkeit, sogar ohne viel Lust hinnahm. Sie verehrte mit einer tiefen Inbrunst: seinen braunen, ruhenden und schlanken Leib, seine dumme Stirn, seinen dicken Mund, seinen dunklen, tierischen und warmen Blick. Sie war, die einst fast krankhaft Anspruchsvolle, von so bescheidener Demut geworden, daß sie vor Dankbarkeit weinen konnte, wenn er sie ansah.

Die Tage folgten einander, jeder brachte seine reife Herrlichkeit mit. Die Kokosnuß fiel vom Baum, man holte die Ananas aus der Erde. Das Meer wechselte seine Farbe mit dem Himmel, der dunkelblau strahlte, sich leicht umwölkte, seinen Regen so leicht herniederfallen ließ, daß sie ihn «flüssigen Sonnenschein» nannten. Es kamen die warmen Nächte, wo sich die Palmen im Mondlicht verneigen und das Meer glänzt.

Bulhup tritt an ihr Lager, er riecht wie die Palmen, die Früchte, die Vögel und das salzige, sonnendurchwärmte Wasser.

Ein Brief von Mister Collan erreichte sie, flehenden, warnenden Inhalts. Sie antwortete ihm: «Wenn ich Ihre Liebe ernst nehmen soll, dann bitten Sie mich nicht, zurückzukommen. Glauben Sie mir: ich bin glücklich.»

10.

Sie konnte nachher, wenn sie darüber grübelte, nie wieder feststellen, in *welchem* Augenblick die verfluchte Unternehmungslust und der Ehrgeiz in ihrem Blute wieder lebendig geworden waren.

Es fing wahrscheinlich mit dem Ausflug nach Samoa an. Sie fand großes Gefallen an den rhythmischen Tänzen, kriegerischen Aufführungen und Gesängen der Knaben, die sie dort traf, und so verfiel sie dem Plan, eine Truppe zusammenzustellen.

Ihr schwebten große Unternehmungen vor, sie dachte an eine Europa- und Amerika-Tournee. Also bat sie Mister Collan um etwas Geld und übersiedelte, mitsamt ihrer Bande, nach Honolulu, wo sie das Programm ausarbeiten wollte.

Sie mietete sich ein Haus, es war kahl und unfreundlich, aber hatte die großen Zimmer, deren sie zum Üben bedurfte. In einer Kammer, welche sie provisorisch aufzuputzen versuchte, schlief sie selber; die Jungen in einem anderen Raum, auf Matten alle nebeneinander.

Suzanne bestand darauf, daß ihre Schutzbefohlenen, bis in die Einzelheit, das Leben weiterführten, an das sie gewohnt waren. Im Garten, auf einem Steine, kochten sie selbst ihre Mahlzeit, sie hatten auch noch dieselbe Tracht wie daheim. Es war ihnen streng untersagt, mit Amerikanern Umgang zu haben, damit ihre Naivität unberührt bleibe; vor allem die «Flappers» waren es, deren Bosheit und übles Raffinement Suzanne ihnen in schwärzesten Farben zu schildern wußte.

Trotzdem hatte das Idyll etwas Künstliches. Honolulu war eine moderne Stadt mit Trambahn, Kaffeehäusern, Wolkenkratzern; die Wildheit der Samoa-Jungen erschien unangebracht, überraschend. Tagsüber mußten sie ausgehen, ihr Brot zu verdienen; Madame hatte ihnen Stellungen verschafft, sie arbeiteten in Fabriken, auf Bauplätzen. Nachmittags gegen sechs Uhr kamen sie schmutzig nach Hause, wuschen sich, kochten das Essen im Gärtchen, fanden sich im Übungssaal ein – lauter baumstarke Kerle mit elastisch-muskulösen Beinen, sympathischen, träg blinzelnden Augen. Es war ein wunderliches, aber doch trauliches Familienleben.

Schwierigkeiten blieben nicht aus. Der träge und wollüstige Bulhup, der fast nichts tat, immer nur dahocken, wurde zu deutlich bevorzugt; das reizte die übrigen, aber vor allem Fui-Fui, den hochbegabten und ehrgeizigen Vortänzer. Die anderen Knaben alle waren von dumpfer Art, mit ungebildeten, kindlich rauhen Gesichtern; Fui-Fui hatte ein scharf geschnittenes Profil, exzentrisch abstehendes Haar, brennende Augen; als Tänzer verblüffte er durch Temperament und Technik, er konnte witzige Sprünge, groteske Verrenkungen, hatte ein phantastisches und ausdrucksvolles Mienenspiel. Im Schwertertanz brillierte er wie kein anderer, wußte auch die traurigsten Lieder mit volltönender Stimme vorzutragen. – Es war Fui-Fui keineswegs zu verdenken, daß er Ärgernis an der Stellung nahm, die der nichts als schöne Bulhup im Kreise genoß. Er hatte es sich in den Kopf gesetzt, auch seinerseits Suzanne zu besitzen, und zwar weniger aus Vergnügungssucht denn aus Ehrgeiz und weil er keinem die Bevorzugung gönnte. Aber Suzanne war nicht zu haben. Einerseits, um ihr pädagogisches Prestige zu wahren – denn wohin hätte es geführt, wäre sie jedem ihrer Schützlinge zu Willen gewesen? –, andererseits und hauptsächlich aber, weil sie sich dem Bulhup hörig fühlte, an *ihn* mit geheimnisvoll strengen Fesseln gebunden. Der starke Geruch seines Körpers erinnerte sie, daß es auch für sie eine Heimat gab, einen Platz, wo sie gut gelebt hatte, glücklich gewesen war. Mit wehmütiger Innigkeit klammerte sie sich in solchen Liebesstunden an ein unschuldiges Glück, das sie doch heimlich schon entglitten wußte.

Denn die scharfen Reize von Honolulu fingen sie mehr und mehr. Zunächst litt Suzanne unter der Stadt, haßte ihre Gerüche, Geräusche, ihr Tempo. Aber allmählich fand sie wieder an Dingen Geschmack, von denen sie sich für so endgültig getrennt gehalten; mit Scham und Ekel konstatierte sie, daß sie ihr wieder gefielen. Sie ergab sich alten Gewohnheiten, rauchte zuviel Zigaretten, schnupfte das Kokain.

Bald kannte sie jeden Winkel dieses eigenartigen und gefährlichen Platzes, der amerikanische Betriebsamkeit verlockend mit der Südsee-Üppigkeit mischt. Ihr Lieblingsaufenthalt waren die Hafenlokale, dort schien «Madame» bald ebenso berühmt wie einst, vor Zeiten, auf Montparnasse. Sie hatte natürlich Freunde gefunden, auch Europäer, denen sie «Honolulu bei Nacht» zeigte. Sie tanzte mit den hübsch weißgekleideten Matrosen der Kriegsmarine, mit den stillen und verführerischen Philippinos, mit den schmeichlerisch gewandten kleinen Japanern. – In den billigen Schenken ist ein großer Betrieb, die fleißigen Mädchen bekommen ihre fünf Cent pro Tanz von den Kavalieren. Ein Neger gibt was zum besten, man fürchtet erst, daß er einen Anfall erleidet, aber dann ist es doch nur der Charleston. Lieder werden gebrüllt, letzte amerikanische Schlager und die betäubend sentimentalen Volksgesänge der Hawaiianer. In den warmen Straßen glüht und kreiselt die Lichtreklame; wenn an jedem zweiten Hause anpreisend das Wort «Massage» flammt, muß man es unanständig verstehen.

Manchmal empfindet Suzanne Angst. Sie gedenkt gewisser warnender Abschiedsworte des Freundes. Sie fängt an zu ahnen, daß er recht behalten wird: es rächt sich, Widerstand ist unmöglich. Sie ist leidend, wie in ihren schlimmsten Zeiten, lernt nervöse Zuckungen, Kopfschmerzen, Schlaflosigkeit wieder kennen. Sie magert ab, sieht mitgenommen und zerrüttet aus. Mister Collan würde sie kaum wiedererkannt haben: was für eine schrille, hysterisch unterminierte Stimme; aber am schlimmsten war das abgestorbene und grelle kleine Gelächter. Wenn sie in den Spiegel schaute, lief es ihr unangenehm den Rücken hinunter: war *sie* diese scheußliche Verfallene? Ach, sie hatte beinah nur noch Lumpen an, häßliches und ruiniertes Sommerkleid, und die Knochennase schien ungenügend gepudert.

Nicht umsonst hatte sie eine fromme Erziehung gehabt, bei allen Abenteuern war ihr Gewissen höchst empfindlich geblieben. In besseren Minuten bestätigte sie sich ihren Verfall, fand ihn sogar notwendig. Denn sie war schuldig, hatte falsch und dünkelhaft gelebt; sich nie beschieden, immer das Unmögliche gewollt. Ihre letzte Unternehmung, die Flucht aus der Zivilisation, der Versuch, aus allen Bindungen in die selige Wildnis zu fliehen, war das Unmöglichste und Dünkelhafteste gewesen. Mit schmerzlicher Klarheit erkannte sie, daß die Gottesstrafe sie nicht etwa dafür traf, daß sie den Versuch nicht durchgehalten hatte; sondern daß gerade dieses frühzeitige Versagen die Strafe war dafür, daß sie diesen Versuch jemals zu unternehmen gewagt hatte.

Nur noch ihre Arbeit machte ihr Freude, wenn sie bei den Burschen saß oder mit ihnen trainierte. Das Programm begann Gesicht zu bekommen, die Truppe arbeitete gut, hing an Suzanne mit Respekt und mit Liebe. Man gewöhnte sich an die Ausnahmestellung Bulhups, da dieser zwar faul, aber kameradschaftlich verträglich war. Fui-Fui allein, der Gewandte und tückisch Kluge, blieb unbefriedigt und intrigant. Er zog mit verfinsterten Augen umher, schien Übles zu sinnen. Das Werben um Suzanne hatte er aufgegeben und begegnete ihr jetzt mit trotziger und haßerfüllter Höflichkeit.

Da das Geld zu Ende ging und Suzanne nicht noch einmal an Mister Collan schreiben wollte, veranstaltete sie, um das Notwendigste einzunehmen, jetzt schon öffentliche Vorstellungen. Sie kannte die gut gelegenen Hafenlokale und trieb marktschreierische Propaganda, also brachte es ziemlich viel ein. Natürlich mußte sie auch Mädchen engagieren, sonst war es nicht attraktiv.

Ihr Rückfall war gründlich, sie lernte sogar den ungesunden Tätigkeitsfanatismus noch einmal kennen, den aus ihrer furchtbaren New Yorker Zeit.

Würde kannte sie nicht mehr, sie lief selbst auf die Dampfer, die von der amerikanischen Küste kamen, um den alten Ladys aus Chicago und Los Angeles ihre Reklamezettel in die Hand zu drücken. Auch mietete sie eine Musikkapelle, die an den Straßenecken Radau machen mußte, um die Vorüberschlendernden zu faszinieren.

Die Kriegsflotte Amerikas befand sich im Hafen von Honolulu, dreißigtausend weißgekleidete Matrosen überströmten die Stadt. Dreißigtausend Matrosen: Schenken, Tanzlokale, alle Vergnügungsstätten machen enormes Geschäft, wo «Massage», das Zauberwort, glüht, geht es wie im Bienenstock zu.

Ganz in ihrem Element ist Suzanne. Ihre erregten Nerven wittern die Anspannung, die in der Luft liegt und die sie sich nutzbar machen, gebrauchen will. Sie verdreifacht ihre Propagandatätigkeit, läßt Puppen, Schilder durch die Straßen tragen: «Samoanertänze!» – «Die schönsten Mädchen der Südsee!!» Die Kapelle musiziert, daß den Vorübergehenden die Ohren klirren – und am Abend ist das Lokal überfüllt.

Es wird ein sensationeller Erfolg. Fui-Fui erntet Beifallsstürme mit seinen schwierigen Sprüngen, die Mädchen erwecken tobsüchtige Gelächter, wenn sie mit dem Unterleib wackeln, Bulhup bekommt von den Amerikanerinnen Anträge, der Schwerttanz wird gebührlich bewundert.

Am nächsten Abend: beängstigender Andrang, es hat sich herumgesprochen, jetzt will jeder es sehen. Zurückgewiesen müssen viele werden, so gibt es an der Kasse schon Krach. Die kampfeslustige Stimmung überträgt sich nach drinnen, wo auch viele Besoffene sind, die ohne Anlaß drohen und renommieren.

Der erste Tanz mißfällt, es wird gejohlt und gepoltert. Suzanne bitte um Ruhe, aber da ihr Organ zittert und ihr stark französischer Akzent sehr komisch wirkt, antwortet man ihr mit brüllendem Gelächter und unanständigen Zurufen. – Die Mädchen sind an der Reihe, aber so eifrig sie auch wackeln und sich schütteln mögen, können sie die Situation doch nicht mehr retten.

Die fürchterliche Rauferei brach los, ehe die Polizei einschreiten konnte, niemand wußte später den Anlaß. Sie setzte mit katastrophaler Plötzlichkeit ein, Naturereignis von elementarster Gewalt. Stühle krachten, Stimmen fluchten, heulten, jammerten durcheinander, Weiber flohen kreischend zur Wand. Anzüge hingen in Fetzen, darunter blutete das heiße Fleisch. Neger boxten, daß Nasen, Kinnladen splitterig in die Brüche gingen, Japaner stachen den aufwinselnden Matrosen mit spitzen Fingern wie mit Scheren in die Augen. Schon fielen Schüsse, und die Messer flogen. Die Samoanerburschen, halbnackt, triefend von Schweiß und Blut, waren die Stärksten von allen, sie preßten, wie die Bären es tun, ihre Opfer in grauenhafter Umarmung, schmissen sie hin, schnauften weiter. In finsteren Ecken wurden Philippinermädchen vergewaltigt, was sie sich mit kleinen, beleidigten Klagetönen gefallen ließen.

Auf dem Podium Suzanne hob in Todesangst die Arme über diese Orgie von Wollust und Blutgier, rief in den Aufruhr flehentliche

Worte, wie Vogelschreie, die lächerlich und ungehört verflatterten. Als Antwort kam das Chaos der entfesselten Stimmen und der Gestank der ringenden Leiber zurück. Sie, mit einer plötzlichen Erkenntnis, schlug die Hände vors Gesicht und sank in die Knie, während sie das Gesicht seitwärts, vom Tumult fort, wandte. In ihre zitternden Hände flüsterte sie: «Das ist die Hölle» – hoffnungslos, tonlos, nur noch von Grausen der Verdammten geschüttelt.

In diesem Augenblicke traf sie das Messer, das Fui-Fui nach ihr geschleudert hatte. Es fuhr ihr so wohlgezielt in die Kehle, daß sie mit einem gurgelnden Röcheln nach hinten fiel. Während ihre Augen sich brachen, faltete sie noch mit einer krampfhaften Angstgebärde die Hände, wie sie es als kleines Mädchen gelernt.

Ein Wunder geschah, denn Stille trat wie ein Donnerschlag ein. Von der Toten mit den gefalteten Händen ging solche Feierlichkeit aus, daß die Matrosen, Hafendirnen, Neger und Chinesen zum scheuen Halbkreis zurückweichen mußten.

Sie lag auf dem Podium mit unerbittlich streng ragender Nase. Nun, im Tode, hatte sie die unnahbare Vornehmheit ihrer Ahnen wiedererlangt.

Rut und Ken

Die Februarreise von Rut und Ken an den kleinen Rivieraort war eine Angelegenheit, die seit September besprochen worden war. Vor allem die finanzielle Frage wurde immer wieder diskutiert und erwogen: in Nizza bekam man anständige Pension unter achtzig Franken kaum; noch schlimmer war es in Cannes. Das kleine Hotel in dem Hafenort, der zwanzig Autominuten von Nizza lag, verlangte nur sechzig Franken; außerdem konnte man annehmen, daß die Nebenausgaben dort geringer sein würden.

Freilich war das Gasthaus mit dem englischen Namen etwas primitiv; doch nicht reizlos. Rut konnte ihre Puppen, Affen, gläsernen und wollenen kleinen Ungeheuer in einem lustig blau gestrichenen Zimmer aufstellen, dessen eines Fenster zum Meer, das andere zum idyllischen Marktplatz ging. –

Rut hatte in Berlin ein arbeitsreiches Leben, aber sie trug es mit Geschick und Munterkeit. Sie war der Typ der witzigen jungen Jüdin, deren etwas grotesken Zynismus ein melancholischer Unterton verschönt. Zwar scherzte sie unanständig mit ihren Puppen, die sie fetischistisch liebte und mit wunderlichen Namen bedachte – sie hießen Mores, Herr Cassierer, Ofei oder Staatsroß –; aber sie mochte nicht gerne, wenn man sie anrührte; nicht einmal ihr negerhaft lockig wolliges, prachtvolles Haar, das sie wild abstehend vom Kopf frisiert trug und auf das sie mit Ironie stolz war, durfte man zausen. Dabei wirkte sie mit bräunlicher Magerkeit, festem Fleisch, schönen Zähnen und gescheiten Augen reizvoll, oft verführerisch.

Sie arbeitete in einem Butterexport und -import, war erste Sekretärin des Chefs, Seele des Unternehmens. Von Butter verstand sie was, beim ersten Frühstück konstatierte sie gelassen: «Dieses dürfte holländische Gelbe sein.» – «Dieses schwedische Mittelgrüne», höhnte Rudi, der das nicht mochte.

Rudi war ihr Cousin, doch hielten beide nicht für unmöglich, daß sie sich einmal heiraten würden. Diese Aussicht erregte sie nicht, aber zuweilen erschien sie tröstlich, wurde das Leben gar zu unangenehm. In Berlin waren sie beinahe jeden Abend zusammen, sie gingen in die neuen Shakespeare-Inszenierungen, in die Russen- oder Charlie-Chaplin-Filme, Beethoven-Konzerte, ziemlich oft in Mozart-Opern. Gute Musik erschütterte beide, gerade deshalb machten sie nachher Witze. Sie lasen meistens dasselbe, nicht vieles, aber nur Bedeutendes, am liebsten Dostojewski und Hamsun.

Rudi war als Journalist tätig, er berichtete für einen der großen Zeitungskonzerne über Trambahnunglücke, Ankunftsfeierlichkeiten der Boxer. Gedichte machte er seit einigen Jahren nicht mehr, er wußte, daß sein Talent konventionell war. «Leider unbegabt», konstatierte er sachlich. Bestätigend nickte Rut.

Sein sympathisch kluges Gesicht hatte zu weiches Fleisch, etwas schwammiges, mit Stubenluftfarbe, darüber der schwarze Bartwuchs, wenn er nicht ganz frisch rasiert war, oft wie leichter Aussatz lag. Die wulstigen Lippen gefielen Rut, sie waren negerhaft rührend; auch die bräunlichen, freundlich kurzsichtigen Augen.

Auf langen Spaziergängen und während der Mahlzeiten erfanden sie Spitznamen für die Gäste des kleinen Hotels, die meistens extravagante, aber nicht sehr reiche Amerikaner oder Pariser Intellektuelle waren. «Eine jener sehr, sehr Dummen», behauptete Rut mit Strenge von der nicht mehr ganz jungen Person, an deren Tisch der große englische Jüngling saß, den sie vorläufig «big boy» nannten. –

Abends erschien Rudi noch für eine Viertelstunde in Ruts blauem Zimmer. «Erlaubst du, daß ich dein unedles, krauses Judenhaar kämme», bat er korrekt. Sie nickte, ebenso feierlich. Im sachlich gestreiften Pyjama saß sie vorm Spiegel; er, hinter ihr, bearbeitete mit der Gewandtheit eines guten Friseurs ihr barbarisch üppiges Haar. «Fette Arme», sagte er still, wobei er auf ihre ungewöhnlich schlanken und brünetten Arme schaute, die sich kühl anfühlen mußten. «Fette Schenkel auch», ergänzte Rut würdevoll, dabei traurig. Die Magerkeit ihrer Beine war rührend.

Leider kamen Bekannte von Rudi an, die Lubliners hießen. Man mußte sie, da sie sich sensationslüstern zeigten, in die Hafenbar führen, wo sonst nur amerikanische Matrosen mit südfranzösischen kleinen Dirnen tanzten, eine dicke Schwarze hinter der Theke schäkerte. In so kessem Milieu fielen Frau Lubliners gute schwarze Robe, Herrn Lubliners Zwicker, Bauch und Uhrkette lächerlich auf. Überhaupt war das Ehepaar, bei Licht besehen, nichts Besonderes; auch big boy, der hinter ihnen an der Bar lehnte, schien sie nicht sehr zu mögen.

Von den Berliner Freunden degoutiert, merkte, daß der junge Engländer schön war, Rut plötzlich, und zwar mehr mit Schrecken als mit Vergnügen. «Er ist ja *edel*», stellte sie fest; was sie fassungslos machte. Angesichts dieser schmalen und elastischen Hüften, dieses vollendeten Hinterkopfes, dieser großen, sehnigen, schlanken, rötlichbraun verbrannten Hände fiel ihr mit einemmal kein Witz mehr ein.

«Sein Gesicht ist mäßig», sagte Rudi plötzlich, der bemerkte, was in ihr vorging. Sie schüttelte unwillig den vom Kraushaar groß gemachten Kopf, schaute ihren Rudi düster an wie noch nie.

«Er heißt Ken», sagte sie mit unverhohlenem Triumphe. «Woher weißt du's», erkundigte sich der Cousin, mißtrauisch, denn so kannte er sie noch gar nicht. «Die sehr, sehr Dumme hat ihn wohl so genannt», murrte Rut. «Übrigens ist sie abgereist», fügte sie noch hinzu. Nach langer Pause sagte sie grüblerisch: «Der muß gut schwimmen.» Worauf sie wieder verstummte.

Rudi, um sie zu ärgern, denn er sprach besser englisch als sie, brach zu ihrem fassungslosen Schrecken ein Gespräch mit ihm vom Zaun. Er stand auf, trat an die Bar, bemerkte etwas über das Wetter. Ken erwiderte, mindestens ebenso korrekt, übrigens mit überraschend tiefer Stimme, die zu seinem hellen Haar sowenig paßte wie zu seinen Hüften.

Sogar an dieser schäbigen Bar lehnte er mit der Haltung des Jungen von großer Welt. Sein Gesicht war nicht eigentlich hübsch, aber unter dem frischen Haar war die Stirn schön geformt. Die Augenbrauen, noch etwas heller als der Scheitel, schienen beinahe weiß. Darunter die Augen, die oft streng blickten, hatten ganz die Farbe des Meeres. Die Farbe des morgendlichen Meeres, dachte Rut, die sonst nicht lyrisch war.

Rudi, um, daß er nicht eifersüchtig war, zu beweisen, oder auch nur, um Rut zu erschrecken, brachte ihn an den Tisch. «Mr. Ken Bennett», stellte er vor. Es erwies sich, daß der junge Mann in Heidelberg studiert hatte, auch etwas deutsch sprechen konnte, freilich nur mit drolligem Akzent. Lubliners rückten angeregt auf ihren Stühlen: mit einem Ausländer zu sprechen, bedeutete Sensation. Indessen verfinsterte sich Rut. Ken sagte vielversprechend: «Meine Freundin ist fort. Ich bin allein.» Um so wütender zog sie die Brauen zusammen. Als er sie zum Tanzen aufforderte, schüttelte sie störrisch den Kopf, behauptete durch die Zähne, ihr eines Bein sei verkrüppelt. Aber als er daraufhin Frau Lubliner bat, stand sie demonstrativ auf und setzte sich an die Bar.

Sie tranken schnell hintereinander drei Whiskys, drei Benediktiner. Da drehte sich schon das Loakl, mit ihm Herrn Lubliners Uhrkette, seiner Gattin Wogebusen, Rudis stubenfarbenes Gesicht; fest stand: ein blonder Hinterkopf, breite Schultern, darunter Hüften, deren Schmalheit sie sich nicht vorzustellen wagte.

Die nächsten Tage hielt sie sich fern von ihm, vor allem, weil sie sich ihrer ordinären Betrunkenheit in der Bar schämte. Denn damals war es so weit gekommen, daß Rudi sie ins Freie führen mußte, ihr den Kopf zu halten. Sie war völlig besinnungslos, wußte nur noch, daß ihr übel sei. Als man sie zu Bett brachte, hatte sie wie eine Besessene geschrien, aus Diskretion erzählte Rudi nicht, *was*. Aber ihr ahnte, daß es Kens Name gewesen sei.

Der Katzenjammer dauerte ziemlich lang, sie ging mit grünlicher Miene umher, ihre Scherze blieben säuerlich. Während sie mit Lesen, Briefschreiben sich zu beschäftigen schien, hatte sie in Wahrheit Augen nur noch für Ken. Sie verfolgte, so genau es ging, seinen Tagesablauf.

Erst mit einem Lächeln, das sie für verächtlich hielt; bald mit zugegebener Bewunderung. Nur junge Angelsachsen bringen es fertig, mit so schöner Selbstverständlichkeit *nichts* zu tun. Es ist beinahe griechisch, dachte Rut neidvoll.

Morgens stürmte er im kurzen, blauen, weißgegürteten Badetrikot die Treppe hinunter, rannte zum Meer, prustete ein paar Minuten im Wasser, das noch eisig war, umkreiste im Dauerlauf das Hotel. Mit welchen Beschäftigungen verbrachte er den Vormittag auf Liegestühlen? Meistens schälte er nur einen Apfel; wenn er eine Postkarte schrieb, fiel es schon auf. Er sprach mit irgend jemand, einer alten Dame, einem Kellner; er saß und pfiff, die meerfarbenen Augen, deren Blick gedankenlos, aber streng schien, gingen ins Weite. Wie leicht ihm die Stunden vergehn, dachte Rut, die den Dostojewski fortlegte. Angesichts seines wundervollen Müßigganges kam die Beschäftigung mit Literatur ihr geschmacklos, plebejisch vor.

Irritierenderweise aß er beinahe jeden Mittag mit jemandem andern; es kamen blonde junge Leute, die ihm ähnlich sahen, manchmal waren junge Mädchen dabei; einmal erschien eine schon gereiftere Dame, die wenig aß und ihn traurig ansah; einmal ein ergrauter Herr mit feinem, sorgenvollem Gesicht. Wo lernt er alle die kennen? dachte Rut leidend. Wie steht er mit ihnen?

Woher kamen diese Boys, mit denen er nach Tisch auf dem Platz vorm Hotel Ball spielte, Arm in Arm durch die Gassen des Hafenplatzes schlenderte? Diese Frage erregte und beunruhigte Rut.

Aber am schlimmsten war es, wenn er gegen Abend verschwand. Er war fort, kein Mensch wußte, wohin. Bis zuletzt hoffte Rut, er habe einen kleinen Spaziergang gemacht; erschien er zum Abendessen nicht, nahm sie an, er habe nur auswärts gespeist, sie saß bis Mitternacht in der Halle, mit ungelesener Zeitung, ihn nach Hause kommen zu hören. Aber meistens kam er erst am Morgen wieder, manchmal erst am nächsten Nachmittag. Bis dahin war Rut im Zustand einer stundenlang Gefolterten.

Daß der kleine Erholungsaufenthalt verdorben sei, war für Rudi keine Frage mehr. Er neigte wahrlich nicht zur Eifersucht, aber diese Affäre enervierte ihn. Er empfand Ruts Situation als unwürdig; als er ihr das mitteilte, sah er sie erst sehr rot, dann sehr blaß werden. Trotzdem sagte er noch mit aller Brutalität, die er aufbringen konnte: «Außerdem ist dieser Junge ein Makro.» Worauf sie aufsprang und ihn zischend bat, das Zimmer zu verlassen. So weit ist es also, dachte der Cousin bekümmert, während er ging. –

Am nächsten Morgen, da sie am Fenster saß und nichts zu denken hatte als seinen Namen, rief er mit seiner überraschend tiefen Stimme den ihren von unten zu ihr herauf. «Fräulein Rut», rief er, dabei sah sie ihn im gegürteten Trikot über den Platz laufen. Er fragte, ob sie nicht vielleicht mit ihm schwimmen gehen wolle.

Als sie nebeneinander im Badetrikot zum Wasser rannten, zeigte sich, daß sie beinahe ebenso mager wie er war; ihre schlanken, gelblichbraunen Arme und Beine waren etwas zu stark behaart, dagegen war sein heller Körper glatt, an manchen Stellen von der Sonne rötlich verbrannt. Auf seinen Armen zeigten sich, wie übrigens auch auf seiner Stirn, Sommersprossen.

«Sie müssen verzeihen, daß ich mich in diesen Tagen nicht nach Ihrer Gesundheit erkundigt habe», sagte er konventionell, doch mit bewegtem Unterton. «Aber ich wollte nicht aufdringlich erscheinen. Sie sind hier mit Ihrem Freund –» Rut lachte verächtlich, bereute es aber gleich, denn es war verräterisch gegen Rudi. «Er ist mein Cousin», sagte sie schlicht, «wir stehen ganz wie Bruder und Schwester.» Daraufhin drückte er das erstemal ihren Arm.

Sie spazierten noch ein wenig, nachdem sie geschwommen und gelaufen hatten. Er fing an zu erzählen, sie lauschte dankbar, denn seine strengen Augen waren lustig geworden. Er lachte viel, ein männlich tiefes, leicht grollendes Gelächter, wobei er das Gesicht senkte, munter von unten schaute und das Kinn an den Hals legte. Seinen Geschichten und Aufschneidereien lauschte sie hingegeben, daß sie manches unwahrscheinlich fand, wagte sie sich nicht einzugestehen. Sie war spöttisch und kritisch gewesen; aber da sie sich im Zustande der Verzauberung befand, verzichtete sie, ach, wie gerne, darauf, den Intellekt zu gebrauchen, der so lange ihr Leben beherrscht hatte.

Vielmehr lächelte sie selig, da er von seinen weitverzweigten Geschäften in den britischen Kolonien, von dem italienischen Schlößchen seiner Mutter, von seinen sportlichen Rekordleistungen in London, seinen gesellschaftlichen Triumphen in Paris, Rom und Madrid sprach. Sie riskierte es, ihn zu fragen, wo er hier seine Nächte verbringe. «Well», sagte er und lachte grollend. Die Erzählungen, die folgten, waren so kompliziert, daß ihr schwindelig wurde. Er schloß mit einer Aufforderung, an diesem Abend sie nach Nizza und Monte Carlo begleiten zu dürfen. Sie nahm an, wobei ihr plötzlich die Knie zitterten. «Wenn Ihr Cousin nichts dagegen hat», hörte sie ihn noch herausfordernd sagen. Beim Abschied rief er ihr nach: «Nehmen Sie Geld mit, vielleicht wollen Sie spielen –»

Sie dachte, während sie nach Hause ging: Er hat etwas aufgesprungene Lippen. Wie kommt diese Stimme zu diesem Haar? Er geht, als müsse er sich immer zurückhalten, nicht schneller als Nurmi zu laufen. Dafür, daß er so kurz in Heidelberg war, spricht er famos deutsch. – Ken, Ken, Ken, dachte sie ununterbrochen, während sie in Rudis Zimmer trat.

«Unterhalte dich heute abend gut mit Lubliners», sagte sie kränkend, «ich esse woanders.» Der Arme sah sie fassungslos an. «Viel Vergnügen», sagte er mühsam. Sie blitzte: «Adieu», schmiß die Tür zu.

Als er mit Lubliners den schwarzen Kaffee in der Halle trank, dachte Rudi, während er eine stumpfsinnige Konversation mit den Berliner Freunden mühsam in Gang hielt: Wo steckt sie in diesem Moment? Der Junge mit dem schönen Hinterkopf kann der Lockvogel eines südamerikanischen Mädchenhändlers sein. Die jungen Damen, die mit ihm ausgehen, bekommen im Automobil eine Maske auf das Gesicht gedrückt, die sie betäubt. Erwachend, finden sie sich in der verriegelten Kabine eines Dampfers. Der Neger, der ihnen das Frühstück serviert, scheint völlig stumm, nicht einmal, wohin das Schiff fährt, verrät er. Ach, meine Rut endet in einem Bordell in Argentinien! – Meine Rut ist in die Villa eines sadistischen Millionärs in Cannes verschleppt, der diesem Jungen mit dem schönen Hinterkopf schwere Dollars zahlt, für die Mädchen, die er ihm verschafft. Die arme Nackte ist auf eine hölzerne Bank gebunden; erst wird sie geprügelt, dann gestreckt, gezwickt, geröstet, schließlich zerschnitten. Die Keller der Villa sind so raffiniert gebaut, daß man ihren geschändeten Leichnam nicht findet. Außerdem stehen reiche Menschen gut mit der Polizei.

«Wir gehen schlafen», sagten Lubliners, die sich langweilten. Während er ihnen die Hand gab, sah Rudi seine Rut, die so keusch und witzig gewesen war, in einem kahlen und schmutzstarrenden kleinen Hotelzimmer, das sechs Franken für die Nacht kostete. Der Schlafrock, den sie trug, war von häßlichem Rot und zerschlissen. Sie rutschte auf den Knien vor dem Bett, in dem sich Ken rekelte. Sogar diese Vision erfüllte Rudi mehr mit Besorgnis als mit Eifersucht. Rut, ihr edles Barbarenhaar ins unsaubere Plumeau gewühlt, flüsterte wild: «I love you, je t'aime, Ken, je t'aime –» – «I know», sagte ruhig und grausam der Angebetete im Bett.

«Gute Nacht, meine Lieben», sagte Rudi zu den gähnenden Lubliners. Er selber ging noch ans Meer, denn er fürchtete sich vor seinem Zimmer.

Sie kamen aus dem Bakkarat-Klub gegen Morgen. Die Dämmerung schien zu duften. Duft kam von den Palmen, auch vom Meer. Auf dem breiten Platz mit den Palmen brannten noch Bogenlampen, aber sie gaben nur blasses Licht. Das gleichmäßige Geräusch, das man hörte, war der Anschlag der Brandung an den Steinen und an den Pfählen des Kasinos, das ins Wasser gebaut war. Es klang wie das Atmen einer großen Ruhenden.

Rut, im leichten schwarzen Cape, fröstelte. Ken, im Smoking, ohne Hut und Mantel einige Schritte vor ihr, hatte Bewegungen, so frei und sicher wie im kurzen, gegürteten Badetrikot. Die Hände in den Taschen, pfiff er. Sie dachte, plötzlich ergriffen von einer übergroßen Dankbarkeit: Mein Gott, *das war mir also beschieden?* – Um einer Ergriffenheit, die sie erschreckte, Herr zu werden, schloß sie die Augen. Aber erst ihr in Rührung erblindetes Gesicht bestürmte mit unwiderstehlicher Macht der Geruch dieses Morgens; Kühle, Feuchtigkeit, sanftes, starkes, trauriges Geräusch.

Sie hielt die Augen mehrere Sekunden geschlossen. In diesen Sekunden reifte ihr Herz, das spröde gewesen war. Nun wurde es weich, wie die Frucht, die lange genug Sonne gehabt hat; öffnete sich, ergoß süßen Inhalt. Sie atmete, von noch nicht gekannten Kräften durchströmt, immer seliger. Endlich wagte sie's, die Augen wieder aufzumachen, da fand sie Ken schon ziemlich weit fort. Er schlenderte pfeifend, leicht sich wiegend, der Dämmerung entgegen, die ihn unter den Palmen erwartete.

Er wandte sich, wie sie leis seinen Namen rief. «Ich komme gleich», hörte sie ihn mit dem stark englischen Akzent.

Sie wußte, daß er nicht mehr kam. Er hat vergessen, mir mein Geld wiederzugeben, dachte sie träumerisch. Indessen verschwand er. Da dachte sie nur noch: Wie zahle ich nun das Taxi, mit dem ich nach Hause fahre?

Morgens um fünf stand Rut, noch im Abendkleid, an Rudis Bett. Sie sah blaß, wie noch nie, aus; ihre verbrannte Haut schimmerte hellgelb. In dem übernächtigten Gesicht lagen die dunklen Augen vergrößert, übrigens froh.

«Wenn du mir das Geld für die Hotelrechnung und die Reise leihen könntest –» sagte sie schüchtern. «Wir müssen eben dritter Klasse fahren», erwiderte Rudi mit einer Sachlichkeit, in der all seine Zärtlichkeit zitterte. –

Als sie nebeneinander am Coupéfenster standen, musterte Rudi sie lang und genau; sein abschließendes Urteil lautete: «Das unedle, krause Judenhaar hat nicht sehr gelitten.» – «Aber meine kleinen Ersparnisse», sagte Rut rätselhaft.

Da sie beide lachten, merkten sie, daß sie sich wieder verstanden. Die Aussicht, daß sie sich eines Tages heiraten würden, beruhigte und tröstete wieder.

Katastrophe um Baby

Nur vierzehn Tage lang, Mitte Juli, war Lorensens Grandhotel voll besetzt; schon Ende Juli ließ die Saison nach. Der August war flau. «Die Saison wird immer kürzer», stellte beleidigt Herr Lorensen fest.

Dabei bot das kleine Nordseebad, was das Herz nur begehrte: offenes Meer und den Kiefernwald, von dem Herr Lorensen behauptete, er sei gar nicht so klein, wie er aussehe. Herr Lorensen fand, dieser abgelegene Ort sei die Welt, etwas anderes gab es nicht. Dasselbe fanden die Gäste, die für einige Wochen hier zur Erholung waren.

Es gab das Grandhotel mit dem roten Saal und mit der Terrasse, den Deutschen Hof und das Friesenheim; es gab die beiden Friseurläden, den populären, der auch im Winter offen hatte und zur Ortschaft gehörte, und seine feinere Konkurrenz, den ein unternehmungslustiger blonder junger Berliner während der Sommermonate leitete. Es gab die Bücherstube, wo ein anspruchsvolles Geschöpf mit Brille und streng geschnittenem Haar bediente, wo in der Auslage neben hoher Literatur bunte Postkarten lockten; es gab, aus rotem Ziegelstein, das Postgebäude, den kleinen Laden, wo man Photoartikel und Drogeriewaren, den anderen, wo man Bademäntel, Schokolade, Briefpapier, Himbeermarmelade und gelbe Spazierstöcke verkaufte.

Die Atmosphäre solcher Badeorte ist magisch; sie verschluckt die übrige Welt. Hat man drei oder vier Tage lang in diesen Geschäften Einkäufe gemacht, glaubt man nicht mehr ernstlich daran, daß es anderswo auch noch Geschäfte gäbe.

Auch daß anderswo noch Leute existieren, glaubt man nicht mehr ganz ernsthaft. Das hier sind «die Leute», alles andere ist schattenhaft geworden. «Die Leute» sind diese ungezählten egoistischen und neugierigen alten Damen, die auf allen Promenaden der Welt ihre Sonnenschirme und Beutelchen spazierentragen, norddeutsche Matronen, ganz pikierte Würde, ganz strafende Pedanterie.

«Leute» sind der Oberlehrer mit gelblich verwittertem Hängeschnurrbart und seine geduldige, eingeschnurrte Gattin, der er am Strande aus dem Hamburger Fremdenblatt vorzulesen pflegt. Sie sagt müde: «Gott, wie interessant!» Indessen überschlägt sich, grade vor ihnen, prachtvoll die Welle.

Die Welle steht eine leuchtende Sekunde lang im Höhepunkt, es ist ihres Daseins unzweideutiger Gipfel; ihr pathetischer Moment, denkt der zarte junge Mann, der im cremefarbenen Strandanzug promeniert. Wann ist dieser Moment in unserem Leben? sinniert er, während er weiterspaziert. Und wie fassen wir ihn? Merken wir ihn überhaupt? Der Welle ist klareres, gesammeltes Leben beschieden: sie hat einen triumphierenden Augenblick, wo sie kristallen prunkt, mit ungebrochener Kraft den Himmel spiegelt; dann überschlägt sie sich und ist aus.

Der junge Mann läßt sich nieder, auf die Umfriedung einer verfallenden Sandburg. Er muß, da er kränklich ist, auf sich achtgeben, darf nicht zu lange hintereinander gehen. Mein Herzleiden, erinnert er sich mit einer gewissen Zärtlichkeit. Wenn ich zum Horizont schaue, denkt er, kommen die besten Einfälle. Vielleicht schreibe ich doch noch mein Buch. Es müßte von meiner Jugend und von meiner Kindheit handeln.

Indessen denkt hinter ihm jemand, der ganz in Sand eingegraben ist, so daß man so gut wie nichts von ihm sieht: Das ist der Kränkliche, er hat einen schmalen, sympathischen Rücken.

Baby, die Cellistin und Saxophonistin von «Freddys Band», die aus warmem Sand das blinzelnde Gesicht gehoben hat, läßt es wieder zurücksinken. Warum stört er mich übrigens? denkt sie und kneift die Augen fest wieder zu. Ich dachte gerade so schön an Kansas City.

Mittelwesten Amerikas, ihre öde Heimat. Wellington, häßlichste Stadt der Erde, zehntausend Einwohner, Wellington im Staat Kansas, meine öde Heimat, denkt am Nordseestrand Baby. Unser gemütliches Heim, our cosy home, oh, mit Radio und Fordwagen. Geliebte Hauptstraße, Mainstreet, mit dem Postgebäude, dem unentbehrlichen Kino, dem winzigen Hotel. Öde, geliebte Landschaft, die sich in grenzenloser Kahlheit auftut, dort, wo Mainstreet in die Landstraße übergeht.

Während die Wellen, deren jede ihren pathetischen Moment hat, sich mit grollendem Aufjubeln überschlagen, eine nach der anderen, denkt Baby an Autofahrten in Frühlingsnächten, an diese verrückten Ausflüge: in einem phantastischen Ford zwei Jungens, zwei Mädchen. Hielt man nicht mitten auf der Landstraße, durch die großartig Wind fuhr? Und die Jungens hatten plötzlich Whiskyflaschen da. Wind und Whisky, Landstraße, Nacht, ein Singen und ein Gelächter: war das ihr Höhepunkt, ihr pathetischer Moment?

Indessen steht der Kränkliche auf. Nun gehe ich wieder ein Viertelstündlein.

Wo mag Freddy in diesem Augenblick sein? denkt Baby, die halb aufgerichtet dem Kränklichen nachschaut; der geht mit bedachten Schritten davon. Freddy, charmanter Erster Geiger von Freddys Band, betritt in diesem Moment das feinere Friseurgeschäft. Über dem schönen roten Bademantel ist sein Gesicht braun, mit mandelförmigen Augen und einem zu kleinen Mund. «Rasieren», sagt er und beschenkt den Friseur mit dem gewohnheitsmäßig bezaubernden Lächeln; dabei sind seine Augen im Spiegel. Der junge Berliner, während er ihn einseift, bemerkt: «Die Saison läßt nach.» Der Geiger mit der Halbmaske von weißem Schaum zuckt gehässig: «Lorensen wird schon noch seine Erfahrungen machen.»

Lorensen neigt sich zu einem neuen Gast, einer sympathischen und sanften Dame mit zwei blonden Kindern. «Unsere Kapelle spielt ja famos; leider ist der Geiger ein bißchen süßlich.» Herr Lorensen mag den Geiger nicht, er findet ihn geradezu zierbengelhaft; heimlich wurmt ihn, daß er mit seinen Perlenzähnen und Mandelaugen Baby aus Kansas so den Hof macht.

Die neue Dame lächelt gewinnend. «Das kann bei einem Geiger nichts schaden.» Ihr Gatte ist reich und vergöttert sie, es wird deutlich an der freundlichen Verwöhntheit ihres Lächelns. Sie ist starke Liebe und eine gediegene Villa in guter Lage gewohnt. Mit ihren Kindern reist eine ältliche Pflegerin, die nun grau und gütig im Hintergrunde erscheint. Herr Lorensen denkt erbittert: Freilich, solchen Dämchen macht der Zierbengel Eindruck. Ihr Gesicht ist von einem empfindlichen Hellbraun; die bräunlichen, schmalen, langgeschnittenen Augen sind von sympathisch schimmernder Feuchte. Das Untergesicht ist ein wenig vorgebaut, was ihr das Ansehen eines verklärten Äffchens gibt.

Der Berliner Friseur seift Freddy zum zweitenmal ein, natürlich weniger gründlich als für die erste Rasur. «Mein Geschäft in der Augsburger Straße geht ausgezeichnet», erzählt er, während er oben, am rechten Wangenknochen, gegen den Strich zu schaben beginnt. «Aber ich finde, im Sommer muß der Mensch frische Luft haben.»

Stumm, die Landstraße hinunter, träumt Baby, die im Sand mit hochgezogenen Knien hockt. Sah der Junge, der mich damals geküßt hat, nicht Freddy ähnlich? Ich bin immer auf diesen Schnitt der Augen geflogen. Ach, auf Kleinigkeiten kommt es doch an. – – Was hat übrigens Herr Lorensen mich in letzter Zeit immer so anzustieren? Der Alte ist närrisch.

Frau Lorensen, Agathe, mit dem energischen roten Gesicht, der harten, blonden Lockenfrisur, ist an den Tisch der neuen Dame getreten. Die weiße Bluse zum blauen Rock ist nicht ganz sauber, die blauen quellenden Augen sind völlig die einer Kuh. Daß ihr Viktor zu lange mit den fremden Damen plaudert, hat sie gar nicht besonders gern. «Töchting», ruft sie, «wo bleibt die Suppe für die gnädige Frau?»

Töchting ist von den beiden Kellnerinnen die ältere; blond, mit störrischer Stirn, auf den rauhen Wangen von violetten Äderchen ein Netz. Wie sie sich am Büfett im leeren Speisesaal rekelt, wo im Halbdunkel unfrisch die Nußtorten träumen, sieht sie mißmutig aus. Sie hat Grund dazu; denn wäre ihre Stiefmutter in Altona kein so schlechter Charakter, könnte sie in der Wirtschaft ihres Vaters arbeiten – ihr Vater hat eine Wirtschaft –, anstatt hier den Dienstboten zu machen. Hat man denn keinen Moment seine Ruhe, denkt Töchting böse, weil Frau Lorensen ruft.

Indessen biegt der vergnügungssüchtige, stämmige und brünette junge Mann, der abends im roten Saal oder auf der Terrasse immer am eifrigsten tanzt, mit seiner ebenso stämmigen, blendend weiß gekleideten Freundin, dröhnend lachend vom kleinen Weg in die Hauptstraße ein. «Es gibt heute Kino», konstatiert er genüßlich. Sie schlendern am Friseurgeschäft vorbei, wo Freddy vorm Spiegel steht und sein Kinn zärtlich betastet.

Baby richtet sich in ihrer Sandburg auf, klopft sich den Sand ab, schaut mit leerer Nachdenklichkeit übers Meer. Töchting stellt die Suppenschüssel verärgert vor die verwöhnte Dame hin. Nun ist es höchste Zeit umzukehren, fällt dem besorgten Kränklichen ein. Ich fühle in den Knien schon leichtes Zittern.

«Und so kann es auch in Palästina leicht Unruhen geben», meint der Oberlehrer, der das Hamburger Fremdenblatt zusammenfaltet.

Freddys Band war schon für den Nachmittagstee verpflichtet. Es wurde auch um diese Stunde getanzt, die jungen Leute taten es oft in Bademänteln. Freilich, so angeregt wie abends war der Betrieb noch nicht. Viele blieben am Strand, wo Baby auch so gern geblieben wäre. Dafür stellten die Autotouristen sich ein. Gegen diese verhielten Bedienung wie Kapelle sich etwas hochmütig, selbst wenn sie in großen eleganten Wagen daherkamen. Sie gehörten nicht zur Familie.

Nachmittags arbeitete die Band in leichter Tracht; Baby im Leinenkleidchen, die Jungen ohne Jackett, die Arme frei bis zu den Ellenbogen. Erst machten sie eine halbe Stunde lang Konzertmusik. Sie spielten Liszt, Brahms, Tschaikowsky; gelegentlich Wagner. Baby verwaltete das Cello, sie strich ernsthaft und bekam ein angestrengtes Schulmädchengesicht dabei. Freddy hingegen legte das zärtlich horchende Gesicht schräg und bezaubert zum Instrument, das er singen ließ, als müsse es schmelzen. Er war nicht so behend und aufgeräumt wie abends, wo er bei der Tanzmusik federte und zuckte. Die schwärmerischen Schritte, die er jetzt zuweilen, vom Podium hinunter, in den Saal hinein wagte, waren das Wandeln eines Hypnotisierten. Die Musik verzaubert ihn, dachten einige alleinstehende norddeutsche Damen. Er schließt die Augen, als würde ihm schwindlig vor Glück, stellten sie zugleich entzückt und beängstigt fest.

Wenn er die Augen aufschlug, die mandelförmigen, blitzten sie nicht mehr, dafür hatten sie feuchten Schimmer. Den feucht beseelten Blick ließ er huldvoll über alle Damen gleiten, wie sie dasaßen, strickten, lauschten oder Zeitung lasen; aber immer wieder war der letzte für Baby. Er wandte dem Publikum sogar den Rücken, es war beinah ungezogen. Für Baby sang er den letzten Ton, für Baby schmachtete er noch einmal.

Doch um diese Stunde war Baby noch nicht zu rühren, kein schmelzender Geigenton, kein schmachtendes Mandelauge vermochte sie noch zu bewegen. Im Gegenteil, es machte ihr Mühe, ihrerseits im Takte zu bleiben und vernünftig zu spielen. Diese komplizierte europäische Musik langweilte sie. Erst beim Tango abends würde ihre Herz aufgehen. –

Die feinsten Leute erscheinen nachmittags entweder gar nicht oder nur flüchtig. Die beiden ebenso munteren wie hageren Blondinen, deren Kavalier wie ein Bariton vom humoristischen Fach aussieht, strecken ihre angeregten und vogelhaft spitzen Mienen nur für etliche Minuten in die Veranda. Der vergeistigte Kränkliche, der Hübsche, melancholisch auf sich Bedachte, mit dem Baby abends gerne gefühlsschwere Blicke tauscht, hält Liegekur auf irgendeinem Balkon. Der stramme Vergnügungssüchtige nebst strammer Dame war in seinen kleinen Amerikanerwagen gestiegen, um irgendwohin zu eilen, wo es stärkere Lustigkeit gab. Blieb nur die Schar der Geduldigen, Langweiligen.

Blieben, Gott sei Dank, die Kinder. In den Stunden, da Baby zu melancholisch oder zu träge zum Flirten war, regten sich in ihr die mütterlichen Gefühle. Sie neigte sich zärtlich über die blonden, weichen oder borstigen Kugelköpfchen der kleinen Buben, neckte die Mädchen mit ihren steifen, lächerlichen Mauseschwänzchen. Als die beiden süßen Kinder der verwöhnten bräunlichen Dame das gräßliche Erlebnis hatten, regte auch Baby bis zu Tränen sich auf.

Das Gräßliche bestand darin, daß die beiden Kleinen meinten, im zugeriegelten Klosett sterben zu müssen. Sie bekamen die zugeriegelte Tür nicht mehr auf, lange Zeit hörte niemand sie klagen. Sie jammerten und pochten eine Viertelstunde lang, endlich war es Baby, die herzueilte. Der Siebenjährige und der Fünfjährige wankten mit von Leid zerrütteten Mienen aus dem Kabinett; sie hatten den Angsttraum jedes Kindes in krassester Form durchgemacht. Jedes Kind sieht sich einmal in einem zugeschlossenen Raum verhungern, Jahrzehnte später findet man es als Skelett.

Baby überschüttete sie mit Zärtlichkeiten. Die Gesichter der beiden waren nicht nur tränennaß, sondern auch blau: sie hatten, in ihrer Not und Verlassenheit, die weinenden Gesichter gegen die blaue Wand gelegt. –

Nachmittags strich Baby das Cello, abends blies sie das Saxophon. Der lange Albert, mit freundlich stumpfsinnigem Schädel von deutlich bayrischem Typ, hatte nachmittags die Zweite Geige, abends die große Trommel. Freddy hingegen blieb seiner Geige zu allen Tageszeiten treu, ebenso der schwarze, unsaubere kleine Siegesmund seinem Klavier, nur daß er nachmittags, bei der Konzertmusik, die leidenschaftlich gebückte Haltung eines sensitiven Pianisten hatte, während er abends großzügig über die Tasten scherzte.

Die vier hatten den Winter schon in Frankfurt zusammen gearbeitet, vorher war Freddy Mitglied einer Hamburger Kapelle gewesen. In Hamburg hatte er Baby kennengelernt, die unternehmungslustig aus dem Staate Kansas kam. Freddy war niemals verliebt gewesen, auch nicht, als er Baby begegnete. Gefühle von Hingerissenheit empfand er höchstens, wenn er das eigene glatte, junge Gesicht mit Mandelaugen und kleinem Mund in einem Spiegelglas vor sich hatte. Doch gefiel Baby ihm ausgezeichnet. Wir sollten zusammen arbeiten, beschloß er, als er dieses zarte und energische, kindliche und gefaßte Gesichtchen ein paar Minuten lang gesehen hatte. Sie hatte eine Unterlippe, die sich gerne nach vorn schob; unter einer klaren, leeren und freundlichen Stirn graue Augen, die sowohl sachlich als sentimental schauen konnten.

«Der alte Lorensen fliegt auf dich», sagte der lange Albert zu Baby.

Pianist Siegesmund kicherte unanständig: «Dann kann Freddy sich ja mit Mutter Agathe zusammentun.»

Freddy, der beide Bemerkungen unpassend fand, versuchte finstere Brauen zu machen. Er hatte mit Baby nichts, trotzdem hörte er nicht gerne, daß andre auf sie flogen. Daß man ihm Frau Agathe vorschlug, ärgerte ihn besonders. Er flirtete mit ihr nur aus Pflichtgefühl, wie auch mit der Gattin des Oberlehrers und mit allen andern Damen.

«Zur Zeit hat Herr Lorensen ja überhaupt eine geschwollene Backe», stellte Baby mit sanfter Grausamkeit fest. Sie schlug vor, bis zum Abendessen noch ans Meer zu gehen.

«Ich kann mich vor den Gästen kaum sehen lassen», sagte Herr Lorensen zu der sympathischen bräunlichen Dame. «Ich habe doch diese qualvolle Zahngeschichte.» Sie nickte verständnisvoll. – Nachher, in seinem muffigen Bürozimmer, beschloß er grimmig: «Die geschwollene Backe soll mich nicht hindern. Ich will heute abend mit Baby ausgehen.»

Er überrumpelte Baby, als sie nach dem Abendessen auf die Terrasse trat. «Ich möchte Sie heute abend mit ins Theater nehmen», schlug er mit künstlicher Unbefangenheit vor. Da sie zögerte, verlegte er sich aufs Bitten. «Heute abend wird ohnehin nicht getanzt.

Die Kapelle kann Sie entbehren. Gönnen Sie mir die Freude!» beschwor er sie wehleidig. Sie nickte endlich, er preßte feierlich ihre Hand.

Der unscheinbare alternde Mann wirkte mit dem geschwollenen Gesicht gedrückter als je. Von der aufgeblähten Backe war sein Schnurrbärtchen eingeengt, fast erdrückt. «Agathe braucht nicht zu wissen, daß ich Sie auffordere», bat er ernst. Danach versuchte er zu lächeln, doch mißlang es seiner Schüchternheit.

Während Agathe in der Küche schimpfte, schlich ihr Gatte sich zur Autogarage. Helles Mäntelchen in der Nacht. Das war Baby mit der weißen Matrosenmütze. Hände in den tiefsitzenden Taschen des Paletots, flirtete sie ihm träumerisch entgegen.

Drinnen pflanzte Frau Agathe sich vor Töchting auf. «Schon wieder ein Stück von dem feinen Service zertöppert. Mädel, wenn das mein Gatte erfährt. Gleich wird er da sein!» Sie wies unheilverkündend zur Tür, als stünde dort einer, der Rache schnaubte.

Töchting grinste, fast unmerklich, doch impertinent. Hierauf verstummte Madame, mit zornig glühender Stirne. Worüber grinste diese widerspenstige Person? Grinste sie über Herr Lorensen? – Beinah schamvoll wandte sich Frau Lorensen bei diesem Gedanken. Das Gesicht, das sie wegdrehte, war schmerzlich zerfurcht. Eine Sekunde hatte es verändert, die dunkelrote Stirn war ergraut wie Haar in einer kummervollen Nacht. Das ganze große Gesicht war sackig und grau geworden.

Denn Frau Lorensen wußte, daß in diesem Augenblick ihr Viktor im Opelwagen möglichst enggeschmiegt an Baby saß. Sie begriff, daß Baby jetzt nicht redete, vielmehr den feuchten, großen, sentimentalen Mund mit einem berauschten Lächeln in die windige Nacht hielt; daß sie mit träumerisch nachlässiger Geste die dunkelblonde Locke zurückstrich, die unter der weißen Mütze hervor zur Stirn wollte. Daß Viktor, in dessen geschwollenem Gesicht es gierig arbeitete, die eine Hand von der Steuerung sinken ließ, um sie auf Babys kühle Finger zu legen. –

Töchting sah ihre Madame davongehen, aufrecht wie je, mit breitem Rücken.

Das Kurtheater war im Gasthaus zum Roten Löwen untergebracht; von weitem schon war zu merken, daß es kolossalen Andrang gab. Sowohl die Unternehmungslustigen unter den Badegästen als auch der interessiertere Teil der Ansässigen war in kleinen und großen Automobilen, auch in Pferdekutschen, auch zu Fuß herbeigekommen.

«Die norddeutsche Liebhaberbühne spielt ja ausgezeichnet», verhieß Herr Lorensen. Er nahm für Baby und sich Plätze zu 1,50 Mark, in der Mitte des Saales. «Ganz vorne sitzt man so exponiert», meinte er, immer noch vorsichtig.

Trotzdem schossen die Damen böse Blicke, blinzelten sich die Herren sachverständig zu: Herr Lorensen mit einem fremden Fräulein. Viele erkannten Baby, diese fanden Lorensens Verhalten nur noch skandalöser. – Baby hatte ihr Mützchen abgenommen. Das leere, freundliche Gesicht hielt sie gesenkt, ihr lockeres Haar fiel nach vorne.

Seine Bekannten grüßte Herr Lorensen nur flüchtig. Mit Schauer und Genuß spürte er das Ärgernis, das von ihm ausging. Das Gefühl, skandalös zu sein, schmeichelte und beunruhigte zutiefst ihn, der dreiundfünfzig Jahre lang wacker gewesen war. Es konnte seine Karriere kosten, denn er kompromittierte sich vor den eigenen Gästen. Während der Vorhang aufging, dachte Herr Lorensen auch flüchtig an Frau Agathe, die morgen alles erfuhr.

Oben wartete in einem bescheiden angedeuteten Hotelgärtchen der junge Baron auf seine Dame, da das Stück die «Dollarbraut» hieß, kombinierte jeder Schlauere, daß die Dame wohlhabend und Amerikanerin war. Der Baron selber, mit unschuldigen, runden Augen und törichtem Bärtchen in einem ebenso runden Gesicht, wirkte brav, aber unbedeutend. Immerhin überlistete er die spitznäsige Gesellschafterin seiner Liebsten, indem er mit einer Bonbonniere der behüteten Erbin ein Liebesbriefchen ins Hotelzimmer schmuggelte. Die Spitznäsige, als sie's merkte, kreischte kokett, sie drohte sogar mit dem Finger. Der junge Tausendsassa von der norddeutschen Liebhaberbühne stapfte, mit runden Augen und mit runden Backen, über seinen Streich befriedigt, auf der Bühne umher.

Gesund sowohl als mondän, wie sie war, gewann die Dollarbraut schnell alle Herzen. Das breit gebundene blaue Samtband über der gewellten Frisur, wirkte sie mit kräftig geschminktem Mund, festem Kinn, statiöser Figur pompös und ansprechend. Sie und der Baron waren schnell einig, man merkte ja auf den ersten Blick, daß sie famos zueinander paßten. Doch von den Vätern gingen Komplikationen aus.

Der alte Baron Wedding von Weddinghausen war degenerierter als sein Sohn, obgleich das biologisch überraschend klingt; daher auch unbeherrschter und adelsstolzer. Die Idee, sein pausbackiger Sohn könnte die Tochter eines Schweinemagnaten aus Chicago ehelichen, ließ ihn zappeln und schreien. «Ein Baron Wedding von Weddinghausen kann doch keinen Wurstladen erben», klagte er, wobei er aus lauter Gehässigkeit die Silbe «Wurst» schrecklich dehnte. Dieser reizbare alte Edelmann zeigte Nachteile und Lächerlichkeiten, die überzüchtete Rasse mit sich bringen kann, deutlicher als das Würdige und Feine. Viel vertrauenerweckender wirkte der Wurstkönig, der mit Zylinderhut und echt amerikanischem Ziegenbart unvermutet aus Chicago eintraf. Zwischen seiner rauhen Biederkeit und der hampelmännischen Nervosität des Barons mußte es zu Verwicklungen kommen, die für die Zuschauer drollig, für die Beteiligten aber peinlich waren; peinlich vor allem für das Brautpaar, das schon die Handköfferchen packte, um der Hölle dieses väterlichen Zankes zu entfliehen.

Das Publikum amüsierte sich prachtvoll, die bescheidenste Pointe wurde mit brausendem Gelächter quittiert. Man konnte beobachten, wie der Vergnügungssüchtige brüllend sich die Schenkel schlug; wie der sympathisch bräunlichen Dame Tränen über das nett geformte Gesicht liefen, während ihre beiden kleinen Jungen, die heute nachmittag im finsteren Raum mit blauen Backen gewehklagt hatten, wie unterm Weihnachtsbaum jubelten und in die Hände patschten. – Herrn Lorensens Lachen wurde durch die dicke Backe etwas mühsam, außerdem war er nicht ganz bei der Sache, denn er schielte zu Baby, die nicht alles verstand, sondern mit einem apathischen und träge amüsierten Lächeln den spaßigen Vorgängen folgte.

«Wir können noch nicht nach Hause, ich fahre Sie noch in die Nacht», beschloß nach Schluß der Vorstellung Herr Lorensen mit düsterer Begehrlichkeit. Baby nickte und lächelte ein bißchen.

Die Fahrt diese Landstraßen hinunter war wie eine Fahrt auf dem Meer. Das kleine Auto wurde vom Sturm angeblasen, man wunderte sich, daß es nicht auf und davon flog. Doch hielt es stand wie ein tüchtiges kleines Segelboot. Vor seinem Scheinwerfer flohen Tiere, die Hasen oder Hunde sein konnten. Wenn etwas grün wie magische Laternen aufleuchtete, waren es die Augen von Katzen, die am Straßenrand buckelten und fauchten. Auch die Augen der Kälber, die um die Pflöcke, mit denen ihr Strick sie verband, jämmerlich kreisten, wurden leuchtend vor Angst. «Hu, ich habe vor all den Tieraugen Angst», flüsterte Baby, die sich enger an Herrn Lorensen anschmiegte.

Was hingegen flüsterte Herr Lorensen? Herr Lorensen, der den Wagen mit einer Hand lenkte, griff mit der andern heftig nach Babys Schulter und Hals. Ihr wurde es ungemütlich: in diesem Griff war mehr Leidenschaft, als ihr recht sein konnte. Das geschwollene Gesicht, das er ihr entgegenhielt, war immer noch komisch, schon wegen des von der Backe bedrängten Schnurrbärtchens; anderseits aber erschreckend, denn es zeigte sich von echter Leidenschaft verwüstet. In ihm zuckte und kämpfte es, die gutmütigen Augen glühten rot wie die Augen der fliehenden Tiere.

Er stöhnte: «Ich habe es so satt, Fräulein Baby. Nun schon vierundfünfzig Jahre, mein Gott. Mein Gott, noch zehn, und dann Schluß? Ja, wem darf man denn so etwas zumuten?» schrie er, wütend plötzlich, als wetterte er gegen einen Bestimmten. Während er mit dem Schicksal haderte, schleuderte der Wagen bedenklichen Zickzack. Au weh, dachte Baby entgleitend. Da sauste der Wagen schon gegen den breitesten Baum.

«Das ist doch zu scheußlich!» klagte Herr Lorensen; man wußte nicht, ob über den Unfall, ob über die vertanen vierundfünfzig Jahre.

Nun erst, da sie festsaßen und er nicht mehr für die Steuerung zu sorgen hatte, warf er sein rauhes Gesicht völlig fassungslos an Babys Busen. Die nickte betäubt zu allem, was er unter ihrem Kinn schnaubte. Wenn sein Schnurrbart ihren Hals kitzelte, fuhr sie zusammen. Sonst lauschte sie ihm ergeben.

Sie verstand nur abgerissene Worte. «Baby – ohne dich wäre ich nie auf solche Gedanken gekommen. Wie konntest du nur das anrichten, ganz ohne überhaupt etwas dafür zu tun? Jetzt bin ich eigentlich – aus der Bahn geworfen –»

Er konnte sich nicht recht ausdrücken. Er war nicht zu sprechen gewohnt.

Mit leichtem Grauen spürte Baby, wie sein nach Tabak riechender Mund ihre Lippen suchte.

Die Unannehmlichkeiten dieser Nacht sollten für Baby kein Ende nehmen. Was für eine schwärzliche Figur regte sich vor ihrer Zimmertüre, als sie gegen zwei Uhr hindurchschlüpfen wollte? Eine gedrungene Person hob plump die Arme, mit scheu gesenkten Lidern glitt Baby vorbei. Sie mochte nicht erkennen, wer es war. Durch den Türspalt schlüpfte sie ins Schlafzimmer, das im Mondlicht die weißen Gegenstände und Möbel deutlicher dastehen ließ als jemals am Tag. Jedes Ding warf seinen genauen Schatten, hatte bestimmte Linien und Formen. Die Sonne macht alles ungenau, farbig und schwer. Erst die klare Nacht gibt den Dingen ihre magische Deutlichkeit, ihr farbloses, leichtes, zum Notwendigsten, Genauesten und Eigentlichsten reduziertes Wesen.

Auf dem Nachttisch lag ein Zettel, Baby erkannte Freddys kindlich steile Schrift. «Ich ärgere mich furchtbar, daß Du mit dem Alten nachts spazierenfährst. Das solltest Du wissen, und der Alte soll sich in acht nehmen. Freddy.»

Sie setzte sich erschöpft auf den Bettrand. Welche Komplikationen! Und was ging sie das an?

Wußte sie nicht, daß Herr Lorensen mit glühenden Augen und bewegter Brust immer noch den Strand entlang irrte, aus der Brandung Babys Namen hörte und verzweifelt die Fäuste ballte? Daß Freddy, was ihm sonst nie passierte, nicht einschlafen konnte, sondern in seinem hellblauen Pyjama zwischen den Kissen hockte und finstere Augen machte, soweit ihm das möglich war? Fühlte sie nicht, daß draußen vor ihrer Türe eine die Faust gegen sie schüttelte, nur zu feige, um einzutreten und sie zu erwürgen? Daß Frau Agathe, mit ergrauter Miene, Flüche murmelnd, nicht von ihrer Schwelle wich? Hatte Baby weder Furcht noch Mitleid? Wenn sie keine Furcht fühlte, Mitleid hätte ihr doch kommen müssen.

Nur um der Unbeweglichen willen erregt sich die Welt. Baby saß auf der Kante ihres weißen, schmalen Bettchens, sanft, leer und grausam, völlig unnahbar, völlig in sich geschlossen. Der Mond verzauberte ihre reglos sitzende Gestalt zu derselben kühlen und klaren Deutlichkeit wie die Möbel ihres kleinen Zimmers, den Schrank, die Kommode, das Waschgeschirr. Unter der freundlichen und blanken Stirn hatten die Augen einen träumerisch-spöttischen Blick.

Ein paar Tage später war der Abschiedsabend von Freddys Band angesetzt; die Saison ging zu Ende. Der Abschiedsabend sollte zugleich ihren Höhepunkt und ihren Abschluß bilden. Der «beliebte Lidoabend», der sonst jeden Samstag mit seinen roten Lampions das Entzücken der Damen und Kinder gewesen war, mußte übertrumpft werden. «Phantastisches Kostümfest» hieß es diesmal auf den Plakaten. «Das internationale Badepublikum erscheint je nach Temperament maskiert.»

Großstilig die Vorbereitungen, in die sich Herr Lorensen stürzte. Man hatte ihn noch niemals so einfallreich gesehen. Mit Schildern und Tafeln sandte er Burschen durch die nächsten Dörfer und Badeorte: alle, alle sollten es wissen, daß das phantastische Künstlerfest kam. Er plante es im geheimsten als Verherrlichung und Krönung seiner späten Liebe, als Abschiedsgabe an Baby.

Frau Agathe inzwischen betäubte sich mit fieberhafter Tätigkeit. Mit ihrem Gatten sprach sie beinah kein Wort. Doch sah man sie unvermutet überall auftauchen, Arme in die Hüften gestemmt, befehlend oder rüstig Hand anlegend.

Tagsüber bemerkte man in den beiden Geschäften des Ortes, wie viele Damen tuschelnd in den Schachteln wählten: Bänder, Schleiertücher, allerlei Scherzartikel wurden erhandelt. Die beiden mageren Blondinen mit den amüsanten Vogelgesichtern probierten komische Nasen, wobei sie kreischten vor Lachen. Der zarte Kränkliche mietete sich einen Wagen, um zur nächsten Ortschaft zu reisen, weil er hier die roten Pantöffelchen nicht bekam, auf denen er nun einmal bestand.

Trotz all diesen Vorbereitungen kam die Lustbarkeit abends langsam in Gang. Draußen waren Dunkelheit und Meeresrauschen zauberhaft schön. Jedem, der hinaustrat, wurde feierlich zumute, er mochte nicht mehr zurück in den lampiongeschmückten Saal. Der stramme Vergnügungssüchtige allein konnte die Stimmung nicht schaffen, obwohl seine Dame eine Art Revuekostüm von saftigem Purpur trug. Erschwerender Umstand war, daß die Kapelle zunächst Grieg spielte.

Baby war nicht in Form. Sie hatte, wie bei den Nachmittagskonzerten, die gelangweilte Miene des Schulmädchens. Sogar Freddy schien noch nicht zum Flirten aufgelegt. Zwischen ihm und Baby war nicht alles in Ordnung, seit der Nacht mit der Autofahrt und dem Zettelchen hatten sie wenig und immer nur gereizt miteinander gesprochen. So lehnte er träge an einer der gewundenen Säulchen, spielte mit melancholisch halbgeschlossenen Augen.

Der Saal füllte sich mehr und mehr, doch fehlte noch die Elite. Der Oberlehrer wartete mit düsterem Trotz des frivolen Treibens, das beginnen sollte, verschiedene alte Damen waren schon beleidigt, einerseits, weil es gewiß so unanständig werden würde, anderseits, weil es bis jetzt so langweilig war. Außerdem konnten sie gar nicht anders als säuerlich blicken.

Die blonden Komikerinnen brachten aus benachbarten Hotels junge Damen mit; diese waren als Matrosen verkleidet, die Komikerinnen aber hatten ihre falschen Nasen auf und machten gespreizte Schritte, wozu sie wie Vögel gackerten und nickten. Plötzlich bemerkte man, daß der feine Kränkliche in violettem Seidenpyjama und mit roten Pantöffelchen die ganze Zeit schon in einem Winkel gesessen hatte; nun trat er hervor, ging mit runden, wehmütigen Augen auf die Kapelle zu. «Trinkt doch Sekt!» bat er gedämpft, als ersuche er sie um eine große Gefälligkeit. Als sie dann auf seine Kosten prosteten und schlürften, schaute er leidend zu. «Ich darf doch nicht», winkte er traurig, da man ihm anbot.

Nach dem Sekt kamen von Baby die ersten gurrenden und verächtlichen kleinen Gelächter. Gurrend stellte sie das Cello weg, griff belustigt zum Saxophon. Der lange, bajuwarische Albert, der an der Trommel saß, hatte sich ein winzig kleines Strohhütchen auf den biederen Scheitel gestülpt; ebenso der kleine scharfe Pianist. Hierüber lachten die beiden Komikerinnen gellend, wunderlicherweise auch der Oberlehrer. Er lachte drohend und kurz durch die Nase, wobei er die Zeitung zusammenfaltete und mit einem Ruck vor sich hinlegte, als wolle er konstatieren: nun geht es ja los.

Freddy sang: «Ein halbes Jahr und noch viel mehr, die Liebe nahm kein Ende mehr.» Während er zwischen den Tischen spazierte, bemerkte er, daß verschiedene neue Herrschaften da waren, vor allem zwei recht auffallende und schöne junge Damen, die ihn erregten; woher kamen sie nur? Sie hielten pompösen Einzug, in ihrer Mitte hatten sie einen etwas mysteriösen und behinderten Kavalier, der zu einer sorgenvollen, ja gequälten Miene grelle Kleider und einen giftgrünen Turban trug.

Ein Liebhaberkabarett wurde improvisiert. Herr Lorensen, trotz geschwollener Backe von entschlossener Aufgeräumtheit, hatte die Anregung an die Komikerinnen gegeben. Diese waren mit falschen Nasen von einem Tisch zum anderen gesprungen und hatte alles in die Wege geleitet. Ein ungeschickter, aber gefallsüchtiger junger Hamburger mit blondem, speckigem Scheitel und verpickeltem Antlitz sang etliche Scherzlieder, die schier endlos waren. Das erste behandelte die Situation eines genießerischen Menschen, der, in einer Laube sitzend, zufällig eine Taube verzehrte und sich dazu ein über das andere Mal sagte, wie schön doch die Welt sei. Zu dieser Feststellung veranlaßten ihn immer mehr wonnige Dinge, die hinzukamen, als da sind: Sonnenschein, Mädchenmund und dergleichen. Nach jeder Strophe wurde die ganze Reihe der Gottesgaben, so freudig wie pedantisch, immer wieder aufgezählt: «Rosenlaube, kleine Taube; Sonnenscheinchen, Glas voll Weinchen – oh, wie ist die Welt so schön.» Beim nächsten Lied konnte niemand mehr zuhören.

Danach produzierte sich eines der Mädchen, die mit den Komikerinnen gekommen waren; es sah hübsch aus in seinem Matrosenanzug und erntete Beifallsstürme, da es großen Ulk mit Pappgewichten trieb, von denen es tat, als seien sie furchtbar schwer.

Nach ihm wurde es unheimlich, denn nun war es der zerstreute, hochgeputzte Kavalier der beiden fremden Schönen, der mit der Gravität eines Vogels aufs Podium stieg. Überraschenderweise konnte er jonglieren, fünf gelbe Bälle, es machte ihm schauerliche Mühe, aber er konnte es doch. Die hellen Augen wurden angststarr, das Haar sträubte sich federnhaft, auf der rosigen Stirn standen Schweißperlen.

Der ohnehin etwas bedenkliche Akt wurde noch ärger dadurch, daß die beiden Schönen so unanständig laut über ihren Freund lachten. Die große, kraftvolle, mit schwarzen Schleiern opernhaft drapiert, schwarze Armbänder an den nackten, schweren, verführerisch gleißenden Oberarmen und im hinreißenden Kindergesicht das schwarzgerandete Monokel, schlug sich auf die Schenkel und jubelte; die andere, sanfte und hintergründige, im weißen, friedlichen Seidenpyjama, lachte tief und sonor, grausam belustigt. – Indes tanzte der oben mit seinen Bällen immer gespenstischer.

Freddy inmitten des Saales sang, wobei er alle Frauen mit den Augen neckte: «Wenn du mal dein Herz vergißt, so denk an mich –»

Hinter seinem Rücken trat Herr Lorensen mit dem Sektglas zu Baby. «Trink, Baby!» verlangte er rauh. Da sie lächelnd zögerte, fügte er zuckenden Mundes hinzu: «Es ist doch die letzte Nacht.» Das leuchtete ihr ein, sie schlürfte zwei Gläser hintereinander. Dann lächelte sie benommen.

Die Augen der Waterkantpatrizier wurden vor pikiertem Erstaunen glasig, nun fanden sie, daß das Fest exzentrisch würde. Töchting und ihre zierliche Kollegin, ein fixes Mäuschen mit großen, dunklen und schelmischen Augen, konnten nicht schnell genug die Kognak-Sodas und die Weinflaschen bringen; auch Champagner wurde immer mehr verlangt. Die Tanzfläche war überfüllt, sogar der vornehme Kränkliche im violetten Pyjama hatte sich heroisch ins Treiben gestürzt; er tanzte mit dem burschenhaften blonden Mädchen, das vorher den starken Mann gespielt hatte; seine Lippen schienen ausgetrocknet, entzündet von Lebensgier.

Baby, von Alkohol und großer Festlichkeit benommen, blies auf dem Saxophon den Tango, den ihr Herz liebte. O Musik, die dem Herzen wehtut, dachte sie verschwimmend. Musik, die uns anrührt, daß es eine Wohltat und ein Schmerz ist. Wir möchten überfließen – überfließen, träumte Baby aus dem Staate Kansas, ach, alles geben, unseren ganzen Atem, damit irgend etwas auf dieser Welt schöner werde und richtiger blühe. Das Glück vermehren mit unserem verströmenden Blut; so würden wir selbst selig. Also träumte sie, berauscht vom Gefühl, das aus der Musik ihr leeres und unschuldiges, ihr unwissendes Herz bestürmte. Die Melodie, die bei der Geige gewesen war, kam zu ihr, sie mußte sie aufnehmen und tragen. Sie trug sie schluchzend und frohlockend, ihr einzig geliebtes Kind.

«Ich laufe hinaus, an den Strand, wenn das Lokal schließt. In unsere Burg lege ich mich nicht heute nacht, das wäre gewöhnlich; ich lege mich in den Sand, mag er kühl und feucht sein, daß man krank wird, ich lege mich auf den Rücken. Mag mein ganzes Haar ruiniert werden, morgen kann ich es ja waschen lassen. Dort singe ich den Tango noch einmal, nur für die Nacht.»

Zwischen den Tanzenden erging sich Freddy. Träumerisch schwang sein Oberkörper. Mit selig hingehaltenem Ohr lauschte er dem singenden Instrument. Er war schlank wie noch nie. Sein Hemd, am Gürtel gebauscht, schien die Bluse des märchenhaften

Musikanten, der in grauwinkeligen Städtchen das Volk bezaubert. Die gefallsüchtigen Augen strahlten und schmachteten im seitlich geneigten oder gerührt nach rückwärts gesunkenen Gesicht. Um den Mund, den Herr Lorensen zu klein und unmännlich gefunden hatte, zuckte es nicht mehr kokett, sondern sehnsüchtig.

Seine Musik mußte in der Tat die Kraft zu verzaubern haben. Sogar dem Oberlehrer und den Hamburger Matronen wurde wunderlich ums Herz. Frau Agathe wiegte sich, gedachte der Mädchentage und bekam feuchte Augen. Selbst über Töchtings bockige Stirn glitt Weichheit und Melancholie.

Wann hatte es im roten Saale des biederen Grandhotels jemals so phantastisch ausgesehen? Das war kein bürgerliches Fest mehr, es war Abenteuer, Orgie und Traum.

In irgendeiner Ecke hatte sich eine Bar etabliert, Mixer war kein anderer als der langnasige und besorgte Kavalier, der vorher den Spuk mit den gelben Bällen aufgeführt hatte. Ihm halfen seine beiden schönen und exotischen Freundinnen. Die drei verstanden ihre Sache, darüber hörte man nur eine Stimme. Die Bar wurde bald zum Mittelpunkt des Festes.

Die Kapelle spielte nicht mehr, nur noch wenige Paare tanzten, und die mußten mit dem Grammophon sich begnügen. Aus Gründen der Romantik hatte man das elektrische Licht ausgelöscht, an der Bar brannten Kerzen; wo aber die Tanzenden sich aneinanderschmiegten, gab es verführerisches Halbdunkel. Von dorther kam heißes und begehrliches Flüstern.

Wer machte dort alles mit? Wiegte sich da nicht der Kränkliche mit der bräunlich Verwöhnten? Und der dort mit Töchting einherstapfte, war es nicht der Oberlehrer mit dem vergilbten Hängeschnurrbart? Frau Agathe aber, die sich von Freddy im Tangoschritt führen ließ, schüttelte die harten, strohgelben Locken, dabei wogte ihr Busen bedrohlich, und ihre Kuhaugen weiteten sich. «Du führst gut, Kleiner», hörte Freddy sie zu seinem Entsetzen raunen. Inzwischen suchte sein Blick Baby.

Denn über dem ganzen unwahrscheinlichen und närrischen Treiben mußte irgendwo Babys kühles Gesicht stehen; irgendwo beherrschte ihr leeres, reines, liebliches Gesicht dies Treiben. «Wir sollten auf die Terrasse hinaustanzen», hauchte Agathe, deren Busen beunruhigend auf und ab ging. Da bemerkte Freddy, daß Herr

Lorensen vor Baby auf den Knien lag. «Verlaß mich nicht!» rief Herr Lorensen. Sie schaute mit dem sanften, grausamen und koketten Blick über ihn weg, zu Freddy, oder einfach ins Dunkel.

Niemand wußte mehr am nächsten Morgen genau, was in den Sekunden geschah, die Freddys Entdeckung folgten. Es kam nicht zum Eigentlichen, das Drama ward nicht zu Ende gespielt, nur mit blitzschneller Pantomime angedeutet. Kein Blut floß, doch beinah wäre welches geflossen. Kein Schrei klang, die Nacht behielt den Schrei und das Blut in ihrer von Musik gesättigten Tiefe. Nur einige Menschen bewegten sich hastig, huschend, gefährlich.

Freddy sprang vor, schüttelte etwas, vielleicht ein Messer, vielleicht nur die geballten Fäuste. Lorensen, kniend, warf den Oberkörper herum, schützte das Gesicht mit vorgehaltenem Ellenbogen. Freddy verharrte mit geschwungenen Fäusten. Stieß ihn Frau Agathe, die sich zwischen ihn und den Gemahl warf, zurück? Winkte Baby ihm mit den Augen, alles sei Unfug, er sollte das Messer und die Fäuste senken? Geschah beides zugleich?

Sicher war, daß Herr Lorensen, auf seine Agathe gestützt, davonschlich, während Baby und Freddy in der Dunkelheit sich gegenüberstanden.

Am nächsten Morgen sind Freddy und Baby als erste reisefertig. Es ist neun Uhr, und man sieht sie ihre kleinen Koffer selber in das Grandhotel-Auto laden, das sie zur Station bringen soll. Sie tragen beide hellgraue, gegürtete Mäntel und weiße Mützen. «Pack an!» ruft Freddy. Baby packt an. Ihre Gesichter sind frisch, obwohl sie doch wenig Schlaf hatten.

Die beiden, die mit grauen und verfallenen Mienen aus der Haustür treten, sind Agathe und Viktor; alterndes Ehepaar, das die Jugend ins gepäckbeladene Auto steigen sieht.

Noch einmal neigt Herr Lorensen sich über Babys geliebte Hand. «Auf nächsten Sommer!» bittet er mit verzweifelter Lustigkeit. Baby flirtet träumerisch unter der weißen Mütze. – Indessen bekommt Freddy von Mutter Agathe ausgiebig die Hand geschüttelt. Aus alter Gewohnheit läßt er seine Mandelaugen spielen, zeigt Perlenzähne, hält das braune Gesicht vorteilhaft.

Viktor beschließt lärmend, daß Likör getrunken werden müsse. «Einen Abschiedstrunk!» ruft er laut und nervös. Er läuft ins Haus, bringt auf dem Tablett den Cordial Medoc und ein Service Messinggläschen. Wie kokett sich der Alte noch hat, um Babys willen spielt er mit der Zungenspitze, trippelt behutsam, damit die Gläschen nicht fallen.

Warum habe ich den Jungen nicht geliebt? denkt Frau Agathe, die dem Geiger zuprostet. Die Entdeckung, alles versäumt zu haben, würgt ihr die Kehle, während sie die Süßigkeit schluckt.

«Was gestern nacht gewesen ist, soll vergessen sein!» schlägt Herr Lorensen vor, völlig überflüssigerweise, denn niemand denkt mehr daran. «Wir waren alle ein bißchen beschwipst», meint er weltmännisch.

Alles versäumt! Die beiden Jungen im Wagen winken noch einmal, Baby verschenkt ihren letzten Blick. Bis der Wagen anspringt, dauert eine Minute. Letzte Minute der Hoffnung.

Sie zergeht, sie schwindet, sie wird zunichte. Was nun noch? Der Platz vor dem Hause steht leer, das Auto biegt um die Ecke. O Beschämung des Zurückgelassenwerdens, o endlose Gram des Wartens, Hoffens, Ausgeschaltetseins.

Die beiden Komikerinnen laufen in grell gemusterten Bademänteln grüßend zum Meer. «Schöner Morgen!» winken sie im Vorüberrennen. Der Kränkliche tritt aus dem Haus. Mit Augen, die sich mit Mitleid füllen, sieht er, wie Herr und Frau Lorensen davongehen, schleppenden Ganges, jeder nach einer anderen Seite.

Schauspieler in der Villa

Hilde Konstantin sah ihren Bruder das ganze Jahr nicht. Sie war an einer sächsischen, er an einer norddeutschen Provinzbühne engagiert. Beide nahmen ihren Beruf ernst, sie mit einem etwas ironisierten Eifer, wie man ein komisches Spiel betreibt, auf das man sich nun einmal eingelassen hat; er mit einem verbissenen Enthusiasmus, der über alle Hindernisse, Enttäuschungen und Blamagen zu triumphieren fest entschlossen ist.

Hilde hatte 300 M Gage, Franz 250. Von ihrem Vater bekamen sie einen monatlichen Zuschuß von 300 M. Außerdem bezahlte er ihre Schneider- und Zahnarztrechnungen. Sie hatten Geld genug, um zwischen der sächsischen und der norddeutschen Kleinstadt lange Telegramme zu wechseln, die die Postbeamten verwirrten. Sonst trieben sie wenig Luxus. Hilde telegraphierte etwa: «Ob Dus glaubst oder nicht: gestern als Marianne Raub der Sabinerinnen Direktor Wassermann der als Striese Bestes tat glatt an die Wand gespielt stop bin auch wirklich furchtbar komisch herumgesprungen.» Franz drahtete aufgeregt: «Trudchen gestern Premiere von Madame hat Ausgang fast geschmissen bekam Weinkrampf, weil ich ihr nicht zärtlich genug guten Abend gesagt stop heute den ganzen Tag Migräne stop drahte sofort was tun könnte um Unglückswurm zu beruhigen.» Hilde antwortete prompt und lapidar: «Ohrfeigen.»

Sie hätten sich besonders gerne Weihnachten getroffen, aber am ersten Feiertag mußte Hilde die Märchenprinzessin für sächsische Kinder spielen; Franz den entsprechenden Prinzen für die hanseatischen. Hilde feierte mit dem Ensemble; Franz, der weniger gesellig war, musizierte allein auf dem Grammophon. Gegen Mitternacht erschien Trudchen, die Arme voll rührender und nutzloser kleiner Geschenke; sie fing prompt an zu weinen, weil Franz sich keine Überraschung für sie ausgedacht hatte.

Im Sommer waren sechs Wochen Ferien, Franz und Hilde verbrachten sie in der Villa ihres Vaters, die im bayerischen Voralpengebiet lag. Meistens gab es nach spätestens drei Wochen Krach mit altem Herrn Konstantin oder mit einem von Herrn Konstantins Gästen, oder mit Gustl, ihrem zehnjährigen Bruder, dem Liebling Papas. Für den Rest ihrer Vakanzen pflegten sie in ein südfranzösisches Nest zu reisen.

Herr Konstantin hatte eine große Trikotagen-Fabrik, seine Kinder wußten aber nicht genau, wo («vielleicht in Apolda», mutmaßte Franz. Hilde war rätselhafterweise für Augsburg). Doch sie mußte einträglich sein, denn Herr Konstantin lebte auf großem Fuße. Er spielte gern den Mäzen und bewirtete Künstler, ließ sie sogar bei sich wohnen; am liebsten Maler, aber auch Schriftsteller und Journalisten. Er pflegte diese Herren, mit denen er bis vier Uhr morgens zechte, seine «Räuberbande» zu nennen, und ließ sich schmunzelnd ein bißchen von ihnen ausnützen. Freilich wußte er genau, wo Schluß zu sein hatte. Manchem, der taktlos genug war, ernsthafte Hilfe von ihm zu erwarten, war schon unbarmherzig die Türe gewiesen worden.

Er hatte Frau Konstantin innig geliebt, trotz aller Seitensprünge, mit denen er sie kränkte. Alle Zärtlichkeit, die er seiner armen Marta nicht mehr zuwenden konnte – denn sie war an Gustls Geburt gestorben –, häufte er auf den kleinen Jungen, der ihr das Leben gekostet hatte. Seine Leidenschaft für das Kind wurde zur Puschel, zum Tick. Er hatte Frauen während der Umarmung gesagt: «Ich umarme dich nicht zu fest, denn ich darf meinem Gustl nichts von der Liebe wegnehmen, die ihm gehört.» Die Frauen behaupteten nachher, er sei pathologisch, und alle, die in die Villa kamen, waren sich darin einig, daß es mit Gustl beinah nicht mehr auszuhalten sei; so vorlaut wurde das Kind. – Zu Franz und Hilde stand Herr Konstantin eher kühl, fast gehässig. Er fand sie überspannt; daß sie *beide* Komödianten geworden waren, verletzte ihn bitter, trotz all seiner Sympathie für die leichten Künste. «Der Gustl wird mein Geschäft weiterführen», sagte er, nicht ohne verächtlichen Seitenblick auf Franz.

Während dieser Sommerwochen hatten Franz und Hilde so unendlich viel zu besprechen, daß sie auf den langen Spaziergängen, vormittags und nachmittags, keineswegs damit fertig wurden, sondern auch abends noch, während Herr Konstantin unten mit seinen Kunstmalern Kalte Ente trank, bis zwei oder drei Uhr in einem von ihren beiden Schlafzimmern, die nebeneinander lagen, auf den Betten sitzen und schwatzen mußten, bis ihnen die Augen zufielen. «Es ist ja ein Fluch, daß wir uns so viel zu erzählen haben», jammerte Hilde. Den nächsten Morgen schliefen sie bis elf Uhr, wenn nicht etwa Gustl sie aus purer Bosheit schon um halb neun Uhr weckte. Gustl sprang mit gellendem Gelächter in ihr Schlafzimmer, riß ihnen die Decken vom Körper und heulte: «Fix, fix aufgestanden! Papa will eine Fußtour mit uns machen, er ist wütend, daß ihr noch schlaft.»

Das mit der Fußtour war natürlich glatt erfunden. Franz und Hilde blinzelten haßerfüllt den Quälgeist an, der wie ein Kobold vor ihren Betten tanzte. Hilde sagte nachher beim Frühstück: «Jetzt weiß ich es ganz bestimmt: ich hasse meinen kleinen Bruder.» Franz meinte bekümmert: «Dabei ist er eigentlich niedlich.» «Das ist gerade das Ekelhafte an ihm», entschied seine Schwester. – Gustl warf vom Garten Steinchen auf die Terrasse, wo die Geschwister ihren Tee tranken. Er bog sich vor Lachen; die Geschwister schüttelten trostlos den Kopf. Sie sahen ihn davonspringen, im blauen Leinenhöschen und Jöppchen, ganz toll und besessen von Herzensbosheit und Schadenlust. Dabei war er wirklich bildniedlich, mit goldenem Haar, weiten und hellen Augen, einem kleinen, üppigen Mund. Allerdings war dieses hübsche Prinzengesichtchen etwas schwammig von Fleisch und ganz blaß, so daß niemand es so recht gern haben mochte.

Franz und Hilde gingen zum Moorweiher, um zu schwimmen und ein bißchen zu trainieren. Franz mußte viel für seine Haltung tun, er ging etwas vorgebeugt, wie viele junge Leute, die zu schnell gewachsen sind, und war dabei mager. Das sah auf der Bühne schlecht aus, man mußte alle Energie daran setzen, es loszuwerden. «Wenn mir Braune nächste Saison nicht den Fiesko gibt, mache ich phantastischen Krach», sagte Franz, der auf dem Sprungbrett saß und mit eisgrauem Späherblick über den Weiher sah. Hilde, die hinter ihm Kniebeugen machte, wandte ein: «Peterich wird ihn auch haben wollen.» Einer kannte das Ensemble des anderen so gut wie das eigene. Hilde dehnte sich, lachte. «Aber ich bekomme die Prinzessin Turandot.» Sie war ebenso schlank wie ihr Bruder, nur etwas straffer. Er hatte aschblondes Haar, sie beinah schwarzes und große, finster-lustige Augen. Ihr Gesicht war kurz, mit einem großen, nackten, dunkelroten Mund. Franz zuckte die Achseln. «Ärgere mich nur mit deinen großen Rollen!» Sie spielten die Rollen, die ihr

Repertoire hatte, gegeneinander aus, wie früher die Karten bei den Quartettspielen. Franz, heute nicht lustig aufgelegt, sagte angewidert: «Na, wenn ich an den Spielplan von unserem Affenkasten denke.» Hilde, die sich jetzt träg in der Sonne ausgestreckt hatte, tröstete ihn: «Du wirst ja nicht ewig da bleiben.» Er schien nicht hinzuhören. «Und was haben wir schon für Leute?» fragte er wegwerfend.

Sie lächelte pfiffig: «Erstens: Trudchen», aber er lachte kurz auf. «Trudchen ist ein ganz verdammtes Mäuschen. Sie hat doch überhaupt kein Format.» Sie zählte weiter an den Fingern auf: «Willy Peterich ist sehr fesch. Und eure übertragene Salondame ist in Stadt und Land berühmt für ihre Komik.» Er wandte sich ihr erstaunt zu: «Du meinst die Pritze?» Sie nickte kichernd. Da sagte er ihr drohend ins Gesicht: «Du nimmst das Theater nicht ernst.» Sie lachte mit großem Mund. «Die verkrachende Lustbarkeit?» fragte sie und kuschelte sich grausam und katzenhaft in sich zusammen, wie sie es tat, wenn sie Verführerinnen zu spielen hatte. «Pfui», sagte Franz langsam, sein junges Gesicht bekam einen leidenden Ausdruck. Sie schloß die Augen aus Koketterie und steckte ihren Kopf immer tiefer zwischen die Schultern. «Dabei bist du so abscheulich geschickt», sagte Franz mit nach unten gezogenen Mundwinkeln. «Stehst so gut mit der ganzen Clique. Spielst alles, was gut und teuer ist. Pfui.» Hilde, eine braune, kauernde Bucklige, den kleinen Kopf, in dem es nur noch einen großen lachenden Mund gab, schiefgelegt, schnurrte wie eine Katze, der es in der Sonne wohl ist: «Doch, doch, das Theater ist schon prächtig.»

Sie wußte, daß er jetzt pathetisch wurde, und sie hatte das gern, obwohl sie alles kannte, was er zu sagen hatte. Er stand vor ihr auf dem Sprungbrett und gestikulierte so großartig, daß sie Angst bekam, er könne nach hinten ins Wasser fallen.

Er sagte: so etwas dürfe man überhaupt nicht aussprechen, wie mit der «verkrachenden Lustbarkeit». Das Theater sei heilig, einfach heilig, heute wie eh und je. Man solle sich nicht abschrecken lassen durch das deprimierende Niveau der heutigen Amüsieranstalten, vielmehr an seine Zukunft, an seine Sendung glauben, glauben, glauben. «Wir müssen dran arbeiten!» forderte er. «Man sollte Tourneen machen, weißt du; lauter Leute, die untereinander befreundet sind; durch die kleinsten Städte – nur ganz große Sachen spielen, Modernstes und Klassisches –.» Hilde, immer noch ganz in sich eingerollt, streichelte ihren pathetischen Bruder mit zärtlich spöttischen Blicken. Plötzlich sagte sie, mitten in seine Suada hinein: «Man müßte hier anfangen. Wir sollten diesen Sommer hier etwas aufstellen.» Ihm blieb der Mund offen stehen. «Hier? Für die Bauern?» «Und für die Kurgäste», schloß Hilde.

* *
*

Sie berieten bis tief in die Nacht. Man müßte die zwei Wochen benützen, während derer alter Herr Konstantin in Trikotage-Angelegenheiten nach Berlin zu reisen hatte; um öde Diskussionen zu vermeiden, würde man ihm den ganzen Spaß verheimlichen, wenn möglich auch Gustl. Sie würden den großen Kurhaus-Saal mieten – «und in der Stadt enorme rote Plakate drucken lassen!» sagte sensationslüstern Hilde. Franz wußte ein modernes französisches Stück, etwas ganz Zauberhaftes, es hatte sechs Rollen. Wer kam von Hildes Ensemble in Frage? Die Motz, Otto Durr, Väterchen Grün. Franzens Ensemble war hoffnungslos. «Aber ich muß Trudchen kommen lassen», meinte er bekümmert. «Sonst weint sie die ganze nächste Saison. Sie kann den Engel spielen.»

Die roten Plakate kamen denselben Tag an, da Herr Konstantion mit Aktentasche nach Berlin abreiste. Sie prunkten an allen Ecken des bäurischen Badeortes. «Einmaliges Gastspiel von Hilde und Franz Konstantin mit Ensemble.» Hilde kicherte, als sie das erste Mal eines an der Konditorei leuchten sah: «Daß wir es nicht *lassen* können, uns an den Pranger zu stellen. Vier Wochen Ruhe: das wäre wohl zu viel für unsere Nerven gewesen.» Franz konnte seine Augen gar nicht von den großen schwarzen Lettern lassen, in denen sein Name über die Hauptstraße schrie. – Nachher fanden sie, daß unter ein besonders sichtbar aufgehängtes Plakat eine höhnische Hand geschrieben hatte: «Der Eltern Segen baut den Kindern Häuser.» Es war etwas vague ausgedrückt, aber immerhin konnte niemand zweifeln, daß der Spötter auf Herrn Konstantins Vermögen anspielte. Hilde lachte herzlich, Franz etwas gezwungen.

Den nächsten Tag kamen die Schauspieler an, die man mit ausführlichen und doch verwirrenden Telegrammen aus den verschiedensten Städten zusammengebetet hatte. Die Geschwister waren mit Herrn Konstantins großem Mercedes-Wagen zur Bahn gefahren. Sie warteten auf die Ankunft des Zuges in zitternder Ungeduld. «Wahrscheinlich wird die Motz mich umarmen», meinte verängstigt Hilde. Franz sagte: «Eigentlich ist es doch herrlich für diese Schauspieler, endlich eine Aufgabe zu bekommen, die sich lohnt!»

Zuerst stieg Ulrike Motz aus, hinter ihr Trudchen Säurich, dann die Herren Durr und Grün. Die Motz, mit schwarzem Federhütchen, erhitztem großem Gesicht, eilte auf Hilde zu, um sie mit schwunghafter Geste auf beide Wangen zu küssen. «Hilde, Gutes, daß ich dich wiederhabe!» Trudchen, in einem hellen und engen Paletot, blickte mit übermüdeten Mäuseaugen schmachtend um sich, glitt dann lautlos in Franzens Arme. «Ach, die Reise war scheußlich!» klagte sie mit hoher Babystimme. Die Herren Durr und Grün machten sich währenddem beim Handgepäck zu schaffen. Als Hilde den Bruder ihrer Freundin Ulrike vorstellte, machte diese erst einen ganz kleinen, schmollenden Mund und sagte: «Enfin. Ich habe schon so viel von Monsieur gehört», und dann plötzlich, herzlich schlicht, während sie Franz kräftig die Hand schüttelte: «Trefflich sieht der junge Mann aus! Trefflich! Trefflich!» – Trudchen warf dazu mißtrauische und schräge kleine Blicke. Als Hilde im Auto erzählte: «Ich habe euch im Hotel Post untergebracht, Herrschaften», schwiegen alle etwas pikiert; die Motz sagte schließlich in kindlicher Offenheit: «Och, und wir hatten uns schon so gefreut, auch mal in der Villa wohnen zu dürfen. Was, Kinder?» Die anderen lächelten bitter, während die Motz schallend lachte.

Nachmittags traf man sich auf der Terrasse zur Arrangierprobe.

Ulrike Motz war die Anführerin der kleinen Truppe. Sie trug den schwarzen Federhut, der in ihren Salonrollen die Bewunderung der sächsischen Kleinstadt-Damen erregte, und gab sich mit einer Grandezza, die sie selbst leicht ironisierte. Leider wußte man nie, bis wohin sie es ernst meinte und wann der Scherz anfing. Ihr Zungen-R zum Beispiel wollte sie ohne Frage seriös aufgefaßt wissen, aber aus natürlichem Hang zur Drolligkeit fügte sie es auch dort ein, wo es nicht hingehörte. Sie sagte zum Beispiel: «Hier ist es aber gemürtlich», als sie sich auf der Terrasse im Korbfauteuil niederließ.

Das schauspielerische Fach der Motz ging von der komischen Alten über die Salondame zur rührenden Mutter und zur tragischen

Königin. Sie hatte als Naive angefangen und war, so lange es irgend ging, bei diesem Typus geblieben. Nach einer Krise von Monaten, während derer sie fast ununterbrochen weinend herumgegangen war, hatte sie sich umgestellt und fühlte sich nun wieder wohl: sie konnte in ihrer neuen Situation imponieren, wo sie einst bezaubert hatte. «Schließlich kann man nicht ewig Kack-Naive bleiben», sagte die einsichtige Frau mit entschlossener Fröhlichkeit. Vor einigen Jahren hatte sie Otto Durr geheiratet, der sowohl Väter als Bösewichter spielen konnte.

Durr war schwerfällig, beinah plump, dabei von einer etwas fettigen und schwammigen Eleganz. Er konnte drollig Anekdoten erzählen und Berliner Stars nachmachen, im übrigen kehrte er gern den tolpatschigen Vollblutmann heraus. Er hatte sich entschlossen, Hilde Konstantin den Hof zu machen, und sprach mit ihr über literarische Dinge. In der Herrengarderobe war er berühmt für seine unanständigen Witze. – Was Väterchen Grün betraf, so war er ein unauffälliger, zäher junger Mann mit langem Gesicht, der Chargen oder bescheidene Liebhaber spielte. Warum ausgerechnet er Väterchen genannt wurde, wußte niemand, er war höchstens sechsundzwanzig Jahre alt. Schon im Eisenbahnzug hatte er sich allen Ernstes in Trudchen Säurich verliebt, die aber spröde gegen ihn blieb.

Trudchen schien dazu gemacht, verwöhnt zu werden, so niedlich und pikant wie sie war. Merkwürdigerweise hatte das blonde kleine Geschöpf einen Hang zum Tragischen, der ihr keineswegs zukam. Sie verliebte sich nicht anders als hoffnungslos, nur um recht schrecklich darunter leiden zu können. Deshalb war sie auf Franz verfallen, der kaum Augen für sie hatte, denn seine geistigen Interessen beanspruchten ihn ganz, er war eine asketische Natur.

Hilde, die sich inmitten ihrer Kollegen einer fast studentischen Forschheit befleißigte, schlug auf den Tisch: «Na, Kinder, genehmigen wir uns erst einen Cognac.» Otto Durr sagte: «Großartig!» Ulrike Motz nahm eine stolze Haltung an, denn das Zimmermädchen erschien mit dem Liqueur-Service. «Ja, ich nehme gern ein Gläschen», machte Ulrike mit gekräuselten Lippen. Franz, der Regie führen sollte, sagte, etwas blaß vor Aufregung: «Dann fangen wir also an.»

Das Stück des extravaganten jungen Franzosen, das sie aufführen wollten, war für den bayerischen Badeort natürlich völlig unmöglich. Es begann damit, daß der Tod aus einem Spiegel trat, um sich mit einem Pferde zu unterhalten. Otto Durr war es, der den Tod zu spielen hatte, Franz das sprechende Pferd. Er mußte mit einer hohen, klagenden und gezierten Stimme philosophische Paradoxe flöten, auf die der Tod kühl, spöttisch und überlegen erwiderte. Eine ganz in rotes Gummi gekleidete Dame eilte hinzu – dargestellt von Hilde Konstantin –, die augenscheinlich mit dem Pferd in zärtlicher Beziehung stand, es andererseits aber mit dem Tode auch nicht verderben wollte. Im Eifer eines vieldeutigen und verschlungenen Gesprächs legte sie dem Rosse ihren Arm um den Hals – (das Roß war ihr verzauberter Gatte) –, woraufhin der Tod beleidigt in den Spiegel verschwand, aus dem er gekommen war, mit schwarzen Händen traurig winkend und flatternd. – Im weiteren Verlauf der wirren Handlung kam ein Engel vor, der sich in die Rotgekleidete verliebte. Außerdem die Mutter des Verzauberten, die zwar erst sehr klagte, sich aber dann als eine Verbündete des Todes herausstellte (es war die Rolle der Motz). Väterchen Grün durfte nur einen Pferdeknecht spielen, der mit dem Pferde, das eigentlich ein mythischer Musikant und Zauberer war, einen grotesken Dialog führte.

Nach der Probe saß Franz erschöpft. «Es ist *ein* Zauber», sagte er mehrmals. Hilde kauerte sich boshaft in ihren Stuhl. Trudchen war offenbar pikiert, weil sie in diesem grotesken Mysterienspiel sich in Hilde zu verlieben hatte statt in Franz. Sie machte ein böses, etwas verfrorenes Gesichtchen, von dem Väterchen Grün in zäher Verliebtheit die Augen nicht lassen konnte. Niemand wußte etwas zu sagen. Otto Durr schien mit zerwühltem Oberkellner-Gesicht intensiv nachzudenken. Endlich entschied er auf seine offene, burschikose Manier: «No, Kinder, wir wollen uns nichts vormachen, das Stückchen, das wir da geprobt haben, ist ein recht überkandidelter Schmarren. Aber die Motz serviert wieder mal die Pointen so blendend, daß man einfach alles andere vergißt.» (Einer der Ehegatten sprach vom anderen stets nur als «der Durr» oder «die Motz». Ulrike pflegte zu sagen: «Herrschaften, man könnte den Durr, so fertig, wie er künstlerisch heute ist, in Berlin glatt als Lear rausstellen.»)

Ulrike Motz ihrerseits, die so blendend Pointen servieren konnte, schlug Hilde Konstantin in derber Mütterlichkeit auf die Schulter: «Na, lat's mal gut sein, das Ganze ist eben echt kapriziöse kleine

Hildegard.» Sie lachte, einfach und herzlich, wobei sie Gold in den Zähnen und böse Falten um den Mund zeigte. Otto Durr verneigte sich galant zu Hilde, die er mit einem langen, sinnlich-bedeutungsvollen Blick von unten streichelte.

Väterchen Grün bemerkte so sachlich, als wären die Geschwister Konstantin gar nicht mehr da: «Wir haben wenigstens unsere paar Tage Landaufenthalt; wenn auch nicht direkt in der Villa.» Er lachte kurz durch die Nase.

Franz sah von den Schauspielern fort in den Garten, aus dem Nebel stieg. Mit blassem und hübschem Gesichtchen huschte Gustl vorbei, wobei er der ganzen Gesellschaft die Zunge herausstreckte.

Durr war zu jüdischen Anekdoten übergegangen. Trudchen sprach mit hoher klagender Stimme von Berliner prominenten Bekannten, in deren viele sie sehr unglücklich verliebt gewesen war. «Ich kann wohl sagen: um den Robby habe ich gelitten wie ein Tier», schloß sie, während sie in wehmütig lustvollen Erinnerungen vor sich hin lächelte. –

Abends, als sie endlich allein waren, sagte Hilde zu Franz: «Na, was Blödsinnigeres hätten wir uns auch nicht einbrocken können.» Franz erwiderte: «Aber ich glaube doch, der Durr wird ganz möglich als Tod, und Trudchen als Engel muß eigentlich süß aussehen.»

* *
*

Die nächsten Proben, auf der Bühne des Kurhauses, verliefen nicht besser. Durr sagte wegwerfend: «Das soll ein Rundhorizont sein.» Auch die grellbunten Kostüme aus Gummi, die Hilde entworfen hatte, fanden keineswegs den Beifall der Fachleute. «In dem Zeug sehe ich beinahe dick aus», schmollte Ulrike vorm Spiegel. «Dabei bin ich für mein Fach eher zu schlank.» Väterchen Grün, der den kurzen Text seiner Rolle nicht konnte, einfach weil sich «dieser Quatsch nicht behalten ließ», sagte verheißungsvoll: «Na, das Ganze wird eine Affen-Pleite.» – Inzwischen ging der Vorverkauf ausgezeichnet.

Im ganzen Orte sprach man über den bevorstehenden Theaterabend als über eine skandalöse Sensation. Die Konstantinkinder standen ohnehin im Rufe einer sündig-närrischen Extravaganz.

«Diese reichen Fratzen wissen sich ja nicht zu lassen», sagten die alten Damen. Man erzählte sich, daß sogar einige Kritiker aus der Hauptstadt dieser verdächtigen Premiere beiwohnen würden. Eine halbe Stunde vor Beginn der Vorstellung war der große Kurhaus-Saal überfüllt.

«Es soll wirklich ausverkauft sein», sagte die Motz, die im Frisiermantel in Durrs Garderobe trat. Durr, der sich gerade als Tod verkleidete, bemerkte, während er sich schwarze Augenhöhlen malte: «Dann könnten uns die feinen Geschwister wirklich bißchen anständiger zahlen. Ich glaube, die wollen an uns verdienen.» Im Hintergrund lachte jemand bitter, es war Väterchen Grün, der in Unterhosen vorm Spiegel saß. «Wo Durr recht hat, hat er recht», sagte Ulrike und nickte klug. «Ich spreche mit Hilde.»

Zwanzig Minuten vor acht Uhr traten die Motz, Durr und Grün vor die Geschwister hin; nur Trudchen hielt sich zurück, weil sie nicht fertig mit dem Schminken wurde. «Wenn ihr nicht anständiger zahlt, schmeiße ich den ganzen Kram hin», sagte Otto Durr grob. Franz wurde blaß wie der Tod, den Durr spielen sollte. Hilde lachte kurz, wobei sie mit den Schultern zuckte. «Nett bringst du so einen Satz», lächelte sie Durr an. «Nein, Hildchen, du mußt wirklich Einsicht haben», mischte sich mit würdiger Stimme die Motz ein. «Schließlich opfern wir unsere Ferien.» Durr und Grün nickten wehleidig. Franz wandte sich enerviert: «Man könnte das ja nachher ausmachen.» «Vorher ist immer gescheuter», meinte Ulrike und hob erfahren den Zeigefinger. «Immerhin ist es kein Vergnügen, mitten im Sommer was aufzusagen, und in diesen Drecksdekorationen, und noch dazu solchen Unsinn», murmelte Durr. –

Franz ließ es sich nicht nehmen, ein paar einführende Worte an das Publikum zu richten, ehe das Stück anfing. Er trat vor den Vorhang, über seinem Kostüm einen dunklen Mantel; der Beifall, der ihn empfing, war zwar laut, aber er trug leicht ironischen Charakter. Jemand rief: «Bravo!», ganz ohne Anlaß. Franz redete befangen und ungeschickt. «Meine Damen und Herren – das Stück, das wir Ihnen heute abend zeigen wollen, wird ein wenig anders sein als die meisten, die Sie sonst auf dem Theater zu sehen gewohnt sind.» Er sprach gewunden und viel zu lang. Im Parkett hustete man gelangweilt. Er schloß: «Wir wollen Sie, meine Damen und Herren, in eine verzauberte Welt führen, die wirklicher als die Wirklichkeit ist.»

Er ging ab, die Schultern schamvoll zusammengezogen. Er spürte feindliches und verständnisloses Gelächter im Rücken. Hinten empfing ihn Durr: «Na, alter Freund, dein kleiner Speech war ja wohl überflüssig wie ein Kropf.»

Das bürgerliche Badepublikum und die ländlichen Honoratioren saßen fassungslos vor dem Stück, das wirklicher als die Wirklichkeit sein sollte. Schon als der Tod aus dem Spiegel trat, um sich mit dem Pferde zu unterhalten, wurde von der Galerie gepfiffen. Auch Hilde, die sich im roten Gummi schlangenhaft bewegte, erregte mehr Ärgernis als Vergnügen. Nach dem ersten Akt bekam Trudchen einen Weinkrampf, weil jemand «Gotteslästerei» gerufen hatte, als sie sich als Engel um die Dame im roten Gummi bewarb. Sie schluchzte noch den zweiten Akt durch und brachte keine Stichworte mehr.

Durr tobte in seiner Garderobe. «Da stellt man sich hin!» brüllte er immer wieder. «Da stellt man sich hin! Und diese dreckigen Dekorationen! Also, ich sage lieber dreihundertmal Raub der Sabinerinnen auf!» Väterchen Grün, der erst im dritten Akt drankam, wollte überhaupt nicht auftreten. «Man kann den Pferdeknecht streichen», sagte er trocken. Hilde mußte sich ihm erst katzenhaft nahen und ihm das kurzgeschorene Haar zausen. Selbst Ulrike, die sonst auf Haltung Wert legte, rang klagend die Hände: «Das hättest du uns nimmermehr antun dürfen, Hildegard!» und sie bewegte schmerzlich den Kopf.

Den dritten Akt konnten sie kaum zu Ende spielen, die Leute verließen reihenweise das Theater. Franz, schweißgebadet, zitterte am ganzen Körper. Am Schluß klatschten nur einige Lieferanten der Villa Konstantin und eine kleine Gruppe jüdischer junger Leute, die im Ort sehr unbeliebt waren. Die andern gingen schimpfend und lachend.

Franz legte vor dem Schminktisch in die Hände sein Gesicht, das vor Scham und vor Enttäuschung glühte. «Unser Gemeinschaftstheater!» flüsterte er in seine Hände. – Zu seinem Erstaunen wurde es um ihn herum plötzlich lustig. Die Schauspieler, die noch eben in Tränen aufgelöst gewesen waren, zeigten mit einem Mal festliche Laune. «Jetzt wird aber gefeiert, Ihr Lieben!» rief Ulrike und warf übermütig den Kopf. «Wir haben es wohl verdient!» «Gesoffen wird!» ließ sich Otto Durr aus seiner Garderobe vernehmen. Trudchen schmachtete Franz mit ihrem ganzen entzündeten kleinen Gesichtchen an. «Es soll lustig werden!» bat sie mit mitleiderregendem Piepsstimmchen. Franz mußte sich in die neue Stimmung erst finden. Aber Hilde lächelte ihren Kollegen tückisch zu. «Es *wird* lustig!» sagte sie und nickte böse. Durr trat in Hemdsärmeln an sie heran. Er legte ihr den Arm um die Taille und flüsterte ihr etwas Galantes zu, wobei er sein verwüstetes Gesicht, das vom Abschmink-Fett glänzte, nah an ihr glattes, kühles Gesicht brachte.

* *
*

Das Fest in der Villa kam bald auf einen Höhepunkt, den man orgiastisch nennen konnte. Trudchen wollte immerzu mit Franz tanzen, federleicht hing sie ihm in den Armen und sah wehleidig zu ihm auf. «Ich leide zwar, aber es ist doch schön», hauchte sie mit zärtlich gespitztem Mund. Franz fiel beim Anblick ihres zerbrechlichen Mäusegesichtchens ein, daß Trudchen bei ihren Kolleginnen für die ausgekochteste und grausamste aller Intrigantinnen galt, mit einem kleinen, bösen Herzen, hart wie Glas. Väterchen Grün, der in seiner Ecke schweigsam zechte, verfolgte die Tanzende mit gierigen Augen, sie aber wandte angeekelt den hellblonden kleinen Pagenkopf, wenn sie an ihm vorbeikamen. – Durr konnte seine großen weißen Hände nicht von Hilde lassen, die sich ihm immer wieder mit spröden Scherzen entzog. Ulrike Motz aber wurde beinahe unheimlich vor Betrunkenheit. Erhobenen Hauptes stolzierte sie lachend, plaudernd und kopfschüttelnd durch die Gemächer, allen Männern, die sich keineswegs um sie kümmerten, schlug sie mit dem Fächer auf den Handrücken, eine frivol Tändelnde. «Ach, du kleines Ungestüm, beherrsche dich doch bis nachher!» Ihr Gemahl Otto grölte etwas nicht sehr Feines hinter ihr drein.

Als so alles im besten Gange war, öffnete sich die Türe, und es war alter Herr Konstantin, der mit Reisemantel, Hut und ergrauendem Schnurrbärtchen mitten im Zimmer stand.

Herr Konstantin war über den Anblick, der sich ihm bot, nicht eben entsetzt, dafür hatte er zu viel Erfahrung mit dem Künstlervölkchen. Aber es schien deutlich, daß er schlechter Laune war, er hatte von dem Skandal seiner Kinder im Kurhaus wohl schon erfahren. Er beachtete die Schauspieler kaum, sondern ging direkt auf Franz und Hilde zu. «Feine Sachen macht ihr», sagte er verärgert; und während er sich den Paletot auszog: «Wenn ihr schon so einen Fez aufstellt, finde ich es einfach gemein, daß ihr den Gustl nicht herunterholt.»

Trudchen trat unvermittelt auf Herrn Konstantin zu, reichte ihm die leichte Hand, ohne ihn anzuschauen, vielmehr glitt ihr Mäuseblick scheu und schlau beiseite; dazu vollführte sie die Andeutung eines jungmädchenhaften Knickses. Otto Durr, in seiner Trunkenheit, sagte zu Herrn Konstantin: «Na, altes Haus», worauf er allerdings selbst erschrocken lachte. Nur die Motz behielt ihre Grandezza, sie schmollte majestätisch und sprach mit besonders rollenden R's: «Hoffentlich stören wir den lieben Hausherrn nicht.» Auf ihrem höflich-bekümmerten Gesicht erblühte ein Lächeln, mit dem sie ihm, gleichsam im voraus, für die freundschaftlich abwehrende Bemerkung dankte, die sie von ihm erwartete. Er blieb sie ihr aber schuldig.

Der Gustl erschien im blauen Matrosenanzug, etwas verschlafen; er küßte seinen Papa und blinzelte die Gäste mißtrauisch an. Herr Konstantin umarmte ihn und bekam feuchte Augen: «Kerlchen, du bist doch gescheiter als deine Geschwister.»

Das gescheite Kind fand sofort, daß Trudchen von den Gästen die anziehendste sei. Er bemühte sich um sie mit der Galanterie eines Konfektionärs. «Das Fräuleinchen muß zu trinken haben», strahlte er sie mit großen blauen Augen an. (So sprach sein Vater mit den jungen Damen, welche die Kunstmaler ihm ins Haus brachten.) Zur Motz, die sich gewiß zum fünfzigstenmal Bowle eingoß, sagte er frech: «Die hat wirklich schon genug gesoffen.»

Das ausdrucksstarke Antlitz der tragischen Salondame wollte sich verfinstern; doch überlegte sie es anders und lächelte mit der melancholischen Lebenskenntnis der Frau, die manches hinter sich hat. Wenig später fuhr ihr neue Lustigkeit in die Glieder. Es kam so weit, daß sie die Arme reckte, wollüstig gedehnt ein paar Tanzschritte tat und mit üppig nach rückwärts gesunkenem Gesicht jubilierte: «O Königin, das Leben ist doch schön!» (Mit der Königin war Hilde gemeint, die finster in einem Lehnstuhl kauerte.) In luxuriöser Launenhaftigkeit wollte sie plötzlich viel Licht um sich haben. «Ich brauche viel Licht!» jauchzte sie exaltiert. «Ich muß jetzt irrsinnig viel Licht haben. Es ist eine Caprice, gewiß, aber ich habe heute abend mein Letztes auf der Bühne hergegeben.»

Als alle Kronleuchter flammten, stellte sich der Gustl, klein, blaß und unverschämt, vor Ulrike hin, die in der grellen Beleuchtung alt und verfallen aussah. Gustl sagte ihr schallend ins Gesicht: «Und wer bezahlt die Elektrizitäts-Rechnung? Sie oder der Papa?» Er stemmte die Arme in die Hüften und sah sie herausfordernd an. Die Motz taumelte buchstäblich vor Schreck. «Nein, was für ein kleines Ungeheuer!» rief sie schwach und legte die Hand schützend vor die Augen, die in das freche Gesicht des reichen Buben hatten schauen müssen. – Die Unglückliche wandte sich an Herrn Konstantin um Hilfe. Sie eilte auf ihn zu, mit gebreiteten Armen, bitter gekränkte Fürstin in jedem Schritt. «Ihr Kind hat mich beleidigt», rief sie und blieb mit wogendem Busen vor ihm stehen.

Hilde und Franz sahen angeekelt woanders hin, sie wußten schon, was nun kommen würde: sich bei Herrn Konstantin über Gustl zu beschweren, ging gegen die heiligsten Gesetze des Hauses. Herrn Konstantins Gesicht schwoll rot an, er sagte drohend durch die Zähne: «So, hat er das –» und schwieg dann einige Sekunden, ehe er in einem fürchterlichen Wutausbruch explodierte.

«Das ist gelogen», schrie Herr Konstantin die arme Dame an, deren Gesicht zu zucken anfing. «Ein so erstklassig erzogenes Kind wie mein Gustl beleidigt niemanden, wenn es nicht vorher schwer gekränkt worden ist.» (Er legte seinen Arm schützend um den Liebling, der blaß und artig neben ihm stand.) «Und warum, wenn ich fragen darf, kommen Sie überhaupt in mein Haus, wenn Ihnen der Erbe dieses Hauses nicht paßt? Ja, ja, ja, Gustl *ist* mein Erbe», wandte er sich, Schaum vorm Mund, an Franz und Hilde, die, frierend vor Scham und Abscheu, beiseite standen. «Nach dem, was ihr euch heute abend geleistet habt, bin ich fertig mit euch. Auf die Straße, Gesindel!!»

Die Geschwister lächelten, bleich und verächtlich. Die Motz konnte mit weißen Lippen gerade noch: «Mein Herr – –» hervorbringen. Leider erwiderte alter Herr Konstantin: «Schweigen Sie, Weibsbild!» – worauf Ulrike taumelte, nach hinten griff und *nicht* auf den Stuhl, den Gatte Durr ihr hinschob, sondern, sich halb auf den Stuhl stützend, seitlich zur Erde glitt. Auf dem Teppich sitzend weinte sie wie ein Kind.

Der Gatte Durr rief mit herzhaft dröhnender Stimme: «Kinder, wir gehen! Lassen wir das Kaufmannspack unter sich!» Väterchen Grün leerte heimlich und schnell sein letztes Glas Sekt. Aber die Motz wollte erst noch ihre große Szene zu Ende spielen. «Hoho, wir sind hier nicht gerne gesehen! Hoho, so ziehen wir eben woanders hin! Auf, in den grünen Wagen! Bürgersleut, sperrt euere silbernen Löffel weg!» Hysterisch schreiend eilte sie durch die Räume, die Arme in den Hüften, schaute mörderisch um sich. Die wilde Bitterkeit ihres ausgeleierten Mundes war echt, wenn sie auch unnatürlich die Augen rollte. «Die Komödianten sind da! Die Komödianten sind da!» heulte sie und stolperte mit schweren, pathetischen Schritten. Sie blieb vor Hildegard stehen, hielt ihr das von Alter, Trunkenheit und Gram verwüstete Gesicht entgegen. «Intellektuelle Bürgersgans!» Damit spuckte sie vor ihr aus. Otto Durr zog sie davon. «Unsere Abrechnung bekommt ihr morgen!» sagte er über die Schulter zu Franz. «Die Proletarier empfehlen sich», murmelte Väterchen Grün. Trudchen knickste zum Abschied noch einmal kurz und boshaft vor Herrn Konstantin, der immer noch grollend schnaufte.

Aus einer Ecke hörte man ein silbrig zartes, schadenfrohes kleines Gekicher. Es war Gustl, der an einem Stück Torte kaute und sich vor tückischem Vergnügen wiegte.

* *
*

Franz und Hilde, auf dem Balkon vor ihrem Schlafzimmer, atmeten die Kühle der Nacht. Sie lauschten mit gesenkten Gesichtern den wenigen und traurigen Geräuschen, die die Nacht für sie hatte: ein Hundebellen; Rauschen in einem Baum; ein Zug, der weit entfernt vorüberfuhr.

Weder der Bruder noch die Schwester sagten ein Wort.

Schmerz eines Sommers

S. den 11.6.3-.
Die kleine Berta – die ich seit zehn Jahren nicht gesehen habe und die inzwischen ganz das Gegenteil von klein geworden ist – holte uns heute früh mit ihrem Citroën in Marseille ab. Komischerweise hatte sie weite, blaue Matrosenhosen und einen gelb-rot gestreiften Trikotsweater an und bat uns gleich, sie Peter oder Pierre zu nennen – sie wäre das so gewohnt. Irene schien durch dieses Gehaben recht enerviert; etwas albern ist es ja wohl auch, und für eine Frau wie Irene vielleicht sogar ekelhaft; ich aber finde es eben mehr ulkig. Wahrscheinlich ist es dieser Berta-Peter ganz natürlich, sich so zu benehmen: schließlich sieht sie aus wie ein richtiger Kerl – breitschultrig, ährenblond; übrigens hat sie prachtvolle blaue Augen. Am ehesten stört mich an ihr, daß sie niemals einen deutschen Satz zu Ende spricht, ohne französische Brocken hinein zu mischen. Nun haust sie ja mit ihrer Mama – oder: Stiefmama – schon ziemlich lange hier unten, aber eine rechte Tuerei scheint es mir doch zu sein. – Während der ganzen Fahrt schwärmte sie uns davon, was für einen besonderen Zauber das Örtchen S. auf jedermann ausübe, der nicht völlig unempfänglich sei: man käme von dort nicht mehr los, wenn man es erst einmal kennengelernt habe. Sie riet uns dazu, die kleine Villa ihrer Stiefmama zu mieten, in der sie – Peter – im Augenblick ganz allein wohne, da Johanna sich im Sanatorium befinde. (Von ihrer Stiefmutter spricht Berta immer einfach als von Johanna, was mich im ersten Augenblick überraschte.)

Die Fahrt dauerte nicht ganz zwei Stunden, Fräulein Peter hatte ein so flottes Tempo, daß einem manchmal angst und bange werden konnte. – Zunächst war ich von S. ziemlich enttäuscht, und auch Irene schien es zu sein. Wir finden, es ist ein recht schmutziges, verwahrlostes Riviera-Nest, wie man von der Art schon Hunderte gesehen hat: mit einem Café, dem kleinen Hafen, wo Orangenschalen auf dem öligen Wasser schwimmen, und drei Hotels, die nicht einladend aussehen. Berta lachte über das ganze breite Gesicht vor

Stolz und Freude, als sie uns alle diese «Herrlichkeiten» zeigte; wir würden schon noch hinter ihren geheimen Charme kommen, meinte die zuversichtlich. Aber Irene machte ihre abweisendste Miene. Es ist mir ein bißchen peinlich, daß sie sich so wenig nett gegen Peter benimmt, schließlich ist sie die Stieftochter meiner alten Freundin Johanna. Andererseits finde ich Irene nie so reizvoll, als wenn sie ihr böses, blasses Gesicht macht.

Zunächst sind wir also in das Hotel de la Plage gezogen, aber länger als ein, zwei Tage könnte man es dort gar nicht aushalten. Nachher wollen wir uns noch die Villa anschauen. Johanna haben wir noch gar nicht gesehen; sie muß nachmittags liegen.

12. 6.

Nachdem Irene sich etwas ausgeruht hatte, sind wir gestern nachmittag noch zur Villa gefahren. Sie liegt wirklich äußerst angenehm, etwas erhöht, mit dem Blick über den ganzen Ort. Der kleine Garten ist voll von Blumen, vor allem von diesen riesenhaften Margeritenbüschen, wie man sie hier hat. (Irene freute sich über die vielen Blumen.) – Die Landstraße macht gerade vor unserem Haus eine schwungvolle Kurve: links geht es hinunter nach S., rechts weiter hinauf nach B., wo auch manchmal ein ganz flotter Betrieb sein soll. Aber mit S. ließe er sich nicht vergleichen – wenn man Fräulein Peter glauben darf.

Ich sage schon: «Unser Haus» – denn wir haben uns doch entschieden zu mieten; es ist ziemlich billig, auf drei Monate haben wir uns verpflichtet. Für Irene, glaube ich, war der Blumengarten ausschlaggebend. Ich fürchte nur, daß sie sich hier langweilen wird. Es dürfte ein recht stiller Aufenthalt werden. Ich habe ja meine Arbeit, die hoffentlich in diesem Frieden schnell gedeihen wird. In mir ist ein wunderbares Gefühl, was diesen «Roman eines jungen Hundes» betrifft; ich glaube – ich hoffe, daß es mein bestes Tierbuch werden kann. Jetzt fange ich erst wirklich an, von der Seele des Tieres etwas zu ahnen.

Heute nachmittag sollen wir Johanna in ihrem Sanatorium besuchen. Peter kümmert sich inzwischen um den Umzug, sie hat sich in wirklich reizender Weise dazu erboten. – Mutter und Tochter scheinen übrigens recht gespannt zu stehen.

«Villa Johanna», abends

Der Besuch bei Johanna war deprimierend. Beinah hätte ich sie nicht wiedererkannt, so traurig hat sie sich verändert. Obwohl Irene dabei war, mußte ich mit einer Innigkeit wie seit zehn Jahren nicht an die schönen Wochen mit dieser Frau in Swinemünde denken. Das ist jetzt zwölf Jahre her. Man muß Johanna wohl sehr gut kennen, um Spuren jenes Glanzes von damals auf ihrem Antlitz wiederzufinden, das jetzt so zerfahren und von so vielen Schmerzen gezeichnet ist. Sie hat einen unsteten, fast irren Blick bekommen; damals waren ihre Augen von einem wunderbar konzentrierten Ernst oder von einer hinreißenden, sprühenden Lustigkeit. Ihr zweiter Mann, dieser Maler – Bertas Papa – muß sich gegen sie wie ein Vieh benommen haben – jetzt bin ich froh, daß ich ihn gar nicht kenne. – Übrigens freute es mich, daß Irene so liebenswürdig zu Johanna war, wenn auch vielleicht eine Nuance zu konventionell; aber nach den Erfahrungen mit Peter hatte ich entschieden Schlimmeres befürchtet.

Fünf Jahre hatte ich Johanna nicht gesehen, und war doch froh, nach einer halben Stunde wieder fort zu kommen. Schon die Luft in diesem verdunkelten Zimmer war kaum auszuhalten, ich merkte auch, wie Irene unter ihr litt; (wenn Irene so blasse Lippen bekommt, weiß ich immer, daß es nicht gut um sie steht.) – Was für scharfe und dumpfige Gerüche da durcheinander gingen... Johanna scheint eine richtige Angst vor frischer Luft zu haben, sonst müßte sie doch die Fenster aufreißen, damit dieser Gestank nach Äther, abgestandenem Parfüm, gebrauchter Wäsche sich verflüchtigte. – Dabei liegt das kleine Sanatorium «Mon Repos» reizend und frei, über dem Meer. Ein gelbes, zierliches Haus ist es, mit einer etwas verschnörkelten Fassade im Geschmack der neunziger Jahre, aber sehr stilvoll und freundlich. – Jedenfalls müssen wir Frau Johanna bitten, nächstens bei uns – bez. in ihrem eigenen Haus zu essen.

In der Villa fanden wir schon alles wohnlich eingerichtet, wirklich fein hat unser Peter gearbeitet. Sie versteht es ja ausgezeichnet mit den Leuten hier, kennt jedes Marktweib und jeden Hafenarbeiter, und schimpfen kann sie, wie drei Matrosen. – Mein Arbeitszimmer ist reizend, mit dem Blick auf den Garten. Endlich kann ich mein Manuskript wieder auspacken. Irene gruppiert inzwischen ihre Toilette-Sachen nebenan auf ihrem Tischchen. Morgen soll ein Tee bei Frau von Humboldt sein, die seit ein paar Jahren hier ein Häuschen hat (ich kenne sie noch aus der Frankfurter Zeit.) Habe keine rechte Lust hinzugehen, Irene auch nicht. Aber andererseits möchte ich doch, daß Irene die paar Leute kennenlernt, die es hier gibt.

13.6.
Man sollte wirklich nie zu solchen Veranstaltungen gehen, es war wieder ein richtiger Reinfall. Ich habe mir das doch alles völlig anders vorgestellt. S. wäre ein «Boheme-Ort» – hatte man mir erzählt – mit lauter besoffenen Malern und tollen Leuten, wie ich es immer schon einmal kennenlernen wollte. Nun finde ich es stattdessen steif und öde, wie ein Damenstift. Die Maler sind nämlich diesen Sommer alle nicht wieder gekommen, es hat da irgendwelchen Stank mit Ausweisungen und sogar Verhaftungen gegeben: nichtbezahlte Rechnungen, Verführung Minderjähriger, weiß Gott, was da alles im Spiel gewesen ist. Das Resultat scheint, daß es nun hier überhaupt keine Männer mehr gibt. Heute, bei Frau von Humboldt, war ich buchstäblich der einzige Mann, bis auf einen vertrottelten alten französischen Lyriker, der nur noch so vor sich hin brabbelte und, wie man mir sagt, provencalisch dichtet. Sonst nichts als Damen –: so was an Damen-Wirtschaft ist mir überhaupt noch nicht vorgekommen. Ich fühlte mich wie Achill unter den Mägden – was doch eine ziemlich dämliche Rolle ist.

Neben dem Humboldt'schen Haus hat Frau von Strobin eine kleine Villa. Die zwei Damen scheinen ihre Wirtschaft gemeinsam zu führen, auch dieser Tee war wohl eine Veranstaltung von beiden. Frau von Strobin behauptet übrigens, mich zu kennen, am Lido, meint sie, hätten wir zusammen getanzt; davon weiß ich aber wirklich nichts mehr. Dann schlug sie auch noch vor, wir könnten uns doch bei Rodin getroffen haben. Ich bin aber weder so alt noch so fein. Sowohl Frau von Humboldt als auch Frau von Strobin sprechen gerne davon, daß sie mit Rodin, Maeterlinck und d'Annunzio so intim befreundet gewesen seien.

Die Tochter der alten Humboldt wird nie anders als Angel-Face genannt (wenn man hier schon mal nicht französisch spricht, muß es unbedingt englisch sein –) – obwohl sie gar nicht viel von einem

Engel hat (in Wirklichkeit heißt sie, glaube ich, Brigitte); die kleine Dora von Strobin nennt man Frou-Frou. Sie ist entschieden die Niedlichste am Platze, sehr hübsch gewachsen, leider macht sie gezierte Bewegungen, wie eine Schlangentänzerin im Vorstadtvarieté. Die Mädchen benehmen sich hier übrigens alle recht affig, sie machen tiefe Knickse vor den älteren Damen, wie in einem altmodischen Pensionat; nur Fräulein Berta steht stramm. Untereinander sprechen sie alle französisch, so albern sind sie, dabei hat keine einen Tropfen gallischen Blutes. Zu meinem Erstaunen machte Irene das mit und unterhielt sich auch französisch mit ihnen; wahrscheinlich tat sie das zu Übungszwecken, ich muß sie nachher einmal fragen.

Den Mittelpunkt des Tees bildete eine Madame Strauss (der Name bürgt für purste Latinität), die eben aus Paris zurückgekommen ist. Ihrem Mann gehört, glaube ich, eine Autobuslinie von hier nach Marseille. Die Person sieht ganz pikant aus, der Typ der mageren, brünetten Französin, die sehr beweglich ist und viel lacht. Alle Mädels machen ihr recht demonstrativ den Hof, vor allem Peter, die tausend Anspielungen und Scherzchen mit ihr hat, so daß sie immer irgendwo mit ihr herumkichert. – Sonst fiel mir noch eine Madame Cachols auf, Gattin eines spanischen Malers, der in Paris lebt – eine furchtbar wüste Person mit schweren, knochigen Händen.

Die Unterhaltung war reichlich versnobt und verdreht, man sprach nur von jungen englischen Dichtern und früher italienischer Malerei. Irene schien es nach und nach auch zu viel zu werden – zu Anfang sah es aus, als ob sie sich gar nicht schlecht unterhalte, worüber ich mich natürlich sehr freute –; aber nach einer dreiviertel Stunde wollte sie plötzlich Luft schöpfen; ausgerechnet Berta drängte sich dazu, sie zu begleiten. Sehr taktvoll fand ich es gerade nicht, wo Irene von Anfang so kühl gegen sie war, aber schließlich konnte ich nichts dagegen sagen, und ganz rührend war es ja von dem guten, ungeschickten Mädchen. – Auf dem Heimweg war Irene dann ziemlich mißgestimmt, wahrscheinlich, weil sie sich mit Peter gelangweilt hatte. Mir tat es leid, denn ich war zu dem abscheulichen Tee doch nur gegangen, um Irene zu unterhalten. Übrigens sah sie gerade heute nachmittag bezaubernd aus, ganz in Weiß, und über dem hauchdünnen Stoff ihr zartes, strenges Gesicht, das nie verbrennt, sondern immer von dieser empfindlich süßen Helligkeit bleibt.

Vergaß noch zu sagen, daß auch Frau Johanna auf eine halbe Stunde erschien. Sie war sehr hergerichtet und sprach wie ein Wasserfall, quälend nervös. Leider trug sie ein grasgrünes Seidenkostüm und ein breites silbernes Band um die Frisur, das machte mir einen sehr peinlichen Eindruck.

Alles in allem habe ich mich redlich gelangweilt. Nur die paar Minuten, die ich mit Frou-Frou tanzte, waren vergnüglich. Sie hat eine tolle Art, sich an ihren Partner zu schmiegen – man spürt ihren ganzen Körper –; und dabei lächelt sie immer mit halbgeöffneten Lippen so verlockend und dabei süffisant, ja, sogar höhnisch. – Hoffentlich hat Irene nicht bemerkt, daß mich diese Kunststücke der kleinen Person durchaus nicht kalt ließen.

15.6.
Das Bezauberndste an Irene ist, wie sie beobachtet; zugleich ist es aber auch das Gefährlichste an ihr. Wie sie gleich das Besondere und Lächerliche an jedem entdeckt, den sie anschaut! Sie muß diesen Teufelssplitter im Auge haben, der in irgendeinem Märchen von Andersen vorkommt. Eine Person wie Fräulein Peter scheint ihr natürlich einfach zum Totlachen, und sie charakterisiert sie denn auch auf die ulkigste Weise –; macht ihr nach, wie sie wiegend und energisch daherkommt, so schnell französisch spricht und so galant lächelt. Manchmal betrachte ich Irene mit einer gewissen Bestürzung, wenn sie ihren Witz derart auf Kosten ihrer Mitmenschen spielen läßt, und dann denke ich mir: wie kann man so aggressiv und so zart, so zärtlichkeitsbedürftig und so boshaft sein? –

Vormittags waren wir alle am Strand. Mit dem Wagen fuhren wir zu einer Stelle, wo der Sand am schönsten sein soll, das Lunch nahmen wir mit. Irene hatte ihren neuen Strandanzug aus ganz hell zitronengelber Seide an, dazu einen großen weißen Strohhut mit schwarzen Bändern garniert; sah natürlich hinreißend aus. Peter, in den blauen Matrosenhosen wie immer, chauffierte, dabei sprach sie ununterbrochen mit Irene Französisch. Über mich muß sie sich irgendwie geärgert haben – allerdings habe ich keine Ahnung, worüber. Jedenfalls war sie recht kurz angebunden, ja: barsch mit mir. – Am Strand trafen wir Angel-Face und Frou-Frou; später kam noch Madame Strauss mit zwei großen Windhunden und Frau Johanna dazu, die ein phantastisches Strandpyjama in Schwarz und Silber trug. Wollte ein bißchen mit den Windhunden von Madame Strauss spielen, fand sie aber bissig und unangenehm. Frou-Frou im knappen, hellroten Badetrikot sah so aufregend aus, daß ich kaum wagte, sie anzuschauen; (schließlich hatte ich auch nur meinen Schwimmanzug an, da muß man sich schon in Acht nehmen.) Es ist scheußlich mit ihr: sie wird schnippisch, wenn man nur eine Sekunde lang reagiert, nachdem sie doch vorher alles darauf angelegt hat. – Angel-Face scheint mir viel gutmütiger. Etwas schwerfällig ist sie ja, beinahe plump – aber eine gewisse sanfte Anmut ist ihr andererseits nicht abzusprechen. So etwas gewaltig Aufgeblühtes hat sie, mit den gedrehten, goldgelben Locken um das breite, freundlich stille Gesicht. Die Bezeichnung Angel-Face ist doch nicht so übel für sie: sie erinnert wirklich an einen Barockengel, der sich üppig um eine Altarsäule rankt. Sie hat auch ganz runde Knie und geschwungene, wie gedrechselte Gelenke.

Abends erzählte mir Irene die komischsten Einzelheiten über das Leben hier; (sie muß sich inzwischen lange mit einem von den Mädchen, wahrscheinlich mit Peter unterhalten haben.) Das hängt ja wirklich alles sehr spaßhaft zusammen, und natürlich hat Irene eine rasend amüsante Art es darzustellen. – Also, mein erster Eindruck auf dem Tee war wieder mal gründlich falsch. So harmlos, fein und bürgerlich lebt das hier denn doch nicht miteinander. Diese Mädels haben alle schon tüchtig was hinter sich, und ihre Gegenwart ist auch ganz pikant. Die würdigen Mütter wissen alles, nehmen aber keinen Anstoß daran; eher scheinen sie noch stolz darauf zu sein. – Unsere Peter ist natürlich *der* Kavalier des Ortes. Ihre größte Liebe war Madame Strauss, aber das ist nun ein wenig abgeklungen, mehr schon eine klassische Liebesfreundschaft geworden. Hingegen war in den letzten Monaten zwischen Pierre und Frou-Frou großes Glück; da hat es aber gerade seit vorgestern irgendwelche Kräche gegeben, weil nämlich unser Pierre, der Casanova, sich nach einer anderen Seite interessiert hat, Irene weiß nicht nach welcher, aber sie wird es schon noch herausbekommen – meint sie – und scheint sich diebisch zu freuen bei dem Gedanken. – Frou-Frou und Angel-Face trösten sich jetzt miteinander, aber es scheint nicht ganz das Wahre zu sein. Und was ich da von Angel-Face nicht sonst noch alles erfahre! Die Tragödie ihres Lebens ist nämlich, daß sie so furchtbar gern Sängerin werden möchte und leider gar keine Stimme hat. Um nur auftreten zu können, ist sie vor einem halben Jahr nach Marseille durchgebrannt und hat dort in einem Tingeltangel übelster Sorte ihre Liedchen gezwitschert. Soweit ich verstanden habe, war es mit den Liedchen dort gar nicht getan – – – Wie kann sich ein Fräulein von Humboldt nur für so etwas hergeben! Und dabei hat sie doch ihr gutmütiges Gesicht behalten. – Eine erhebliche Rolle scheint in diesem Zirkel Madame Cachols zu spielen, die Gattin des spanischen Malers. Zum Ärger der jungen Damen lebt sie mit einem Matrosen zusammen, der ein toller Bursche sein soll. Dieses Matrosen wegen hat sie sich von Madame Strauss getrennt, mit der sie liiert war, ehe Jungfer Berta so rüstig auf dem Plane erschien. – Was sind das nun für Verhältnisse! Mich verwirrt das alles ein wenig. Das kommt vielleicht, weil ich schon sechsundvierzig Jahre alt bin. Aber ist denn die Liebe ein Spiel, wie das mit dem Bäumchen-wechsle-dich, das wir immer als Kinder im Garten gespielt haben? Steht hinter all dem denn irgendein Ernst, ein Gefühl, um das es sich lohnte? – Jetzt fehlt nur noch, daß auch Frau von Humboldt und Frau von Strobin ein Paar sind: nachgerade halte ich alles für möglich. Irene scheint den ganzen Betrieb immerhin amüsant zu finden, wenn sie sich auch unbarmherzig über ihn lustig macht. Übrigens war sie gerade gestern abend so wundervoll zärtlich und gut zu mir, wie seit langer Zeit nicht.

16.6.
Gearbeitet, und wie wohl es mir tat. Ganz ausführlich habe ich einen morgendlichen Wald geschildert, und Rehe, die auf eine Wiese treten. Immer, wenn ich mich eingehender mit den Menschen und ihren merkwürdigen Handlungsweisen beschäftigen mußte, freut und beglückt es mich doppelt, daß ich mich als Schriftsteller ganz auf die Tierwelt festgelegt habe – mögen meine lieben Kollegen darin auch eine Verengung und Einseitigkeit sehen. Die Tiere sind reiner. (Verzeih mir, Irene, daß ich das schreibe, aber du bist das einzige reine Menschenkind, das ich gekannt habe.) – Ja, ich bin froh, daß ich mich in meiner Jugend mit Zoologie und Botanik beschäftigt habe, anstatt mit Literatur- oder Kunstgeschichte.

Sehr rührender Brief von einem Olmützer Pennäler über meine Hasennovelle, (die also inzwischen erschienen ist, ich hatte noch gar keine Belegexemplare.) So jungen Menschenkindern Freude zu machen! Man arbeitet doch nicht umsonst – – –

Zum Abendessen hatte Peter einen vorzüglichen Auflauf aus überbackenem Fisch zubereitet. Sie kam ganz erhitzt aus der Küche, die breiten, nackten Arme krebsrot und das kurzgeschorene blonde Haar verzaust in der Stirne. So sah sie wirklich nett und frisch aus, und schöne Augen hat sie ja, das muß man ihr lassen: durchdringend blaue und lustige; eigentlich Seemannsaugen, die Augen von einem Matrosen, der die Weiber aller Hafenstädte verrückt macht. – Zum Totlachen finde ich es, wenn sie so gymnasiastenhaft Irene die Kur schneidet, obwohl Irene es doch nur komisch nimmt und nicht gerade ein Hehl daraus macht.

Nach dem Abendessen kamen noch Angel-Face und Frou-Frou. Wir spielten erst Grammophon, dann schlug Peter Schreibspiele vor, wie wir sie in meiner Jugend zu Hause auch ähnlich gekannt haben. Es kamen ganz ulkige Dinge dabei heraus; mir wurde es etwas peinlich, weil die Mädchen versuchten, alles ins Unanständige umzudeuten, manchmal war es schon direkt zotig. Sogar Irene benahm sich dabei freier, als ich es je für möglich gehalten hätte, und gebrauchte einige Ausdrücke, von denen sie wirklich nicht wissen dürfte, was sie bedeuten; (ich habe sie gewiß seit meiner Studentenzeit nicht in den Mund genommen). – Nach dem Spielen schien es einen kleinen Zank zwischen Frou-Frou und Peter zu geben; die beiden zischelten sehr grimmig in einer Ecke (auf französisch natürlich); Peter bekam ganz stahlblaue, zornige Augen und stampfte einmal mit dem Fuß. Schließlich trat Irene zu ihnen und legte jedem einen Arm um die Schulter, während sie versöhnlich auf sie einredete. Sicher handelte es sich bei dieser ganzen albernen Affäre um die Eifersucht Frou-Frous, von der Irene mir schon erzählt hat. Das könnten ja die beiden Mädchen nun wirklich bei sich ausmachen, und ich finde es eine fast übertriebene Nettigkeit von Irene, daß sie da die Friedensstifterin spielt. – Angel-Face übrigens blieb die ganze Zeit sanft und unbeteiligt am Tisch sitzen, mit einem merkwürdig träumerischen Ausdruck auf der Stirne. Sie ist mir doch wohl die Liebste von den drei Mädchen: nicht so aufreizend schnippisch wie Frou-Frou (die freilich die hübscheste ist) und nicht so grotesk wie Peter (wenn man diese auch die originellste nennen muß.) – Es wurde noch ziemlich spät, Peter holte eine Flasche Cognac aus dem Café, und wir tranken alle ein bißchen reichlich.

Nachmittags hat übrigens Frau Johanna bei mir angerufen, daß ich sie, wenn irgend möglich, gleich besuchen sollte. Ich sagte ihr, daß ich arbeitete. Wir wollen das erst gar nicht einführen, daß ich immer gleich gesprungen komme, wenn sie Seelenschmerzen hat.

19. 6.
Heute, gestern und vorgestern nicht am Strand gewesen, der Arbeit wegen, die gut vorwärts geht. Sitze beinah den ganzen Tag im verdunkelten Zimmer. Draußen –: eine brüllende Hitze. Das Meer ist von einem so leuchtenden, tiefen und dabei harten Blau, daß es den Augen unerträglich wehe tut. Sogar der Abend bringt jetzt fast keine Kühlung.

In S. habe ich mich inzwischen so eingelebt, daß es mir vorkommt, als seien wir schon Jahre lang hier – und ich glaube, Irene geht es ebenso. Fast den ganzen Tag ist sie mit ihrem Sonnenschirmchen unterwegs (früher war sie es doch, die zu Hause blieb, und ich, der sich tummelte.) – Peter besorgt unseren kleinen Haushalt wirklich vorzüglich, immer gibt es etwas Angenehmes zu essen (täglich Melonen als Vorgericht, das ist so erfrischend) – und Irene braucht sich gar nicht darum zu kümmern. Leider stehe ich mit Berta nicht mehr so unbefangen kameradschaftlich wie zu Anfang. An mir liegt es nicht, im Gegenteil muß ich finden, daß sie ihrerseits oft recht unfreundlich, ja, zuweilen ungezogen mit mir ist. Irene, mit der ich gestern abend darüber sprach, meinte, es liegt daran, daß Peter überhaupt keine Männer mag, und deutsche Männer schon gar nicht. Da habe ich also wenig Chancen. Ich äußerte zu Irene, daß ich das eine reichlich kindische Einstellung fände, aber sie zuckte nur die Achseln. Bei der Hitze ist man freilich kaum in der Stimmung, auch noch große psychologische Unterhaltungen zu führen. – – – Sehr hübschen Schluß für das zweite Kapitel des Romans gefunden.

20. 6.
Gestern abend schlug Madame Strauss, die nach dem Tee mit ihren Windhunden zu uns herüber kam, einen gemeinsamen Ausflug nach Toulon vor; Madame Cachols und ihr Matrose, der die Hafenstadt wie seine Hosentasche kennt, sollten uns führen. Ich hatte keine Lust mitzumachen (vom Arbeiten müde); aber Irene sagte, daß es ihr Spaß machen würde – wahrscheinlich aus Höflichkeit,

doch dann mußte sie natürlich die Konsequenzen ziehen und wirklich mitfahren. Ich bedauerte nachher fast, mich ausgeschlossen zu haben; erstens, weil es so enorm lustig gewesen sein soll (man war in fünf verschiedenen Bordellen und tanzte mit allen besoffenen Matrosen; in einem machte eine Hure große Eifersuchtsscene, weil so ein Zuhälter die Augen nicht mehr von Irene lassen konnte;) – vor allem aber, weil ich dann der Visite Johannas entgangen wäre, vor der ich schon so lange Angst hatte. Sie erschien gleich nach meinem Abendessen, als ich mich eben bei der Leselampe niederlassen wollte, und blieb drei geschlagene Stunden. Wohl fand ich wieder Spuren eines vergangenen Zaubers in ihrem aufgeregten und gequälten Wesen – aber wie traurig ist das nun alles entstellt. Ich mußte dieses nervöse, abgemagerte Gesicht mit den weiten, unruhigen und schmerzvollen Augen ganz genau durchforschen, um wieder zu finden, was ich an ihm so geliebt habe, vor Jahren. Dabei sah sie gestern abend, im einfachen schwarzen Kleid, viel vorteilhafter aus als in den papageienbunten Gewändern, die sie sonst bevorzugt. Sie beklagte sich über alles: über die grausamen Zeiten, über ihren brutalen Kunstmaler, über Berta, die keinen Respekt vor ihr habe. Schließlich weinte sie sogar, so daß ich sie trösten und streicheln mußte. Es rührt mich, daß sie mir so sehr vertraut und noch so sehr mit unserer alten Freundschaft rechnet; freilich scheint sie nicht viel andere Menschen zu haben. Um Mitternacht schickte ich sie fort, es wäre mir doch peinlich gewesen, wenn Irene sie bei mir getroffen hätte. Irene kam übrigens erst um halb fünf Uhr morgens; sonst mußte sie immer schon um zehn Uhr schlafen gehen.

Heute sind Frau von Humboldt und Frau von Strobin böse miteinander, sie grüßten sich nicht, als sie sich am Strand begegneten. Ich dachte zunächst, die beiden Damen hätten einen Zwist wegen eines ausgeliehenen und beschädigt zurückgegebenen Kochtöpfchens oder wegen eines verlorengegangenen Bändchens Victor Hugo; aber nein, Frau von Strobin zürnt Frau von Humboldt, weil Frou-Frou bei dem Ausflug nach Toulon übergangen und nicht mitgenommen worden ist. Wenn man noch altmodische Begriffe hätte, könnte man es ja immerhin überraschend finden, daß eine adlige Mutter aus besten Kreisen bitter darüber gekränkt ist, wenn ihre neunzehnjährige Tochter, versehentlich oder aus Bosheit, nicht mit ins Bordell geführt wird.

22.6.
Von der armen Johanna kommen meine Gedanken gar nicht los. Sogar arbeiten kann ich kaum – so sehr ich andererseits Lust dazu hätte – so viel und traurig muß ich an sie denken. Was für ein edler und bewegter Geist sich hier selbst zerstört! Sie hätte die Lebensgefährtin eines wirklich großen Mannes werden können. Hätte ich mich damals doch nicht von ihr trennen sollen? – – – –

Qualvoll heiß draußen. Irene war beim Frühstück auffallend verstimmt, ja, tückisch mit mir. Sah sie nicht auch angegriffen aus? Sie hatte merkwürdig helle, taubengraue Schatten um die Augen. Jetzt höre ich sie freilich im Garten lachen. Ich weiß nicht, mit wem –: irgendein Besuch ist ja fast immer da. Vielleicht ist es auch einfach Peter, die vom Einkäufemachen aus dem Ort zurückgekommen ist.

23.6.
Gestern abend inscenierten Peter und Madame Strauss plötzlich noch nach elf Uhr einen allgemeinen Ausflug in «Suzy's Bar» – das ist *das* Nachtlokal von B. (In S. gibt es überhaupt gar keines, wenn man das stumpfsinnige Café de la Marine nicht rechnet.) Wir fuhren also in zwei Wagen los: die Strauss, Berta, Angel-Face, Frou-Frou, Irene, Frau Johanna – die aus ihrem Sanatorium ausgerissen war – und ich. Eigentlich kann ich solche Bumslokale nicht ausstehen, und Irene ging es früher ebenso. In Berlin pflegten wir solche Plätze streng zu vermeiden. Hier scheint sie aber doch Geschmack daran zu finden. – Das Etablissement der Madame Suzy hat ohne Frage eine gewisse Atmosphäre. Das kommt vielleicht hauptsächlich von dem elektrisch erleuchteten Fußboden, der wie ein buntes Schachbrett in Orangegelb, Rot, Dunkelblau glüht. Wahrscheinlich ist dieser Trick schon in verschiedenen Restaurants eingeführt, aber ich habe ihn hier zum ersten Mal gesehen, und so hat er mir natürlich Eindruck gemacht. – Das Publikum war auch ganz amüsant gemischt: außer uns waren fast nur Einheimische da – die flotte Jugend von B. und einige ganz hübsche kleine Frauenzimmer. Madame Suzy selbst ist eine lustige, auseinandergegangene kleine Dame, übrigens in tiefer Trauer, denn ihr Mann ist vorgestern gestorben, was sie aber nicht hindert, recht vergnügt zu tanzen und zu scherzen; (freilich ist es ja ihr Beruf). Ihre Helferin – oder vielleicht sogar Mitbesitzerin des Lokals? – scheint die krummnasige magere Person

zu sein, von der man mir erzählt, sie sei Chansonnette, trete in Marseille und Paris auf –; ich kann mir das kaum vorstellen, bei dieser Reizlosigkeit. Dabei ist der hübscheste Junge im Lokal ihr Geliebter, ein russischer Tänzer, schmal wie ein Reh, mit einem sehr klaren, klassisch geschnittenen, übrigens merkwürdig bösen Gesicht. – Als wir eintraten, gab es gleich großes Gejohle und viele Umarmungen. Madame Cachols empfing uns, die mit ihrem Matrosen da war. Der Kerl muß mindestens vierzig Jahre alt sein – und das macht das ganze Verhältnis für mich besonders unheimlich –: ein altgedienter Bulle mit rissiger Elefantenhaut. Aber die Haut von Madame wäre wahrscheinlich auch nicht viel anders, wenn sie nicht mit dieser dicken Schmink- und Puderschicht überzogen wäre. Das bröckelt und bröselt so bräunlich von ihrer Stirne und der langen Nase; dazu der hellgelbe Schopf, die wasserblauen Augen und die Männerhände – na, mich geht's ja nichts an. – Ob ich eigentlich zu viel getrunken habe? Ich fürchte, es war der erste richtige Schwips seit meiner Studentenzeit. Deshalb fiel mir wohl gar nicht so auf, daß es eigentlich ziemlich toll zugegangen ist. Irene tanzte ununterbrochen mit Peter. Nun war ja kein anderer Kavalier da, den sie hätte vorziehen können – denn ich bin wahrhaftig kein begnadeter Tänzer –, aber es machte doch einen komischen Eindruck, vor allem, weil Fräulein Peter so schiebend führt, wie ein kesser Matrose. Dazu strahlten ihre Augen so blau, daß ich das Gefühl nicht los wurde, sie könnten Löcher in das Tuch von Irenes Kleid brennen. Frou-Frou schritt hingegen an Angel-Facens Busen dahin; einmal riskierten sogar Madame Strauss und Madame Cachols einen Rumba zusammen, grotesk sah es aus. – Die arme Johanna verknallte sich in den Russenjungen; den ganzen Abend saß sie mit ihm an der Bar, und man hörte sie durchs Lokal lachen. Die Chansonnette mit dem Vogelgesicht bekam schon grüne Augen vor Zorn; muß ja auch scheußlichen Eindruck machen auf die Person. – Wie ist es eigentlich dazu gekommen, daß ich plötzlich einen kleinen Spaziergang mit Frou-Frou ans Meer unternahm? Ich glaube, sie packte mich einfach am Arm und zog mich hinaus. Dabei schwatzte sie französisch auf mich ein, erzählte mir abwechselnd von Diners bei allerlei Botschaftern in Berlin und Paris und von den Hafenbordellen in Toulon. Plötzlich wurde sie traurig, sagte, daß sie nie nach Deutschland zurück könne, daß sie heimatlos wäre, keinen Menschen habe – keinen keinen Menschen –

und so einsam sei. Ihre Verzweiflung schien ganz echt zu sein, sie klammerte sich an mich, ich hätte gar nicht gedacht, daß sie so viel Gefühl aufbringen könnte. Dann schimpfte sie furchtbar auf Berta und schmiegte sich immer inniger an mich. Als ich sie aber küssen wollte, wurde sie wütend und rannte weg. Mit diesen hysterischen Dingern kennt sich doch keine Katze aus. Von Frou-Frou will ich jetzt endgültig nichts mehr wissen, mag sie sich noch so kunstvoll schlängeln und noch so einsam sein; sie ist konfus und gefährlich. – Den Rest des Abends kümmerte ich mich nur um Angel-Face –: das ist ein zuverlässiges, sanftes und liebes Mädchen, mit dem man keine unangenehmen Überraschungen erlebt. – Mit Irene habe ich während der ganzen Soirée kaum ein Wort gesprochen. Zuletzt sah ich, daß sie, Peter und Madame Strauss zu dritt tanzten. Die Mädchen nennen sie hier alle Irène, französisch ausgesprochen. Es klingt ein bißchen affig, aber gefällt mir nicht schlecht.

24.6.
Heute morgen, als ich in die Garage kam, fand ich in alle vier Reifen des Citroën Löcher geschnitten. Berta meint, das müsse Frou-Frou getan haben. Natürlich läßt es sich nicht beweisen. Außerdem ist es mir unbegreiflich und abscheulich zu denken. Was konnte sie dahin bringen? Wen von uns haßt sie so? – – Jedenfalls fängt die ganze Weiberwirtschaft mit allen ihren Intrigen und kleinen Scandalen an, mir reichlich auf die Nerven zu gehen.

Zu arbeiten versucht, aber mit Schwierigkeiten. Nur am zweiten Kapitel herumkorrigiert. Überlege mir, ob ich die komische Scene mit der gestohlenen Wurst nicht am besten ganz weglasse. Unerklärlich gespannt mit Irene.

1.7.
Irene war die ganze Woche jeden Abend in Suzy's Bar. Ich bin nur ein einziges Mal mitgewesen. Die Atmosphäre dort wird mir immer beunruhigender. Die Zuneigung der unglücklichen Johanna für den Russenbuben scheint ernsthafter, als es zuerst den Anschein hatte – oder wenigstens bildet sich Johanna das ein. Jeden Abend sitzt sie an der Bar, entweder ganz stumm oder trällernd und schwatzend. Nun hat sich seit einigen Tagen Frou-Frou, dieses Biest, auf den Jungen gestürzt, und natürlich verfügt sie über eine viel größere Anzie-

hungskraft als die arme Johanna. Frou-Frou macht Autotouren mit dem Burschen, Johanna soll ganz zusammengebrochen sein. Ich nehme mir täglich vor, sie zu besuchen, aber ich habe die Energie nicht dazu; und, außerdem –: wie sollte ich ihr helfen?

Angel-Face sehe ich jeden Tag, sie kommt nach dem Abendessen, wenn Irene mit Pierre in der Bar ist. Wir sprechen nicht viel, höchstens summt Angel-Face mir eines von den Liedchen vor, die sie in Marseille gesungen hat. Sie hat so ein weites, friedliches Gesicht, ich fühle mich geborgen in ihrer Nähe.

Mit der albernen Peter war ich ein paar Tage lang richtig verkracht: sie machte mir eine große Scene, weil ich, um nach B. zu fahren, nicht die Autobuslinie der Madame Strauss benutzt habe, sondern die Konkurrenz. «Das tut man einfach nicht, das ist unfair!» schrie sie mir immer wieder ins Gesicht, und gab mir in ihrer lächerlichen Wut französische Schimpfnamen, die ich nicht ganz verstanden habe und nur verzeihen kann, weil ich eben Peter nicht ernst nehme. Als wenn ich Lust hätte, eine halbe Stunde in der sengenden Hitze zu stehen, nur um auf den Autobus der Madame Strauss zu warten.

Gestern ist mir übrigens eine Kleinigkeit an Peter aufgefallen, die mir, wenngleich sie zunächst harmlos scheinen mag, unheimlich, ja, sogar grauenhaft vorkam. Sie hat eine ganz verrückte Art, Treppen zu steigen, indem sie nicht, wie gewöhnliche Menschen, auf jede Stufe einen Fuß setzt, um so bequem vorwärts zu kommen, sondern auf jeder Stufe mit beiden Füßen stehen muß, dabei aber sehr eilig springt, so daß es – vor allem bei ihrer zugleich plumpen und gewandten Figur – ein recht groteskes Getrippel gibt. Zunächst dachte ich, sie mache nur Scherz, aber es ist ein Tick, eine partielle Hemmung. Das ist doch nun entschieden nicht normal. Wenn ich mich nun noch ihrer unerlaubt blauen Augen erinnere, bekomme ich wirklich beinah Angst vor Fräulein Berta. Wäre sie dazu fähig, einen Menschen so lange am Hals zu schütteln, bis er einfach erwürgt auf den Boden fällt?

3.7.
Sehr schlechte Nachrichten aus Deutschland, sowohl politische als financielle. Irene scheint sich auffallend wenig dafür zu interessieren. Vielmehr redet sie viel über einen ulkigen Zwischenfall im

Hause Strobin. Das Zimmermädchen dort hat Frou-Frous Tagebücher gelesen, die unverschlossen herumlagen und auf französisch geführt sind; (affig). Sie sollen obscönen Charakter haben. Großer Scandal: das Zimmermädchen hat schon gekündigt. – Für das Mädel eine gerechte Strafe: warum schreibt sie nicht in ihrer Muttersprache?

Irene amüsiert sich damit, Kitschpostkarten zu sammeln, von denen es in Toulon eine phantastische Auswahl gibt. Peter hilft ihr dabei und bringt ihr die erschreckendsten Stücke: Karten, auf denen das blonde Haar der fürchterlichen Damen plastisch aufgeklebt ist. Darüber können Pierre und Irène halbe Stunden lang lachen.

Furchtbar heiß. Kann nicht arbeiten. Meistens so müde.

6. 7.
Wieviel liegt Angel-Face an mir? Sie kommt jeden Tag, aber sie spricht ja so wenig. Merkt sie, daß ich oft betrübt bin, à cause d'Irène? Sie ihrerseits scheint unter dem zu leiden, was zwischen Frou-Frou und dem jungen Russen vorgeht. Heute erzählte sie mir, daß Frau Johanna ihr letztes Schmuckstück, einen Ring, verkauft hat, um dem Jungen eine Armbanduhr schenken zu können. Berta hat sich darüber moralisch entrüstet, weil der Ring ein Geschenk ihres Vaters, des Malers, gewesen ist. Es soll scheußlichen Krach zwischen ihr und Johanna gegeben haben.

Irene sieht mich jetzt oft so böse von der Seite an. Was das für ein Haß ist in ihren Augen, richtig strindbergsch! Diese Weiber machen sie ganz verrückt. Auch entwickelt sie eine so merkwürdige Selbständigkeit seit Letztem – früher mußte ich alles für sie erledigen. Noch niemals habe ich darunter gelitten, daß sie ihr eigenes Geld hat – sogar ziemlich viel Geld –: aber jetzt ist es mir plötzlich äußerst unangenehm. Heute zum Beispiel hat sie einen Tagesausflug nach Cannes unternommen, mit Berta und Madame Strauss, ohne mir vorher ein Wort zu sagen. So was tut man doch einfach nicht.

Am liebsten möchte ich weg von hier, möglichst bald. Aber wir haben das Haus ja gemietet. Außerdem hänge ich auch an Angel-Face. Ja, so ein anständiges, liebes Menschenkind, und so fest, solide im Leben verwurzelt. Das einzige zuverlässige Element ist sie hier. – Ich müßte unbedingt Frau Johanna besuchen, aber ich weiß nicht, was ich für sie tun könnte.

Vielleicht bin ich auch einfach zu alt für all das hier.

9. 7.
Großes Fest in der Villa von Madame Strauss – ich glaube, zu Ehren ihres Mannes, der aus Paris zurückgekommen ist. Aber von dem merkte man nicht viel, der Windhund spielt eine größere Rolle im Hause. – Übrigens müssen die Leute Geld haben, wirklich famos aufgemacht war alles. Das Haus von der eleganten Kahlheit, wie man sie jetzt hat, ganz ohne Bilder und mit niedrigen eckigen Möbeln. Champagner, so viel man wollte. Am schönsten war es auf dem Dachgarten droben, mit dem Blick bis zum Meer, und hinauf zu diesen ungeheueren Sternen. Und wie warm die Nacht war. – – –
Diese Madame Strauss ist entschieden eine Persönlichkeit, wenn sie mir auch keineswegs sympathisch ist. Eine schmissige und imposante Art hat sie, alles in die Hand zu nehmen, zu organisieren. Sicher ist *sie* letzten Endes der Spiritus Rector dieses Ortes und stiftet alles an, was hier an Gutem oder Schlimmem geschieht. – Peter fühlte sich so sehr als der Page der ganzen Gesellschaft, daß sie sogar zu mir liebenswürdig war. Als die Galanterie in Person eilte sie, stramm und beflügelt, von Dame zu Dame. Irene – die rührend schön aussah in ihrem elfenbeinblassen Abendkleid – nahm mich einmal beiseite, um mich zu fragen, ob Berta (sie sagte «Berta») nicht aussehe wie aus einer Tonfilmoperette, wo ein junges Mädchen, in irgendeine Intrige verwickelt, sich als Leutnant verkleide, um so allen Damen der Garnison den Hof zu machen. Ich wunderte mich über diese Äußerung von Irene, mit der sie Peter auf eine sehr kalte und grausame Art vor mir preisgab. – Schrecklich war es zu beobachten, wie Johanna litt, wenn Frou-Frou – immer das infam lüsterne und süffisante Lächeln um die halbgeöffneten Lippen – mit dem Russenjungen tanzte. Zu Anfang des Abends beherrschte sich die arme Johanna, tat, als merke sie nichts und erzählte irgendwelchen Leuten irgendwelche Anekdoten in einer Ecke, wozu man sie schrill und krampfhaft lachen hören konnte. (Ich fürchte aber, daß es immer dieselbe Anekdote war; wenn ich vorbeikam, schlugen stets dieselben Pointen wie ein trauriger Refrain an mein Ohr.) – Später gab sie diese unnatürliche und für jedermann quälende Haltung auf, saß nur noch da und starrte dem Jungen nach – mit dem sie übrigens im Laufe des Abends auch zweimal tanzen durfte, nicht mehr als zweimal, ich habe aufgepaßt. Der arme Bursche hatte überhaupt viel zu tun, denn er mußte auch Frau von Strobin und Frau

von Humboldt schwenken. Er bekam schon ein beunruhigend bleiches, überanstrengtes und verbissenes Gesicht, mit einer hektischen Röte auf den Wangenknochen. – Der Matrose von Madame Cachols, dieses faule Stück, dachte natürlich gar nicht daran zu tanzen. Er saß nur so da, mit mächtig auseinandergespreizten Knien, und sah allem zu, ohne sich je zu rühren. Manchmal trat Madame Cachols zu ihm hin, um ihm etwas zu essen oder ein Glas Wein zu geben. Dann hob er ganz langsam die Hand, um es anzunehmen – so als wenn ihm das schon zu viel Mühe wäre –, und Madame strich ihm mit einer ganz sonderbar mütterlichen Bewegung über das Haar.

Das Schönste an dem Fest war die Viertelstunde, als ich mit Angel-Face zusammen die Sterne anschaute. Seit dem ersten Heidelberger Semester war ich so romantisch nicht mehr – aber ich schäme mich nicht dieser Gefühle. Einige Minuten lang war ich dem Mädchen wirklich ganz nahe, ja, ich wußte alles von ihr, ihr ganzes Leben lag in einer so schönen Klarheit vor mir ausgebreitet. Heiraten wird sie, und Kinder kriegen, und dabei immer etwas traurig sein. – Später sang Angel-Face noch, ihre Mutter begleitete sie am Flügel. Eigentlich war es wohl eine recht mißglückte kleine Darbietung, mich aber hat es angenehm ergriffen. Sie stand so feierlich da, Brigitte von Humboldt, das Gelock um ihr großes, konzentriertes Gesicht sah aus wie geschnitzt. Und dann –: diese kleine Stimme aus dieser gewaltigen Brust. – Was sich sonst auf der Soirée noch zugetragen hat, habe ich ziemlich vergessen – oder vielleicht: mir kommt vor, als wenn ich es nur hinter Nebeln mitangesehen hätte. Ich erinnere mich, daß ich furchtbar lachen mußte, weil Frau von Humboldt und Frau von Strobin miteinander tanzten; daß der Matrose Champagner aus der Flasche soff und daß Peter in ihrer unheimlichen Art Trepp-auf und Trepp-ab sprang. Es soll noch zu einem peinlichen Auftritt zwischen Frou-Frou und Frau Johanna gekommen sein, aber da war ich wohl nicht mehr da. Trotzdem kommt es mir vor, als hätte ich Frau Johanna den ganzen Abend nur von Tränen geschüttelt gesehen.

Ich ging fort mit Irene und Peter. Beide waren so nett zu mir, wie noch nie. Zusammen noch ein wenig durch den schlafenden Ort spaziert, Peter in uns beide eingehängt, ununterbrochen singend und schwatzend. Zu meinem Entsetzen stieg sie durch ein Fenster, das angelehnt geblieben war, in die Küche eines kleinen Gasthauses ein (hoffentlich kannte sie wenigstens die Besitzer) – und holte Brot, Orangen und Käse aus allen Schubladen. Wie eine Irrsinnige sprang sie in dieser dunklen, fremden Küche umher, immer französisch trällernd und summend, wobei sie die Eßwaren im Triumphe schwang. Sie hatte etwas großartig Wildes und Fürchterliches in diesem Moment, von einer toll gewordenen Bäuerin etwas. Eine so barbarische Frau habe ich noch niemals gesehen. – Übrigens waren Brot und Käse vertrocknet und fast ungenießbar.

Nachher noch lange an Irenens Bett gesessen. Plötzlich wieder ganz nüchtern. Sie schlief sofort ein, aber ich wollte meine Augen nicht von ihrem Gesichte trennen. Es kam mir so fremd, so geheimnisvoll vor. Schliefst du auch wirklich, Irene, oder hast du dich nur verstellt? So alleine war ich noch niemals an deiner Seite. Dein strenges und empfindliches Profil – – Irene, wir sind doch jetzt schon beinahe acht Jahre verheiratet. Du hättest damals das Kind doch bekommen sollen, Irene. Aber du warst ja immer so zart.

10.7.
Irene hat einen Tagesausflug gemacht, wieder ohne mir ein Wort vorher zu sagen. Das wußte sie doch also gestern schon, als ich so lang an ihrem Bette saß. – Wollte Angel-Face zum Spazierengehen abholen, aber das Mädchen sagte mir, Fräulein von Humboldt sei nach Marseille gefahren. Diese ewigen kleinen Vergnügungsausflüge haben ja wirklich etwas Kindisches. – Versucht zu arbeiten, und es ging besser, als ich hoffen durfte. Das Buch muß fertig werden – reiche auch nicht mit dem Geld. Ganz geschickten Brief an den Verleger geschrieben. – Abends ist Angel-Face noch nicht zurück; was das Kind nur wieder anstellen mag? – – Auch Irene noch nicht wieder da.

11.7.
Beide Nachrichten kamen fast auf die Minute gleichzeitig. Auf dem Frühstückstisch fand ich den Brief von Irene aus Genua, daß sie sich heute früh mit Berta nach Südamerika einschiffe und zunächst nicht wiederkomme. Während ich den ziemlich kurzen Brief zu Ende las, stürzte Frou-Frou ins Zimmer und erzählte mir, daß Angel-Face

sich gestern abend in Marseille erschossen hat. Sie hat keinen Brief hinterlassen, man weiß keinen Grund. Frou-Frou weinte nicht, vielmehr hatte sie merkwürdig trockene, glänzende Augen. Sie hatte sich zu schminken vergessen. Ich habe noch nie so weiße Lippen gesehen.

Ich wage kaum ein Wort über das aufzuschreiben, was ich empfinde; ändern kann es ja nun doch nichts mehr. Vielleicht empfinde ich auch gar nichts, bin nur betäubt. Es sind wohl zwei zu unbarmherzige Schläge vor den Kopf. Wenn ich mir vorstelle, daß ich vorgestern abend mit Angel-Face zu den Sternen geschaut habe, und daß sie vierundzwanzig Stunden später – –; wenn ich daran denke, daß ich an Irenes Bett gesessen bin, zwölf Stunden ehe sie mich verließ – «wahrscheinlich für immer», wie sie schreibt –: was für ein würgendes Grauen erfaßt mich da, vor der absurden Zusammenhangslosigkeit unserer Schicksale –. – – – Den ganzen Tag vor meinem Schreibtisch gesessen, ohne einen Finger zu rühren. Wie Irene ohne mich auskommen wird? Ich war doch der Mann und habe immer alles erledigt, mit dem Gepäck und so. Aber freilich, sie hat ja Peter. – Ob sie mich die ganzen letzten Jahre schon nicht mehr geliebt hat? Oder hat dieser verdammte Ort das alles angerichtet? – –

Abends zu Suzy's Bar gegangen, ganz mechanisch, weiß selbst nicht warum. War ziemlich leer dort, auch das Leuchtparkett erloschen, ganz schwarz. Vogelgesicht – Chansonette setzte sich an meinen Tisch und weinte. Der Russenjunge ist mit Frou-Frou nach Paris gefahren. Die arme Person erzählte mir, er sei lungenkrank und werde bestimmt sterben, wenn man nicht auf ihn achtgebe. Sie hat seit drei Jahren alles für ihn gezahlt, jedes Hemd und jeden Cocktail. Jetzt hat ihn ihr Frou-Frou weggenommen. Das wäre nicht das Schlimmste – sagte sie, und weinte dabei – aber sie sorgt sich so, wegen seiner Gesundheit.

Zu Fuß nach Hause gegangen. Das Meer ganz schwarz. Am Sanatorium «Mon Repos» vorbeigekommen, das als fahle Gespensterburg über dem Schwarzen lag; aber beinahe nicht an Johanna denken können. Vielleicht habe ich ihr gegenüber am meisten versäumt. Wenn wir aber beginnen wollten, unsere Versäumnisse aufzuzählen, müßte die Liste wohl unendlich werden.

Will morgen abreisen. Hoffe, daß ich mit dem Geld auskomme.

Wie lange bin ich nicht mehr alleine gereist? Alles so umständlich, mit dem Gepäck-Aufgeben und so.

Ob es für Angel-Face wirklich keinen anderen Ausweg gegeben hätte? So was tut man doch nicht aus Scherz. Aber der Tod scheint hier nicht schwerer zu wiegen als die Liebe.

Wie kommt Irene gerade auf Südamerika? Irène – pourquoi, pourquoi? La solitude, Irene – est-ce que tu connais ce mot? – – – – Ach Unsinn, ich kann kein französisch.

Nachwort

«Unser bewußtes Leben begann in einer Zeit beklemmender Ungewißheit. Da um uns herum alles barst und schwankte, woran hätten wir uns halten, nach welchem Gesetz uns orientieren sollen? Die Zivilisation, deren Bekanntschaft wir in den zwanziger Jahren machten, schien ohne Balance, ohne Ziel, ohne Lebenswillen, reif zum Ruin, bereit zum Untergang. Ja, wir waren früh vertraut mit apokalyptischen Stimmungen, erfahren in mancherlei Exzessen und Abenteuern.»[1]

Mit diesen Sätzen charakterisiert Klaus Mann rückblickend in seiner Autobiographie das eigene Lebensgefühl während der ersten deutschen Republik. Er beschreibt die zwanziger Jahre als Zeit einer tiefen moralisch-sozialen Krise. So lebensfroh und toll sich diese Epoche an der Oberfläche gebärdete, so wenig bot sie den Menschen einen wirklichen Halt. Die Reaktion seiner eigenen Generation schilderte Klaus Mann als verzweifelte Suche nach neuen Orientierungen, nach einem Lebenssinn.

Diese «Suche nach einem Weg»[2] ist auch das beherrschende Thema der frühen Erzählungen Klaus Manns, die mit dem vorliegenden Band erstmals in einer vollständigen Sammlung erscheinen. Die meisten Figuren in diesen Prosatexten sind Suchende, sind Einsame. Sie werden getrieben von einer Sehnsucht nach Sinn und nach Glück, schwanken zwischen Lebensgier und Melancholie, Abenteuer und Verzweiflung.

Schon in der Erzählung «Die Jungen», die er als Fünfzehnjähriger entwarf[3], zeichnet Klaus Mann das Bild einer neuen Generation, die sich an einer Zeitenwende fühlt und von tragischer Ratlosigkeit ergriffen ist. «Wir sind zu zerrissen und zu traurig, um Gegenpol und Ruhehafen irgendwo zu finden», läßt der Autor einen der Jugendlichen ausrufen. «Der eine von uns wird wahnsinnig, der andere begeht Selbstmord, der dritte wird Lustjunge, der vierte ergibt sich der Anthroposophie. Ich – möchte es – wirklich wissen, – wo unsere – Lebensberechtigung – liegt.»

Auch das zweite große Thema von Klaus Manns literarischem Frühwerk wird bereits in «Die Jungen» deutlich: die Auseinandersetzung mit der Generation der Eltern, mit deren Werten und Lebensweise. Er fände in den «Jungen» vor allem ein «destruktives, verneinendes Pathos» wieder, hat Klaus Mann später bekannt, und eine starke Vitalität mit noch unklaren Zielen.[4] Die Negation galt der Welt der Väter.

Aber es war eine Abgrenzung voller Ambivalenzen. In den «Jungen» spricht der Schüler Adolf mit neidischer Bewunderung von Haralds Vater, einem hohen Offizier, der «dem Leben dient und dem menschlichen Staate». Harald, eine Figur mit autobiographischen Zügen, kann dem wohlgeordneten Dasein des eigenen Vaters nur die vage Absicht entgegensetzen, in die Welt hinauszugehen und nach künstlerischem Ausdruck zu suchen. «Dein Vater würde das liederlich nennen», kommentiert Adolf; und in Haralds Erwiderung wird dem Generationen-Konflikt eine religiöse Weihe verliehen: «Gott wird entscheiden, wer von uns beiden recht hatte – er oder ich.»

In der Erzählung «Der Vater lacht» gibt es eine ähnliche Konstellation, aber mit anderem Ausgang. Der Vater ist auch hier ein auf Pflichterfüllung bedachter, wohlsituierter Mann; von Ministerialrat Hoffmann heißt es: «Fernab lag das Abenteuer, weit weg war der Rausch. Stattlich legte er Tag für Tag hinter sich.» Die Tochter Kunigunde führt ein unstetes, bohemehaftes intellektuelles Leben, das den väterlichen Prinzipien völlig entgegensteht. Der Kampf der beiden Generationen kulminiert jedoch in dieser Erzählung unvermutet in einer erotischen Annäherung von Vater und Tochter, einem wilden Inzest. Anstelle des Gegensatzes («er oder ich») wird das Bild einer möglichen Vereinigung entworfen.

Als «Die Jungen» und «Der Vater lacht» erstmals 1925 in dem Band «Vor dem Leben» erschienen, war ihr Verfasser gerade achtzehn Jahre alt. Der väterliche Ruhm hat dem ältesten Sohn Thomas Manns den Weg in die Öffentlichkeit ohne Zweifel erleichtert. Aber dies war ein «problematisches Glück»[5], betonte Klaus Mann, denn unvoreingenommene Leser gab es für den jungen Schriftsteller kaum. «Nicht nur der Gehässige, auch der freundlich Gesinnte konstruiert zwischen dem, was ich schreibe, und dem väterlichen Werk instinktiv den Zusammenhang. Man beurteilt mich *als den Sohn*.»[6]

Vieles in Biographie und Werk gerade des jungen Klaus Mann läßt sich durch den Gegensatz zu seinem Vater deuten. Während Thomas Mann in seiner Münchner Villa mit beamtenartiger Disziplin Weltliteratur produzierte – 1924 erschien «der Zauberberg», 1926 wurden die «Joseph»-Romane begonnen –, wählte der Sohn ein ruheloses, exzessives Leben. Klaus hat später selbst darüber berichtet, wie er sich als junger Autor gegen die Geistesleistung des eigenen Vaters zu behaupten versuchte. «Deshalb liebte ich es, das Katholische vor dem Protestantischen zu betonen; das Pathetische vor dem Ironischen; das Plastische vor dem Musikalischen (...). Das Extravagante, Exzentrische, Anrüchige gegen das maßvoll Gehaltene; das irrational Trunkene gegen das von der Vernunft Gebändigte und Beherrschte.» Und er fügte hinzu: «Während ich diese Gegensätze konstruierte und auch tatsächlich erlebte, war mir natürlich am Beifall keines Menschen wie an seinem gelegen.»[7]

Thomas Mann beobachtete die literarischen Gehversuche des Sohnes mit Skepsis. 1925 veröffentlichte er die Novelle «Unordnung und frühes Leid», in der unschwer erkennbar die eigene Familie – im Inflationsjahr 1923 – literarisch porträtiert ist. Klaus Mann konnte sich darin wiederfinden in Gestalt des siebzehnjährigen Bert, der «sich so bald wie möglich ins Leben zu werfen wünscht und entweder Tänzer oder Kabarett-Rezitator oder aber Kellner werden will». Über Bert sinniert dessen Vater, der Professor Cornelius: «mein armer Bert, der nichts weiß und nichts kann und nur daran denkt, den Hanswursten zu spielen, obgleich er gewiß nicht einmal dazu Talent hat!»[8] Das waren deutliche Worte, auch wenn sie durch einen ironischen Kontext in der Erzählung relativiert werden. In einem Brief an seine Schwester Erika beklagte sich Klaus Mann bitter über das «Novellenverbrechen» des Vaters, das ihm sehr schade.[9]

Im folgenden Jahr veröffentlichte Klaus Mann seine «Kindernovelle», die zur bekanntesten seiner frühen Erzählungen werden sollte. Man kann sie als eine Antwort auf «Unordnung und frühes Leid» lesen: Klaus entwirft seinerseits ein literarisches Bild der eigenen Kindheit – und in dieser Fiktion ist der Vater gestorben, nur seine Totenmaske hängt über dem Bett der Mutter.[10] Die Witwe verliebt sich in einen jungen Mann namens Till, der sich mit ihren Kindern aufs Engste befreundet, schließlich alle deren Spiele kennt und mitmacht; im Traum erscheint er ihr als ein wahrer «Herzog der

Kinder». Eine Vaterfigur wie Till war unverkennbar ein Wunschbild Klaus Manns.

«Aber daß Dir die ‹Kindernovelle› gefällt, ist schön – sie scheint überhaupt viele Freunde zu finden», schrieb Klaus Mann am 27. Oktober 1926 an den befreundeten Kollegen Erich Ebermayer. «Die eigentliche Liebesgeschichte nennt man mir allgemein als den schwächeren Teil, aber ich hänge an ihr, und ich liebe halt Till.»[11] Die Erzählung gehört nach dem Urteil vieler Kritiker zu den am meisten geglückten Arbeiten des Schriftstellers Klaus Mann. Hermann Kesten entdeckte in ihr einen «fragilen Zauber frühreifer Talente», vergleichbar dem frühen Hofmannsthal und dem jungen Friedrich Schiller, und empfand die Darstellung der Kinderwelt als «reine Poesie».[12] Selbst Thomas Mann gab zu, er habe die Erzählung «ohne Pause» gelesen und dabei immerhin «recht lachen können».[13]

Die «Kindernovelle» zeigt besonders deutlich eine Eigenheit, die Klaus Manns Prosa durchgängig aufweist: eine enge Verquickung von Biographie und Werk, das freizügige Einarbeiten autobiographischen Materials in die literarische Fiktion. Dabei geht es dem Autor nicht um kenntliche Abbildung von realen Personen oder Ereignissen. Vielmehr werden persönliche Erfahrungen in literarischen Figuren oder Szenerien verdichtet, unbekümmert um die Relation zum Vorbild aus der Wirklichkeit. In die «Kindernovelle» sind Erlebnisse aus dem Landhaus der Familie Mann in Bad Tölz eingeflossen. Renate, Heiner, Fridolin und Lieschen ähneln Erika, Klaus, Golo und Monika Mann. Doch die Totenmaske des Vaters in der Novelle trägt eher die äußeren Züge Frank Wedekinds, und die geistige Physiognomie des Verstorbenen erinnert an Friedrich Nietzsche. Für die Figur des Till ließ sich der Autor von der Person des französischen Dichters René Crevel inspirieren, dem die Erzählung auch gewidmet ist; zugleich kann man in Till Ansätze eines Selbstporträts Klaus Manns erkennen.

Die vertraute Realität liefert das Material, aus dem sich der Schriftsteller Klaus Mann nach Gutdünken bedient. Im Falle des «Mephisto»-Romans hat diese Verfahrensweise später bekanntlich zum Eklat geführt: das Buch wurde als Schlüsselroman mißverstanden, dem Autor die bewußte Verunglimpfung einer lebenden Person vorgeworfen. Auch eine der frühen Erzählungen Klaus Manns provozierte einen Streit, weil sich ein Leser darin in beleidigender Weise abgebildet fand. Der Pädagoge Paul Geheeb, der Klaus Mann 1922/23 an der Odenwaldschule unterrichtet hatte, schrieb am 30. April 1925 an Thomas Mann: «Klaus hat mir in diesen Tagen sein Buch ‹Vor dem Leben› zugesandt, das u. a. eine kleine Skizze, betitelt ‹Der Alte› enthält, die, in ihrer Wirkung auf den Leser, von Anfang bis zu Ende auf eine große, gemeine Verleumdung meiner Persönlichkeit hinausläuft.» Der Vater verteidigte den Sohn, Klaus habe «eben nur geglaubt, starke Eindrücke der Wirklichkeit mit Erfundenem dichterisch vermischen zu dürfen, ohne sich über die menschlichen Gefahren solchen Tuns klar zu sein».[14] Klaus Mann selbst schrieb an Geheeb, verletzt und betrübt: «Ich habe eine Nacht-, Traum- und Spukphantasie veröffentlicht, die viele zudem für eine meiner besten Arbeiten halten, und in dieser Phantasie, die, wie alles was man schreibt, Maske, Hülle, Form für eigene Einsamkeit ist, kommt Ihr Bart, Ihr Blick, Ihr Mienenspiel vor. Weil dieser einsame Traumsatyr Dinge tut, die Sie *nicht* tun, halten Sie diese Skizze für ‹gemein› und ‹verleumderisch› – und schreiben dies nicht einmal mir, sondern meinem Vater, den Sie nicht kennen.»[15] Mit Geheeb allerdings gab es bald eine Aussöhnung; bis in die Jahre nach dem Zweiten Weltkrieg reicht eine wenn auch sporadische Korrespondenz zwischen dem Lehrer und seinem einstigen Schüler.[16]

Der Band «Vor dem Leben» fand bei der zeitgenössischen Kritik zwar Beachtung, doch keineswegs nur Beifall.[17] Auch mit dem noch im selben Jahr 1925 veröffentlichten Roman «Der fromme Tanz» und seinen ersten Theaterstücken «Anja und Esther» (1925) und «Revue zu Vieren» (1926) machte Klaus Mann Furore, wurde aber zugleich zum Opfer heftiger Polemiken. Man warf ihm vor, daß er epigonal schreibe, nur weltanschauliche Verwirrung zu künden habe und den berühmten Namen seines Vaters mißbrauche. Kurt Tucholsky mokierte sich in der «Weltbühne» über das niedrige Niveau Klaus Manns, «der von Beruf jung ist und von dem gewiß in einer ernsthaften Buchkritik nicht die Rede sein soll».[18] Axel Eggebrecht kanzelte in der «Literarischen Welt» Klaus und seine Literatenfreunde gar ab als «gesicherte, in spielerischer Scheinproblematik verlorene Knaben», deren «Überbetonung somatischer und sexueller Komplexe» aus einer Scheu «vor Klarheit, Verantwortung, vor Einsicht» entstanden sei. Diese arrogante «Pseudojugend» solle sich doch bitte weniger geschäftig der literarischen Öffentlichkeit aufdrängen, solange ihr Programm weiter nichts sei, als der eigenen «Verwirrung» und «Ohnmacht» Ausdruck zu verleihen.[19]

Liest man heute die aus den Jahren 1924/25 stammenden Erzählungen, zeigt sich deutlich, daß der Schriftsteller Klaus Mann auch in den literarischen Formen noch auf der Suche nach seinem Weg war. Diese ersten Prosaarbeiten sind geprägt von höchst verschiedenartigen Einflüssen und Vorbildern. Am stärksten ist eine Nähe erkennbar zu Strömungen wie dem französischen Symbolismus und der Neuromantik: Gefühlsbetontheit und Schönheitskult, den Glauben an einen hintergründigen Zusammenhang alles Seienden, das Bemühen um Musikalität der Sprache scheint Klaus Mann von dort übernommen zu haben. Daß dem jungen Autor dabei manche Bilder verunglückten (wie etwa: «zu Häupten der Stufen», oder: «seine Hände hingen wohlmeinend aus den Manschetten»), gehört mit zu den forcierten Anfängen seiner literarischen Produktion.

Selbstironisch hat Klaus Mann später in der Autobiographie diese Zeit so charakterisiert: «Es drängte mich, der Welt ausführlich Mitteilung zu machen von all dem Schweren und Schönen, das mir widerfahren war und täglich widerfuhr; mein Ehrgeiz war es, die Wirrnisse und Seligkeiten eines jungen Lebens, ja die Unruhe einer ganzen Generation erzählerisch zu gestalten. Das Leben, wie ich es damals kannte und verstand, war vor allem dies: schweifende Unrast, Suchen, unstillbare Sehnsucht des Herzens, kurzes sinnliches Glück. Eine Jugend, die über moralische Vorurteile ebenso erhaben ist wie über soziale Bindungen und politische Dogmen, genießt und erleidet das irdische Dasein als ein farbig bewegtes Mysterium, das seine Rechtfertigung, seinen Sinn in sich selber trägt: ‹Verstehen› läßt es sich nicht, sondern will eben nur durchlitten und genossen sein.»[20]

Verglichen mit den allerersten Erzählungen wirken die Texte aus dem Band «Abenteuer», der 1929 erschien, und aus den folgenden Jahren deutlich gereift. Sie sind im Stil lakonischer, zeugen sichtlich von mehr Welterfahrung und -anschauung ihres Autors. Seine Figuren gewinnen an sozialem Profil. Mit der Geschichte vom «Leben der Suzanne Cobière» gelingt Klaus Mann zugleich eine aufschlußreiche Selbstkritik, indem er die Fragwürdigkeit einer hektischen Boheme-Betriebsamkeit darstellt. «Sie fühlte, da sie zum Bewußtsein kam, nichts als Leere um sich herum», heißt es über Suzanne Cobière, kurz bevor sie Paris verläßt. Und als Suzanne einige Zeit später, nach einem New Yorker Intermezzo, auf Tahiti ankommt, legt ihr der Autor eine scharfe Kritik am Leben in den westlichen Metropolen in den Mund: «Ich hasse die weiße Menschheit!! Habe ich nicht alles, was sie bietet, ausgekostet? Wer kann behaupten, daß er sie besser kennte als ich? Ich bin zu der felsenfesten Überzeugung gekommen, daß nirgends und nie auf der Welt lügenhafter, leerer, langweiliger, armseliger, inhaltsloser und grausamer gelebt wurde als bei euch, in eueren großen Städten!»

Erstmals kommen mit dem «Abenteuer»-Band auch direkt politische Positionen in Klaus Manns Erzählungen zu Wort. Jak, eine der beiden Titelfiguren in «Abenteuer des Brautpaars», ist ein junger Kommunist, allerdings ein pierrothafter Außenseiter in seiner Partei, der die Genossen sogar um ihr gesammeltes Geld betrügt. Jak und seine Geliebte Gert sind gleichermaßen Suchende, Einsame. «Sie waren beide die entflohenen Kinder einer verfluchten Bourgeoisie: er war ins Proletarische, sie ins zweifelhaft Mondäne geflohen. Aber sie wußten sich beide in dem Milieu ihrer Wahl nicht so ganz sicher. So schwankten sie zwischen Extremen.» Die Sphäre politischer Aktivitäten, soweit sie in der Erzählung ins Bild kommt, wirkt doch sehr von außen beschrieben; und sie bietet Jak letztlich gar keinen Halt. Am Ende bleibt für die beiden Protagonisten nur eine verzweifelte Hoffnung auf die gegenseitige Liebe. «So spürten sie wenigstens ihre Körper, wußten sie auch sonst nicht, wo aus und wo ein.»

Diese Wendung am Schluß kann man mit einigem Recht kritisieren als Rückkehr des Autors zu einer «vagen lebensphilosophischen Substanz», wie sie schon die Harald-Figur in der Erzählung «Die Jungen» verkörperte.[21] Aber im Zerrissensein Jaks zwischen der politischen Pflicht und dem individuellen Abenteuer klingt ein Widerspruch an, der für Klaus Manns künftige Entwicklung zentrale Bedeutung bekam. Ein Roman wie «Flucht in den Norden» (1934), bereits im von den Nazis erzwungenen Exil geschrieben und veröffentlicht, hat dann diesen Widerspruch zum Thema, übrigens mit anderem Ausgang.

Der vorliegende Band enthält auch zwei Erstveröffentlichungen: die Erzählungen «Schauspieler in der Villa» und «Schmerz eines Sommers», die an den Schluß des Buches gestellt wurden. Die «Schauspieler»-Novelle bringt noch einmal eine Variation des Themas Vater-Sohn-Konflikt, diesmal als Konfrontation von «Kaufmannspack» und «Künstlervölkchen». Sie läßt sich – mit einigem Vergnügen – als eine erneute Antwort auf Thomas Manns «Unordnung und frühes Leid» lesen, wobei es Klaus wiederum nicht um ein detailgetreues Porträt seiner Familie ging. Ob Thomas Mann die für ihn wenig schmeichelhafte Geschichte des Trikotagenfabrikanten Konstantin zur Kenntnis genommen hat, ist ungewiß. Offenbar hat Klaus selbst nur zögerlich eine Publikation der Novelle versucht; in seinem Tagebuch gibt es Ende 1932 den etwas trotzigen Eintrag: «‹Schauspieler i. d. Villa› kurz entschlossen an die ‹Bühne› geschickt. – Zeit vertan, und ich hasse es so, daß es mir Übelkeit macht.»[22] Zu einer Veröffentlichung kam es damals nicht.

«Schauspieler in der Villa» und «Schmerz eines Sommers» enthalten zugleich (wie schon die «Cobière»-Erzählung) ein durchaus kritisches Bild der Boheme-Welt, zu der Klaus Mann selbst seit seinen literarischen Anfängen gehörte. Die Oberflächlichkeit und Leere im rastlosen Leben der dargestellten Künstler und Möchtegern-Künstler wird in beiden Erzählungen offenkundig. In «Schmerz eines Sommers» ist diese Kritik in einer reizvollen Brechung formuliert: durch die Form des Tagebuchs, geschrieben aus der eher larmoyanten Sicht eines 46jährigen, alternden Schriftstellers. Dieses fiktive Ich beschreibt mit einer sehr bürgerlichen Mischung von Befremden und Faszination das Treiben in den Salons und Bars der französischen Riviera. «Schmerz eines Sommers», Anfang 1932 entstanden, zeigt nicht zuletzt, daß Klaus Mann inzwischen seine erzählerischen Mittel ungleich souveräner beherrschte als einige Jahre zuvor.

Weltanschaulich dagegen war er noch immer ein Suchender. Erst die Auseinandersetzung mit dem Faschismus, die Klaus Mann ab März 1933 aus dem Exil führte, sollte seinem Denken und Schreiben eine klare Perspektive geben. Noch 1931 aber veröffentlichte er in einem Berliner Verlag eine umfangreiche Sammlung seiner Essays und wählte für das Buch den Titel: «Auf der Suche nach einem Weg». Im Nachwort schrieb er, als Bekenntnis und Programm:

«Was bleibt zu tun, was lohnt sich? Ununterbrochene Bemühung des Aufnehmens, des Wählens, Einordnens und Verwertens. Unterwegs sein, diese Welt kennenlernen, von der wir mit unverständigem Anspruch verlangen, daß sie auch uns kenne. In Bewegung bleiben, auch wenn wir noch nicht genau wissen, wohin es geht.»[23]

Uwe Naumann

Anmerkungen

1 Klaus Mann: Der Wendepunkt. Ein Lebensbericht. München 1981, S. 137.
2 «Auf der Suche nach einem Weg» hieß eine umfangreiche Aufsatzsammlung des jungen Klaus Mann, erschienen im Transmare Verlag, Berlin 1931.
3 Laut editorischer Anmerkung von Martin Gregor-Dellin, in: Klaus Mann, Abenteuer des Brautpaars, München ²1982, S. 279.
4 Klaus Mann: Kind dieser Zeit. Reinbek ²1982, S. 128.
5 Klaus Mann: Mein Vater. Zu seinem 50. Geburtstag. In: Klaus Mann, Woher wir kommen und wohin wir müssen, München 1980, S. 21.
6 Kind dieser Zeit, a. a. O., S. 195.
7 Ebd., S. 180.
8 Thomas Mann: Sämtliche Erzählungen. Frankfurt 1972, S. 491, 511.
9 Zitiert nach Fredric Kroll (Hg.): Klaus-Mann-Schriftenreihe Band 2, 1906–1927, Unordnung und früher Ruhm, Wiesbaden 1977, S. 122.
10 Die Vision, daß der Vater stirbt, hat Klaus Mann in seinen Träumen häufig erlebt, wie in seinen jüngst veröffentlichten Tagebüchern dokumentiert ist. Vgl. Klaus Mann: Tagebücher 1931 bis 1933, München 1989, S. 41, 68, 109.
11 Klaus Mann: Briefe. Hg. von Friedrich Albrecht. Berlin und Weimar 1988, S. 34.
12 Nachwort, in: Klaus Mann, Kindernovelle, München 1964, hier S. 126f.
13 Brief an Erika Mann, 17. Oktober 1926. In: Thomas Mann, Briefe 1889–1936, Frankfurt 1961, S. 259.
14 Die Briefe Geheebs und Thomas Manns werden zitiert nach Martin Gregor-Dellin, Nachwort, in: Klaus Mann, Abenteuer des Brautpaars, a. a. O., S. 272.

15 Klaus Mann: Briefe und Antworten. 1922–1949. München 1987, S. 20.
16 Vgl. ebenda S. 193, 352f., 548, 579.
17 Vgl. Fredric Kroll, a.a.O., S. 120–124.
18 Kurt Tucholsky: Gesammelte Werke, Band 6: 1928. Reinbek 1975, S. 57.
19 «Die literarische Welt», 26. August 1927, S. 6, und 16. September 1927, S. 8.
20 Der Wendepunkt, a.a.O., S. 185.
21 So Friedrich Albrecht in seinem Nachwort zu Klaus Mann, Letztes Gespräch, Erzählungen, Berlin und Weimar 1986, S. 366. – Albrechts Nachwort enthält die bislang überzeugendste Untersuchung von Klaus Manns Erzählungen.
22 Tagebücher 1931 bis 1933, a.a.O., S. 86. Datiert: 24. Oktober 1932.
23 Auf der Suche nach einem Weg, a.a.O., S. 380f.

Editorische Bemerkungen

Die Gotteslästerin. Erstdruck in der Schülerzeitung des Wilhelmsgymnasiums München im Herbst 1919. Nachgedruckt in: Der Zwiebelfisch, 22. Jg., Heft 8, 1929, S. 288–289.

Vor dem Leben. Erstdruck in: Acht-Uhr-Abendblatt, Berlin, 5. August 1924, S. 5–6.

Die Jungen. Erstausgabe in: Klaus Mann, Vor dem Leben, Gebrüder Enoch Verlag, Hamburg 1925, S. 7–47. – Der Band «Vor dem Leben» erschien mit der Widmung «Dieses Buch ist meiner Schwester Erika gewidmet».

Nachmittag im Schloß. Erstdruck in: Vossische Zeitung, Berlin, 3. Mai 1924, Morgen-Ausgabe, S. 2.

Gimietto. Erstdruck in: Vossische Zeitung, Berlin, 18. Dezember 1924, Abend-Ausgabe, S. 2.

Traum des verlorenen Sohnes von der Heimkehr. Erstdruck in: Vossische Zeitung, Berlin, 17. März 1925, Das Unterhaltungsblatt, S. 1.

Der Vater lacht. Erstausgabe in: Vor dem Leben, a. a. O., S. 49–92.

Sonja. Erstausgabe in: Vor dem Leben, a. a. O., S. 93–117.

Ludwig Zoffcke. Erstausgabe in: Vor dem Leben, a. a. O., S. 119–136.

Der Alte. Erstausgabe in: Vor dem Leben, a. a. O., S. 137–142.

Maskenscherz. Erstausgabe in: Vor dem Leben, a. a. O., S. 143–147.

Märchen. Erstausgabe in: Vor dem Leben, a. a. O., S. 149–159.

Kaspar-Hauser-Legenden. Erstausgabe in: Vor dem Leben, a. a. O., S. 161–194.

Kindernovelle. Erstausgabe, mit der Widmung «Dem jungen französischen Dichter René Crevel gewidmet»: Gebrüder Enoch Verlag, Hamburg 1926.

Abenteuer des Brautpaars. Erstausgabe, mit der Widmung «Für Mopsa Sternheim», in: Klaus Mann, Abenteuer, Novellen, Verlag von Philipp Reclam jun., Leipzig 1929, S. 7–77.

Gegenüber von China. Erstausgabe, mit der Widmung «Für Ken Mc Connel aus Edinburgh», in: Abenteuer, a.a.O., S. 78–124. Auch in: Velhagen & Klasings Monatshefte, Heft 6/43. Jg., Februar 1929, S. 674–684.

Das Leben der Suzanne Cobière. Erstausgabe, mit der Widmung «Für Gert Frank», in: Abenteuer, a.a.O., S. 125–163.

Rut und Ken. Erstdruck in: Deutscher Almanach für das Jahr 1930, hg. von Erich Ebermayer, Verlag von Philipp Reclam jun., Leipzig 1930, S. 43–53.

Katastrophe um Baby. Erstdruck in: Velhagen & Klasings Monatshefte, Heft 12/45. Jg., August 1931, S. 616–624.

Schauspieler in der Villa. Bisher unveröffentlicht. Gedruckt nach einem Typoskript im Klaus-Mann-Archiv, München. Entstanden vermutlich 1930.

Schmerz eines Sommers. Bisher unveröffentlicht. Gedruckt nach einem Typoskript im Klaus-Mann-Archiv, München. Entstanden Anfang 1932.

Die Textfassungen der in diesem Band veröffentlichten Erzählungen folgen in der Regel den Erstdrucken bzw. Erstausgaben. Für Auskünfte und Materialien, die bei der Entstehung des Bandes nützlich waren, gilt besonderer Dank Michel Grunewald (Metz), Joachim Heimannsberg (München) und Fredric Kroll (Freiburg).

Klaus Mann

TAGEBÜCHER

Ab Mai 1989

Herausgegeben von
Joachim Heimannsberg,
Peter Laemmle und
Wilfried F. Schoeller.
Mit einem ausführlichen Nachwort, Anmerkungen und Personenregister.
Leinen DM 48.—
Paperback DM 29.80

In den privaten Aufzeichnungen schälen sich Klaus Manns unmittelbare Gefühle, seine Abneigungen und Vorlieben, seine Hoffnungen und seine Enttäuschungen heraus. Details seines Tagesablaufs, Gedanken, die Rekonstruktion seiner Träume, Lektüre, literarische Entwürfe, Korrespondenz und persönliche Begegnungen ergeben überzeugende Einblicke in das literarische und gesellschaftliche Leben einer turbulenten Epoche, darüber hinaus wird der Mensch und Literat Klaus Mann sichtbar und gewinnt dabei neue und deutliche Kontur.

Folgende weitere Bände sind in halbjährlicher Folge vorgesehen:

Band 2:	1934/1935
Band 3:	1936/1937
Band 4:	1938/1939
Band 5:	1940/1942
Band 6:	1943/1949

Preise: Stand 1989

edition spangenberg

Klaus Mann

*Aus der Werkausgabe —
alle Bände in Leinen gebunden
mit Schutzumschlag*

Briefe und Antworten 1922-1949

Herausgegeben von Martin Gregor-Dellin. Mit einem Essay von Golo Mann: Erinnerungen an meinen Bruder Klaus. Anmerkungsteil. Briefverzeichnis und Register. 362 Briefe und 99 Antwortbriefe. 824 Seiten. DM 98.—

Mephisto

Roman einer Karriere. Mit einer Einleitung von Berthold Spangenberg und der Entscheidung des Bundesverfassungsgerichts im Anhang. 464 Seiten. DM 39.—

Flucht in den Norden

Roman. Nachwort v. Martin Gregor-Dellin. 292 S. DM 28.—

Der Vulkan

Roman unter Emigranten. Mit einem Nachwort von Martin Gregor-Dellin »Klaus Manns Exilromane«. 576 S. DM 36.—

Der Wendepunkt

Ein Lebensbericht. 600 Seiten. DM 48.—

Woher wir kommen und wohin wir müssen

Frühe und nachgelassene Schriften. Nachwort von Martin Gregor-Dellin »Zeitgenosse zwischen den Fronten«. 288 Seiten. DM 36.—

edition spangenberg

Klaus Mann

Mephisto
Roman einer Karriere. rororo 4821

Der Vulkan
Roman unter Emigranten. rororo 4842

Symphonie Pathétique
Ein Tschaikowsky-Roman. rororo 4844

Flucht in den Norden
Roman. rororo 4858

Treffpunkt im Unendlichen
Roman. rororo 4878

Kind dieser Zeit
rororo 4996

Alexander
Roman einer Utopie. rororo 5141

Erika und Klaus Mann
Rundherum
Abenteuer einer Weltreise. rororo 4951

Der Wendepunkt
Ein Lebensbericht. rororo 5325

André Gide
und die Krise des modernen
Denkens. rororo 5378

Der fromme Tanz
Roman. rororo 5674

Der siebente Engel
Die Theaterstücke. rororo 12594

Klaus Mann
dargestellt von Uwe Naumann
rororo bildmonographien 332

C 1048/10

Heinrich Mann

Die Jugend des Königs Henri Quatre
Roman
rowohlt jahrhundert Band 017

Die Vollendung des Königs Henri Quatre
Roman
rowohlt jahrhundert Band 018

Professor Unrat
Roman
rororo 35

Heinrich Mann
in Selbstzeugnissen und Bilddokumenten
dargestellt von Klaus Schröter
rowohlts monographien Band 125

C 156/2

Literatur für Kopf Hörer

«Es ist eines, ein Buch zu lesen. Es ist ein neues und recht andersartiges Erlebnis, es von einem verständigen Interpreten mit angenehmer Stimme vorgelesen zu bekommen.»
Rudolf Walter Leonhardt, DIE ZEIT

Erika Pluhar liest Simone de Beauvoir
Eine gebrochene Frau
2 Tonbandcassetten im Schuber
(66012)

Bruno Ganz liest Albert Camus
Der Fall
Deutsch von Guido Meister.
3 Tonbandcassetten im Schuber
(66000)

Elisabeth Trissenaar liest
Louise Erdrich
Liebeszauber
2 Tonbandcassetten im Schuber
(66013)

Erika Pluhar liest Elfriede Jelinek
Oh Wildnis, oh Schutz vor ihr
Keine Geschichte zum Erzählen
1 Tonbandcassette im Schuber
(66002)

Hans Michael Rehberg liest
Henry Miller
Lachen, Liebe, Nächte
Astrologisches Frikassee
2 Tonbandcassetten im Schuber
(66010)

Produziert von Bernd Liebner
Eine Auswahl
Rowohlt Cassetten